JÖRG THADEUSZ · STEINHAMMER

JÖRG
THADEUSZ

STEINHAMMER

ROMAN

Kiepenheuer
& Witsch

Für alle meine Eltern
Mama, Rudi, Papa, Heike, Barbara,
Fred, Veronika und Günter

Sonntag, Februar 1942
Am späten Nachmittag
Straßenbahn zwischen Dortmund-Lütgendortmund
und Dortmund Hauptbahnhof
Friedel Woicik

Er fasste sich immer wieder an den oberen Kragenknopf seiner Uniformjacke. Warum nur, fragte sich Friedel. Glaubte er, sie könne nicht mal mehr einen Knopf richtig annähen?

Friedel saß zwischen den beiden wichtigsten Männern in ihrem Leben in der Straßenbahn. Einen davon hatte sie sich ausgesucht, den anderen nicht.

Der Heimaturlaub ihres Ehemanns Edgar war vorbei. Gemeinsam mit seinem Bruder Jupp waren die drei auf dem Weg zum Dortmunder Hauptbahnhof. In dem schummerigen grünen Licht der Fußbodenlämpchen sah Friedel vor allem die Silhouetten der Männer. Fast wie in einer Bar. Wäre es doch keine Straßenbahn, sondern viel lieber eine Bar, dachte Friedel. Dann müsste keiner an die Front und vor allem ihr Edgar nicht nach Russland.

Es war aber eine Straßenbahn, die zum Dortmunder Hauptbahnhof fuhr. In einer weiteren Verdunkelungsnacht.

Friedel hatte beinahe ihr ganzes 27-jähriges Leben in dieser Stadt verbracht. Nur ein paar Monate während ihrer Lehre zur Kürschnerin war sie in Bayern gewesen. Trotzdem war ihr das, was da draußen an ihnen vorbeizog, eigenartig fremd. Nicht die Bomben, die der Engländer warf, waren die Demütigung. Sondern die Verdunkelung. Es schien, als wäre es die Stadt nicht mehr wert, im Licht gesehen zu werden.

Jupp summte. Ihm fiel meistens nicht auf, welche Geräusche er gerade machte. Es war das Lied vom Polenstädtchen, in dem ein schönes Mädchen doch nicht küssen will. Aber nein, aber nein, sagt sie, ich küsse nie.

Wäre Jupp in der Laune, die seine Kunden im Friseurladen in der Steinhammerstraße von ihm erwarteten, dann würde er plappern. Anekdoten, Kalauer oder auch nur dummes Zeug erzählen. »Ich schaffe Atmosphäre«, erklärte er sein Gesabbel, »denn allein auf meine begnadeten Hände kann ich mich nicht verlassen.«

An diesem frühen Abend war er wohl zu ›Atmosphäre‹ nicht wirklich in der Lage. Er wusste besser als Friedel, was seinen Bruder Edgar dort erwartete. Denn in zwei Wochen würde sich auch Jupp wieder auf den Weg gen Osten machen müssen.

Die Straßenbahn hielt. Weitere Soldaten stiegen zu. Die meisten in Begleitung einer Frau.

Es war kalt. In dieser metallischen Straßenbahn hielt Friedel es einen Moment lang für möglich, dass es nie wieder warm werden würde. »Der deutsche Mensch friert nicht«, würde die Stimme des übergeschnappten Sprechers in der »Wochenschau« dröhnen. Ihr Edgar fasste sich wieder an den Knopf. Tastete an dem kleinen roten Band entlang, »vom zweiten Knopfloch der Feldbluse W40 absteigend zum inneren Saum hin zu befestigen«. Friedel hatte sich informiert, bevor sie alles an die Uniformjacke nähte. Damit das Band des Eisernen Kreuzes saß, wo es nach den Anweisungen der Wehrmacht hingehörte.

»Wann ist wohl der Krieg vorbei?«, fragte Jupp teilnahmslos.

»Wenn Göring in die Hose von Goebbels passt«, antwortete Friedel, ohne nachzudenken. Ein mäßiger Scherz, zigfach wiederholt. Nur noch Labermechanik. Etwas sagen, wenn reden nicht ging.

Edgar hatte nicht reagiert, nicht einmal seine Blickrichtung verändert. Sah weiter aus dem Fenster, aus dem es nichts als Dunkelheit zu sehen gab. Durch das funzelige Licht war seine Wange eine grünliche Fläche. Wie gerne Friedel diese Wange küsste, wenn er frisch rasiert war.

In den kommenden Wochen und Monaten würde sie diese Wange nicht mehr berühren können. Sein Gesicht würde sich an den Schaft eines Gewehres lehnen. Ihr Mann hatte getötet und würde wieder töten. Musste sie das bedrücken? Hatte sie nicht ohnehin die falschen Gefühle? Sie hätte traurig sein müssen. Aber Friedel war wütend.

Was sollte das sein, dieses »heilige Deutschland«, für das ihr Mann jetzt wieder mehrere Monate marschieren musste. Er würde ihr fehlen, wenn sie morgens das Kaffeewasser aufsetzte. Wenn sie die Pelze aufspannte und dabei so viel Zeit zum Nachdenken hatte. Sie konnte nur mit ihrem Spiegelbild sprechen, wenn sie sich vor dem Zubettgehen die Hände eincremte. Sie würde wieder Nacht für Nacht allein im Bett liegen. Mit den Fragen, auf die es keine Antworten gab. Wo Edgar gerade saß, lag, fror oder blutete. Leck mich am Arsch, heiliges Deutschland.

Kein Rückkehrtermin. Er war weg, und ihr blieb die Angst. Wenn sie Einschusslöcher in den Pelzen ausbesserte, hatte sie sich schon vorgestellt, wie eine Kugel Edgar traf. Warum das alles? Für den Österreicher, der aus dem Radio schrie? Oder den Blockwart Jarasch aus dem Eckhaus? Ein Hundertfünfzigprozentiger. Sie nannte ihn Ratz. Wie sie in der Jägersprache zu Iltissen sagten. Wegen deren Gestank. Als Friedel kürzlich im Hof Wäsche aufhängte, war Jarasch vorbeigekommen. In seiner kinderkackebraunen Uniform und diesem »Ich meine es ja nur gut«-Gesichtsausdruck.

»Friedel, deine Schwiegermutter muss vorsichtig sein. Die redet über Lager, in denen Leute umgebracht werden. Das ist nicht nur Tinnef. Das ist auch gefährlich. Musst du ihr sagen. Sonst ist die da bald selbst. Machst du, oder?«

Ihre Schwiegermutter ließ sich von niemandem etwas sagen. Vielleicht von ihrem Pfarrer. Sicher nicht vom Blockwart Jarasch. Der war in ihren Augen ein fauler, nichtsnutziger Satan.

Und für solche Leute musste Friedels Mann in den Krieg ziehen.

Die sogar der eigenen Mutter drohten.

Nein, Friedel wollte nicht verrücktspielen. Die vorgetäuschte Normalität konnte wie ein beruhigendes Schaukeln sein. Sie wusste um die Kraft der Gewohnheit. Die Haare toter Tiere auf ihrer Arbeitskleidung: Am Anfang war es eklig, jetzt nichts Ungewöhnliches mehr für sie. Sie hatte sich in ihrer Schwangerschaft an den dicken Bauch gewöhnt. Seit einem Jahr daran, immer ein Kind um sich herum zu haben. Seit der kleine Edgar auf der Welt war. Krieg konnte für sie aber niemals normal werden. Freundinnen, die erzählten, wie sie von der Druckwelle einer Fliegerbombe durch die Gegend geworfen worden waren. Telegramme, die Leben veränderten. Aber bitte nur ein kurzer Aufschrei, dann kam das schwarze Band oben an die Ecke des Fotos. Beerdigung gab es keine, denn was von Siegfried, Jochen oder Eberhard übrig blieb, lag irgendwo in Russland. Kein Leichenschmaus, keine Rede, kein Gebet. Weitermachen, Schnauze halten, heiliges Deutschland.

Sie hatte Edgar nichts von Jaraschs Drohung erzählt. Er fand, ihr würde ganz generell der politische Überblick fehlen. Schließlich hatte sie, anders als er, nicht einmal Abitur. Zuletzt hatte er ihr einen Feldpostbrief korrigiert zurückgeschickt. »Ich war sauer«, hatte er ihr erklärt, als sie am ersten Tag seines Heimaturlaubs im Lütgendortmunder Volksgarten spazieren gingen. »Ich dachte, da läuft was zwischen dir und dem Apotheker Habicht. Das Rumkorrigieren war meine Rache.«

»Ich weiß nicht, was ich schlimmer finde. Dass du dich zu meinem Deutschlehrer aufschwingst oder mich mit einem Mann in den Kissen siehst, dem man erst vor ein paar Jahren die Hasenscharte operiert hat.«

Vor genau zwei Wochen hatten sie so miteinander gesprochen. Sie waren noch Tanzen gegangen. Hatten am Tisch gesessen und ein Bier bestellt. Dann noch eins. Um sie herum andere junge Frauen, die sich noch mehr anstrengten. Sich noch mehr zusammenrissen, um ihren Männern vorspielen zu können, sie würden an diesem Abend ganz von allein blühen. Ihren gleichaltrigen Begleitern fehlte dazu die Kraft, sie blieben welk. Abgekämpft. Mit diesem »Gibt es doch alles nicht« in den matten Augen. In ihren grauen Uniformen, den Feldblusen W40.

»Was wünschst du dir im April zu deinem 30. Geburtstag?«, hatte Friedel Edgar während eines Liedes gefragt, das beide nicht besonders mochten.

Er hatte zu einer Antwort angesetzt. Dann war das Lächeln ganz plötzlich aus seinem Gesicht verschwunden und er geriet mit seinen Gedanken an einen Ort, an den ihm Friedel nicht folgen konnte.

Die Bewölkung über ihm war in den Tagen darauf nicht verschwunden. Er lehnte einen zweiten Teller seiner Lieblings-Erbsensuppe ab, die Friedel gekocht hatte. Vor dem Krieg hatte er gerne über Filme gesprochen. Über Hans Albers, den er für seine »Wurschtigkeit« bewunderte. Las in Jupps Friseurladen sogar die »Frauenwoche«, wenn er einen Artikel über Albers fand.

In den vergangenen Tagen kein Wort von Edgar über irgendeinen Film. Stattdessen redete er von der 29. Infanteriedivision, zu der er gehörte. Nannte Namen von anderen Soldaten, die Friedel nichts sagten. ›Kameraden‹, nannte er sie. Imitierte ihren hessischen oder sächsischen Akzent, ohne besonders gut imitieren zu können. Diese Männer waren ihm auf eine Weise wichtig, als gehörten sie zur Familie. Als müsste Friedel sie unbedingt kennen.

Der Straßenbahnfahrer beschleunigte, um den Anstieg über die Dorstfelder Brücke zu schaffen. Die riesigen Öfen der Vereinigten Stahlwerke unterhalb der Brücke waren nicht zu verdunkeln. Alle Gesichter in der Straßenbahn wandten sich dem schwachen Lichtschein zu. Als wäre es ein Sonnenaufgang.

Edgar nahm seinen Tornister hoch. Er strich über das Stück Otterfell, das Friedel in den Deckel eingenäht hatte. M34 hieß dieses Tornistermodell. Friedel wusste, sie würde niemand danach fragen. Wenn aber doch jemand kam, der sie zur Rechenschaft ziehen wollte, weil sie militärischem Eigentum eine persönliche Note gegeben hatte, dann wollte sie vorbereitet sein.

Sie stiegen aus der Straßenbahn aus.

Friedel erwartete, dass Edgar auf dem Kopfsteinpflaster vor dem Bahnhofsgebäude in den Rhythmus der anderen genagelten Sohlen der Soldatenstiefel einfallen würde. Doch das geschah nicht. Stattdessen zeigte er in Richtung einer Bank unter einem jungen Baum. Wollte er sich hinsetzen? Im Freien? An einem so kalten Abend?

Er öffnete das Zigarettenetui, das ihm Friedel 1938 zur Hochzeit geschenkt hatte. Nahm eine Zigarette, zündete sie an, nahm einen Zug und zeigte mit der brennenden Zigarette auf Jupp. Es schien, als würde er unbedingt vermeiden wollen, Friedel anzusehen.

»Du weißt, was da los ist in Russland«, sagte er in Richtung seines Bruders. Nahm einen Zug von der Zigarette.

»Ich werde nicht zurückkommen.« Jetzt sah er Friedel doch an. Dann sofort zu Boden, auf seine polierten Stiefel.

Er sprach langsam und deutlich. Übertönte die Eisenbahngeräusche und das Lärmen der Menschen im nahen Bahnhof. Als hätte er sich an seinem Lieblingsschauspieler Hans Albers ein Vorbild genommen und seinen Text ausführlich einstudiert.

»Jupp, du musst mir versprechen, dass du dich um Friedel und den kleinen Edgar kümmerst.«

»Und wenn ich selbst ...«, begann Jupp zu widersprechen. Edgar unterbrach ihn sofort. Großer Bruder übertönt kleinen Bruder. Wie immer nicht gerecht, aber erfolgreich.

»Wir haben besprochen, wie du dich aus dem größten Mist raushalten kannst. Bei dir geht das. Ich kriege das für mich nicht hin.«

Friedel wollte sich mit den militärischen Unterschieden jetzt nicht beschäftigen. Er machte das wirklich! Er sprach über sie hinweg. Was war das hier, ein Viehbasar? Und war das nicht ihr Leben? Ihre Liebe?

Jetzt sah er sie an. In seinem Blick lag der Wunsch, sie möge nicht weiter wütend sein.

Offenbar hatte er sich in den vergangenen Tagen alles Mögliche zusammengedacht. Ohne mit ihr darüber zu sprechen. War sich sicher geworden, nicht mit dem Leben davonzukommen. Hatte für sie entschieden, sie würde mit seinem Bruder weiterleben, wenn es so weit wäre.

Sie erwiderte seinen Kuss nicht.

Stand einfach da. Er konnte nichts sagen, und sie konnte nicht schreien.

Kein Paket würde sie ihm packen, keine Zeile schreiben. Sollte er doch mit dem heiligen Deutschland glücklich werden.

Am 12. April feierte Edgar Woicik in Russland seinen dreißigsten Geburtstag. Fünfzehn Tage später tötete ihn eine Maschinengewehrgarbe in den Unterleib.

6. August 1957
Dortmund
Steinhammerstraße
Vor elf Uhr am Vormittag

Der Postkasten sagte nichts.

War gelb und schweigsam.

Vielleicht zu heiß. Noch nicht elf Uhr am Vormittag, und der Zeiger des Thermometers an der Paracelus-Apotheke stand schon im rot unterlegten Bereich, der bei 28 Grad begann.

Der Postkasten sollte ihm gratulieren. Sollte sagen, dass du dich das traust, Edgar, toll! Oder: Das wird bestimmt was, so sehr, wie du es dir wünschst.

Edgar wollte nicht ausschließen, dass Sachen sprechen können. Das Krokodil, das er kürzlich geschnitzt hatte, würde die Stimme seines Freundes Jürgen haben, sollte es endlich losreden.

Für seinen Stiefvater wäre das ein ganz schlechtes Thema. Das Unmögliche. Das Magische. Das Undenkbare. Irgendwas anderes als das Offensichtliche. Irgendwas, worüber er nicht vorgeben konnte, ganz und gar Bescheid zu wissen. Er solle mal aufhören zu spinnen, würde Jupp sagen. Wieder einmal würde Jupp losleiern, dass der »Ernst des Lebens« jetzt unaufhaltsam auf Edgar zukäme. Jetzt, wo er die Schule fertig habe und 17 Jahre alt sei.

»Das würdest du dir auch nicht dauernd anhören wollen«, sagte Edgar zu dem Postkasten und klopfte zur Bestätigung auf seinen Deckel. Machte kehrt und ging zwei Schritte zum Bordstein. Er musste zurück auf die andere Straßenseite, zurück in Jupps Friseursalon. Eigentlich auch gut, dass der Postkasten nichts sagte. Denn ein stummer Kasten konnte auch nichts ausplaudern. Er würde keinem erzählen, was Edgar getan hatte. Einen Brief eingeworfen. Adressiert an die Städtischen Bühnen Dortmund. Der Absender nicht seine Mutter, nicht sein Stiefvater Jupp. Er hatte nicht im Namen von jemandem diesen Brief aufgegeben. Sondern in seinem eigenen Namen, Edgar Woicik, Steinhammerstraße, Dortmund.

Edgar rannte nicht einfach über die Straße wie früher. Sondern stoppte an der Bordsteinkante. Seit vor anderthalb Jahren seine Oma Lina von der Straßenbahn überfahren worden war, passte Edgar auf.

»Was rennt die auch in Pantoffeln auf die Straße und guckt nicht?«, hatte Jupp danach gemotzt. Um »Mama« zu trauern, das passte nicht zu Jupp. Vorwürfe klappten einfach besser als Gefühle.

Edgar sah, dass die Straßenbahn hundert Schritte die Straße aufwärts an der Haltestelle vor dem Kiosk von Herrn Miebach hielt, und ging los. Als er auf der anderen Straßenseite ankam, roch er den Qualm, den der alte Wichmann erzeugte.

Der stand, wie immer, im Hauseingang, gleich neben dem Salon. Keine Augenbrauen, keine Haare auf dem Kopf und auch keine guten Aussichten. Staublunge, wie bei so vielen Bergleuten. Die Luft reichte nur bis vor die Haustür. Der alte Wichmann rauchte die billigsten Zigarren, die es gab. »Der steckt getrocknete Kacke in Brand«, lästerten die Kunden in Jupps Salon.

Edgar nickte dem alten Wichmann zu. Der fasste sich an die Mütze und krächzte, wie immer, etwas Unverständliches. Edgar glaubte, dass der Gesichtsausdruck des alten Wichmann als Lächeln gemeint war. Ihm würde er sofort erzählen, warum er den Städtischen Bühnen einen Brief geschrieben hatte.

Edgar schob die Tür zum Salon auf. Die quietschte. Das Ölen der Scharniere gehörte eigentlich auch zu seinen Aufgaben. Er überbrückte die Zeit zwischen seinem Abschlusszeugnis der Schule und dem, was da kommen würde, indem er Jupp half. Er konnte nicht Haare schneiden, nicht rasieren und durfte nicht an die Kiste mit den Kondomen, die Jupp den Herren »für die Ehehygiene« mitgab. Wie andere Friseure auch. »Du bist hier Hilfsarbeiter«, war Jupp aus irgendwelchen Gründen wichtig zu betonen. Edgar besah sich die Tür, wollte schon das Ölkännchen holen, bekam dann aber von drinnen gleich Kontakt mit Jupps Organ.

»Mach die Tür zu, da kommt doch die ganze Hitze rein. Ich bin doch getz schon am Ölen wie sonne Schiffsratte.« Jupp sah nur kurz über die Gläser seiner dicken Brille hinweg und konzentrierte sich dann wieder auf die Rasur von Ludger Kafinek. Der lag mehr im Friseurstuhl, als dass er saß. Den rechten Arm ließ er entspannt baumeln, in der Hand die qualmende Zigarette. Steiger auf der Zeche Oespel. Edgar wusste nicht, was einen Steiger von einem normalen Bergmann unterschied. Außer, dass die anderen Männer »Na immerhin« sagten, wenn sich jemand als Steiger zu erkennen gab. Wenn es Leute wie Kafinek schaffen konnten, war Steiger aber alles andere als ein kometenhafter Aufstieg, da war sich Edgar sicher. Ludger Kafinek wurde aus guten Gründen »der Schäbbige« genannt. Sein Gesicht war eine echte Herausforderung für Jupp und sein Rasiermesser. Es bestand größtenteils aus Narben und Wülsten. Über der leeren rechten Augenhöhle trug der Schäbbige eine Augenklappe.

Seiner Erzählung nach hatte er in den letzten Kriegstagen im Kampf gegen amerikanische Soldaten eine feindliche Handgranate zurückgeworfen. Zu spät, jedenfalls für sein Gesicht.

Die anderen Kunden glaubten ihm das nicht. Vor allem diejenigen, die Wert darauf legten, sich »an der Ostfront den Arsch abgefroren zu haben«. Unter denen galten die Amerikaner generell als Weichlinge. Und wer sich von den Milchbrötchen fangen und »vertubacken«, also verprügeln ließ, der wäre »gegen den Iwan« verloren gewesen. »Zu allem fähig, zu nichts zu gebrauchen«, hieß es über Kafinek.

Er hatte das intakte Auge geschlossen und redete.

»Ersaufen ist noch schlimmer als verbrennen«, sagte er laut, als hätte die Welt lange nichts Bedeutsameres gehört.

Der Schäbbige trug vor, was er zum Untergang des italienischen Ozeandampfers Andrea Doria vor ein paar Tagen falsch aufgeschnappt oder dazu erfunden hatte.

»Da inne Karibik gibt es so Stechfische. Die gucken dich nur böse an, da bisse schon kaputt. Aber unter schreckliche Schmerzen.« Kafinek machte eine genussvolle Pause, so als würde er diese Fische essen, sobald es sie in einer Dose mit Tomatensauce gab.

»Ludger, wenn du jetzt nicht mal für einen Moment die Klappe hältst, dann gibt es gleich ein Blutbad«, sagte Jupp, der das Rasiermesser vorsichtig zwischen den Kratern in Kafineks Gesicht führte. »Du wirst zwar nicht mehr hässlicher, aber wenn du mir hier auf dem Stuhl kaputtgehst, wohin dann mit der Leiche?«

Kafinek lachte rasselnd. Ötte Schmidt, der auf der Eckbank wartete, bis Jupp Zeit für ihn und seine formlose Wolle aus rötlichem Drahthaar hatte, grinste in die »Ruhr Nachrichten«, die er vor sich aufgefaltet hatte.

Jupp hatte Ötte mehr oder weniger befohlen, vorbeizukommen. Denn der würde am Sonntag bei der Kommunionfeier für Edgars kleine Schwester Inge singen. »Kommejon« sagten hier alle. Eine Nachfeier. Denn den Weißen Sonntag, den Sonntag nach Ostern, hatte die kleine Inge wieder in der Lungenklinik in Hemer verbringen müssen. Da sollte Ötte eine anständige Frisur haben. Ötte arbeitete auf dem Schlachthof, hätte aber eigentlich an die Oper in Danzig gehört. Fand jedenfalls seine Mutter. Kein Fest in der Straße, bei dem Ötte nicht irgendwann »Du schwarzer Zigeuner« von Vico Torriani sang. Das Sehnsuchtslied für alle, die aus der ›kalten Heimat‹ geflohen waren. »Und wenn deine Geige weint, weint auch mein Herz.«

Für Kafinek war »Pauline, mach das Strumpfband los« Musik genug. Er hatte sich an der Andrea-Doria-Schiffskatastrophe festgebissen, redete unablässig weiter: »Die Itaker sind wehleidig, die werden beim Absaufen ordentlich geschrien haben.«

Edgar stand im hinteren Teil des Ladens vor dem Regal und faltete die Handtücher, die er mit seiner Mutter in der Waschküche gekocht hatte. Zuerst an der Längsseite umschlagen, dass sich ein langes Tuch ergibt. Drei Drittel vorstellen. Das rechte Drittel in die Mitte falten und das linke obenauf legen. So, und nur so mussten Jupps Handtücher gefaltet werden. Ungut, wie Edgar die Wut auf Kafinek im Bauch spürte. Ein heißer Ball. Das war schon so oft schiefgegangen. Aber warum konnte der Schäbbige nicht einfach die Schnauze halten, wenn er sowieso nicht wusste, wovon er sprach? Woher wollte er wissen, wie genau sich Ertrinken anfühlte? Niemand wusste das, und schon gar nicht dieser Kerl, der vor allem nicht nichts sagen konnte.

»Herr Kafinek, die Andrea Doria ist gar nicht in der Karibik gesunken. Sondern 2000 Kilometer nördlich, vor Nantucket. Da ist das Wasser sehr kalt. Es sind nur 46 Menschen gestorben. Andere Schiffe in der Umgebung haben schnell gehandelt und eine Katastrophe, wie bei der Titanic, verhindert. Was an ein Wunder grenzt, wie sie im Radio gesagt haben. Und nur der italienischen Besatzung zu verdanken ist.« Edgar faltete sofort das nächste Handtuch und wartete darauf, dass Jupp zustimmend nickte. Denn sie hatten den Bericht gemeinsam beim Abendbrot gehört.

Das Nicken blieb aus, aber Ötte nahm die Zeitung wieder runter und lächelte einmal quer durch den ganzen Raum in Edgars Richtung.

Jupp zischte plötzlich ein »Verdorrich« durch die Zähne. Was »Verdammt« meinte. Außer dem Schäbbigen sahen alle, was passiert war. Ein Blutrinnsal in der weißen Landschaft aus Rasierschaum auf Kafineks Wange wurde rasch größer. Wie ein schnell fallender Bühnenvorhang.

»Ich hab dir doch gesagt, du sollst mal die Klappe halten«, sagte Jupp.

»Hab ich ja auch«, antwortete der, »gesprochen hat der Hauptgewinn, den dir dein Herr Bruder hinterlassen hat. Für das, was der schon anna Volksschule gelernt hat, müssen andere ja ersma' studieren gehen. So ein kluges Kerlchen.«

Kafinek öffnete sein Auge immer noch nicht, sondern gab Jupp mit der Kippe in der Hand ein Zeichen. Weitermachen mit der Rasur, hieß das, lass es bluten.

»Damit musst du dich abfinden, Ludger«, Jupp nickte mit dem Kopf in Edgars Richtung, »der Junior macht die Friseurlehre und übernimmt den Laden. Wenn der an dir Rasieren übt, musst du Schweigen lernen. Sonst ist deine Schönheit wirklich dahin.« Er stoppte die kleine Blutung auf Kafineks Wange mit dem Alaunstein und setzte dann das Rasiermesser wieder im genau richtigen Winkel unterhalb der Narbe unter Kafineks Jochbein an.

Der Brief an die Städtischen Bühnen war ein Bewerbungsbrief. Er wollte sich dort zum Kulissenmaler ausbilden lassen. Nelly hatte für ihn herausgefunden, dass es so was gab. Wenn er dort eine Lehre machen würde, könnte es weitergehen. Edgar wollte Filmplakate malen. Wie die Männer, die er zufällig getroffen hatte, als Nelly und er im Schauburg-Kino in der Innenstadt die falsche Tür genommen hatten. Überall Farben, Leinwände, alle möglichen Pinsel, herrlich. Allein der Geruch. Nicht einen Tag nach dem nächsten irgendwelchen Säufern in Jupps Laden Birkin-Haarwasser in die Schmandköpfe reiben.

Er wusste bisher nur nicht, wie er das seinem Stiefvater erklären sollte.

6. August 1957
Dortmund
Steinhammerstraße
Noch späterer Vormittag
Edgar

»Ich bin stolz auf dich«, sagte Nelly.

»Mindestens halbstolz.«

Sie saßen in ›Monaco‹. So war die Hitze toll, so war Sommer herrlich, dachte Edgar. Draußen sitzen, nichts tun, womöglich nach hinten lehnen. Die Steinhammerstraße konnte niemand als ruhige Wohngegend anpreisen. Sie bestand nur aus zwei Häuserreihen, die durch die Straße getrennt waren. Hinter der einen Häuserreihe krakte der riesige Güterbahnhof in beinahe jede Richtung. Hier ließ sich zehn Minuten nur über Schienen gehen. Alles nur für den Bergbau. Kohle fuhr weg. Material kam.

Wenn die Waggons mit Sprengstoff anrollten, hoffte Edgar auf einen Unfall. Wegen des wahrscheinlich spektakulären Feuerwerks. Gleichzeitig schämte er sich für den Gedanken. Hinter der Häuserzeile auf der gegenüberliegenden Seite der Straße die Schienen für die Züge, die von und nach Dortmund fuhren. Hier sprühten zwar auch die Hinterlassenschaften aus den Zugtoiletten durch die Gegend. Dennoch war es für Edgar die »saubere Eisenbahn«, verglichen mit den dauerdreckigen Güterwagen auf der anderen Seite. Zwischen den Häusern und dem Bahndamm blieb ein wenig Platz für Minigärten. Nelly und Edgar mochten ihr »Monaco«, diesen kleinen Vorsprung auf dem Bahndamm. Um sie herum war nicht nur Schotter, sondern zwischendrin wuchs ab und zu richtiges Gras. Sie saßen auf Zeitungen, die Nelly immer mitbrachte. Um nach Monaco zu kommen, mussten sie gebückt durch ein Loch in einer wilden Hecke kriechen. Dann etwa zehn Schritte bergauf, als wollten sie auf die Gleise treten. Nur zwei Schritte entfernt von der Stelle, an der sie saßen, warnte ein Schild vor Lebensgefahr und dass das Betreten der Bahnanlage »bei Strafe« verboten war. Wenn sie sich setzten, kehrten sie dieser Drohung den Rücken und blickten über die Steinhammerstraße. Kein Haus war höher als ein Stockwerk, deswegen konnten sie über die Häuser hinweg auf den Güterbahnhof gucken. Dauernd wurde Kohle verladen. Tag und Nacht. Es hatte etwas Hastiges. Als müsste dort, wo die Züge hindampften, eine Bestie mit Kohle gefüttert werden.

Bei einem Blick nach links würde der Förderturm der Zeche Oespel in ihr Blickfeld geraten. Deswegen kam links nicht infrage. Sie sahen nach vorne oder nach rechts. Da stand neben dem Haus mit der Nummer 145 eine alte Eiche, einer der wenigen Bäume in der gesamten Straße.

Sie hatten diese Stelle auf dem Bahndamm so getauft, weil es in den Berichten über die Hochzeit von Grace Kelly und dem Fürsten von Monaco hieß, der kleine Staat sei ein »Balkon über dem Mittelmeer«.

»So was haben wir auch, einen Balkon über dem Häusermeer«, hatte Nelly auf eine Weise ausgerufen, als wäre es gar kein Scherz. Seitdem gab es Monaco.

»Warum bist du nur halbstolz auf mich?«, fragte Edgar.

»Weil bisher nur ich weiß, dass du nicht Friseur werden möchtest. Das richtig Schwierige kommt erst noch«, Nelly lächelte ihn an.

»Kannst du mir einen Gefallen tun?«, fragte sie.

»Und du mir?«, fragte er auf eine Weise zurück, die er für zweideutig hielt.

»Und wenn ich Ja sage, was dann, du Großmaul von einer Jungfrau?«

Edgar konnte nicht antworten, denn hinter ihnen ratterte ein D-Zug in Richtung Dortmunder Hauptbahnhof vorbei. Der Fahrtwind rüttelte an Nellys Zopf.

»Meine Mutter bekommt morgen Ware, aber ich muss nach Essen«, sagte sie. Nellys Mutter, Margarethe Tillmann, gehörte der Laden, in dem die ganze Straße Schreibwaren, Spielzeug und Zeitschriften kaufte. Seit Ende des vergangenen Jahres gab es eine neue Art von Lotterie. Hieß Lotto. Man kreuzte Zahlen auf einem Schein an, den Frau Tillmann mit einem speziellen Apparat registrierte. Vor Kurzem hatte ein Mann aus Aachen mehr als eine Million Mark gewonnen. Seitdem wollte Edgars Mutter auch einen solchen Schein ausfüllen. Jupp lehnte das ab. Mit einem seiner merkwürdig sinnlosen Sprüche: »Schenken, scheißen, schieben wird mit Ess-Ce-Ha geschrieben.«

»Was machst du in Essen?«, fragte Edgar.

Nelly zupfte an dem kleinen Riemen ihrer Sandale, die so oft geflickt war, dass es sich nicht mehr verbergen ließ. Auf ihren nackten Zehen lag der gräuliche Staub des Bahndamms.

»Da ist eine Modenschau. Mein Cousin nimmt mich mit.«

»Stotter-Thilo, der mit dem Vorbiss?«

»Mein Cousin Thilo, der Auto fahren kann und einen VW-Käfer besitzt. Er muss nicht durchweg in ein und derselben Hose herumlaufen, sondern kann aus mehreren Anzügen wählen. Er ist so nett und nimmt mich mit.« Vorsicht mit Pampigkeiten, Nelly konnte den Ton jederzeit verschärfen.

Die Familie von Nellys Mutter war wohlhabend und lebte in Mülheim an der Ruhr. Edgar wusste nicht, warum sich Frau Tillmann mit ihren Mülheimer Verwandten überworfen hatte. Jupp behauptete, Nellys Oma sei eine »dunkelbraune Nazisse« gewesen. Nelly glaubte, es hätte mit den ›Stimmungen‹ ihrer Mutter zu tun. Frau Tillmann verließ manchmal tagelang nicht ihr Bett. Nelly war dann sehr nervös. In der Straße wurde behauptet, Frau Tillmann habe schon einmal nachts auf den Gleisen der Schnellzugstrecke gestanden.

Edgar sah auf Nellys nackte Beine. Der Teint, die Form, an die er abends im Bett auf diese drängende Weise dachte. Leider dachte er auch an ihre Mutter, wie sie manchmal in einer Art Seidenmantel im Zimmer stand, wenn er Nelly abends besuchte. Oder, noch schlimmer, wenn sie ihn in der kleinen Abstellkammer hinter dem Laden überraschte. Frau Tillmann hatte ihm diesen Raum überlassen, damit er dort ungestört schnitzen und zeichnen konnte. Sie sprach von »arbeiten«, wenn er dort war und die Zeit vergaß. Jupp nannte es »Killefitt«,

»Arbeit« wäre ihm dazu sicher nicht eingefallen. Edgar schämte sich in ihrer Gegenwart oft, denn er glaubte, Nellys Mutter könnte in seinem Gesicht erkennen, was er über sie fantasierte.

»Was ist?«, fragte Nelly. »Hilfst du ihr nun morgen oder nicht?«

»Und da in Essen, da ziehst du neue Klamotten an, zeigst die dem Spucke-Thilo und dann gucken auch noch ein paar Gelackte zu, oder wie habe ich mir das vorzustellen?«, fragte Edgar.

»Oh Mann!« Das ›Oh Mann‹ und wie Nelly dabei mit den Augen rollte, absolut mädchenhaft. Das Einzige, was sie mit anderen Mädchen vergleichbar machte. Nelly würde niemals kreischen, wenn sie auf der Lütgendortmunder Pflaumenkirmes in der »Raupe« mitfuhr und sich das Verdeck über dem Wagen schloss. Sie kreischte nicht, wenn sie eine Spinne sah. Sie würde niemals für einen Sänger kreischen, wie es Edgar bei jungen Frauen in Amerika gesehen hatte, als Elvis Presley auftrat, der wie ein Satan tanzte. Edgar hatte sich den Mann zuerst unter dem Namen ›Iris‹ gemerkt. Was aber wohl selbst in Amerika kein Männername war.

»Du musst nicht ›Oh Mann‹ sagen. Erklär es mir lieber, ich war noch nie bei einer Modenschau.«

Nelly richtete sich noch etwas mehr auf. Sie saß ohnehin immer gerade. Während er selbst lieber kauerte. Wirkte lässiger, geheimnisvoller.

»Bei einer Modenschau zeigen Mannequins neue Mode vor. Das, was modisch werden wird. Sehr schöne und sehr schlanke Frauen gehen elegant vor einem kleinen Publikum auf und ab. Alles ist sehr gediegen. Menschen tragen Parfüm, keiner bellt, wie die Leute hier. So stelle ich es mir jedenfalls vor. Denn so hat es mir mein Cousin einmal beschrieben«, sagte sie und sah Edgar an, als würde sie hoffen, dass diese Erklärung ausreichte.

»Und du möchtest auch so was werden, du möchtest Mannequin sein?«

Nelly lachte ihn an. »Natürlich nicht, Doofmann. Wie sollte ich das hinbekommen? Das sind große, schlanke Frauen, die auch Schauspielerinnen sein könnten. Keine Promenadenmischungen aus der Steinhammerstraße.«

Der nächste D-Zug. Gesprächspause.

Was meinte sie mit ›Promenadenmischung‹? Klar, sie war von hier. Das Sommerkleid, das sie trug, kannte er gut. Hatte seine Mutter genäht, nach einer Idee von Nellys Mutter.

Genau genommen hatte Frau Tillmann etwas aufgezeichnet. Edgar hatte die Zeichnung neu gemacht, damit es mehr nach Nelly aussah. Hatte er aber keinem gesagt. Frauenkleider malen? So was machten warme Brüder, da gab es in Jupps Salon keine zwei Meinungen unter den Herrenkunden. Es war für Edgar schon unangenehm genug, wenn seine Mutter seine Bilder vor Jupp lobte. Dessen Blick sagte dann immer: Irgendwas stimmt doch nicht mit dem Jungen.

Nellys Kleid war aber völlig egal. Sie war von hier. Und auch nicht. Allein, wie sie klang, wenn sie sprach. Wie Steve, die Ehefrau von Paul Temple in diesen fantastischen Hörspielen, die sie zusammen hörten. Sich anschließend trotzdem jedes Detail nacherzählten. Edgar sagte Nelly nur nichts über ihre Ähnlichkeit mit Frau Steve. Zu peinlich.

Er sah die Haut ihrer nackten Beine und fand ihren Teint nobel. Ohne erklären zu können, warum.

»Aber du kannst dir doch gar nicht kaufen, was diese schönen Frauen tragen. Oder bezahlt dir deine Omma die Sachen?«, fragte er.

»Natürlich nicht. Wenn ich mir von meiner Oma etwas kaufen lassen würde, säße meine Mutter im nächsten Zug nach Mülheim und brächte alles zurück. Und du weißt, dass ich meiner Omma lieber aus dem Weg gehe.« Oma-Omma, sie war als Promenadenmischung reif fürs Hörspiel.

Edgar zuckte mit den Achseln und sah wieder über die Häuser hinweg. Sah, wie sich am Güterbahnhof mit Kohle beladene Waggons zueinanderschoben, während die leeren Wagen mit einem Klingeln in einem hektischen Rhythmus auf dem nächsten Gleis bereitgestellt wurden. Vor dem vorderen rechten Puffer stand ein Rangierer auf einem signalgelben Tritt des Güterwaggons und konnte mit einem kleinen Rad bestimmen, mit welcher Geschwindigkeit der Wagen abrollte.

Wie die Leute bei einer solchen Modenschau wohl beieinandersaßen? Über was sprachen die? Was tranken die? Wahrscheinlich aschten die nicht einfach auf den Fußboden, wie der Schäbbige im Salon. Die streiften ihre Zigaretten in Aschenbechern aus schwerem Glas ab. Hätte er einen solchen Aschenbecher, könnte er das Ding in Geschenkpapier aus Frau Tillmanns Laden einpacken und sagen: Jupp, ich werde nicht Friseur. Du bist böse auf mich, ich weiß. Aber ich habe hier was Schönes für dich.

Dann würde Jupp das Ding auspacken und fragen: Wo hast du den geklaut? Wir sind arm, aber wir klauen nicht.

»Möchtest du mitkommen? Soll ich Thilo fragen? Das könnte doch ein großer Spaß werden«, Nelly klang so, als wäre es wirklich kein Problem. Edgar stellte sich vor, wie er unter diesen feinen Leuten in einem Bügelfrei-Hemd von Jupp vor sich hin schwitzte und nicht wusste, was er sagen sollte, ohne Nelly zu blamieren. Er schüttelte übertrieben heftig den Kopf.

»Diese feinen Pinkel, so was ist nichts für mich. Ich weiß, wo ich hingehöre.«

»Ich nicht, Edgar, ich nicht«, sagte Nelly, zog den nackten Fuß aus dem Schuh und hielt die geflickte Sandale hoch.

Edgar grinste. »Gitschlange«, sagte er feucht, mit viel zu viel Speichelgischt um die Zunge, als könnte er generell kein »F« sprechen. Genauso wie Nelly ihm den Sprachfehler ihres Cousins Thilo vorgemacht hatte.

Nelly fand es dieses Mal nicht lustig und verabschiedete sich mit einem kurzen Winken. Was hatte sie verärgert? Dass er nicht wusste, was da in Essen geschah? Dass er nicht mitfuhr? Oder gab es noch etwas ganz anderes, worüber sie nicht reden wollte, was aber mit Essen zu tun hatte?

6. August 1957
Steinhammerstraße
Mittags
Edgar

Edgar ging die Straße entlang, winkte zur alten Wokallek hoch, die im ersten Stock über der »Bockhalle« im Fenster stand. Sie grüßte mit einem Nicken und einem zahnlosen Lächeln zurück. Er überquerte die Straße. Genau genommen war »Erfrischungen Miebach« eine Garage. Statt eines Tors eine zusammengezimmerte Fensterkonstruktion. Bei schlechtem Wetter konnten die Miebachs das Schiebefenster runterziehen. Meistens saß Herr Miebach aber bei geöffnetem Fenster und wartete auf Kunden. Während sein Sohn, Edgars Freund Jürgen, die Regale auffüllte, aufräumte oder putzte.

Jürgen stellte den Besen zur Seite, mit dem er den kleinen Hof hinter der Verkaufsgarage fegte. Er breitete die Arme theatralisch aus und rief: »Der Erwählte!«

Die Hintertür des Kiosks stand offen. Von hinten sahen sie die Silhouette von Jürgens Vater, Hans-Jürgen Miebach.

Herr Miebach hatte als Soldat der Führer-Grenadierdivison »Das Reich« an der Oder den Krieg verloren. Seinen linken Arm und sein Gehör auch. An eine Rückkehr in seinen Beruf als Deutschlehrer war als Gehörloser nicht zu denken. Stattdessen saß er von morgens sechs bis abends sechs im Laden. Umzingelt von Zigarettenregalen, Ahoi-Brause und Schoka-Kola-Döschen. Wenn Jürgen nicht in der Nähe war, überwachte er den Hintereingang seines Geschäfts mit einem Spiegel.

Jürgen hielt eine Senoussi-Schachtel hoch. Auf dem gelben Karton war eine Gruppe von Beduinen zu sehen, die sich anscheinend versammelten, um zu rauchen. Edgar nahm eine der oval geformten Orientzigaretten, und Jürgen entzündete ein Streichholz für ihn.

Von dem starken Tabak wurde Edgar augenblicklich übel. Da musste er durch, wenn er so lässig rauchen wollte wie James Dean auf den Plakaten.

»Nelly fährt nach Essen«, sagte Edgar.

»Und von dort bringt man sie auf ein Sklavenschiff, weil sie an den König von Tonga verkauft wurde. Oder warum guckst du, als wäre was mit Omma?«

»Sie trifft ihren reichen Verwandten. Sie gehen zu einer Modenschau.«

»Ach echt? Spannend.«

»Nein, nicht spannend, Mann«, Edgar spürte den Wutball. Anders als bei Kafinek. Eigentlich auch nicht wegen Jürgen. Sondern wegen dieses Sprachfehler-Penners mit seinem VW-Käfer und seinen Anzügen. Leck mich, dachte Edgar und trat gegen die Mülltonne.

»Ich störe nur ungern«, sagte Jürgen, »aber ich glaube, die Rheinarmee möchte zwei Schachteln Attika. Möchtest du nicht vielleicht einen Blick riskieren?«

Jutta Overbeck stand vor dem Kiosk. Eine auffällige, attraktive Frau. Zumindest in der Steinhammerstraße. Nicht wirklich schön, aber aufregend. »Unsere Marilyn Monroe mit schlechte Zähne«, wurde sie von Jupp genannt. Marilyn sprach er aus, dass es wie Marianne klang. Mit den Zähnen hatte Jupp leider recht. Vor allem die Schneidezähne waren ungut verfärbt. Angeblich war sie Chefsekretärin bei Hoesch. Die Missgünstigen raunten unablässig, sie würde es für Geld machen. Mehrere Männer in der Straße wollten gesehen haben, wie ein Tommy-Jeep vor ihrem Haus stand, um sie abzuholen. Womöglich ein Offizier aus der Siedlung der britischen Rheinarmee in Dortmund-Brackel. Die konnten sich so was ja erlauben, die Tommys. »Scheißkrieg«, hieß es immer von irgendeinem von Jupps Saufkumpanen abschließend, ehe das Gespräch über die Overbeck'sche komplett versiegte. Normalerweise glaubte Edgar den Männern im Salon kein Wort. Jutta Overbeck rauchte aber die teure Attika schachtelweise, statt einzeln. Sie war vor allem immer so teuer angezogen, dass sie am nächsten Tag mit Nelly nach Essen hätte fahren können, ohne dort als Frau aus der Zechensiedlung wahrgenommen zu werden. Jedenfalls so lange, wie sie nicht sprach.

Sie beugte sich zu Herrn Miebach hinunter, weil sie glaubte, er könne sie dann besser verstehen. Er war aber wirklich komplett taub. Zum Glück nicht blind. Genoss also höchstwahrscheinlich den Blick in den Ausschnitt ihrer Bluse, zumal sie immer einen Knopf mehr öffnete als die Frauen, die in der Straße das Wort »schicklich« im Munde führten.

Jutta Overbeck blieb nicht verborgen, dass es hinter Herrn Miebach Bewegung gab. Wegen der Sonne konnte sie aber nicht erkennen, wer genau da im Halbdunkel zugange war. Sie sah also nicht, wie Edgar Jürgen sogar zur Seite schubste, um die bessere Position zu haben. »Jadegrün steht Ihnen hervorragend, Frau Overbeck«, rief Edgar. Sie guckte irritiert und beugte sich noch etwas weiter vor, um an Jürgens Vater vorbeisehen zu können.

»Wer sagt da was zu dem Grün von meiner Bluse? Edgar, dat bist du doch, oder? Frech wie Dreck, der hübsche Saukerl«, sie versuchte über Herrn Miebach hinweg etwas zu erkennen. Er legte eine Schachtel Attika sorgsam auf das verbreiterte Fensterbrett.

Edgar beugte sich von hinten über die Schulter des sitzenden Herrn Miebach. Er winkte ihr zu und war gleich wieder begeistert von dem tiefen Blau ihrer Augen. Wie viel es wohl kostete? Sein erstes Mal würde wahrscheinlich sowieso doof werden. Warum dann nicht gleich dafür bezahlen? Ob Nelly sauer wäre, wenn er es schon mal ohne sie ausprobierte? Eigentlich könnte sie nichts dagegen haben, wenn er nach dem Üben schon wusste, was er tat. Jutta Overbeck lächelte ihn an. Verführerisch, fand Edgar. Vielleicht hatte sie seinen Gedanken gelesen und fand das alles überzeugend.

»Arbeitet die Elsbeth am Freitagmittag?«, wollte sie wissen, fuhr sich dabei durch ihre kräftigen, blonden Haare. »Ich muss sie mir jetzt doch nachschneiden lassen. Die Elsbeth macht das so toll.«

»Kann ich gerne für Sie fragen. Soll ich dann bei Ihnen klingeln und Bescheid sagen?«, fragte Edgar. Er sah es schon vor sich, wie sie dastehen würde, wenn er ihr einen von Jupps pompösen Terminzetteln brachte. Nicht im ärmellosen Kittel wie die alten Frauen, denen Edgar für fünfzig Pfennig die Einkäufe nach Hause trug. Vielleicht nur in dieser Bluse, nackte Beine, eine Attika zwischen den Fingern.

»Ist nicht nötig. Ich komm vorbei und frag den Jupp.«

»Klar, schade«, antwortete Edgar und lächelte viel zu viel.

Herrn Miebach war auch dieses Gespräch gleichgültig. Er sortierte die Münzen von Frau Overbeck in seine Geldkassette. Dabei sang er leise »Nun so sei mein Herzenstäubchen« aus dem Duett von Papageno und Papagena in der »Zauberflöte« vor sich hin.

»Bist du sicher, dass dein Vater nichts hört?«, fragte Edgar.

»Bin ich«, antwortete Jürgen, »sonst würde ich nicht so viel auf den Notizblock schreiben müssen. Bist du denn sicher, dass dich wirklich nichts von deinem Schmerz wegen Nelly ablenken kann?«

Er stand mit Edgar bereits wieder auf dem Hof und öffnete eine Flasche Bier, die sie sich teilen würden.

»Woher kennst du die Farbe ›Jadegrün‹?«, fragte Jürgen.

»Du hörst mir nicht zu«, sagte Edgar. »Ich habe dir vorhin erst erzählt, dass ich mich bei den Städtischen Bühnen beworben habe. Da muss ich doch wohl wenigstens die gängigen Farben kennen. Steht außerdem auf den Buntstiften drauf.«

»Auf meinen Buntstiften steht nichts«, Jürgen nahm einen so tiefen Zug aus der nächsten Zigarette, wie ihn sich Edgar nie getraut hätte.

»Ich hab bessere. Da stehen die Farben drauf. Enzianblau, Sienna gebrannt, Ultramarin, Indigoblau, und so weiter.«

»Woher hast du solche Stifte, die sind doch sicher sackteuer?«

»Von Nellys Mutter. Wenn der Buntstift-Vertreter vorbeikommt, backt sie immer Kuchen. Der verspricht sich wer weiß was. Und lässt welche von den Stiften da. Die lassen sich mit Wasser vermalen.«

»Völlig uninteressant«, sagte Jürgen, »spannender finde ich, was du eigentlich willst. Mit Nelly in das Himmelreich der Liebe auffahren oder dich von ihrer Mutter adoptieren lassen?«

Himmelreich der Liebe. Der Erwählte. Am Anfang von Jürgens Schulzeit hatte sich der Deutschlehrer in Herrn Miebach bemerkbar gemacht. Er hatte seinem Sohn schon Goethe vorgelesen, als Jürgen noch ein kleiner Junge war. Der verstand nicht unbedingt, worum es ging. Mochte aber die Worte und den Ton der Lesestimme seines Vaters, als der noch hören konnte, wie er selbst klang. Mittlerweile fuhren die beiden gemeinsam in die neue Stadtteilbibliothek in Lütgendortmund und liehen sich Bücher aus. Jürgen hatte seinen Vater sogar auf Hemingway gebracht.

Edgar sah seinen Freund an. Du musst hingucken lernen, hatten die Plakatmaler in der Schauburg gesagt. Jedenfalls, wenn du gut zeichnen können möchtest. Drei Drittel hat das Gesicht, fast wie Jupps Handtücher. Ein Drittel Stirn, dann die Augenpartie bis zum Mund. Dann, wie bei Jürgen, ein fliehendes Kinn.

»Was glotzt du denn so komisch? Das ist ja ein irres Starren, wie im Fieber«, sagte Jürgen.

»Und du?«, lenkte Edgar ab, »was machst du aus deinem Leben? Reicht dir das hier? Bis zur Rente Kiosk, und dann das Leben in vollen Zügen genießen? Hauptsache, nicht weg von hier?« Gemein von Edgar, diese Frage. Denn er wusste, Jürgen bekam es mit der Angst, wenn es um die Zukunft ging. Und er wusste auch, wie sehr es Jürgen eigentlich in die weite Welt zog. Vor allem zu seiner Tante nach Amerika. Daran dachte Edgar überhaupt nicht gern. Denn Jürgen würde ihn kaum mitnehmen.

Jürgen zog an der starken Zigarette, als wäre er ganz und gar gelassen.

»Soldat«, sagte er, »die haben doch im Dezember die Wehrmacht neu aufgemacht. Bundeswehr. Da gehe ich hin.«

»Weil du auch einen Arm zu viel hast wie dein Vater?«

»Was soll ich hier, Edgar?«, Jürgen sprach seinen Vornamen so angenehm weich, wie es sonst nur Nelly tat. Er zeigte auf den Kiosk. »Die Trinkhalle wirft so wenig ab«, er nickte in Richtung seines vor sich hinsitzenden Vaters, »seine Rente reicht für die Wohnung, für unser Essen, und das war's. Im Moment liege ich ihm auf der Tasche. Auch wenn er das nie sagt.«

»Du weißt aber, dass das so nicht bleibt. Ist nur eine Zwischenphase. Zwischen der Schule und dem, was dann kommt. Wo wir beide Geld verdienen werden. Aber du willst doch nicht aus lauter Angst Landser werden. So sind wir doch nicht!«

»Ach nein? Was sind wir denn? Außer zu viel? Du kannst als Friseur arm bleiben und ich als Klümpchenverkäufer. Klar, wir können auch auf den Pütt gehen. Dreißig Jahre im dunklen Loch. Ich freu mich schon.«

»Du liest so viel. Du schreibst toll. Wenn du der Overbeck einen Liebesbrief schreibst und dich richtig anstrengst, dann gibt die dir Rabatt. Dann darfst du vielleicht sogar einmal umsonst. Das ist echt gut, was du schreibst.«

»Gar nichts muss ich schreiben. Die lässt mich für umme ran, wenn ich mit meiner Uniform im Jeep nach Hause komme. So wie ihr Tommy-Offizier.«

Jürgen sah überhaupt nicht überzeugt aus. Wenn jemand nicht zum Soldaten taugte, dann dieser lulatschgroße Kerl, der sich beinahe jeden Satz eines Buches merken konnte. Der aber in seinem Körper nicht zu Hause war. In der Schule hatte die Clique von ›Suppe‹ Subschikowski das »Turmumwerfen« erfunden. Was bedeutete, den langen Jürgen zu Boden bringen. Umtreten, weghauen, fest stoßen. Das hatte erst aufgehört, nachdem Edgar ›Suppe‹ die Nase gebrochen hatte. Das Gespräch, zu dem seine Mutter und Jupp beim Rektor vorgeladen worden waren, gehörte zu den schönsten Erinnerungen, die Edgar an seine Schulzeit hatte.

Der Rektor hatte mit seiner bürokratisch-näselnden Art Jupps kurze Lunte augenblicklich entzündet. Zumal sich die beiden wohl auch irgendwoher kannten, denn Jupp sprach den Rektor durchgängig mit »Herr Hauptmann« an.

Nach kurzer Zeit brüllte Jupp so, dass es Edgar noch vor der Tür des Rektorbüros hören konnte:

»Wenn Sie einen asozialen Lümmel wie diesen Subschikowski nicht in den Griff bekommen, dann bin ich froh, wenn da ein mutiger Kerl wie mein Junge mal durchgreift. Wenn Sie sich damals nicht in der Etappe versteckt hätten, dann könnten Sie mitreden. Dann wüssten Sie, wie sehr man unter einem ausgemachten Kameradenschwein leiden kann. Und jetzt wünsche ich Ihnen noch einen schönen Tag, Herr Hauptmann. Komm, Friedel, wir gehen.«

Edgar warf seine Zigarette auf den Boden und war heimlich froh, mit dem Rauchen erst einmal fertig zu sein.

»Ich bediene am Sonntag in der Bockhalle. Bei der Kommunion deiner Schwester«, sagte Jürgen. »Möchtest du ein paar Nappos?«

Edgar liebte Nappos. Anders als seine Schwester Inge mochte er es, wenn die Zuckermasse in der Zartbitterschokolade weich war. Unter keinen Umständen durfte sie hart sein. Edgar wusste, die Süßigkeiten waren als Bestechung gemeint. Konnte er gut gebrauchen, aber nicht für sich. Er ahnte, was er dafür tun sollte.

»Heute ist der Geburtstag meiner Mutter. Kommst du mit?«, fragte Jürgen.

6. August 1957
Dortmund
Friedhof Oespel
Ewald-Görshop-Straße
Früher Nachmittag

Der Zechenbus hatte sie ein Stück mitgenommen. Jürgen und Edgar hätten eigentlich nicht mitfahren dürfen. In Begleitung des versehrten Herrn Miebach war das etwas anderes. Wenn ihnen kein anderer Trinkspruch einfiel, tranken viele Bergleute darauf, dass »noch alles dran ist«, am Grubenmann. Dementsprechend wurden Leute, an denen etwas fehlte, im Bus der Bergleute mitgenommen.

Danach waren die drei eine halbe Stunde zu Fuß gegangen und in einer anderen Welt angekommen. Kein Straßenbahngerumpel, wie es in der Steinhammerstraße von vier Uhr morgens bis kurz vor Mitternacht dröhnte. Keine Güterzüge, die über die Weichen quietschten, bevor die Puffer aufeinanderrummsten, als wäre das jedes Mal ein Unfall und nicht mit Absicht geschehen. Die Geräusche waren Edgars Einschlafmusik. Neben dem Schnarchen von Jupp, dem wimmernden Atmen seiner Mutter und der manchmal im Schlaf schmatzenden Inge. Auf der Steinhammerstraße gab es wenige Bäume. Die Eiche, die Nelly und er vom Monaco-Balkon aus sehen konnten, die beiden Pfirsichbäume in ihrem Hof hinter dem Friseurladen, die dort nur standen, um vom Toilettenhäuschen mit dem Plumpsklo abzulenken. Wenn sie die Pfirsiche ernteten, musste Edgar die Früchte in eine Zinkwanne mit Wasser werfen, um den Dreck aus der Luft abzuwaschen.

Hier auf dem Friedhof waren viele Bäume. In denen Vögel auf eine Weise zwitscherten, als würden sie vor Wut über die wenigen guten Plätze im Baum hysterisch.

Edgar hatte sich die Nappos bereits auszahlen lassen. Jürgen musste das gesamte Glas ausschütten. Denn Edgar brauchte harte. Für Inge. Wollte er zu dem Bild dazulegen, das er zu ihrer Kommunion für sie gemalt hatte.

Sie hatten das Schild in das Schiebefenster des Kiosks gesteckt. »Wegen einer Familienangelegenheit bis 18 Uhr geschlossen, Miebach«, stand darauf in der gestochenen Handschrift des Deutschlehrers. Der trug trotz der Hitze ein Sakko. Über die Jahre hatte er sich beigebracht, nur mit der rechten Hand seine Krawatte zu binden. Die saß etwas unegal. Durfte aber selbst von Jürgen nicht gerade gezogen werden. »Unabhängigkeit schafft Originale«, rief Herr Miebach bei dem kleinsten Versuch, »betuttert« zu werden, wie er Hilfe nannte.

»Ich habe abgeschlossen und auch das Vorhängeschloss benutzt«, bellte Jürgen seinem Vater beinahe ins Gesicht, akzentuierte die Worte überdeutlich.

»Hast du abgeschlossen? Und das Vorhängeschloss?«, fragte sein Vater zurück. Manchmal klappte es mit dem Lippenlesen nicht so toll.

Jetzt standen sie an diesem heißen Tag im Schatten der Bäume. Ich sollte Nelly holen und wir könnten hier unter diesen Bäumen schlafen, dachte Edgar. Selbstverständlich würde sie niemals mit ihm auf dem Oespeler Friedhof übernachten. Auch die unerschrockene Nelly nicht. Blieb sie eigentlich nach dieser Modenschau über Nacht? Wo?

Bei wem? Edgar spürte einen Wutball nach dem nächsten im Bauch. Allerdings blieben die nicht lang. Wenn er den einarmigen Mann vor sich sah, erlosch sein Zorn sofort.

Jürgen und Edgar liefen ein paar Schritte hinter Herrn Miebach her. Hätte sie jemand gefragt, hätten sie nicht gewusst, warum.

Jürgens Vater bog ohne Zögern vom Hauptweg des Friedhofs ab, ging durch die Reihen, noch zweimal rechts und dann links.

Er blieb vor einem Grab stehen, nahm den Hut ab und senkte leicht den Kopf.

»Du bist die Ruhe, du bist der Frieden. Du bist der Himmel, mir beschieden« stand auf dem Grabstein. Darunter der Name Erika Miebach. Die Jahreszahlen. 1919 geboren. 1953 gestorben. Krebs, keine Chance. Jupp hatte es irgendwie geschafft, an eine Perücke für Frau Miebach zu kommen, als ihr während der Therapie alle Haare ausfielen.

Edgar und Jürgen standen jetzt etwas näher, aber immer noch deutlich hinter Herrn Miebach.

»Herzlichen Glückwunsch, mein Schatz«, sagte Herr Miebach. In der Straße waren alle an sein viel zu lautes Sprechen gewohnt. Er schrie jeden an, der bei ihm durch das Schiebefenster etwas bestellte. Aus Furcht. Er hatte Angst, nur so wenig verstanden zu werden, wie er sein Gegenüber hören konnte. An diesem Grab sprach Herr Miebach mit einer Stimme, die Edgar nicht von ihm kannte. Leise. Fast flüsternd. Nur der Gedanke an seine Frau regelte die Lautstärke.

»Die Jungs sind mit mir gekommen, um dir zu gratulieren. Den Edgar kennst du ja. Der, den du so hübsch findest. Die Zeichnung, die er von dir gemacht hat, steht auf meinem Nachttisch«, Herr Miebach atmete komisch tief ein. Edgar sollte sich eigentlich freuen, weil ihm ja wohl diese

Zeichnung sehr gut gelungen war. Er hätte aber lieber wieder eine geraucht.

»Unser Jürgen wächst hoffentlich nicht mehr weiter. Das ist vielleicht ein Riesenkamel, sage ich dir. Er hilft mir aber allerbestens und kümmert sich sehr gut um deine Kräuter, die machen wir uns«, Herr Miebach sprach für einen Moment nicht weiter, sondern atmete schon wieder tief ein, »die machen wir uns am Sonntagmorgen in das Rührei. Er hat ein passables Abschlusszeugnis von der Volksschule, wird das Abitur machen und dann auch Lehrer werden.« Edgar blickte vorsichtig zur Seite. Jürgens Gesicht war ungut, und er hatte die Lippen aufeinandergepresst.

»Die Jungs haben dir Blumen mitgebracht.« Herr Miebach drehte sich ein wenig zu Jürgen um und nickte auffordernd. Jürgen ging über die Steinplatten hinter den Grabstein, zog eine Vase hervor und entfernte das Papier von dem zerrupft wirkenden Blumenstrauß. Er reichte Edgar die Vase an. Der war froh, etwas tun zu können, und ließ an der nächsten Ecke Wasser in das Gefäß laufen. Als er zurück war, steckte Jürgen die Blumen hinein und befestigte die Spitze der Vase beinahe zärtlich in der Erde.

Danach richtete er sich wieder auf und murmelte in Richtung Grabstein »Herzlichen Glückwunsch, Mama«.

»Jungs, vielleicht könnt ihr mich mit meiner Frau noch ein paar Minuten allein lassen. Da vorne um die Ecke ist eine Bank. Ich bin gleich bei euch«, Herr Miebach holte sein Stofftaschentuch aus der Brusttasche des Sakkos, als die beiden sich in Bewegung setzten.

Als sie auf der Bank saßen, friemelte Jürgen die Senoussi-Schachtel aus der Hosentasche. Er riss ein Streichholz an und gab Edgar wieder Feuer.

»Lehrer?«, fragte Edgar.

Jürgen schüttelte den Kopf.

»Kommt nicht infrage. War keine schöne Zeit an der Schule, wie du dich sicherlich erinnerst. Und überhaupt: Wer soll sich um die Overbeck kümmern, wenn du mit Heidi Brühl auf dem Immenhof wohnst?«

»Du solltest keine Kinder unterrichten, denn du verstehst die einfachsten Zusammenhänge leider nicht«, sagte Edgar. »Ich will die Gesichter von Schauspielern auf Plakate malen. Aber ganz sicher nicht selbst auf der Bühne stehen oder in irgendeinem der Filme mitspielen.«

Jürgen lächelte und zog an seiner Zigarette. Wie lange es wohl dauerte, bis er das genauso konnte, ohne dass ihm schummrig wurde, fragte sich Edgar.

»Als sich die beiden kennengelernt haben, waren sie so alt wie Nelly und du«, Jürgen zeigte mit dem Daumen hinter sich in Richtung des Grabes seiner Mutter.

6. August 1957
Auf der Steinhammerstraße
Nachmittag
Edgar

Edgar hätte gerne die Hände frei gehabt. Er ging lieber, ohne irgendwas zu tragen.

Der Flachmann mit Weinbrand hätte auch in seine Hosentasche gepasst, wäre aber dann gleich durchgefallen. Wegen des Lochs.

»Sag dem Vatter einen schönen Gruß«, hatte Herr Miebach viel zu laut gerufen, als er die kleine Flasche Schnaps aus dem Regal nahm und Edgar in die Hand drückte. Herr Miebach war der einzige Kunde, der bei Jupp niemals für einen Haarschnitt bezahlen musste. Fragen zu diesem Thema waren verboten.

Für einen Einarmigen hatte sich Herr Miebach sehr schnell umgezogen, kaum dass sie zurück waren. Raus aus den Friedhofsklamotten. Jetzt saß er wieder in seinem kurzärmligen beigefarbenen Hemd hinter dem Schiebefenster des Kiosks. Die Wäscheklammer hielt den Ärmel verschlossen, in dem der Arm fehlte. Herr Miebach saß auf der Decke, die immer auf dem Sessel lag. Er wartete. Aber doch nicht nur auf Kunden, dachte Edgar. Auf was wartete der Mann eigentlich? Was würde in seinem Leben besser werden? Konnte es sein, dass er darauf wartete, endlich zu seiner Frau nach Oespel unter die Erde zu dürfen? Er saß wie festgeschraubt auf diesem Stuhl und sah durch das Schiebefenster auf die Straße, auf der nichts passieren würde. Was sah er vor sich? Wie passten das Vorbeifahren der Straßenbahn und die von irgendwo nach irgendwo herumgehenden Leute zu den großen Sätzen in seinem Kopf von Goethe, Schiller, Hölderlin?

»Hier ist zwar was los. Aber es passiert nichts«, hatte Nelly einmal gesagt. Edgar hatte das aufregend und beängstigend zugleich gefunden. Denn er hatte schon oft deutlich gespürt, was Nelly da sagte. Ohne zu wissen, dass man es so ausdrücken konnte. Ohne so präzise sein zu können. Was, wenn sie ihm so überlegen war, dass sie wirklich dorthin gelangte, wo etwas geschah, er aber nicht? Es sollte nicht immer alles das Gleiche sein. Er würde gerne irgendwo hin, wo er die Sätze der älteren Leute nicht zu Ende sprechen konnte. Mit Jupp ließ sich über so was nicht reden. »Du kannst froh sein, dass dir noch nichts Schlimmes passiert ist«, sagte er dann immer. Wer nicht alles super fand, was zu Hause und hier in der Straße ablief, dem passierte gleich was unaussprechlich Schlimmes.

In diesem Moment war Edgar allerdings froh, wieder genau da zu sein, wo er alles kannte. Zurück in der Straße. Im Gerumpel. Nicht mehr bei den Vögeln und den Bäumen, unter denen Leute lagen, die keine Geräusche mehr machten. Gut, dass es wieder laut war. Es Güterwagen gab, die hinter den Häusern mit einem Klonk aufeinanderrappelten. »Du bist die Ruhe, du bist der Frieden. Du bist der Himmel, mir beschieden«, warum hatte er den Satz von Frau Miebachs Grabstein nicht einfach vergessen? Edgar schüttelte den Kopf, denn er war sicher, üble Gedanken ließen sich abschütteln. Solange er sich bewegte, während er sich schüttelte. Im Sitzen klappte es nicht.

Er ging zurück zum Laden, zurück nach Hause. Mit verbundenen Augen hätte er sagen können, wann er auf der Höhe der Schneiderei von Frau Krzyaniak war. Die rauchte bei der Arbeit eine kleine Pfeife. Der Geruch nach verbrannten Blumen blieb in den Klamotten hängen, die sie ausbesserte. Komplizierte Arbeiten und alles mit Pelz gab sie an Edgars Mutter weiter. Wenn Edgar fragte, warum Frau Krzyaniak so wenig Haar hatte, kam immer zur Antwort: »Die Frau hat es auch nicht leicht.« Zwei Häuser weiter das einzige Schaufenster in der Straße, das immer frisch geputzt funkelte. Der pingelige Pardey verkaufte hier Radios. Neuerdings stand eins dieser modernen Fernsehgeräte im Fenster. Daran wienerte Pardey ständig herum. Konnte sich in der Straße keiner leisten. »Setzt sich sowieso nicht durch, das Geflimmer macht Kopfschmerzen«, hatte Jupp dazu gesagt. Wenn die Sache mit den Städtischen Bühnen klappte und er irgendwann Filmplakate malen würde, könnte er Jupp ein SK2 schenken. Ein Röhrenradio von Braun, das eben keine große Truhe mit dem giftgrün schimmernden magischen Auge mehr brauchte. Sondern eine schlichte weiße Schachtel mit nur drei Knöpfen und einem kleinen Ziffernblatt für die Stationen. Das SK2 sah nach Zukunft aus. Nagelneu, erst 1955 vorgestellt. Jupp hatte ihm den Artikel in der Zeitung gezeigt. Kurze Zeit später hatten sie es gemeinsam beim pingeligen Pardey gesehen. Nicht als echtes Gerät, sondern nur auf einem Plakat. »In der Straße hat doch keine alte Sau 200 Mark für ein Radio übrig«, hatte Jupp gesagt.

Zu den vielen Sachen, die Edgars Mutter an Jupp störten, gehörten auch die ständigen »Kraftausdrücke«, wie sie es nannte. Die Männer im Laden lachten verschworen, wenn Jupp einen Abwesenden als »dummes Schwein« bezeichnete, dem er »die Rosette nach draußen krempeln« würde.

Als er in den Hof neben dem Friseurladen einbog, saß Edgars Mutter auf einem Stuhl und nähte. Sie hatte die Schuhe ausgezogen. Auf ihrem Schoß lag ein weißes Kleid, an dem sie kleine Perlen befestigte. Inges Kommunionkleid für Sonntag.

Edgar gab ihr einen Kuss auf die Stirn. Was ihr sofort als ungewöhnlich auffiel.

»Willst du mich als Nächstes segnen, mein Junge?«, fragte Friedel.

Er antwortete nicht, legte die Hand auf ihre Schulter. Wollte sie berühren. Jürgen kann nur noch eine Vase in die Erde drücken, dachte Edgar.

»Hast du ihn gefragt, ob er noch was für dich zu tun hat?«, fragte Friedel und deutete in Richtung der Tür, die in Jupps Salon führte.

Edgar log mit einem Nicken. Er hatte nicht gefragt. Musste er aber auch nicht. Was sie besser nicht wissen durfte: Wenn mittags Elsbeth in den Laden kam, um Jupps Kundinnen zu bedienen, veränderte sich Jupp. Während er sonst immer in Bewegung war, hierhin ging, dort guckte, setzte er sich hin, wenn Elsbeth arbeitete. Sah ihr zu, als würde sie etwas Wunderschönes tun, wenn sie der stark aus dem Mund riechenden Omma Riehle eine Welle legte. Jupp saß dann nicht einfach nur da. Er lehnt sich an, streckte die Beine aus, lächelte sogar. Das war nicht allein der Chantré, mit dem er sich ab dem späten Vormittag immer »den Mund ausspülte«, wie er es nannte. Es war Elsbeth. Da war sich Edgar sicher. 28 Jahre alt. 17 Jahre jünger als Jupp. Seit Elsbeth am Nachmittag im Salon arbeitete, konnte Jupp auch Kundinnen annehmen. Weil Elsbeth es so wollte, ließ er ein Kopfwaschbecken einbauen. Sogar mit warmem Wasser. Für die Männer reichte kaltes. Zumal die meisten Bergleute jeden Tag auf der Zeche heiß duschten.

Mit Elsbeth gab es einen Jupp, den Edgar kaum kannte. Er wurde an Elsbeth-Nachmittagen jünger. Diese Verwandlung seines Stiefvaters musste er vor seiner Mutter verbergen, da war sich Edgar sicher.

Seine Mutter hielt das Kleid hoch, das seine Schwester tragen würde.

Er nickte. »Schön. Und die Perlen sind toll. Sehr passend für eine Braut, die den König von Eschnapur heiratet. Mit neun«, sagte er.

Sie beugte sich wieder über das Kleid, fuhr mit dem Finger über die Perlen. Prüfte, ob eine lose war. Lächelte.

»Blödmann«, sagte sie, ohne aufzuschauen.

»Sie sollen nicht wieder ›die Arme‹ zu meiner Kleinen sagen«, murmelte Edgars Mutter. Natürlich wussten alle in der Straße, wie die kleine Inge hustete, wenn kein Wind wehte und ein Deckel auf der ganzen Stadt zu liegen schien.

Jupp schnitt regelmäßig dem Arzt die Haare, der um die Ecke wohnte. In der »Villa«, wie das Haus hieß, das ein vorzeigbares Obergeschoss und große Fenster hatte. Friedel besserte die Blusen der Frau Doktor aus und kümmerte sich um deren zwei Pelzmäntel. Alles, damit der Arzt weiter Überweisungen für die Lungenklinik in Hemer schrieb, in der sich Inges geburtsgeschädigte Lunge so weit ausdehnen konnte, wie es irgendwie möglich war. Jedenfalls hatten sie Edgar so erklärt, was da in diesem dunklen Wald im Sauerland geschah.

»Du brauchst noch was Anständiges zum Anziehen. Wenn du zur Friseurinnung gehst«, sagte seine Mutter.

Edgar nickte. Kam sich vor wie ein Verbrecher, weil er wirklich was zum Anziehen brauchte. Aber für die Leute vom Theater. Wenn die ihn hoffentlich, hoffentlich einluden.

»Würde er auch wollen, dass ich Friseur werde?«

»Wer?«, fragte seine Mutter.

»Dein Mann«, sagte Edgar, »mein Vater.« Wäre sie die Straßenbahn, würde sie jetzt bimmeln, um einen Passanten vor einer nahenden Gefahr zu warnen. So guckte sie.

Sie zog sich die Schuhe an. Nahm den Nähkasten und sortierte die Nadeln und übrig gebliebenen Perlen ein.

»Nein. Dein Vater hat immer gesagt, was denn wohl aus unserem Land werden sollte, wenn wir uns alle nur gegenseitig die Haare schneiden.« Sie klappte den Nähkasten viel lauter zu, als es sein musste.

»Aber in der schlechten Zeit, als ich deinen Vater kennenlernte, hat er seinem kleinen Bruder Jupp das Geld abgenommen, das der mit Haareschneiden verdiente, um mich ausführen zu können. Nachdem er sich zum Militär gemeldet hatte, kam er mit der Uniform nach Hause, als wäre er bald General. Und jetzt liegt er in den Sachen, die das Hitler-Schwein ihm gegeben hat, kaputtgeschossen im russischen Dreck. Seit 14 Jahren. Nein, er hätte wahrscheinlich nicht gewollt, dass du Friseur wirst. Aber ich bin froh drum, mein Junge. Komm, Abendbrot«, sie legte sich das Kleid vorsichtig über den Arm, stand auf und zeigte auf den Nähkasten. Was bedeutete, dass er den gleich ins Haus bringen sollte.

7. August 1957
Steinhammerstraße
Salon von Jupp Woicik
Am Morgen
Edgar

Edgar blieb nach dem Aufwachen nie länger in seinem Bett liegen. Es war auch kein wirkliches Bett, sondern eine Klappcouch, die ihm Jupp und seine Mutter vor vier Jahren »für vorübergehend« hingestellt hatten.

Dieses Zimmer war viel zu eng für vier Leute. Dann auch noch bei dieser Hitze. Er war sicher, er würde beim Aufwachen regelrecht ranzig aussehen. Von der Luft, die vier schlafende Menschen verpestet hatten. Edgar hob das Kopfkissen an und nahm seine Hose, die er, wie immer, zum Glätten daruntergelegt hatte.

Dann zog er das Hemd vom Bügel. Versuchte, leise zu sein. Denn wenn Jupp zu früh wach wurde, konnte Edgar sich nicht in Elsbeths Warmwasserbecken waschen. »Hast du endlich den Esel gefunden, der Geld kacken kann, oder verplemperst du einfach nur so mein Geld für Warmwasser?«, würde Jupp maulen, wenn er ihn dabei ertappte. Im Schuppen hinter dem Laden stand sein alter Schultornister. Was ihm wie ein »früher« vorkam, ein damals. Nach nur weniger als einem Jahr. Darin war die Dose, die ihm Nelly zum Geburtstag geschenkt hatte. Eine Seifendose, wie sie alle Bergleute bekamen. Aber sie hatte mit Nagellack »Eddie« draufgeschrieben, weil sie besser als andere wusste, wie sehr ihn diese Version seines Vornamens nervte. Am liebsten wurde er Woicik genannt. Die Männer, die im Salon miteinander sprachen, nannten sich generell nur beim Nachnamen. »Und dann kam der Stachowiak und hat dem Iwan gezeigt, was 'ne Harke ist.« Selbst der Mann, den sie aus dem eingestürzten Stollen in der Zeche gebuddelt hatten und der danach nur noch mit den Kindern »Himmel und Hölle« hüpfen wollte, wurde entweder mit seinem Spitznamen »der Dullratz« oder eben »bestusster Jarrasch« angesprochen. Niemals Rudolf, wie der arme Kerl mit Vornamen hieß. Vornamen waren Kinderkram.

»Darf ich mich hier auch waschen?« Inge stand schon neben dem Waschbecken und lächelte ihn an. Als er ihr einen Kuss gab, hörte er das leise Fiepen aus ihrem Brustkorb. Edgar glaubte, dass sie weniger schlimm hustete, wenn er ihr gegenüber leise und zart war. Sie war zu schlau, als dass ihr entgangen wäre, wie sehr er sich vor ihren Hustenanfällen fürchtete. Hielt ihm den Nacken hin, damit er sie massierte. Immer, wenn sie es wollte, gingen sie zu der Gemüsehütte der Schwingelers neben dem Güterbahnhof. Eigentlich ein finsterer, fensterloser Ort, wo es nur Kartoffeln und Zwiebeln zu kaufen gab. Darin dieses alte Ehepaar, das so verrunzelt aussah, als würden aus ihnen die gleichen Keime sprießen wie aus ihren Kartoffeln. Aber es gab dort mehrere Katzen, die Inge mit einer närrischen Ausdauer streichelte. Würden Katzen in Kinofilmen die Hauptrollen spielen, müsste sich Edgar nicht mehr zum Kinomaler ausbilden lassen. So viele Katzen hatte er schon auf Inges ausdrücklichen Wunsch gemalt.

Inge planschte mehr in dem Kopfwaschbecken, als dass sie sich wirklich wusch. Edgar würde um das Becken herum wischen müssen, ehe Jupp in den Laden kam.

»Soll ich dir meinen Kommunionspruch aufsagen?«, fragte Inge.

»Klar, wie geht der denn?«

»Gott ist mein Fels und meine Burg, meine Rettung, mein Gott, auf den ich mich verlasse. Das ist Psalm 18.3«, Inge lachte stolz.

»Und was ist Psalm 18.4?«, fragte Edgar.

»Das weiß ich nicht. Aber du weißt es auch nicht.«

»Das stimmt leider, meine Süße«, Edgar war nicht mehr ganz bei der Sache, denn er hörte Schritte auf dem Hof. Das konnte noch nicht Jupp sein. Der musste erst eine Tasse Kaffee trinken, seine Frühstücks-Zigarette rauchen und dann auf dem Plumpsklo »ein Bild malen«, wie er den Vorgang nannte.

Als sich die Hintertür des Ladens öffnete, zeigte sich ihre Mutter in ihrem Bademantel.

Sie hielt einen Briefumschlag in der Hand.

»Nelly war gestern Abend noch da, als du schon im Bett warst. Die sagte, ich sollte dir das unbedingt geben, denn sie würde ja für ein paar Tage mit ihrem Cousin wegfahren?«

»Hat sie ein paar Tage gesagt?«, fragte Edgar.

»Was weiß ich denn. Ich muss Jupp jetzt seinen Kaffee machen. Der brummt schon wieder wie ein Trafohäuschen, der Mann bringt mich noch ins Grab mit seiner verdammten Hektik!«

Ihre Mutter war so schnell verschwunden, wie sie gekommen war.

»Solche kriege ich Sonntag auch in die Haare, hat Elsbeth gesagt«, Inge sortierte die Haarklammern in Elsbeths

Frisierwagen nach Größe. War also auf dem Weg in die Versunkenheit. Edgar konnte Nellys Notiz lesen. Eigentlich fast schon ein Brief.

»Lieber Edgar, mit meiner Mutter war es heute nicht so einfach. Ich traue mich nur, nach Essen zu fahren, weil ich weiß, dass Du nach ihr siehst. Am liebsten würde ich nicht fahren. Aber Thilo hat gesagt, ich könnte dort einen Mann treffen, der vielleicht eine gute Lehrstelle für mich hat. Wollte ich gestern eigentlich noch erzählt haben. Aber Deine Zornesader hat ja schon genug gepockert, weil ich nicht dazugehöre. Zu was eigentlich? Müssen wir besprechen. Jetzt ist aber ganz wichtig: Wenn irgendwas mit meiner Mutter ganz komisch wird, rufe mich bitte unbedingt an. Unter der Telefonnummer, die unten steht, erreichst Du das Haus meines Onkels. Wenn mein Onkel oder meine Tante rangehen, sage bitte nicht, dass etwas mit meiner Mutter nicht stimmt. Erzähle etwas von einer Lieferung, mit der etwas schiefgegangen ist. Ich weiß, dass das viel verlangt ist. Du kannst sicher sein, ich mache es wieder gut. Nein, nicht damit, Du Schwein. Bis in Kürze, Deine Nelly.«

»Bis in Kürze« hatten sie sich von einem schmierigen Spielzeugvertreter abgehört, der von Frau Tillmann regelmäßig weggeschickt wurde, weil der wollte, dass sie Spielzeugsoldaten aus Kunststoff verkaufte. Was sie immer in eine Rage versetzte, die Edgar weder von ihr kannte noch mit ihr jemals in Verbindung gebracht hätte. Er hörte Nelly aus dem Brief beinahe sprechen. Sie sollte ihm mehr schreiben. Dann hätte er immer ihre Stimme um sich herum. Wie sollte er bei Nellys Mutter beurteilen, in welcher seelischen Verfassung sie war? Und wenn er zu dem Ergebnis käme, sie wäre ganz komisch, was dann? Was sollte er dann machen? Als Halbwüchsiger einer erwachsenen

Frau Anweisungen geben? Echt? Und was, wenn es wirklich dramatisch wäre? Wenn sie im Bett lag? Oder schlimmer: Im Nachthemd um das Haus huschte? Er könnte Jürgen fragen, ob der vielleicht mitkommen würde. Aber den kannte Frau Tillmann kaum. Sie hatte auch schon mal gesagt, sie würde diesen »Riesen« unangenehm finden. Jürgen hätte etwas von einem ›Sittlichkeitsverbrecher‹.

»Was ist das denn hier für eine Riesensauerei? Na, da schlägt es ja wohl dreizehn, Himmel, Arsch und zugenäht«, Edgar hatte Jupp nicht kommen hören. Der entdeckte allerdings erst jetzt, dass auch Inge da war, und bremste sich augenblicklich. Die Kleine sah nur kurz von den Haarklammern auf, lächelte ihren Vater an, und der lächelte zurück. Seine Miene verfinsterte sich erst wieder, als er Edgar in den Blick nahm. Er bedeutete ihm mit einem schroffen Nicken, er möge hier augenblicklich feucht durchwischen, und verschwand dann wieder.

So viel stand fest: Edgar würde heute wieder nicht dazu kommen, mit Jupp über die Zukunft zu sprechen.

7. August 1957
Steinhammerstraße
Salon Jupp Woicik
Später Vormittag

»Elsbeth, Marjellchen, mecht ich dem Woicik sprechen. Hat sich gut Miehe gegeben, mit Haare von mein Olek. Ist aber ieberhaupt nüscht nech scheen jeworden, weisst du. Sieht aus wie Lorbass, mein Olek.«

Agatha Schmidt zeigte hinter sich. Wo sie zu Recht ihren Sohn vermutete, der hier im Laden, wie auch sonst in der Straße, Ötte hieß. Der versuchte, sich hinter ihr zu verstecken. Soweit das bei seinen Ausmaßen möglich war. Doppelt so schwer wie seine Mutter, zwei Köpfe größer.

Er wartete hinter ihrem Rücken darauf, dass sich endlich die Erdspalte auftat, die ihn verschluckte.

24 Jahre alt, so stark, als könnte er eine Lokomotive schieben, mit seiner Mutter beim Friseur, um eine Frisur zu reklamieren. Wie schrecklich für ihn, dachte Edgar. Natürlich wollte Ötte nicht hier sein. Wenn seine Mutter in ihren endlosen Gebeten über das Himmelreich sprach, stellte sich Ötte darunter einen Kinobesuch mit Elsbeth, anschließend ein paar Bier und daran anschließend wer weiß was Schönes vor. Unerreichbar, Himmelreich eben.

»Der Chef müsste jeden Moment kommen, Frau Schmidt, wollen Sie sich vielleicht setzen?«

Agatha Schmidt drehte sich fragend zu ihrem Sohn um. Fokussierte ihn mit ihren stecknadelgroßen Pupillen. Wie Böden von Einmachgläsern, so dick waren die Brillengläser, die in ein billiges Kassengestell eingefasst waren. Ihr schwarzes Kleid war zerschlissen vom vielen Tragen. Sie trug Dauertrauer. Die ihr verbliebene Familie bestand aus ihrem Sohn und ihr. Aktuell war niemand Nahestehendes umgekommen. Ihr Mann war in den ersten Tagen des Krieges gefallen. Zu sehr Bauer, zu wenig Soldat, erklärte der Friseursoldat Jupp dazu ungefragt, wenn Frau Schmidt Thema wurde. Die Heimat verloren zu haben, darüber konnte sie aber stets traurig sein. Ihr Ostpreußen. Wo ihr Sohn noch Olek geheißen hatte. Ehe er sich in Dortmund selbst Otto nannte, daraus Ötte wurde und er damit vom Polacken zum Sonderling aufstieg.

Frau Schmidt sah in ihrem Sohn einen Künstler. Beim Schlachthof hatten sie erkannt, wie gut auf die Schulter dieses großen Jungen eine ganze Schweinhälfte passte. Elsbeth sah sofort, was Ötte eigentlich auf dem Kopf gewollt hatte. James Dean. Die Lederjacke konnte sich Ötte nicht leisten, für das Auto würde er selbst in vielen Jahren weder Geld noch Führerschein haben. Dann wenigstens die Haare so, wie James Dean sie trug. Elsbeth erkannte, wie Jupp versucht hatte, aus dem drahtigen rothaarigen Durcheinander auf dem Kopf des Schlachtergehilfen Ötte etwas zu formen, was einer Tolle nahekam. Es war nicht geglückt. Wie Ötte vor dem Spiegel gestanden und sein Haar zu einer gleichmäßigen Form zu bändigen versucht hatte, das musste sich Edgar hinten an seinem Handtuchregal vorstellen und fühlte schon wieder Mitleid. Du siehst schlimm aus, Ötte, hätte Elsbeth eigentlich sagen müssen. Das kam einer echten Friseurin aber selbst in einem Salon in einer Bajuffen-Gegend nicht über die Lippen. ›Unvorteilhaft‹ war das schärfste Urteil.

»So ist es aber modern«, moderierte Elsbeth in Richtung der dicken Gläser von Frau Schmidt.

»Dafür hat mein Josef sein Leben im Kampf gegen die Russen gegeben? Dass meinem Olek eine Wurst aus dem Kopf wächst?«

Der sagte nun endlich auch mal was: »Lass uns bitte gehen, Mama!«

»Wo ist denn der Woicik?«, fragte Frau Schmidt und ignorierte ihren Sohn dabei komplett.

Elsbeth wollte mit den Achseln zucken, als Jupp durch die Hintertür eintrat.

Jupp schätzte sofort richtig ein, was Sache war.

»Na, mein lieber Ötte, da setz dich aber bitte gleich hin. Wir wollen dich rasieren, dann bist du für die Kommunion piccobello. Hast du denn für mich am Sonntag auch einen Hans Albers parat?«

Ötte trat sofort hinter seiner Mutter hervor und warf sich auf eine Weise in den von Jupp einladend hingedrehten Friseurstuhl, die um die Verankerung des Stuhls fürchten ließ. Dabei summte er schon die Melodie von »O Signorina, signorina, so viele Haare und keinen Kamm« von Hans Albers.

»Ach herrlich«, rief Jupp übertrieben begeistert aus. Nahm sein Rasiermesser aus der Brusttasche der Kitteljacke und lächelte Agatha Schmidt an.

»Soll Ihnen die Elsbeth vielleicht eben waschen und legen, Frau Agatha? Dann freut sich der Herr Pfarrer heute Abend, wenn Sie so frisch zum Bibelkreis kommen.«

Agatha Schmidt hatte sich in diesem Bibelkreis bestens mit Jupps Mutter verstanden. Lina Woicik konnte bei der verwaisten und verwitweten Flüchtlingsfrau ihre Sorgen mit ihren Söhnen loswerden. Edgar senior, im Krieg geblieben für Hitler. Georg, oder Schorsch, ihr Ältester, der keine zehn Kilometer entfernt mit einer evangelischen Frau zusammenlebte. Was für eine Schande. Und Jupp, der aus dem Krieg zurückkam und seiner Mutter sagte, Gott würde es im günstigeren Fall nicht geben. Im ungünstigeren Fall wäre er ein Riesenarschloch. Drauf war seine Mutter nicht weiter eingegangen. Jupp fühlte sich aber in seiner Haltung zu Gott bestätigt, als die Straßenbahn auch für seine Mutter nicht stoppte und ihr das Leben nahm. »Dafür ist sie bei jeder Gelegenheit in den Dom gerannt. Damit der Herr eben doch keinen Finger rührt, wenn man ihn mal braucht«, hatte Jupp vor seinen Kunden über den Verlust seiner Mutter gesagt.

Agatha Schmidt freute sich sichtlich auf die Aussicht, die Haare gewaschen zu bekommen.

»Och, das mecht ich mir schon gefallen lassen. ›Lasst uns selbst reinigen von jeder Befleckung‹ sagt der Zweite Korinther. Bin ich aber ganz unverhofft, meine liebe Elsbeth«, sagte Agatha Schmidt und ging in ihren schwarzen

Schnürschuhen entschlossen auf das Kopfwaschbecken zu. Folgte der einladenden Geste von Elsbeth, die auch mit Erleichterung zu tun hatte.

Edgar hatte jetzt auch das letzte Handtuch gestapelt, den Salon dreimal gefegt und damit keinen Grund mehr, nicht endlich sein Versprechen einzulösen und nach Nellys Mutter zu sehen.

Er legte die Schürze ab, die Jupp ihm als Arbeitskleidung angeordnet hatte. Der Friseurkittel war für Friseure. »Später, mein Junge«, hatte Jupp gesagt und ihm die Schürze mit dem Logo der Ritter-Brauerei gegeben.

»Ich geh Frau Tillmann mit der Lieferung helfen«, sagte er zu Elsbeth, die Jupp seine Abwesenheit erklären sollte, falls der mit seinen Gedanken woanders oder vor allem bei ihren Brüsten war.

Sein Stiefvater sah aber sofort von der Rasur auf und rief Edgar zu:

»Vier Uhr. Nicht vergessen.«

Er hatte bereits jetzt vergessen, was um vier Uhr war, und entschloss sich, es weiter zu ignorieren.

»Alles klar«, rief er in Jupps Richtung, nickte Agatha Schmidt mit einer leichten Verbeugung zu, lächelte zu Elsbeths Grinsen, öffnete die quietschende Tür und stand auf der Straße.

Nicht mehr heiß, aber immer noch recht warm. Kaum Wind. Die Luft war unangenehm fett, wie mit Kohlenstaub und allem anderen Dampfdreck viel zu vollgefressen.

Edgar atmete trotzdem tief durch, als er auf das Ladenschild »Friedhelm Tillmann Schreibwaren« blickte und sich die paar Meter auf den Weg machte.

7. August 1957
Steinhammerstraße
Früher Nachmittag
Edgar

Sein Klingeln an der Seitentür des Hauses mit dem Laden blieb unbeantwortet. Der Laden war geschlossen. Wegen Inventur, besagte ein Schild. Das riefen sich Nelly und ihre Mutter schon mal im Spaß zu, wenn sie vor allem auf die schwierigen Kunden keine Lust mehr hatten: »Komm, wir machen ein, zwei Tage Inventur.«

Edgar durfte bis zum frühen Abend kommen, wann er wollte. Hatte einen eigenen Schlüssel und jederzeit Zutritt. Zu einer späteren Tageszeit würde sein Besuch die beiden Frauen auch nicht stören. Zumal er meistens in sein ›Atelier‹ verschwand, wie Frau Tillmann die etwas größere Abstellkammer nannte. Nelly und ihre Mutter wollten nur nicht noch mehr Gequatsche aus der Nachbarschaft. Über das, was bereits geredet wurde, konnten sie jetzt schon kaum den Überblick behalten. Frau Tillmann wurde von den Männern in Jupps Salon die »Barfüßige Gräfin« genannt. Nach einem Film, in dem Ava Gardner die Hauptrolle spielte. Nellys Mutter ähnelte an ihren guten Tagen wirklich dem brünetten, höchst aufregenden Hollywood-Star. Hatte aber deutlich weniger Zeit zum Sonnenbaden und aß sehr viel häufiger Pellkartoffeln als ihr amerikanisches Ebenbild. Bei Nellys Vater blubberten die Gerüchte wie Pommesfett in der Fritteuse. Seit 1944 vermisst. Aufenthaltsort unbekannt. In der Steinhammerstraße wussten viele mehr. Englische Gefangenschaft und dann unter anderem Namen in London geblieben. Als falscher Graf in Amerika gelandet. Führte mit drei afrikanischen Königinnen ein wildes Leben auf einer Farm in Rhodesien.

Diejenigen, die den Film »Casablanca« gesehen hatten, waren sich sicher, es gäbe »Friedhelms Café« in Agadir. Gegründet und unterhalten von Oberleutnant Friedhelm Tillmann. Warum durfte er nicht einfach tot sein wie die 200.000 deutschen Soldaten, die in Nordwestfrankreich starben, nachdem die westlichen Verbündeten dort gelandet waren? Und wenn du nicht tot bist, kannst du jetzt nicht einfach schnell vorbeikommen, damit ich hier nicht in eine ganz blöde Klemme gerate, dachte Edgar.

Von dem kleinen Flur im Erdgeschoss ging er normalerweise geradeaus durch die Hintertür des Geschäfts, stand dann hinter dem Verkaufstresen und bog ganz rechts in seine Kammer ab. Normalerweise genoss er diesen Weg. Es roch nach Bleistiften, nach dem Papier der Zeitschriften, und im kalten Rauch ihrer Zigaretten war immer noch etwas vom Parfüm von Nellys Mutter übrig. Jetzt ging er die Treppe hoch. Hörte Musik und eine Männerstimme. Hatte Frau Tillmann Besuch? Davon hatte Nelly nichts gesagt.

Als er die Wohnungstür öffnete, stand er sofort in dem großen Raum, der für Nelly und ihre Mutter Wohnzimmer, Küche, Esszimmer und Nellys Schlafzimmer war. Alles in einem. Edgar mochte diese Wohnung. War wie eine Insel mitten auf der Steinhammerstraße. In einer der bunten Zeitschriften im Laden hatte er von Berühmtheiten gelesen, die ›mondän‹ leben. Bei Nelly und ihrer Mutter kam es ihm mondän vor.

Ganz anders als in Edgars Zuhause. Dort folgte alles einer Aufgabe. Kochen und essen. Die Nähmaschinen seiner Mutter. Was nicht unmittelbar praktisch war, hatte Jupps Geschmack zu folgen. Wie das kleine Zierdeckchen über dem Kopfpolster des Sessels, in dem nur Jupp sitzen durfte.

Nellys Bett stand vor einer Wand aus Büchern. Frau Tillmann wurde immer einsilbig, wenn es darum ging, woher sie diese vielen Bücher hatte. Viel lieber las sie Stellen vor, die ihr etwas bedeuteten. Oder die amüsant waren. Oder tieftraurig. Manchmal hatte sie ihm schon Kunstbände in die Kammer gebracht, wenn Edgar schnitzte oder zeichnete. Seit sie ihm das Aquarell »Großes Rasenstück« von Albrecht Dürer gezeigt hatte, gab es mindestens dreißig Versuche von Edgar, den Strauch zu zeichnen, den er durch das schmale Fenster im Hinterhof sehen konnte. Der Strauch schien zu sagen: Es ist nicht leicht unter solchen Bedingungen eine Pflanze zu sein. Hauswand, dann beinahe ewiger Schatten, Bahndamm.

Im Wohnzimmer war es so dunkel, dass das magische Auge des großen Radioapparats beinahe so hell leuchtete wie eine Lampe. Alle Vorhänge zugezogen. Es lief UKW 2. Ein Sprecher berichtete von einem neu entstehenden Kraftwerk in der Nähe von Mönchengladbach. Es war sehr warm. Edgar begann sofort zu schwitzen. War sich nicht sicher, ob er das Licht einschalten sollte. Zog stattdessen vorsichtig einen Vorhang auf. Dann sah er Frau Tillmann. Sie lag auf Nellys Bett. Trug nur ein kurzes Nachthemd mit ganz dünnen Trägern. Er sah ihre nackten Beine, ihre Füße, sogar einen viel zu großen Teil ihrer linken Brust. Er hatte noch niemals so viel nackte Haut bei einer Frau in echt gesehen, außerhalb des Kinos. In seinem Brustkorb geschah etwas Wildes, seine Fingerspitzen kribbelten. Nicht gut. Total verboten. Er begann sich augenblicklich zu schämen. Das durfte er keinem erzählen. Das war alles überhaupt nicht in Ordnung. Schlief Frau Tillmann? Er musste näher an das Bett herantreten, musste sich versichern, dass sie lebte. Ihre Augen waren geschlossen. Ihr war warm, denn Strähnen ihres Haars klebten an der Stirn. Was jetzt? Es sah alles auch so aufregend aus. Schwein, dachte er. Schwein, hörte er auch Nellys entsetzte Stimme in seinem Kopf. Edgar sah, wie sich ihr Brustkorb in einem ruhigen Rhythmus hob und senkte. Sie lebte, ein Glück. Sollte er sie wecken? Aber dazu müsste er sie berühren. Was noch verbotener war, als sie weiter anzusehen. Er setzte sich an den Küchentisch. Dadurch wandte er ihr immerhin den Rücken zu, falls sie von allein wach werden sollte. Im Halbdunkel ahnte er das Bild ihres Mannes auf der Kommode eher, als dass er es wirklich sah. Edgar wusste, es stand dort. Wehrmachtsbild, mit diesem eigenartigen Lichtschein aufgenommen, um die Heiligkeit der Aufgabe des Soldaten zu unterstreichen. Nicht das obligatorische schwarze Band an der Ecke des Bildes, auch das wusste er aus dem Gedächtnis. Vermisst, wahrscheinlich tot. Vielleicht aber auch nicht. Würde er jetzt nach Hause kommen, wüsste Friedhelm Tillmann, dass der Junge des Friseurs seine Frau fast nackt gesehen hatte.

Sollte er wirklich in den Schuhladen von Herrn Renecke gehen, um zu fragen, ob er telefonieren dürfte? Sonst gab es nur noch das Telefon in der Paracelus-Apotheke. Wo es sich wirklich um einen Notfall handeln musste, um es benutzen zu dürfen. »Da möchte ich vorher zwei Eimer Blut sehen«, blökte der streichholzdünne Apotheker Wefing immer. Er war für den Krieg zu jung gewesen, wollte aber im Strom der Grobiane in der Straße mehr gelten, als nur eine Fluse in weißem Kittel zu sein. Wenn Edgar anriefe, würde er Nelly erschrecken, ohne zu wissen, was wirklich los war. Und wenn es nur ein Mittagsschlaf war? Vielleicht war Frau Tillmann von der Hitze komisch geworden. Oder sie hatte diese Schmerzen, unter denen auch seine Mutter immer wieder litt. Sie redete dann kaum und wurde selbst von Jupp in Ruhe gelassen. Edgar sah auf dem Tisch ein Glas Wasser stehen. Seine Mutter hatte ihm eingeschärft, er solle ein Glas Wasser trinken, wenn er wieder den Wutball im Bauch spürte. Ehe er etwas tun würde, was ihm und anderen nur schadete. Jetzt war es keine Wut, aber er war dennoch völlig außer sich. Würde am liebsten japsen vor lauter Aufgebrachtheit. Edgar nahm einen tiefen Schluck und bereute es sofort. Die Flüssigkeit war kein Wasser und begann schon in seinem Rachen zu brennen. Irgendein warmer Schnaps. Er stellte das Glas ab. Sah eine Tablettenpackung auf dem Tisch liegen. Er wusste nicht, was das für ein Medikament war. Inges Tabletten sahen so ähnlich aus. Ob er zur Villa gehen sollte, den Arzt holen? Und dann? »Frau Tillmann schläft und hat fast nichts an.« Dann würde der Arzt mit Jupp sprechen und fragen, was denn mit seinem Sohn Edgar los sei. Die Straßenbahn ratterte vorbei. Frau Tillmann regte sich nicht. Edgar stand auf. Zog einen weiteren Vorhang vorsichtig auf. Sah die Küchenuhr an der Wand, auf die er immer mit Nelly guckte, wenn sie auf ein Paul-Temple-Hörspiel warteten. Kurz vor vier.

Er konnte hier nichts tun. Es war viel zu warm in diesem Zimmer. Er stand auf und versuchte, nicht auf Frau Tillmann zu gucken, obwohl es ihn auf eine kranke Weise drängte, sich alles genau einzuprägen.

Leise ging er die Treppe hinunter, trat auf die Straße und hatte nach der Stickigkeit des Zimmers das Gefühl, die schlechte Luft draußen wäre frisch. Auf der Straße standen überall Leute. Auch an den Fenstern im ersten Stockwerk sah er Gesichter. Was war los? Da fiel ihm ein, worauf ihn Jupp hingewiesen hatte. Heute wurden die beiden Bergleute beerdigt, die Ende vergangener Woche bei einer Schlagwetterexplosion umgekommen waren. Nur zwei Kumpel. Kein Bundespräsident, wie bei der Trauerfeier in Essen. Der Trauerzug würde von der Zeche durch die Straße in Richtung Friedhof ziehen, zu Jürgens Mutter.

Du bist der Himmel, mir beschieden. Edgar überquerte die Straße, stellte sich neben Elsbeth, die schon wartete und eine Zigarette rauchte. Mit den Augen von Edgars Mutter betrachtet eine weitere Schlampigkeit von Elsbeth. Denn »eine Frau, die auf sich hält« raucht nicht auf der Straße.

»Hat Ötte seine Tolle noch?«, fragte Edgar, weil er sich nicht schweigend neben Elsbeth stellen wollte. Und um zu testen, ob er so nervös klang, wie er sich fühlte.

Elsbeth schüttelte den Kopf. »Er sieht jetzt wieder aus wie Ötte.«

Sie lächelte ihr wirkungsvolles Lächeln, das so unbestimmt viel in den Raum stellte. Ihre Bluse saß so eng an ihrem Oberkörper wie ein Papier um ein Bonbon. Während manche Leute immer noch in umgenähten Wehrmachtssachen rumliefen, variierte Elsbeth ständig. Heute dieser etwas zu kurze Rock, morgen jenes knapp sitzende Hemd. Anders als die Overbeck konnte sich Elsbeth aber nicht die richtig guten Stoffe leisten, die nicht so schnell rochen.

Edgar sah die Straße hinauf. Überall standen Menschen, redeten aber kaum miteinander. Er hoffte, Jürgen zu sehen. Den könnte er jetzt gut gebrauchen. Stattdessen stellte sich Ludger Kafinek, der Schäbbige, neben ihn. Suchte die Nähe von Elsbeth. Nickte kurz.

Edgar sah zum Himmel. Statt des konturlosen Graus hatten die Wolken Charakter bekommen. Wuchtig, dunkel, es würde bald Regen geben.

»Da sind se«, sagte der Schäbbige, warf seine Zigarette auf den Boden und trat sie so fest aus, als hätte sie ihm was getan.

An der Spitze des Zuges gingen Männer der Bergbauorganisationen in Uniformen. Einige trugen Fahnen. Es folgte der Pfarrer, begleitet von zwei Ministranten. Dann der Bergmannschor, der nicht sang. Ihre Hüte mit dem

Hammer und dem Meißel auf der Stirnseite erinnerten Edgar an kleine schwarze Eimer. Keiner der Männer machte ein Gesicht, als wäre ihm nach einem Lied zumute. Man hörte das Schlagen der Pferdehufe auf dem Asphalt und den Straßenbahnschienen.

Die Pferde trugen einen schwarzen Federbusch zwischen den Ohren. Ob sich Pferde so was aussuchen würden, wenn sie frei entscheiden dürften?, fragte sich Edgar.

Der Wagen, den die Tiere zogen, war schwarz lackiert. Glänzte makellos. Auf der Ladefläche waren die zwei Särge befestigt. Jeweils bedeckt von einer Fahne der Stadt Dortmund. Würde Frau Tillmann bald in einer solchen Kiste liegen, weil Edgar nicht richtig reagiert hatte? Hatte er einfach so weggehen dürfen?

»Sonne große Kiste für die paar Teile.« Der Schäbbige klang nicht, als würde er es wirklich besser finden, wenn die Särge kleiner wären. Mehr, als würde er mit sich selbst reden. Elsbeth war mit den Gedanken ganz woanders, reagierte überhaupt nicht. Edgar sah Ludger Kafinek fragend an.

Der zeigte auf den Trauerzug und sagte gedämpft:

»Wenn so was passiert, bleibt nicht mehr viel von einem übrig. Von mein Vatter hatten wir nur noch eine Hand.«

Was war an dieser Arbeit im Pütt eigentlich nicht schlimm, fragte sich Edgar. Sie lassen dich in einem Korb Hunderte Meter in einen Schlund hinunter. Wenn du aus dem Ding aussteigst, ist es heiß und staubig. Dann bringt dich eine Bahn, die in einen ewigen Tunnel fährt, an eine Stelle, von wo aus du in einen Gang kriechst. Schlimmstenfalls liegst du auf dem Rücken und hämmerst in das Gestein über dir. Was schon über Tage bei Frühlingstemperaturen schlimm anstrengend wäre. Es ist gefährlich, dreckig und hässlich. Anmut kommt erst ins Spiel, wenn dein Sarg auf einem polierten, kunstvoll geschnitzten Pferdewagen liegt.

Es gehörte zu den Tabus der Männerkundschaft in Jupps Salon: Hitler, der Scheißkrieg und schlecht über Bergleute reden. Kein schlechtes Wort über den Bergbau, sonst Verdammnis. Dabei war allen klar, wer sich in der Schule mehr anstrengte, der musste auch nicht »ins Loch«. Wer etwas konnte, konnte das verhindern. Edgar erinnerte sich, wie sich Jupp einmal ereiferte, letztlich würden die Bergleute »Deutschland am Kacken halten«.

Edgar konnte jetzt schon die Rückseite des Anhängers sehen. Hörte die Schritte der Marschierenden mehr, als dass er noch sehen konnte, wer vorweg ging. Er nickte in Richtung des Schäbbigen. Strich Elsbeth über die Schulter. Wenn er Nelly anrief, würde zwar Herr Renecke vom Schuhgeschäft wie immer zuhören. Würde mitbekommen, wie er sich an Nellys Onkel vorbeizureden versuchte. Aber Edgar würde auch ihre Stimme hören. Und damit sein inneres Zittern beruhigen.

Bevor er anrief, musste er noch einmal zu Frau Tillmann. Vielleicht war die mittlerweile wach und alles nur noch halb so schlimm. Er wollte gerade auf die andere Straßenseite wechseln, da winkte ihn seine Mutter herbei.

Drückte ihm einen erdfarbenen langen Damenmantel in die Hand.

»Den bringst du der Overbeck. Sagst ihr, dass die Knöpfe wieder dran sind. Das haben wir aber nicht richtig rausbekommen.«

»Das was?«, fragte Edgar.

»Das, was dich gar nicht interessieren muss. Zwei Mark soll sie dir geben. Die Knöpfe schenke ich ihr. Und du komm rechtzeitig zum Abendessen. Dem Jupp geht es heute nicht so gut.«

»Was fehlt ihm denn?«

»Komm einfach pünktlich, in Ordnung?«

An anderen Tagen wäre er mit dem Mantel losgehüpft. Heute nicht.

Als er an der Tür von Jutta Overbeck klingelte, hörte er von drinnen kein Geräusch. Kein Radio, kein Tassenklappern, keine Stimmen.

Er könnte den Mantel einfach mit dem Bügel an die Türklinke hängen.

Da öffnete sich die Tür.

Vor Edgar stand ein britischer Soldat. In einer dunkelgrünen Uniform, mit dem merkwürdigen Gürtel in der Körpermitte, der so wirkte, als ließe sich der Mann in zwei Teile auseinanderbauen, wenn man den Gürtel löste. Der Soldat trug keine Mütze.

»Guten Tag«, sagte der Mann. Mindestens so alt wie Jupp.

Also auch deutlich älter als Jutta Overbeck.

Edgar hielt den Mantel hoch und wollte erklären, was er wolle, als sich Jutta Overbeck hinten ins Bild schob. Sie war vollständig angezogen, trug nur keine Schuhe. Ihre Wimperntusche war zerlaufen, als hätte sie geweint.

»Hallo Edgar«, sagte sie, übertrieben heiter, »schön, dass du meinen Mantel bringst. Was schulde ich deiner Mutter?«

»Zwei Mark, die Knöpfe sind geschenkt«, antwortete Edgar, konnte den Blick nicht von dem Mann lösen, mit dem die Overbeck offenbar eine Affäre unterhielt. Auf den Kragenspiegeln seiner Uniformjacke erkannte Edgar die Schlange, die sich um den Aeskulap-Stab wickelt.

Jutta Overbeck verschwand in der Wohnung, um das Geld zu holen.

»Kümmert sich Ihre Mutter auch um Uniformen?«,

fragte der Tommy. Nicht der Hauch eines Akzents in seinem Deutsch. Wie konnte das sein? Und der Mann siezte ihn, was war mit dem los?

Jutta Overbeck reichte Edgar die Zwei-Mark-Münze.

»Sicher, macht sie«, antwortete er dem Offizier.

»Frau Woicik ist sehr gewissenhaft, Onkel Samuel«, sagte Frau Overbeck zu dem Offizier. Sie sprach ihren Liebhaber mit ›Onkel‹ an?

»Nimm es mir nicht übel, aber ich habe von deutscher Gewissenhaftigkeit nicht nur gute Vorstellungen. Ich muss los. Bitte nimm das Medikament, mein Kind«, sagte der Mann. Immer noch nicht der leiseste Anklang eines Akzents.

Er küsste sie auf die Wange, sie winkte Edgar und ihm zu und schloss die Tür.

Zusammen gingen sie die Treppe hinunter.

»Jutta raucht zu viel«, sagte der Engländer, »ich hoffe, Sie fangen damit gar nicht erst an, junger Mann.«

»Nein, nein, keine Spur«, sagte Edgar, »sind Sie Arzt?«

»A kind of«, zum ersten Mal ein englischer Anklang, »meine Patienten sind ausschließlich junge Männer wie Sie. Soldaten, die sich Abenteuer und Heldentum vorgestellt haben. Aber letztlich ihre Gesundheit zum Verstümmeln zur Verfügung stellten. Wenn sie schweren Schaden genommen haben, dann komme ich ins Spiel. Ich passe also nicht auf deren Gesundheit auf. Sondern stelle nur sicher, dass sie es als Invalide nicht allzu schwer haben.«

Edgar wollte augenblicklich so sprechen wie dieser Onkel Engländer.

Jeder Erschütterung so fern, wie jemand nur sein konnte.

Edgar sah eine unverhoffte Chance.

»Darf ich Sie um einen riesigen Gefallen bitten?«

7. August 1957
Steinhammerstraße
Wohnung Margarethe Tillmann
Später Nachmittag

»Ihr Mann? Oder Ihr Bruder?«, der Engländer saß sehr aufrecht auf einem der Stühle am Tisch von Frau Tillmann. Er zeigte auf das Wehrmachtsfoto von Friedhelm Tillmann.

Edgar und er hatten die Vorhänge aufgezogen und alle Fenster geöffnet. Draußen hatte es zu regnen begonnen. Ein leiser Regen. Kein Prasseln, wie sonst oft im Sommer. Nur das Tropfen von der Straßenlaterne auf den metallischen Postkasten war deutlich zu hören. Die Straßenbahn klang anders, wenn die Schienen nass waren. Frau Tillmann saß in einem Seidenmantel auf ihrem Schlafsofa. Sah den Engländer nicht an, der sich ihr als Doktor Samuel Overbeck vorgestellt hatte. Kein militärischer Rang, sondern Arzt.

»Mein Mann«, sagte sie leise, wie zu sich selbst.

»Tot?«, fragte Overbeck.

Sie zuckte mit den Achseln.

»Soll ich Ihnen bei Herrn Miebach eine Cola kaufen gehen, Frau Tillmann? Oder was anderes?«

»Nein, nein, nicht nötig«, sagte sie.

»Das ist eine fabelhafte Idee«, sagte der Arzt.

»Und bringen Sie mir bitte zwei, drei Nappos mit.«

»Sie kennen Nappos?«, fragte Edgar.

»Ich war ja mal Deutscher. Bis man mich hier nicht mehr wollte.« Doktor Overbeck ließ es klingen, als würde sich jedes Volk in regelmäßigen Abständen überlegen, welche Gruppe oder religiöse Minderheit es nun systematisch umbringt.

»Ich bin ein sogenannter Halbjude. Unsere Familie stammt aus dem Sauerland. Ärzte seit Generationen. Mit treuen Patienten. Von denen kam auch der wichtige Tipp, dass es an der Zeit wäre, abzuhauen. Weil sie uns sonst abholen würden. Meine Nichte Jutta, die hier in der Straße wohnt, haben wir rechtzeitig taufen lassen und bei einer sehr geachteten Dame aus dem Kirchenvorstand des Ortes untergebracht.« Das Nicken des Arztes verstand Edgar als Aufforderung, sich langsam mal auf den Weg zur Cola zu machen.

Edgar lief möglichst eng an den Häuserreihen entlang. Der Regen wäre stark genug, um ihn sehr nass zu machen. Dann würden seine Klamotten zu riechen beginnen. Er kam sich dem Engländer gegenüber ohnehin schon unterlegen genug vor. Da wollte er nicht auch noch nach Verlierer-Elend müffeln. Der Engländer hatte ihm tatsächlich einen 10-Mark-Schein in die Hand gedrückt. Trug Edgar selten bei sich, einen so großen Schein.

Der Doktor würde mit Frau Tillmann sprechen. Über ihre Situation. Also über das, was Edgar überhaupt nichts anging. Nelly würde aber von ihm wissen wollen, was da besprochen wurde.

Als er endlich mit den Colas und den Nappos zurückkehrte, war mehr Zeit vergangen, als es Edgar lieb war. Denn Herr Miebach war hinter dem geschlossenen Schiebefenster in seinem Kiosk eingeschlafen. Lautes Klopfen störte einen tauben Mann nicht im Schlaf.

Als Edgar die Wohnung der Tillmanns wieder betrat, war ihm sofort klar, dass er alles Wichtige verpasst hatte.

»Ich danke Ihnen sehr, Doktor Overbeck«, sagte Frau Tillmann.

»Gern geschehen.« Der Engländer stand schon wieder sehr gerade in der Nähe der Tür. »Bitte verzeihen Sie mir, wenn ich Sie damit belästigen sollte, aber wissen Sie, dass Sie eine gewisse Ähnlichkeit …«

Sie ließ ihn nicht zu Ende sprechen

»Ja, sie nennen mich hier in der Straße ›die barfüßige Gräfin‹. In der ausgebombten Version. Sie sind sehr reizend, Herr Doktor.«

Sie zupfte am Revers ihres Seidenmantels. Vielleicht, weil ihr der Vergleich aus dem Mund des deutschen Engländers schmeichelte. Vielleicht, weil sie der Hollywood-Schönheit gerne mehr entsprochen hätte, als es ihr an diesem schwierigen Tag möglich war.

»Begleiten Sie mich bitte zu meinem Auto«, sagte der Engländer zu Edgar. Hörbar gewohnt daran, Leuten Anweisungen zu geben. Edgar hätte das Auto des Mannes auch vor die Tür geschoben, so dankbar war er Doktor Overbeck.

»In welcher Beziehung stehen Sie zu Frau Tillmann?«, fragte er, während sie die Straße entlanggingen. Edgar sah den Schäbbigen. Der schaute zu ihnen herüber und trat schon wieder eine Zigarette aus.

»Ich bin der Freund ihrer Tochter Nelly, also Penelope«, Edgar war sich selbst peinlich, weil er so amtspräzise wurde. Als würde ihn der Mann gleich um seinen Ausweis bitten.

»Die Tochter ist dann auch noch nicht volljährig, nehme ich an?«

»Nein, sie ist 17, wie ich. Warum fragen Sie das?«

Der Engländer sprach weiter: »Die Tochter noch nicht volljährig, der Mann abwesend, höchstwahrscheinlich tot. Ich frage mich, wer für Frau Tillmann Verantwortung übernimmt, denn das könnte nötig werden.«

»Was heißt das? Was ist denn mit ihr?«, fragte Edgar, der genau wusste, er würde Nelly berichten müssen.

»Ich kann beim besten Willen nach zehn Minuten keine Diagnose stellen. Aber ihr Erscheinungsbild ist mir vertraut. Denn ich hatte schon häufiger Soldaten vor mir, die körperlich total gesund sind. Aber deren Seele Schaden genommen hat.«

»Sie meinen, Frau Tillmann könnte geisteskrank sein?«

»Das ist eine Nazi-Vokabel, junger Freund. Die würde ich an Ihrer Stelle vergessen.« Edgar wurde rot. Wutball. Gegen Jupp. Weil der nur geisteskrank, irre oder banane sagte.

Vor dem Haus von Frau Overbeck stand das Auto, das eindeutig als britisches Militärfahrzeug zu erkennen war.

»Dieser Krieg ist seit zwölf Jahren zu Ende. Die Häuser sind wieder aufgebaut, die Ruinen weitgehend verschwunden. Die Deutschen tragen keine Uniformen mehr, fahren keine Panzer, verursachen keine Explosionen. Aber das ist nur das Außen. Wie es bei Menschen innen aussieht, wissen wir schlicht nicht. Und wenn ich in diesem Land alles richtig verstehe, dann möchten das auch viele gar nicht so genau wissen.« Doktor Overbeck zog eine kleine Dose aus der Brusttasche seiner Uniformjacke. Edgar las die Aufschrift *Hall's*. Der Engländer öffnete die Dose und bot Edgar eins der Bonbons an, die sich darin befanden. Edgar nickte und steckte sich eins in den Mund. Sofort verbreitete sich ein scharfer, minziger Geschmack. Dann sprach Overbeck weiter.

»Wenn ich in der Kürze der Zeit alles richtig verstanden habe, dann läuft das Geschäft von Frau Tillmann. Ihre Tochter ist gut geraten. Sie steht also gut da. Aber, und das haben Sie heute gesehen, ihre Seele setzt sich nicht dazu. Mir erschien es, als sei sie lebensmüde.«

Edgar biss auf das Minzbonbon, damit er es schneller runterschlucken konnte.

»Was soll ich jetzt tun? Was kann ihre Tochter machen?«, fragte Edgar.

Der Engländer strich sich die Uniformjacke glatt, obwohl sich nichts an ihr verfaltet hatte. Dann griff er in seine rechte Hosentasche und holte einen Autoschlüssel heraus.

Öffnete die Autotür aber nicht, sondern hielt inne und sah in eine unbestimmte Ferne.

»Ich wünschte, ich könnte Ihnen helfen. Aber zum einen werde ich in der kommenden Woche an den Suez-Kanal versetzt. Und zum anderen weiß ich auch nicht genau, wie Patienten wie Frau Tillmann zu helfen ist. Denn wir schicken Soldaten mit einem ähnlichen Erscheinungsbild in Sanatorien nach England aufs Land. Ihre Tochter muss sie überzeugen, dass sie einem Arzt vorstellig wird. Vielleicht sollten sie das gemeinsam machen. Wobei das ein schönes Stück Mühe wird. Denn mir hat sie vorhin sehr entschlossen erklärt, ihr würde nichts fehlen. Trotz der Schlaftabletten und dem Gin auf dem Tisch.« Der Engländer hielt Edgar die Hand hin:

»Vielleicht können Sie mich über Jutta, meine Nichte, auf dem Laufenden halten, junger Mann. Es hat mich gefreut, Sie kennenzulernen.«

»Mache ich. Und mich erst«, sagte Edgar und war froh, dass er den Händedruck des Mannes kräftig erwidern konnte.

Er ging die Straße wieder runter. Zurück Richtung nach Hause, wo er sich ganz sicher jetzt nicht blicken lassen würde. Er würde Jupps Schimpfen und Motzen nicht ertragen, nachdem jemand mit ihm gesprochen hatte wie mit einem Erwachsenen. Selbst Jürgen könnte er nicht sofort erzählen, was ihn an diesem Mann so beeindruckt hatte. So konnte man also werden. So aufrecht, so gerade, so beherrscht und beherrschend. Er, Edgar, auch? Frau Tillmann war nicht seine Familie und Nelly auf diesem mysteriösen Ausflug nach Essen. Trotzdem würde er die Aufpasserei auf Frau Tillmann jetzt ganz und gar zu seiner Sache machen. Er überquerte die Straße, öffnete wieder die Seitentür des Schreibwarenladens. Sah sich um, ob seine Mutter nicht womöglich drohend auf der anderen Straßenseite auftauchte. Scheiß-Abendbrot. Mittlerweile warfen die Laternen schon ihren Schein auf die immer noch regennasse Straße. Obwohl die Sonne noch nicht untergegangen war. Frau Tillmann würde ihm wahrscheinlich vorwerfen, wie er einen völlig fremden Mann, einen Besatzungssoldaten obendrein, mit ihrer kleinen Unpässlichkeit belästigen konnte. Womöglich würde sie von gebrochenem Vertrauen sprechen. Das könnte sie aber noch in einer halben Stunde tun, es hatte wirklich keine Eile. Er ging durch den halbdunklen Laden in sein ›Atelier‹.

Nahm ein Stück des Packpapiers, das er sich aus dem Verpackungsabfall der Lieferungen für den Laden zurechtgeschnitten hatte. Strich es mit dem Handrücken zweimal glatt, wie er es immer machte. Dann nahm er den Kohlestift und begann zu zeichnen. Eine Frau. Die Frau, die er vorhin halb nackt gesehen hatte. Die auf seinem Blatt einfach eine Frau wurde und nicht mehr Frau Tillmann war, die er kannte. Er versuchte es aus der Perspektive, aus der er es hatte sehen dürfen. Über die Füße, die Waden, die Schenkel aufwärts zum Körper, den dieser Blickwinkel eher verbarg als offenbarte. Der Stift glitt über das Papier. Sacht und kraftvoll zugleich. Abschätzend, in der Fantasie nachmessend, aber nicht zögernd. Es setzte der Effekt ein, den er nur vom Malen kannte. Irgendwas hakte innerlich ein und es gab keine Fragen mehr. Was noch, was gleich, was morgen, alles weit weg. Irgendwo anders spielten diese Fragen noch eine Rolle, später wieder, nicht jetzt.

Nachdem er eine zweite und eine dritte Zeichnung in den Konturen fertig hatte, legte er den Stift hin. Er richtete die kleine Lampe, die ihm Frau Tillmann auf den alten Tisch gestellt hatte, auf die Zeichnungen. Jede zeigte nicht nur, was er gesehen hatte. Jede zeigte, was er gespürt hatte. So sollte es sein.

Edgar räusperte sich, ohne gesprochen zu haben. Er knipste das Licht aus. Stand auf, verließ den Raum und stieg die Treppe hinauf. Zu den Vorwürfen von Frau Tillmann. Er öffnete die Tür. Die Fenster waren gekippt, die Vorhänge geöffnet. Über der Spüle brannte die kleine Leuchtröhre, die sich mit einem herabhängenden Kettchen ein- und ausschalten ließ. Die Flasche mit dem Gin stand nicht mehr auf dem Tisch. Die Tabletten lagen auch nicht mehr dort. Der Aschenbecher war geleert worden. Nur eine einzelne Kippe lag darin. Mit Lippenstift am weißen Filter. Edgar sah in ihrem Schlafzimmer nach. Er klopfte an die Tür des winzigen Badezimmers. Mit der spucknapfgroßen Badewanne, in der er manchmal duschen durfte. Er klopfte noch einmal. Drückte die Türklinke, rechnete mit einer Entdeckung. *Sie steht gut da. Aber ihre Seele setzt sich nicht dazu.* Edgar öffnete die Badezimmertür. Nichts. Er ging zurück ins Wohnzimmer. Setzte sich auf den Stuhl, auf dem er vorhin schon gesessen hatte. Frau Tillmann war nicht da. Wo sollte er sie suchen?

11. August 1957
Steinhammerstraße
Gaststätte Bockhalle
Am späteren Nachmittag
Jürgen

Jürgen hob die Krokette vom Boden der Küche auf und überlegte, ob er sie sich in den Mund stecken sollte. Er entschied sich dagegen und legte sie auf den Teller, neben das kleine Salatnest mit der Remoulade. Er hatte seit dem Morgen nichts mehr gegessen und sich beim Frühstück wie immer zurückgehalten. Sein Vater mochte es generell nicht, wenn sich Leute den Bauch vollschlugen. »Dummheit frisst, Intelligenz säuft«, rief er ständig aus und meinte es eigentlich nicht einmal als Spaß.

»Hast du was vom Boden wieder auf den Teller gelegt?« Der Koch, Wolfgang Vogt, sah Jürgen an, als hätte der ihn zutiefst beleidigt. War Wolfgangs Masche. Moralischen Druck aufbauen. Seine Augen begannen sogar, feucht zu glitzern, als würde er gleich losheulen, vor lauter Enttäuschung.

»Nein«, antwortete Jürgen.

Wolfgang hielt ihn weiter mit dem Blick fest und nickte dann.

»Dann ist ja gut.« Er wandte sich ab, wischte sich die Hände an seinen Gesäßtaschen ab und widmete sich wieder den Schnitzeln in den zischenden Pfannen.

Kein guter Nachmittag. In der Küche miese Stimmung. Bei Inges Kommunionfeier im Gastraum war es keinen Deut besser. Schnitzel mit Kroketten, das war das einzig Gute. Deswegen waren letztlich alle gekommen. Was die katholische Kirche feiernswert findet und ob sich so was überhaupt Monate später nachholen lässt, juckte hier wirklich keinen.

Fast alle im Raum rauchten. Jürgen stellte den Teller mit dem Schnitzel und dem kleinen Kreuz auf dem oberen Tellerrand vor Inge. Sie lachte vorfreudig. Sah aus wie eine Braut, die aus Versehen in der Kochwäsche gelandet war. Ihr Kleid viel zu spektakulär für ein Kommunionkind.

Er lachte zurück, hätte sie am liebsten huckepack genommen, wie sie es immer noch mochte. Dann raus aus dieser vollgequalmten Bude. Raus aus dem unguten Radar Jupps. Der seine Tochter zwar anlächelte, aber damit nur ein inneres Brodeln maskierte. Jürgen stellte den Teller mit der Krokette vom Fußboden vor Jupp.

»Für den Brautvater«, sagte Jürgen und ärgerte sich sofort, dass er es sich nicht verkniffen hatte. Jupp machte eine Wegwerfbewegung, die »hau ab« bedeuten sollte. Friedel saß auf der anderen Seite ihrer Tochter Inge. Neben ihr war ein Platz frei. Ob Edgar dieser Sicherheitsabstand lieber war, konnte Jürgen nicht sagen. Er machte eine Kopfbewegung in Richtung der Treppe, die ins Untergeschoss, zu den Kegelbahnen, führte. Edgar nickte zurück. Die Verabredung stand: Sobald Jürgen allen ihr Essen hingestellt hätte, würden sich die beiden unterhalten können.

Jürgen lief noch zehnmal hin und her, um Schnitzel und die Kroketten neben dem Gemüsenest zu servieren. Trug manchmal zwei Teller. Nahm er drei, pflaumte ihn Wolfgang Vogt jedes Mal gleichlautend an: »Wenn du die fallen lässt, Flabes, dann gehst du mit 'nem Arschtritt nach Hause.« An der Geräuschkulisse im Raum änderte sich fast nichts. Nur Geschirrgeklapper kam dazu. Die Männerstimmen blieben dominant und erzählten Geschichten, die wie Witze aufgebaut waren. »Dann sagt er zu ihr«, »da meint dem seine Olle und ich dann«, »der hat aber große Augen gemacht, der Freier«. Jede einzelne Geschichte steuerte auf eine Pointe zu, die der Erzähler mit einem lauten Lachen anbellte. Die Frauen kicherten. Oder lachten routiniert. Sie kannten den richtigen Zeitpunkt. Keine der Geschichten wurde zum ersten Mal erzählt. War schließlich ein Familienfest.

Edgar wartete schon auf Jürgen am unteren Ende der Treppe, im Vorraum der Kegelbahnen. Selbst hier roch es schal nach altem Bier.

»Du stinkst«, sagte Edgar.

»Als ob man das hier riechen könnte«, Jürgen zündete sich eine Zigarette an, nahm eine weitere aus der Packung, hielt sie an die Glut und gab sie dann Edgar.

»Und?«, Jürgen wusste, er müsste vorsichtig fragen. Denn sein Freund Edgar war sichtbar angespannt und er kannte ihn gut genug, um zu wissen, wie leicht der in einer solchen Situation ausrastete.

»Dampft, die Kacke«, sagte Edgar und nahm einen tiefen Zug.

Jürgen hakte nicht nach. Denn der Freund würde erzählen wollen, da war er sich sicher.

»Gestern war ein Mann zum Haareschneiden im Salon, den ich nicht kannte. Gut angezogen. Keiner aus der Straße. Muss irgendwas Besonderes sein, denn Jupp machte gleich einen auf Coiffeur. Frisches Handtuch und fragte, ob er vorher oder nach dem Haarschnitt die Haare gewaschen haben wollte.« Selbst Jürgen wusste, dass den Männern niemals die Haare gewaschen wurden. Stattdessen wurden die kleinen Härchen mit dem ›Hundehandtuch‹ abgerieben, das immer unter dem Spiegel bereitlag.

Edgar schüttelte den Kopf und sprach weiter.

»Stellte sich raus, dass der Mann bei den Städtischen Bühnen irgendwas im Büro arbeitet. ›Wo ist denn Ihr Junge, der sich bei uns beworben hat‹, fragt der. Das hättest du hören müssen, wie Jupp dann zurückfragte: ›Was hat der?‹«

Edgar fuhr sich mit dem Finger durch den Kragen des Hemdes. Dem scharfen Geruch nach zu urteilen ein Nyltest-Hemd. Jürgen wusste, wie pingelig Edgar war, wenn es um Waschen und Riechen ging. Gegen den Kunststoff dieses Hemdes hatte er aber keine Chance.

Wahrscheinlich würde Edgar oben die Stimmung nicht noch weiter gegen sich aufbringen wollen. Also löste er auch die Krawatte nicht.

Er steckte die Hände in die Sakkotaschen. Ein altes Sakko von Jupp, das Edgars Mutter ihm zurechtgenäht hatte.

Edgar atmete tief ein und sprach dann weiter:

»Gestern Abend brannte dann die Luft. Jupp hatte ordentlich einen sitzen. War fast gar nicht mehr zu verstehen. ›Verrat‹ habe ich verstanden und ›undankbarer Saukerl‹. Ich wollte mich aber auch nicht entschuldigen.«

»Warum nicht?«, fragte Jürgen.

»Weil ich keinen umgebracht hab, Mann. Ich will nur nicht dreißig Jahre in dieser Scheißstraße irgendwelchen Scheißleuten die Murmel rasieren, ist das denn so schwer zu verstehen?«

Jürgen hob beschwichtigend die Hand. Hätte am liebsten gleich die nächste geraucht, aber er müsste auch bald wieder in die Küche. Sonst würde Wolfgang wirklich anfangen zu heulen.

»Und dann?«, fragte er trotzdem.

»Der wollte auf mich losgehen. Hat dann aber erkannt, dass er dieses Mal nicht zwangsläufig als Sieger vom Platz gehen würde. Meine Mutter hat gemerkt, wie bei mir auch die roten Lichter angingen. Und weißt du, was sie dann gesagt hat?«

Jürgen schüttelte den Kopf.

»›Junge, untersteh dich‹, fährt sie mich an. Sagt nichts weiter. Guckt nur wie immer vielsagend. Sie hat Jupp mit Blicken schon so oft umgebracht. Aber wenn es spitz auf Knopf steht, dann soll ich mich ›unterstehen‹. Sie kann den Kerl nicht leiden. Das merk ich doch. Seit Jahren merk ich das. Aber Hauptsache Pflichtgefühl. Immer schön am Riemen reißen. Seht her, sie ist noch da: Die deutsche Frau. Leck mich am Arsch.«

Jürgen war jetzt wirklich erschrocken. Er hatte noch nie von Edgar ein einziges kritisches Wort über seine Mutter gehört.

»Wir haben ein Gästebett. Mein Vater freut sich«, sagte Jürgen. Ohne genau zu wissen, ob sich sein Vater wirklich freute.

»Und was ist mit Nelly, warum ist die nicht gekommen?« Der freie Platz neben Edgar war eigentlich für Nelly. Hatte Frau Woicik vorher auf die Tischordnung geschrieben.

Edgar wischte sich mit der Hand über das Gesicht. Seine Hände waren auf eine interessante Weise stark, fiel Jürgen auf. Beinahe zu groß für den eher kleinen Edgar.

»Die ist wohl bei der reichen Verwandtschaft in Mülheim. Die haben auch dafür gesorgt, dass Nellys Mutter in eine Klapse kommt. Ich hätte niemals erwartet, dass die im Hemdchen in die Bahnhofskneipe geht. Ich hätte nicht mal gedacht, dass die die Bahnhofskneipe überhaupt kennt.«

War sofort Gespräch in der ganzen Straße gewesen. Die barfüßige Gräfin, wirklich ohne Schuhe, wie sie in der Bahnhofsgaststätte »ihren feinsten Cognac, bitte« bestellte. Sie redete ansonsten wirr, antwortete nicht auf Fragen und soll geweint haben, als der herbeigerufene »Dorfsheriff« ihr einen Krankenwagen geschickt hat.

Edgar sah Jürgen jetzt zum ersten Mal am heutigen Tag in die Augen. Jürgen konnte erkennen, wie sehr sich sein Freund fürchtete. Er würde nicht genau sagen können, wovor. Im Zweifelsfall der nahen Zukunft. Deswegen fragte Jürgen lieber nicht nach.

»Wann kommt sie wieder?«

»Am Dienstag. Da habe ich mein Gespräch auf der Zeche«, murmelte Edgar.

»Was?«

»Jupps Rache. Entweder Friseur oder ins Loch. Ich verdien da wenigstens gut, sagt er. Und ich darf die Hälfte behalten.«

Jürgen wusste nicht, was er sagen sollte.

Sein Vater hatte noch nie ein schlechtes Wort über Bergleute verloren. Lieber immer wieder den Reim zitiert: »Der Bergmann schafft zum Wohl der Sippe, in dunklen Tiefen mit der Schippe.« Was ihn und Jürgen aber auch wegrückte von den Leuten mit der Schippe. Denn sie waren alles andere als eine Sippe. Sie waren ein versehrter Mann und ein zu großer Junge, der heute spät am Abend wieder an Martina schreiben würde. Hoffentlich antwortete sie dieses Mal. Aber selbst wenn sie es nicht tat. Er, Jürgen, musste so bald an keine Schippe. Jedenfalls keine, die er sich nicht selbst aussuchte. Sein Vater würde ihn niemals auf die Zeche schicken.

Edgar war in jeder Hinsicht stärker als er. Ob das reichen würde?

Jürgen fühlte sich verkrampft, als er zu seinem Freund sagte: »Ich muss wieder hoch.« Edgar nickte. Schade, dass es aus irgendwelchen Gründen verboten war, sich unter Männern in den Arm zu nehmen.

Nacht vom 11. auf den 12. August 1957
Dortmund
Steimhammerstraße
Wohnung von Jürgen Miebach und seinem Vater
Nach Mitternacht

Als Jürgen nach Hause kam, war es kurz nach Mitternacht.

Edgars Mutter hatte ihn gebeten, ihr zu helfen, Jupp nach Hause zu schleifen. »Der verträgt auch nichts mehr«, sagte sie, als sich Jürgen Jupps linken Arm und Edgar den rechten Arm über die Schulter legten. Erst als sie die Haustür hinter dem Friseurladen öffneten, kam Jupp zu sich. Schüttelte sofort seinen rechten Arm von den Schultern seines Stiefsohns. Dann zog er seinen anderen Arm sanfter von Jürgen zurück, sah ihn an, überlegte und stieß dann aus: »Gruß an den Herrn Vater, bitte schön.«

Jürgen verspürte den Impuls, irgendwas mit »Jawohl« zu sagen. War sich aber nicht sicher, ob sich Jupp dann nicht verspottet fühlen würde.

Jetzt zog Jürgen die Zinkbadewanne aus der Abstellkammer und stellte den Wischeimer unter den Wasserhahn in der Küche.

Alles sehr laut. Der Vorteil eines nicht hörenden Vaters. Der schlief hinter der verschlossenen Tür des Elternschlafzimmers. Herr Miebach bezog nach wie vor Kissen und Oberbett von beiden Betten, wenn es Zeit für den Wäschewechsel war. In den vergangenen Monaten hatte er nachts seltener geschrien und geweint. Jürgen schüttete den ersten Eimer in die Zinkbadewanne und ließ sofort einen weiteren volllaufen.

Er zog seine Kleidung aus und legte sie gefaltet in den alten Reisekoffer seines Vaters. Wenn der Koffer voll war, durfte er die Waschküche der Woiciks benutzen. Die Wäscheschleuder funktionierte nicht ganz tadellos. Um den Deckel des turbinenlauten Monsters zuzuhalten, brauchte es manchmal zwei Arme. Deswegen war das Waschen seine Aufgabe.

Es kostete Jürgen immer einen Moment der Überwindung, sich in das kalte Wasser der Zinkbadewanne zu setzen. Frau Wachowiak aus dem Erdgeschoss hatte ihm ein Stück Seife geschenkt, nachdem er ihr die Briketts vor zwei Wochen in den Keller geschaufelt hatte. Die Seife war in einer Dose, auf der etwas Französisches stand. »Aha, der Herr badet in Lavendel«, hatte sein Vater gesagt. Seitdem wusste Jürgen, wie der Duft hieß, den die Seife verströmte. Es war undenkbar, Martina so fettig und verschwitzt einen Brief zu schreiben. Er rieb sich mit dem Waschlappen über die Brust. Fragte sich wieder, ob dort irgendwann Haare wachsen müssten, damit er ein richtiger Mann war. Als er mit dem Lappen an sein Geschlecht kam, war er froh über das kalte Wasser. Wobei er sich gar nicht sicher war, wie Martina dazu stehen würde. Wenn sie zum Kiosk kam, um Kokosschokolade oder manchmal eine Cola zu kaufen, lächelte sie ihn so vielsagend an, als wäre ihr auch Körperliches gar nicht so fern, wie es ihre konservative Erscheinung nahelegte. Die Bluse immer gebügelt. Immer so weiß, als würde es den ganzen Dreck in der Luft gar nicht geben. Jürgen hoffte ganz fest, dass es so wäre.

Wenn sie sich vor dem Verkaufsfenster zeigte, hatte er sich schon oft vorgenommen, irgendetwas Kesses zu sagen. Wie Edgar, der sogar zur Overbeck'schen frech war. Doch Jürgen schaffte es über ein Lächeln nie hinaus. Was schlimmstenfalls einer Grimasse glich. Er sah sich schließlich nicht im Spiegel, spürte nur die Hitze im Gesicht. Die stellte sich bereits ein, wenn er das Fenster hochschob und sie ihn mit »Hallo Jürgen« ansprach. Was wie »Jirrgen«

klang, denn Martina war ein Flüchtlingsmädchen aus der kalten Heimat. Der Sammelbegriff für alle, die aus irgendeiner »Walachei« im Osten nach Westen geflohen waren. Würde alles in dem Brief stehen, den er ihr gleich schrieb. Wie sehr er mochte, wie sie seinen Namen aussprach. Jürgen saß im Wasser und fröstelte. Seit er in einem amerikanischen Film gesehen hatte, wie ein Soldat in Paris badete und in der Badewanne rauchte, stellte sich Jürgen immer den Küchenstuhl als Tischchen neben die Zinkwanne. Von dort nahm er jetzt eine Zigarette aus der Schachtel und zündete sie an. Als er den ersten Zug nahm, hätte er sich gern nach hinten gelehnt. Was in der engen Wanne leider nicht möglich war.

Nachdem er sich abgetrocknet hatte, zog sich Jürgen eine lange Unterhose seines Vaters an, die durch das viele Waschen schön weich geworden war. Dann streifte er sich das Sporthemd über den Kopf, das ihm seine Tante Marianne aus Amerika geschickt hatte. »Was für eine tolle Baumwolle«, hatte Edgars Mutter geschwärmt, als sie ihm vor ein paar Wochen beim Falten der Wäsche geholfen hatte. Die Schwester seiner Mutter lebte mit ihrer Familie in Milwaukee. Jürgen wusste alles, was er in der Bibliothek über die Stadt in Erfahrung bringen konnte. Wie Dortmund. Keine Kohle, aber Stahl und Bier. Er entschloss sich, wieder »eine Reise zu machen«. In seiner Fantasie, also kostenlos, nach Amerika. Aus der Kommode neben dem etwas zu kurzen Sofa, auf dem er schlief, holte er die Lebkuchendose. Die abgebildeten Ritter waren nur noch schemenhaft zu erkennen. Der Deckel schloss aber immer noch fest und ließ sich dennoch komfortabel öffnen. Obenauf lag das Taschentuch, das seine Mutter mit seinen Initialen bestickt hatte. JM, Jürgen Miebach. Es hatte ein Ritual gegeben, wenn er sie im Krankenhaus besucht hatte, als sie schon schwer krank gewesen war. Er brachte das Taschentuch mit, und sie träufelte ihr Duftwasser darauf. »Dann bin ich zu Hause bei dir, mein Junge«, hatte sie gesagt, »auch wenn ich vorerst nicht mitkommen kann.« Viele Jahre später konnte er in der Drogerie vom Büchel in Lütgendortmund die Tränen nicht zurückhalten. Da roch Jürgen das Duftwasser seiner Mutter, und dieser Drogist behauptete tatsächlich, es sei ganz normales 4711, Kölnischwasser. Wie konnte dieser Mann behaupten, seine Mutter habe gerochen wie irgendwelche anderen Menschen? »Bindehautentzündung« hatte Jürgen gemurmelt, als der Drogist nicht wusste, wie er auf das Weinen des jungen Mannes reagieren sollte. Nein, echte Männer weinen nicht. Hatte sich bis zu ihm herumgesprochen.

Jürgen legte das Taschentuch behutsam neben das Kästchen und fand dann die Broschüre, die er für die Reise brauchte.

Hatte ihm auch seine Tante geschickt. Dieses Heft warb in englischer Sprache für einen Zug, der über Nacht von New York nach Chicago fuhr. Eine große Schrift sagte: 20th Century Limited.

Von dort war es nicht mehr weit nach Milwaukee. Er würde in Chicago von der letzten Stufe des Eisenbahnwaggons einen bis zum Schimmern geputzten Halbstiefel auf den Boden des Bahnsteigs setzen. Dann den zweiten Fuß. Sein langer Mantel bauscht sich auf, als er sich noch einmal umdreht, um Martina die Stufe herunterzuhelfen und dann die Koffer zu nehmen.

»Für fleißige, starke, junge Leute gibt es hier immer was zu tun«, hatte ihm Tante Marianne geschrieben. Das Papier war so dick, dass er damit zu Nelly in den Schreibwarenladen gegangen war, um zu fragen, ob sie so was auch verkauften. Nelly war von dem Papier begeistert. Aber was sie noch mehr entzückte, war die schwarzblaue Tinte, die zu glitzern schien.

Stimmte das mit den jungen Leuten? Gab es in Amerika nicht fleißige, starke Leute genug? Aber warum sollte seine Tante das sonst schreiben?

Er beschloss, ihr einfach zu glauben. Wie es ihm seine Mutter als einen immerwährenden Auftrag hinterlassen hatte. »Nicht schwarzsehen, mein Schatz, als du geboren wurdest, schien die Sonne. Darauf kannst du dich verlassen.« Wie oft hatte er das von ihr gehört, als sie in diesem Krankenhausbett gelegen hatte und Jürgen alles schwärzer als schwarz erschienen war.

Er ging zum Küchenschrank und nahm eine der kleinen Flaschen Weinbrand heraus, die sein Vater aus dem Kiosk mit nach Hause brachte.

Jürgen mochte es, Zeit mit Edgar zu verbringen. Er war auch froh darüber, mit seinem Vater zusammenzuleben. Aber immer nur unter Männern? Weit und breit keine Frau, was blieb denn da anderes übrig als das Saufen? Sein Vater tat das nie, aber andere schwärmten von der »Männerwirtschaft« im Krieg. »Genießt den Krieg, der Frieden wird grausam«, hatte Jürgen schon oft von einem Suffkopp gehört, der beinahe jeden Tag zu ihrem Kiosk kam. Alte Gewohnheit. Der Krieg war Jahre vorbei, die Sprüche kamen noch von der Front. Er bestellte immer drei kleine Fläschchen Kräuterlikör, die er dann in einem Zug leerte. So sorgfältig, als würde er nur wieder drei neue bekommen, wenn die anderen bis zum wirklich letzten Tropfen ausgetrunken waren.

Jürgen saß an der Fensterbank, seinem »Schreibtisch«. Die war so breit, dass sie auch als Schreibtisch taugte.

Die Nachtluft, die durch das offene Fenster hereinkam,

war ungewöhnlich frisch. Roch nicht so verkokelt, so teerig wie sonst.

Wahrscheinlich wäscht der leichte Regen die Luft, dachte Jürgen.

Sollte er Martina vom Regen erzählen? Er zog an der Zigarette, hoffte, dass der nächste Schluck Weinbrand ihn entschlossener machte. Er schlug den Block auf und las noch einmal, was er schon geschrieben hatte, bevor er zur Bockhalle und den Kommunionschnitzeln gegangen war. Über den Anzug, den Edgars Mutter gerade für ihn nähte. Er könnte sich also schick machen. Sie, Martina, würde sich nicht für ihn schämen müssen. Die Hosenbeine wären nicht zu kurz wie bei den Hosen, die er werktags im Kiosk trug. *Wenn ich dir dann vom Tresen ein schönes Glas Wein hole und selbst einen Brandy trinke und wenn die Nacht noch nicht kalt ist, dann könnte doch vielleicht der Mond eine Sonne für uns sein.* Natürlich kannte er den Wortlaut. Er hatte es schon hundertmal durchgelesen. Aber wie gut konnte Martina eigentlich Deutsch? Was, wenn sie nur Sonne, Mond und Saufen verstand? »Zu sehr von hinten durchs Auge«, würde Edgar wahrscheinlich sagen. Er könnte Nelly fragen. Die würde ihn aber wieder nur uneingeschränkt unterstützen, ohne Widerrede, toll, Jürgen, toll, genau so. Jürgen wusste, dass er in Nellys Augen ein Ritter der traurigen Gestalt war. Er tat ihr leid.

Lieber wegwerfen. Sich auf seine Schönschrift verlassen, aber klar zur Sache kommen. Nichts vom Anzug schreiben. Ich würde gerne mit dir ausgehen, du auch mit mir, liebe Martina?

Jürgen schlug das Deckblatt seines Briefblocks auf und stutzte einen Moment. Da war der Briefbogen, der bis zur Hälfte mit seinem Text von heute Morgen beschrieben war.

Aber obenauf lag ein Notizzettel vom Block der Germania-Apotheke in Lütgendortmund, wo sein Vater immer die Narbensalbe für seinen Arm holte. In der unverkennbar gestochenen Schrift des Deutschlehrers stand auf diesem Zettel geschrieben: »Mein Junge, weiter so. Ich bin stolz auf Dich und Dein schriftstellerisches Talent. Du müsstest aber irgendwann zum Punkt kommen, damit die kaschubische Schöne weiß, was Du von ihr willst. Aber nicht vergessen: ›Die Leidenschaft ist der Schlüssel zur Welt‹, hat Hermann Fürst von Pückler-Muskau an Bettine von Arnim geschrieben. Schließ Dir alles auf, mein Sohn, Dein Papa.«

Jürgen sah in Richtung des Schlafzimmers, wo er immer dann ein leises Atmen hörte, wenn draußen nicht gerade zwei Güterwaggons gegeneinanderprallten. Er salutierte der Schlafzimmertür und freute sich über das Glück, das er mit seinem Vater hatte.

12. August 1957
Mülheim a.d. Ruhr
Villa Frau von Gysenberg
Am Morgen
Nelly

Es könnten Schaumkronen sein. Wie auf diesem Foto im *Stern*. Hildegard Knef an einem Strand, neben ihr irgendwelche Männer. Aber hinter ihr das herrliche Meer und eben Schaumkronen.

Auf dem Foto im Magazin waren die allerdings weiß und nicht grau, wie der Schaum von Nellys Badewasser. Unfassbar peinlich, dass dieser Dreck von ihr abgewaschen werden konnte. Dabei hielt sie sich für sauber. Wusch sich regelmäßig. Es war aber auch unfassbar angenehm in dieser Badewanne. Das warme Wasser, in das Martha eine duftende Essenz gegeben hatte. Martha wurde von ihrer Großmutter nur »die Hilfe« genannt. Sie trug einen Kittel, eine dicke Brille und schwieg meistens. Nelly wurde von Martha mit »Fräulein Penelope« angesprochen. Furchtbar.

Wie viel Schmutz würde sich von Edgar abwaschen lassen, wenn er hier, in diesem Tanzsaal von einem Badezimmer, in die Wanne dürfte?

Edgar müsste hier sein. War er aber zum Glück nicht. Er würde sich nicht beherrschen können. Ihre Großmutter wäre für ihn wie sein Stiefvater Jupp. Nur noch schlimmer. Nelly konnte verstehen, wie wenig er es ertragen konnte, wenn ihn jemand zu dominieren versuchte. Vorschriften machte. Kommandos gab. Aber wenn sein Zorn blubberte wie ein kochender Eintopf, dann wurde er ihr fremd. Dann fürchtete sie sich beinahe vor ihm. Mittlerweile wichen dann sogar Erwachsene vor ihm zurück. Sie wünschte, sie könnte mit ihm über ihre Mutter sprechen. Seine Wut wäre ihr aber keine Hilfe. Wie sollte es nur weitergehen? Was würde mit ihrer Mutter nun geschehen? Das Badewasser war nicht mehr wirklich warm. Nelly nahm die Handbrause und spülte ihr Haar aus. Sie zog den Gummistöpsel aus dem Abfluss und hörte zu, wie das Wasser mit einem müden Röcheln abzulaufen begann. Sie hoffte, es würde nicht durch die Rohre laufen, sondern sich über dem Sessel sammeln, auf dem ihre Großmutter immer so aufreizend aufrecht saß. Dann sollte es einen Rumms geben und das Wasser müsste sich über ihrer Großmutter ergießen. Die hochtoupierte Frisur zerstören. Klatschnass müsste sie sein, wie eine Straßenkatze im Regen. Auf die Seide ihrer Bluse sollten sich die Schmutzschaumkronen setzen. Dann hätte die Alte auch den dreckigen Beweis vor

Augen, in was für einem »Elendsviertel« Nelly und ihre Mutter »hinvegetierten«.

Nelly blieb noch in der Wanne sitzen, als das Wasser bereits komplett abgelaufen war. Wenn sie ihre Mutter besuchte, würde es dort wieder auf diese kranke Weise leise sein. Tuschelnde Schwestern. Flure, auf denen die Sohlen der Ärzte kaum ein Geräusch machten. Die gepolsterte Tür des Zimmers. Die psychisch Kranken standen nicht in Grüppchen zusammen, wie Patienten auf einer chirurgischen Station, denen das Bein oder der Blinddarm operiert worden war. Sie erinnerte sich, wie sie vor drei Jahren mit ihrer Großmutter dort gewesen war. Im »Sanatorium, wo man sich hervorragend um deine Mutter kümmert«. Aber ihre Großmutter hatte sich nicht chauffieren lassen, wie sonst. Ihr Fahrer sollte nicht wissen, wo genau seine Chefin einen Termin hatte. Der Busfahrer erklärte ihnen beim Aussteigen den Weg »zur Irrenanstalt«.

Das Badetuch roch nach etwas Gutem. Handtücher konnten also ganz weich und scheinbar unerschöpflich frisch sein. Auf dem Glasregal über den beiden Waschbecken sah Nelly ein Fläschchen mit der Aufschrift »Sprüh-Bac«. Kannte sie bisher nur aus der Werbung im Kino. Rieb man sich unter die Achsel, um nicht nach Schweiß zu riechen. Nelly probierte es. Sofort breitete sich ein Geruch aus, als würde in unmittelbarer Nähe ein Flur gewischt.

Martha hatte ihr ein neu gekauftes Sommerkleid hingehängt. Ein kraftloses Blau. Verstorbenes Blau, würde Edgar sagen, der bei Farben immer mitreden wollte.

Die ebenfalls neu gekauften Schuhe waren eine Nummer zu groß. Nellys Füße rutschten darin hin und her. Wenn sie die Freitreppe in das Erdgeschoss nicht hinunterstürzen wollte, musste sie trampeln.

Das Einkaufen war auch auf Befehl der Großmutter geschehen.

»So kann ich das Haus nicht mit dir verlassen«, hatte sie gesagt, »sonst denken die Nachbarn, du wärest eines dieser Nazikinder, die sich immer noch in Kellerlöchern verstecken und als Werwölfe gegen die Besatzer kämpfen.« Wenn ihre Großmutter glaubte, etwas sehr Einfallsreiches gesagt zu haben, wandte sie den Kopf in Richtung eines imaginierten Publikums und kicherte scheinbescheiden, als würde ihr der zu erwartende Applaus gleich wieder zu viel.

Vor dem Esszimmer, in dem diese Frau bereits beim Frühstück saß, blieb Nelly noch einmal stehen. Ich fahre heute ins Krankhaus und hole meine Mutter ab. Wenn wir wieder zu Hause sind, kümmere ich mich um sie. Ich bleibe auf keinen Fall hier. Das musste sie gleich klarmachen. Mehr nicht. Diese Frau hatte ihr nichts zu sagen.

»Guten Morgen, Penelope«, sagte ihre Großmutter. Sie saß vor Kopf des Tisches, der selbstverständlich mit einer weißen Tischdecke bedeckt war. Neben ihr saß ein fremder Mann in einem dunkelgrauen, dreiteiligen Anzug. Als Zugeständnis an den Sommertag stand die Terrassentür einen Spalt weit auf. Die große Panoramascheibe hinter der Großmutter gab den Blick auf den Garten frei. Als wären auch die Bäume und Sträucher als »Hilfen« bei ihr angestellt, umrahmten die Pflanzen Eleonore von Gysenberg in der schneeweißen Bluse mit kurzen Ärmeln. Sie taxierte nickend ihre Enkelin und sagte dann: »Strumpfhose?«

Nelly zuckte mit den Achseln, was »Warum, es ist warm« heißen sollte.

»Gut, die kannst du dir nach dem Frühstück anziehen. Wir sind hier nicht in der Landwirtschaft und bedecken dementsprechend unsere Beine.«

Dein ›wir‹, nicht meins, dachte Nelly.

Die Großmutter zeigte auf den fremden Mann. Als er ihr durch den Hinweis der Großmutter auf die Waden starrte, kam sich Nelly selbst nackt vor.

»Herr Doktor Koldehoff kümmert sich um meine rechtlichen Angelegenheiten.« Der Mann sprang auf und streckte ihr die rechte Hand entgegen. Sie bestand nur aus Daumen, Zeigefinger und Mittelfinger. Seine gesamte rechte Gesichtshälfte war zurechtoperiert, das rechte Ohr fehlte und der Mundwinkel war auf eine Weise geflickt, dass einem nichts anderes als »genäht« in den Sinn kommen konnte.

»Sehr erfreut, Fräulein Penelope. Bitte entschuldigen Sie meine Erscheinung. Vor dem Krieg war ich ein hübscher Junge, glauben Sie mir.«

Die Großmutter machte eine ungeduldige Winkbewegung. War ihr viel zu persönlich.

»Mein Vater war auch im Krieg«, sagte Penelope.

»Ach tatsächlich? Dann wissen Sie ja Bescheid.« Er traute sich nicht richtig zu lächeln, machte aber etwas mit seinem versehrten Mund, was Nelly als freundlich gemeint verstand.

»Über was soll sie Bescheid wissen, Koldehoff? Sie war ein kleines Kind, als uns der Engländer bombardierte. Sie kann die herausragende Tapferkeit des deutschen Menschen nicht bezeugen.« Die Großmutter tupfte sich mit der Stoffserviette den Mund.

»Ganz recht, verehrte Frau von Gysenberg. Ich glaube nur, dass auch Kindern der außerordentliche Schrecken des Krieges nicht verborgen geblieben ist.« Die Stimme des Anwalts sang in einem leichten rheinischen Akzent.

»Genug Sentimentalitäten.« Von ihrer Mutter wusste Nelly, dass die Großmutter eine begeisterte Swing-Tänzerin gewesen war. Selbst als die Nazis diesen Tanz längst verboten hatten. Offenbar tanzte sie mit ihrem Mann, Nellys Großvater, auch zu Hause, wann immer den beiden danach war. Nelly selbst hatte in diesem Haus noch nie auch nur einen Takt Musik gehört. Mit dem Tod ihres Mannes, 1944 in Frankreich gefallen, wäre für die Großmutter auch die Musik gestorben, glaubte Nellys Mutter.

»Herr Koldehoff ist hier, weil er sich in meinem Auftrag um alles Anstehende kümmern wird.«

Der Mann nickte und öffnete einen Ordner, der vor ihm lag. Er hob seine Tasse mit der unversehrten linken Hand und nippte an seinem Kaffee. Er tippte auf das Blatt Papier.

»Ich habe mich mit dem Vermieter auf eine Wohnung im Hamburger Stadtteil«, Koldehoff schob seine Brille hoch, um den Ortsnamen lesen zu können, »im Hamburger Stadtteil Winterhude verständigt.«

Er wandte sich direkt an Nellys Großmutter.

»Es war ein ausführliches Gespräch vonnöten, denn der Mann nahm Anstoß daran, dass dort ein Mann und eine junge Frau, noch dazu eine Minderjährige, zusammenwohnen sollen, ohne verheiratet zu sein. Diese Bedenken waren aber durch ein Telefonat mit Ihrem Bruder aus der Welt zu schaffen. Der Vermieter hat unter Ihrem Bruder in Norwegen gedient.« Die Großmutter nickte. Lächelte, als würde es kein Problem geben, das sich nicht durch die Macht der Familie von Gysenberg lösen ließe.

»Des Weiteren«, sagte der Anwalt Koldehoff, »war es keine größere Mühe, den stellvertretenden Direktor der Firma Montblanc davon zu überzeugen, dass Fräulein Penelope Tillmann genau die richtige Person für die Lehrstelle als Sekretärin im Vorstandsbüro ist.«

»Wovon reden Sie?«, fragte Nelly.

»Erspare uns bitte jede Art von Empörung oder gar Hysterie, mein Kind«, Nellys Großmutter musste ihre Stimme kaum erheben, um deutlich zu klingen. »Du wirst mit deinem Vetter Theo nach Hamburg ziehen und bei Montblanc arbeiten. Wenn ich dich richtig verstanden habe, dann entspricht das sogar ziemlich genau deinen Wünschen. Und du bist augenblicklich von der ganzen Dortmunder Mühsal befreit. Theo wird in Hamburg seinen Studienabschluss absolvieren und garantieren, dass es schicklich zugeht. Denn ich finanziere ganz sicher keinen Hottentotten-Haushalt mit ständigen Gelagen. Du kannst anfangen, dich auf deine Zukunft zu freuen. Davon spricht Herr Koldehoff.«

Eleonore von Gysenberg nippte an ihrer Tasse. ›Darauf kannst du Gift nehmen, Fräulein‹, demonstrierte das Nippen.

»Aber Mama ist krank. Ich kann jetzt nicht nach Hamburg ziehen. Ich muss mich um sie kümmern.«

»Musst du nicht. Und kannst du auch gar nicht. Denn deine Mutter ist so krank, dass sie nicht selbst für sich Verantwortung übernehmen kann. Geschweige denn für ein Kind, das du nach dem Gesetz immer noch bist.«

Nelly schüttelte viel zu heftig den Kopf, als Martha sich mit der Kaffeekanne neben sie stellte und ihr nachgießen wollte.

Koldehoff sah Nelly auf eine Weise an, als würde er sich mit Schmerz auskennen und ihren nicht noch vergrößern wollen.

»Ihre Mutter ist in einer Klinik mit einem ausgezeichneten Ruf untergebracht. Ein Kamerad von mir wird dort seit einiger Zeit behandelt und fühlt sich recht wohl. Das Vormundschaftsverhältnis, das Ihre Großmutter übernommen hat, lässt sich vergleichsweise leicht wieder zugunsten Ihrer Mutter auflösen. Nach einer amtsärztlichen Prüfung und einem anschließenden einfachen Gerichtsakt ist ihre Mündigkeit alsbald wiederhergestellt, wenn es ihr gesundheitlicher Zustand erlaubt.«

»Du hast Mama entmündigen lassen? Ist das dein Ernst?«

»Ich habe getan, was getan werden musste.« Der Gesichtsausdruck der Großmutter sollte sagen, wie schwer es ihr gefallen sei. Der Anwalt sah auf seine Akte.

Nelly wollte schreien. Sie wollte ihre Tasse nehmen und den Teller und den Marmeladentopf mit dem kleinen, verdammten Löffel, der darin steckte, an die Wand klatschen. So musste es ihrer Mutter ergangen sein, wenn sie dieser Frau ausgesetzt gewesen war. Alles wurde zu Zorn, zu gleißender Wut, zu dem Wunsch, etwas kaputt zu machen. Nelly wäre so gerne völlig ausgerastet, aber dann wäre sie womöglich als Nächste von dieser verdammten Nazi-Hexe für verrückt erklärt worden.

Nelly schob den Stuhl zurück, beugte sich zu den Schuhen hinunter, öffnete die Riemchen an den Knöcheln, zog die Schuhe aus und knallte sie auf den Tisch. Immerhin fiel eine Tasse um. Wenigstens etwas. Die Großmutter zuckte kurz zusammen.

Dann sagte sie leise »Penelope«, dann noch mal ermahnender »Penelope!«

Nelly schob ihren Stuhl wieder an den Tisch. Wie es sich gehörte.

Sie nickte in Richtung des Anwalts und hoffte, dass sich ihre Stimme nicht überschlug. Tat sie nicht. Ein Glück.

»Herr Koldehoff, hat mich gefreut.«

Dann sah sie ihre Großmutter an und registrierte mit hässlicher Begeisterung, wie sehr die alte Hexe mit der Situation überfordert war.

»Ich gehe jetzt zu Leuten, die sich nicht gegenseitig in Kliniken schicken. Und ich gehe ganz sicher nicht in Schuhen, die du mir gekauft hast.« Nelly hatte vorher selbst nicht gewusst, wie aggressiv sie klingen konnte.

Die Großmutter tupfte sich mit der Stoffserviette die Lippen und sagte dann in kontrolliert ruhigem Ton:

»Penelope, du bewegst dich weit jenseits deiner Möglichkeiten. Du überschaust die Krankheit deiner Mutter nicht. Und als 16-Jährige bist du ein Kind, das nicht allein für sich sorgen kann. Es wäre ein großer Fehler von dir, wenn du jetzt wieder zu diesen Proleten zurückkehrst. Ich bin die Einzige, von der du lernen kannst, wer du bist. Wo du hingehörst. Jeder muss seinen Ort kennen, in einer gesunden Gesellschaft. Ich kann dich gesellschaftsfähig machen. Was willst du dort lernen, neben den Schornsteinen, von diesen Untermenschen in ihren koksschwarzen Hütten. Was kannst du dort für dein weiteres Leben mitnehmen?«

»Steck dir dein Geld in den Arsch und ruf die Polizei, um mich von den Proleten wegzuholen!«

Nelly stampfte aus dem Zimmer und stieß dabei beinahe mit Martha zusammen.

Beruhig dich, sollte deren beschwichtigende Handbewegung wohl sagen. Sie würde gerne das Haus in Brand stecken und ihre verdammte Großmutter schreiend rausrennen sehen, aber sich ganz sicher nicht beruhigen. Die Tränen, die ihr über die Wangen liefen, waren Wuttränen und erleichterten sie augenblicklich. Gut, dass Edgar nicht hier war. Der hätte sich nur wieder zu sehr aufgeregt.

13. August 1957
Dortmund
Steinhammerstraße
Wohnung von Nelly Tillmann
Früher Morgen
Nelly

Nelly hatte überraschend gut geschlafen. In ihrem eigenen Bett. Irgendwann um kurz nach sechs rummsten die schlimmen Gedanken in ihrem Kopf lauter als die aufeinanderprallenden Waggons im Güterbahnhof. Von draußen kamen nicht nur die üblichen Geräusche, sondern ein kühler Wind. Erstaunlich für August und so schön frisch, als wäre sie ganz woanders. In einem Zimmer in einem Wald, auf einem Berg oder am Meer, wie sie es sich vorstellte. Nelly wusste, im Bett würde ihr keine einzige Antwort einfallen. Sie wusste nicht, wie es weitergehen sollte. Auch dazu hatte sie allerdings einen Satz ihrer Mutter im Sinn, der ihr blöd und überflüssig vorgekommen war, wenn sie als kleines Mädchen über schlechte Zensuren weinte: »Lass dich nicht gehen, geh selbst.«

Nelly lehnte sich aus dem Bett und fischte mühsam die ganz dicken Socken heraus, die sie in der Schublade mit den Sachen ihres Vaters gefunden hatte. Sie hatte die Reise vom Haus ihrer Großmutter in Mülheim barfuß hinter sich bringen müssen. Das Hausmädchen Martha hatte ihre alten Schuhe wohl weggeworfen. Sie fanden sich nirgendwo mehr, als Nelly in der Mülheimer Villa hastig ihre Sachen zusammengepackt hatte. Jetzt waren ihre Fußsohlen wund. Sie hatte sich Blasen gelaufen. Auf den Bahnsteigen und vor allem vor dem Dortmunder Hauptbahnhof hatten Scherben gelegen, in die sie getreten war.

Die ersten Schritte an diesem Morgen schmerzten so, als müsste sie sich ganz schnell wieder hinlegen, oder wenigstens setzen. Auf dem Weg zum Küchenschrank taten die dicken Socken aber bald ihren Dienst und dämpften. Als Nelly den Tauchsieder in die kleine Kanne steckte, um sich Wasser für einen löslichen Kaffee zu kochen, stand fest: Sie würde den Laden heute wieder öffnen.

Sie wusch sich und zog ein Kleid ihrer Mutter an, das sie normalerweise nicht tragen durfte. Auch wenn es ihr hervorragend passte, wie sie von heimlichen Anproben wusste.

Eine Stunde später war das Geschäft im Erdgeschoss so weit. Sie hatte auf allen Regalen Staub gewischt.

Dem Luxus-Roller für größere Kinder, den sie von 34 auf 29 und dann auf 23 Mark reduziert hatten, sah man nicht an, dass er schon zwei Jahre hier im Laden stand. Von den Holzleiterwagen waren nur noch zwei da. Ihre Mutter würde sofort nachbestellen. Denn die Dinger kosteten fünf Mark und waren damit für manchen Bergmann erschwinglich, wenn er zwei Feierabendbesäufnisse ausfallen ließ. Konnte sie einfach so Leiterwagen nachbestellen? Ob der Zwischenhändler ihre Bestellung aufnehmen würde? Sie könnte die Unterschrift ihrer Mutter perfekt fälschen. Hatte Margarete Tillmann ihrer Tochter Nelly selbst beigebracht, für die »Mehr als müde«-Phasen. Bezahlen könnte Nelly auch, denn sie kannte die Kombination des Tresors, den ihr Vater angeschafft hatte, bevor Nelly auf die Welt kam.

Sie schlurfte in Edgars »Atelier«. Wenn er nicht an dem kleinen Tisch saß, wirkte es traurig. Ein Schlauch, höchstens zwei Schritte breit. Das schmale Fenster am Ende wirkte kläglich. Sie mussten es kaum putzen. Die Sonne schien so selten und dann auch nur indirekt auf dieses

Fenster, dass kaum wahrzunehmen war, ob es sauber war oder nicht. Bei den Bombenangriffen der Engländer waren die meisten Fenster in der Straße geborsten. Dieses Hoffensterchen war intakt geblieben und machte den Eindruck, es sei darüber immer noch traurig.

In Edgars »Atelier« stellte Herr Fuchs am allerfrühesten Morgen immer die Kartons mit den Zigaretten ab. Ließ die Ware und Schweißgeruch zurück.

Er hatte deshalb einen Schlüssel für die Haustür.

Nelly nahm eine Stange Overstolz, eine Stange Juno und fünf Packungen Gloria-Zigaretten mit nach vorne in den Laden, um die Regale hinter dem Tresen aufzufüllen.

Gloria war ihre Lieblingsmarke. Die Schachtel in den Farben Weiß und Gelb wirkte so frisch.

Hinter dem Tresen hing nicht ohne Grund ein Werbeposter für »Gloria«. Wie die Frau auf dem Werbebild, so würde Nelly irgendwann sein. War jedenfalls ihr Plan. Ein großer, offener Blick. Ein herausforderndes Lächeln. Mit aufgestütztem Arm die Zigarette zur Seite haltend.

Auf dem Bild war kein Mann, der diese Frau begleitete. Oder erklärte, warum sie da so selbstbewusst sitzen durfte. Hatte die Gloria-Frau nicht nötig. Sie hatte nichts sauber gemacht, sie hatte kein Essen für irgendjemanden gekocht. Die Frau saß da, rauchte, genoss es sichtlich, aus nur einem einzigen Grund: Sie hatte Lust dazu.

Nelly wischte über den Tresen. Von hier konnte sie das Schränkchen sehen, in dem zwölf luxuriöse Füller ausgestellt sein könnten. Im Moment lagen dort nur Fotos von Füllern aus einer Werbebroschüre der Firma Montblanc. Wie eine Juweliervitrine für kostbaren Schmuck, so sah das Schränkchen aus. In dieser Straße, in der manche Leute so wenig Geld hatten, dass sie monatelang von einem Schnitzel träumen mussten, war der Schrank höchstens als Anfeuerholz interessant. Der Vertreter der Firma hatte Nelly mit dem neuen Modell aus Bakelit, das wie eine Zigarre geformt war, schreiben lassen. Das Meisterstück 149 aus dem Jahr 1954. Natürlich kannte sie den Füller mit Namen, er war schließlich ihr Traum. Schon das Abschrauben der Kappe klang nach einem bedeutsamen Akt. Die Gravur auf der Feder, mit der Höhe des Montblancs als Zahl. Sie würde weiter davon träumen. Leider hatte sie jetzt immer den entstellten Anwalt im Ohr, wenn es um Montblanc ging. Die Lehrstelle, die für sie organisiert worden war. Edgar konnte verstehen, warum sie der Tintenfluss aus der Goldspitze des Montblanc-Füllers verzückte. Als ließen sich die Worte damit auf das Papier streicheln, statt sie einfach nur zu schreiben. Edgar wurde ein anderer, wenn er auf Papier Spuren hinterlassen konnte. Er redete sonst viel und laut und ständig. Nur nicht, wenn er es mit Papier zu tun hatte. Dann fuhr er in einen Tunnel. War manchmal gar nicht mehr erreichbar.

Sie schlich in den dicken Socken zu dem Gurt am Schaufenster und zog den Rollladen hoch. Sie schloss die Tür von innen auf, und der Raum nahm augenblicklich den Lärm der Straße auf, als hätte er es kaum erwarten können, wieder ein richtiges Geschäft zu sein. Sie versuchte, den kleinen Holzkeil unter der Türleiste festzutreten, doch ihr geschundener rechter Fuß tat zu weh.

Sie bückte sich, schob den Keil mit der Hand fest.

Als sie sich aufrichtete, sah sie, wie Edgar bereits die Straße überquerte. Es war zwar kühler geworden, aber immer noch zu warm für die Klamotten, die er trug. Eine unansehnliche Jacke aus festem Drillich. Eine Hose, die ihm zu lang und zu weit war. Alles farbbespritzt.

»Ich ahne und vermute«, sagte er und grinste sie an. Ein

Zitat aus einem ihrer gemeinsamen Lieder. »Es liegt was in der Luft« von Bully Buhlan, dessen Augenbrauen nach Nellys Meinung so struppig waren wie die von Edgar. Wie Tausendfüßler über den Augen.

Sie umarmte ihn, und es kam ihr wieder einmal zu wenig vor. Leider trat er ihr dabei auf den Fuß. Nelly schrie auf.

»Was ist das? Warum trägst du diese Lumpen?«, fragte er sie in einem Ton, als habe sie ihn getreten.

Sie hatte die Augen geschlossen, atmete tief durch, und es ging wieder.

»Mode. Davon verstehst du nichts«, sagte sie.

»Wie war es in Mülheim?«

»Blöd«, antwortete Nelly.

»Wie blöd?«

»Meine Oma wartet sehnsüchtig auf die Wiedergeburt des Führers und hat einige gute Ideen für meine Zukunft«, Nelly nickte ihm zu, damit er ihr in den Laden folgte. Sie begann die Zeitungen so zu falten, dass sie im Ständer einen guten Eindruck machten. »Schneidig«, sollten die Westfälische Rundschau, die WAZ und die Ruhr-Nachrichten präsentiert werden, wie Nellys Mutter es immer höhnisch nannte. Edgar half ihr ohne Aufforderung.

»Was ist mit deiner Mutter?«, fragte er und wirkte dabei eigenartig verdruckst.

Nelly hätte ihm am liebsten alles erzählt. Wenn sie es aber ausspräche, würde es wieder ein Stück wahrer. Ihre Mutter entmündigt in einem Irrenhaus, das war so unüberwindbar ungerecht. Aber auch so irreal, dass ihr überhaupt nichts einfiel, was sie dagegen unternehmen könnte.

»Sie ist noch im Krankenhaus.« Wenigstens nicht gelogen, dachte Nelly.

»In welchem Krankenhaus?«

Nelly sah ihn an, zuckte mit den Achseln. Er strich ihr über die Hand und faltete die nächste Ausgabe der »Ruhr Nachrichten« in das Fach.

»Und?«, fragte sie und zeigte auf die bekleckerte Jacke.

»Ich muss den Laden streichen. ›Du willst doch so gerne zeigen, was in dir und einem Pinsel steckt‹, hat Jupp zu mir gesagt. Die meiste Arbeit mache ich, wenn er den Laden am Abend abschließt. Weil es so warm ist, kann er mit seinen ›Kunden‹ im Hof weiter saufen. Dann bin ich wenigstens für mich.«

Nelly merkte, dass da noch irgendwas passiert sein musste. In den Tagen, die sie in Mülheim verbracht hatte. Sie traute sich fast nicht zu fragen, musste es aber wissen. Konnte sein, dass sie bei ihm jetzt das Streichholz an die Zündschnur legte.

»Und die Leute vom Theater?«

Edgar kniete vor dem Ständer, ohne weiter die Zeitungen zu falten.

Dann sah er sie an, und sie sah Furcht in seinem Blick.

»Jupp hat Wind von der Sache bekommen, ehe ich ihm von meiner Bewerbung erzählen konnte. Gestern hat er mich in die Stadt geschleift, und ich musste mich bei der Ruhrkohle vorstellen. Bei so einem Typen, der tat, als wäre ich wer weiß was für ein Glückspilz, dass ich auf die Zeche darf.«

Nelly verschränkte die Arme vor der Brust. Sie müsste sich eine Strickjacke von oben holen. Denn ihr war in dem schattigen Laden plötzlich unangenehm kühl.

»Der schickt dich echt ins Loch?«, sagte sie mehr zu sich und starrte in den Laden hinein. »Ab wann?«

»In etwa einem Monat. Mitte September beginnt die Lehre.«

Sie in Hamburg, mit Vetter Thilo und keiner Menschenseele, die sie sonst kannte. Edgar unter der Erde, wo er so wenig hinpasste, dass er vor die Hunde gehen würde. Das ging so nicht. Das kam alles überhaupt nicht infrage.

»Die machen uns unser Leben kaputt«, sagte sie. Er müsste jetzt sagen, sie solle nicht so dramatisch sein. Er würde irgendeinen klammen Scherz machen. Dass er ja immer noch auf den Immenhof könne. Zu den »Trippel-Trappel-Ponys«, wie es in dem sackblöden Lied im Film »Ferien auf dem Immenhof« von einem Mädchenchor gekreischt wird.

Blieb alles aus. Er sagte nichts.

Der alte Wichmann kam zur Tür herein. Ohne Begrüßung kam er gleich auf das Wetter zu sprechen.

»Ker'‹, Ker', wat is' dat schon widda heiß. Da steht dir ja vonne kleinste Bewegung der Saft inne Kimme.« Wichmann sah sich um, betupfte seine Glatze mit dem Stofftaschentuch, mit dem er sonst an seinen Mundwinkeln zugange war.

»Guten Morgen, Herr Wichmann«, sagten Nelly und Edgar beinahe im Chor.

»Wo is die Mamma?«, fragte Wichmann.

»Die ist bei meiner Omma in Mülheim. Fünf Blonde von Handelsgold, wie immer?«, fragte Nelly, ganz die souveräne Kauffrau.

»Da, Edgar, da kannze dir ma 'ne Scheibe von abschneiden. Hat den Kopf nicht nur zum Haareschneiden. Auf Zack, die junge Dame. Aber natürlich, Fräulein Tillmann, fünf Blonde. Edgar, grüß mir die Damen aus der Bar von Johnny Miller. Sagen Sie der Mama schöne Grüße, ja?«

Nelly gab ihm die Zigarren, nahm das Geld entgegen, nickte und lächelte. So kreuzbrav, wie es erwartet wurde. Wichmann setzte seine Schirmmütze auf, nickte und fasste sich zum Gruß an die Krempe, als er an Edgar vorbeiging.

»Die Bar von Johnny Miller?«, Nelly sah Edgar fragend an.

»Vico Torriani. Vergangenes Jahr. Oder glaubst du, der alte Wichmann geht am späten Abend in eine Bar? Zieht sich Lackschuhe an, hängt sich einen weißen Schal um, und dann geht's los? Du kannst ja mal abends bei uns im Hof vorbeischauen, wenn Jupp und seine westfälischen Nachtigallen zusammensitzen. Zuerst ›Die Bar von Johnny Miller‹, dann ›Tausend Mann und ein Befehl‹ von Freddy Quinn, und wenn ihnen richtig warm ums Herz werden soll, dann steht Lili Marleen an der Kaserne vor dem großen Tor. Und dann haben Jupp und seine Typen im Hof den Krieg gar nicht mehr so doll verloren, sondern fast gewonnen.« Edgar sah sie nicht direkt an, sondern schaute an ihr vorbei in Richtung der Zigarettenregale. Sie kannte ihn gemütstrüb. Immer mal wieder. Aber heute klang er anders. So komisch, so unvertraut. Fast erwachsen. Wie sie es im Moment gar nicht gebrauchen konnte. Irgendwas musste doch so bleiben, wie es gewesen war. Es konnte doch nicht alles ins Rutschen geraten.

»Wenn du heute Abend fertig gestrichen hast, könntest du rüberkommen. Ich habe ja eine ganze Wohnung und vor allem ein ganzes Radio für mich. Für uns«, sagte Nelly.

Jetzt würde es unweigerlich kommen. Ob er auch in ihr Bett dürfte. Und wie sehr es ja wohl an der Zeit wäre. Dass er seine Zahnbürste mitbringen würde. Aber keinen Schlafanzug. Ihr Edgar eben. Der ihr Liebhaber sein wollte. Darüber letztlich genauso wenig wusste wie sie. Nur darauf im gierigen Sinne des Wortes neugierig war. Der sich mit ihrem »ich weiß ja nicht« zwar zufriedengab und dennoch darüber schön dramatisch werden konnte.

»Ich werde Jupp um Erlaubnis bitten. Wobei der im Moment schon fuchtig wird, wenn von mir im falschen

Moment ein Piep kommt«, sagte Edgar und machte einen Schritt auf die Tür zu. Dann drehte er sich aber noch einmal zu ihr um.

»Ich bin echt froh, dass du nicht bei den Schnöseln in Mülheim geblieben bist.« Dann war er weg.

13. August 1957
Dortmund
Steinhammerstraße
Salon von Jupp Woicik
Am späten Nachmittag

»Wieso heißt der nach Kätzchen, dieser Maler?«, fragte Inge.

»Der heißt nicht nach Katzen. Hört sich für uns nur so an. Velazquez, Vorname Diego«, sagte Edgar.

»Diego? Wie der Hund von dem warmen Bruder aus Dorstfeld?«

»Inge! Das kannst du nicht einfach so in die Gegend rufen. Vor allen Leuten«, sagte Edgar. Er ahnte selbst nur, was »warme Brüder« machten. Irgendwas, was gar nicht ging, weil es eine Schweinerei war. Waren sich mindestens Jupp und seine Kunden einig. Damit bekam es für Edgar sofort einen gewissen Reiz.

Es war später Nachmittag. Durch das Fenster zum Hof drangen das Gemurmel und schwallartige Auflachen von Jupp und seinen Bekannten. Das ließ sich aber ignorieren. Denn es fiel ein wunderbar weiches Licht auf den Friseurstuhl im hinteren Teil des Ladens. Den betrachtete Inge ohnehin als ihren Thron. Er hatte sie kaum überreden müssen, damit sie sich hinsetzte und er sie zeichnen konnte.

Die Wärme des Tages mischte sich mit dem Geruch der frischen Farbe. Hatte etwas Stickiges. Der Farbgeruch war aber deutlich besser zu ertragen als das, was Jupp und die Männer zu dieser Zeit des Tages ausdünsteten. Sie hatten im Sachkundeunterricht jedes Detail einer Zeche besprochen. Fördergerüst, Kohlehobel, Walzenschrämlader. Und eben Waschkaue. Duschen, jeden Tag. ›Die armen Schweine‹ hatten sich Jürgen und er zugeraunt, als der stark spuckende Lehrer Butschkau die Vitrine mit dem Querschnitt durch den »Berg« hereingerollt hatte. Von wegen Berg. Letztlich nur der Dreck unter ihnen. Planet, sonst nichts.

Wenn Edgar an den Pütt denken musste, war es ihm, als würde ihn von hinten jemand in den Rücken stoßen.

»Und er hat Zwerge gemalt, der Herr Kätzchen? Was weißt du über den sonst noch?«

»Er hat für den König von Spanien gearbeitet. Zuerst musste er sein Zuhause verlassen. Ging in die Stadt, in der der König in seinem Schloss wohnte. Nach Madrid. Dann hat er seinen Lehrmeister gemalt. Das ist so gut angekommen, dass er in das Schloss des Königs bestellt wurde und den König malen durfte. Velazquez, oder Herr Kätzchen, hatte sogar seine Wohnung im Schloss und bekam viel Geld.«

Inge war wie hypnotisiert.

»Und die Königin?«, fragte sie.

»Die hat er auch gemalt«, antwortete Edgar und führte den Bleistift über das Papier. Er vermaß Inges Gesicht. Nur durch genaues Hinsehen. Die Nasenwurzel bis zur Nasenspitze, die kleine Furche unter der Nase. Die Oberlippe und die Entfernung bis zum Kinn. Die Mundwinkel waren zunächst nur ein wirklich kleines Dreieck.

So stand es in diesem Buch, das er im Regal von Nellys Mutter gefunden hatte. Erst sehen, dann zeichnen. Hingucken lernen. Wie es ihm die Plakatmaler im Kino schon erklärt hatten.

Jürgens Vater hatte Edgar ein zweibändiges »Lexikon der Kunstgeschichte« geschenkt. Auf dem Deckblatt stand in der einschüchternden Handschrift »Studienrat Hans-Jürgen Miebach, Dortmund 1937«.

Edgar hatte den Rücken des Buches mittlerweile nachleimen müssen. Seine Mutter hatte ihm geholfen. Sie fasste niemals etwas unbedacht an. Hätte niemals zu viel Leim genommen. Oder schlimmer noch, Seiten verklebt. Wenn sie Pelze vernähte, verlor es den Horror, der es eigentlich war. Tieren das Fell abzuziehen, damit reiche Menschen sich schön anziehen können. Seine Mutter zog die Felle immer genau richtig. Kräftig, aber nicht zu fest. Wenn sie nähte, dann war die Naht so gerade, wie er kaum eine Linie auf Papier ziehen konnte. Bei ihr war sein Buch in den besten Händen. Zumal sie wieder mal nicht fragte, was er eigentlich damit wollte. Sie leimte es, und er konnte das Buch wieder betreten. Er las nicht einfach darin. Edgar ging die Künstler besuchen. Keiner von denen tot. Wirklich niemand. Wenn er bei Albrecht Dürer vorbeikam, sah der ihn wieder so eindringlich an. Mit seinen hellen Augen. Längere Haare als Nelly. Albrecht Dürer fasste sich an den Pelzkragen seines Mantels, als wäre er mit etwas fertig geworden und sie könnten jetzt losgehen. Würde der Mann etwas sagen, dann wäre es etwas Leises. Das war kein lauter Kerl. Da war sich Edgar sicher. Bedauerlicherweise hatte er mit Jürgen darüber gesprochen. Der hatte Dürer Schweinereien in den Mund gelegt, wie »Wo ist diese Overbeck? Die pflücke ich mir«.

»Malst du mich als Königin?«, fragte Inge. Sie setzte sich schon porträtbereit. Keine Zappeleien, kein »Ich hab keine Lust mehr«. Ihr Atem fiepte leicht. Das Wetter war aber zu gut und die Luft zum Glück nicht ganz so schlimm, als dass Edgar mit einem richtigen Anfall rechnen musste.

»Natürlich nicht, Inge«, sagte Edgar, »die Königin war in ein Korsett gequetscht. Das möchte ich dir unter keinen Umständen zumuten.«

»Was ist das?«

»Eine Art Mieder. Oder wie eine Ritterrüstung für Frauen.«

»Zum Kämpfen?«

»Nein. Nur zum Gutaussehen.«

Die Tür hinter dem Friseurstuhl öffnete sich.

Jupp trat ein, mit verwaschener Miene. Nach den Mundausspül-Chantrés und einigen Bieren ließ sich zu dieser Zeit des Tages nicht mehr klar sagen, welcher Stimmung er war.

»Was macht ihr hier schon wieder?«, fragte er. Immer musst du bellen, dachte Edgar. Selbst, wenn da überhaupt nichts ist, was sich gegen dich richtet.

»Edgar malt mich nicht als Königin, damit ich nicht eingezwängt werde.« Inge freute sich, wenn sie ihrem Vater etwas erzählen konnte. Denn für sie war der Mann ein Dauerlieferant von Liebe. Sonst nichts. Nur dann nicht, wenn er am Abendbrottisch einschlief. Oder auf dem Sessel, auf dem nur er sitzen durfte.

Jupp inspizierte noch einmal die gestrichenen Wände. Sah nirgendwo mehr Kreppband oder anderes Abklebematerial.

Hatte Edgar bereits alles mit dem Handwagen zum »Feuerteufel« gebracht. Einem merkwürdig wortkargen Mann, der in einer großen Tonne alles verbrannte, was man lieferte. Wenn es um den Feuerteufel ging, hieß es im Laden: »Bei dem ham sich die Nazis vertan, weil die hässliche Gerda das Gerücht aufgebracht hatte, der würde Mädchen anpacken. Aber als der Feuerteufel im KZ saß, ging das mit den Sauereien abends am Bahnhof weiter. Eines Abends haben sie dann den Mistbock auf frischer Tat erwischt, wie der da sein Ding rausholte. Das war sogar von der hässlichen Gerda die Nichte, die da am Gleis stand und nichts Böses ahnte. Da hat der Kerl insofern Pech gehabt, als dass die SA-Ortsgruppe da gerade mit ihrem Mannschaftsabend fertig war und die alle nach Hause fahren wollten. Die kriegten das mit und haben den Schwanzvorzeiger direkt totgehauen. Krähte ja kein Hahn nach, damals. Dann ham sie den Feuerteufel zwar ausm KZ entlassen, aber da hatte der dann schon einen gehörigen Ritz im Wirsing. Das war ja kein Zuckerschlecken, da im KZ.«

Kein Abfall mehr da, keine Farbnasen zu sehen, auch wenn Jupp die Wände penibel danach absuchte. Hier und da mit der Hand über die Oberfläche fuhr. Er konnte nicht meckern. Tat es auch nicht.

Beinahe war es, als würde er selbst erleichtert ausatmen.

Er zeigte auf den Block von Edgar: »Dann kannze ja bald mit echte Kohle zeichnen. Bist ja dann anner Quelle, sozusagen.«

Dabei lächelte er allerdings, es war also nicht wirklich böse gemeint. Draußen hörte Edgar Elsbeth juchzen. Das war ihre Rolle in dieser Gruppe. Bunte Getränke trinken, über den ein oder anderen Scherz lachen und eine schöne Möglichkeit in den Raum stellen. Wenn sie juchzte, war es ein guter Abend. Nicht überraschend also, wenn Jupp entspannt war. Die Gelegenheit war günstig.

»Ich möchte heute Abend rüber zu Nelly. Wir wollen zusammen Radio hören. Ist das in Ordnung?«

Jupp ging auf Edgar zu. Er stellte sich neben den Stuhl, auf dem Edgar saß, und sah auf den Block. Edgar zeichnete seine Schwester immer noch etwas liebenswürdiger, als sie ohnehin schon aussah.

Er hörte von Jupp ein Geräusch, das wie eine Mischung aus Schnaufen und Seufzen klang.

Dann legte Jupp ihm die linke Hand auf die Schulter, schob mit der rechten Hand die Brille hoch und wischte sich die Augen, als sei ihm Schweiß hineingelaufen. Dann kam wieder dieses Atemgeräusch.

»Wenn du es allein über die Straße schaffst, dann ist das völlig in Ordnung«, sagte Jupp in einem so weichen Ton, dass er für Edgar wirklich befremdlich war, weil er ihn so nie hörte. »Aber sei um elf wieder zu Hause, damit sich deine Mutter keine Sorgen machen muss.«

Edgar nickte beflissen. Vielleicht würde doch noch alles gut.

13. August 1957
Dortmund
Steinhammerstraße
Wohnung von Nelly Tillmann
Edgar

Jürgen stand am offenen Fenster.

Schnipste die Zigarette auf die Straße. Machte man nicht. Deswegen machte er es. Die vorbeifahrende Straßenbahn quietschte in ihren Schienen, als würde sie sagen: Ich schaff das bald alles nicht mehr.

Ein Regenguss hatte alles so frisch gewaschen, wie es bei ihnen eben ging. Edgar wusste nicht, warum ihm einfiel, wie ihm Jupp vor Jahren verboten hatte, mit der ausgestreckten Zunge nach Regentropfen zu schnappen. »Da ist doch der ganze Dreck drin, willst du die Blattern kriegen?«

Ich weiß bis heute nicht, was eigentlich die Blattern sind, dachte Edgar. Sie hatten das Radio laut gedreht.

Jürgen machte etwas mit seinen Hüften, was wohl elvishaft gemeint war. Sein Hemd war komplett aufgeknöpft, sein Unterhemd war zu sehen. Das sah schon eher nach Horst Buchholz und den Halbstarken aus. Wäre da nicht dieser Flaum auf Jürgens Oberlippe gewesen. Pilzfarben, wie etwas Ungutes, was an Blumenkästen wächst.

»Du kannst auf dem Pütt jeden Tag duschen. Und wir müssen weiter stinken«, sagte er zum Fenster hinaus.

»Was redest du da von Duschen?«, fragte Edgar. Er brauchte die Antwort nicht abzuwarten. Jürgen war in Gedanken auf der Zeche. In der Waschkaue. Ganz viele schwarzstaubige Männer, die sich einseiften. Sein betrunkenes Gehirn war aber schon einen Gedanken weiter getaumelt.

»Ich bin meine Badeschüssel so leid. Das kalte Wasser. Und sie schreibt sowieso nicht zurück. Fast nicht, denn was heißt denn, dass ich lieb bin. Was soll das denn heißen?« Jürgen sprach ganz offensichtlich mehr mit sich selbst, wandte sich auch nicht zu ihnen um. Sah aus dem Fenster, als würde es da unten irgendwas geben, was er nicht kannte.

»Wen meinst du denn?«, fragte Nelly und stieß mit dem Fuß eine leere Flasche Eckes Edelkirsch um. »Ich weiß doch gar nicht, wen du meinst, verdammt noch mal.« Sie war sehr laut. Sie tranken schon ein paar Stunden von allem, was sie in der ›Hausbar‹ von Nellys Mutter gefunden hatten. Zwischen mehreren leeren Flaschen. Es war Nelly sichtlich peinlich, dass der Weinbrand und der Whisky leer waren. Jetzt könnte es kippen, und wir haben doch keinen schönen Abend, hatte Edgar noch gedacht. Wenn sie in Gedanken ihre Mutter in der Klapse besucht. Die beiden gehörten so eng zusammen. Sprachen unablässig miteinander. Edgar wusste nicht, wie Nelly den Gedanken an ihre Mutter in einer Zwangsjacke aushalten sollte. Wobei er keine Ahnung hatte, was in einer solchen Klinik wirklich geschah. Die Männer in Jupps Laden redeten von »Zwangsjacke«, wenn es um Leute ging, die »dull« oder »banane«, also psychisch krank waren.

Edgar schüttelte sich. Hatte sich bewährt. Um Gedanken loszuwerden, die er in einem bestimmten Moment überhaupt nicht gebrauchen konnte. Abschütteln. Wegzappeln.

Nelly stand auf. Seufzte kurz. Die wunden Füße taten ihr immer noch weh. Sie zeigte auf Edgar und schnipste mit dem Finger. Er stand auf, umarmte sie, und sie wiegten mehr hin und her, als dass sie tanzten.

Nelly hielt die Augen geschlossen und stieß leise auf.

Sie war wunderschön. Auf eine neue Weise wunderschön.

Alles war herrlich. Wie konnte es in diesem Zimmer so schön, aber auch so schrecklich sein? Wie vor ein paar Tagen, als er mit Nellys Mutter hier gesessen und nicht mehr weitergewusst hatte.

Die kleine Lampe mit der Kordel über der Spüle war das einzige Licht, das sie eingeschaltet hatten. Von draußen schien die Straßenlaterne hinein. Und dann das magische Auge des eingeschalteten Radios. Dieser unvergleichliche grüne Schimmer.

Ganz anders als vor ein paar Tagen, als es die halb nackte Frau Tillmann so gruselig beschienen hatte.

Nelly lehnte sich an ihn an. Er sich an sie. Nichts war schwer.

Er berührte ihre Taille. Keine Reaktion von ihr. Kein Zurückzucken wie im Kino. Als er versucht hatte, ihre Hand zu nehmen.

Jetzt nichts übertreiben, nichts kaputt machen.

Sie könnten hier zusammenwohnen. Bald hätte er sein eigenes Geld. Wurde gut bezahlt, die tägliche Fahrt ins Loch. Sagten jedenfalls immer alle. »Gutes Geld« ließe sich unter Tage verdienen.

Bei Jupps Kumpanen klang es immer so, als wäre ein Bergarbeiterlohn nicht mehr weit von Reichtum entfernt. Warum rauchte der alte Wichmann dann die schlimmen billigen Zigarren, wenn er auf dem Pütt Krösus geworden ist?

»Können wir hier nicht zusammenwohnen?«, fragte Edgar leise.

Sie öffnete die Augen kurz. Lächelte etwas unegal und nickte mit verhangenem Blick. Schloss die Augen sofort wieder, als gebe es sonst zu viel zu sehen.

Die Musik nervte. Eine schneller werdende Gitarre, spanischer Gesang. Catarina und Silvio Valente wollten vor allem demonstrieren, wie gut sie jeden Tempowechsel draufhatten. Nelly und Edgar ignorierten das Tempo des Lieds. Sie hielten sich aneinander fest und wiegten auf der Stelle.

Der Radiosprecher klang, als hätte er vor sich einen Zettel liegen, auf dem er Lieder abhakte. Ganz anders als Heinrich Pumpernickel, den sie auch deswegen so mochten, weil er nur das spielte, wozu er höchstwahrscheinlich selbst im Studio tanzte. Jetzt sagte der Abhaker:

»Großartig. Brüderlein und Schwesterlein, Silvio und Catarina Valente, das musikbegabte Geschwisterpaar. Pat Boone schließt sich an mit seinem Lied ›I almost lost my mind‹.«

»Lauter«, rief Jürgen unmittelbar, immer noch vor dem Fenster stehend.

Edgar griff an Nellys Po vorbei an den Drehregler, und schon begann Pat Boone das erste Wort »When« wie eine Käsescheibe schmelzen zu lassen. Das Wort zerlief langsam. Sogar so langsam, dass die Zeit reichte, um den Kopf von links nach rechts zu wiegen.

»Ich liebe dieses Lied«, flüsterte Nelly Edgar ins Ohr.

Sie hatten schon oft geflüstert. Schon im Kommunionunterricht. Oder wenn Nellys Mutter Geschichten erzählte, denen wirklich niemand folgen konnte.

Aber dieses Flüstern von Nelly war anders.

Sie waren sich so nah, er konnte sie riechen. Salziger Pfirsich.

Das Tuscheln an seinem Ohr kitzelte über den Nacken, ging über den gesamten Rücken hinweg. Bis dahin, wo er die Erregung kaum verbergen konnte. Die er bisher nur allein erlebt hatte. War ihm peinlich. Aber auch nicht. Was denn jetzt? Er versuchte, seine Hüfte etwas zurückzuziehen. Oder sollte er das doch nicht machen? Was wusste sie über so was? Ekelte es sie?

Nelly öffnete die Augen nicht. Jetzt war ihr Wiegeschritt perfekt.

Niemals würde er ihr auf die Füße treten, die immer noch in den dicken Herrensocken steckten. Es konnte nichts passieren, so sehr waren sie im Gleichklang.

Ihr Mund kam noch etwas näher an sein Ohr.

»Ich merke deinen Schlüssel«, sagte sie und grinste. Das Kitzeln steigerte sich. Die Gänsehaut würde ihn nie wieder verlassen. Sollte sie auch gar nicht, wenn es nach Edgar ging.

Aus dem Augenwinkel sah er, wie Jürgen seine dünnen, langen Arme über den Kopf hob und sie bewegte, als sei er ein Schiffbrüchiger, der um Hilfe fleht. »Oh baby«, rief er plötzlich laut, als Pat Boone von »lost my baby« sang. Nelly öffnete die Augen.

Jürgen warf sich auf das Schlafsofa, auf dem Frau Tillmann gesessen hatte, als sie der englische Arzt, Jutta Overbecks Onkel, befragt hatte.

»Ich mache es«, rief Jürgen und fixierte irgendeinen Punkt an der Zimmerdecke.

»Was machst du?«, fragte Nelly und warf sich neben ihn.

»Ich gehe dahin, wo die Leute so singen«, Jürgen zeigte auf das Radio. Pat Boone war noch nicht fertig. »Ha!«, rief Jürgen noch zur Bestätigung. Dieses schrille »Ha« schrieb Edgar der grünen Flasche zu, aus der Jürgen getrunken hatte. Sie enthielt eine Flüssigkeit, die eher nach etwas aussah, mit dem man sich einrieb.

»Milwaukee. Von Chicago 78 Meilen entfernt, das sind 125 Kilometer. Martina und ich im offenen Auto. Wir haben alles, was wir uns wünschen. Denn da drüben haben alle alles. Jeder wohnt in einem eigenen Haus, nicht auf einer Etage. Alle Häuser mit Badewannen, in die einfach so warmes Wasser eingelassen werden kann. Hört ihr mir zu?« Jürgen schnappte erst nach Luft, zündete sich dann gleich die nächste Senoussi an.

»Welchen Teil des Plans kennt Martina denn schon?«, fragte Nelly. Dabei ließ sie es klingen, als wäre so gut wie alles in Butter. Sobald Jürgen Martina alles vernünftig erklärt hätte, würde sie ganz sicher zum zweiten Mal in ihrem Leben in ein völlig unbekanntes Land in eine absolut ungewisse Zukunft abhauen. Mit einem Mann, dessen schmachtende Briefe sie bisher kaum beantwortet hatte. Nur mit einem »Du bist sehr lieb. Ich weiß nicht«. Allerdings auf einem ganz sauberen Papier und mit einer fast schon künstlerischen Schönschrift. Jürgen ließ den Kopf nach hinten fallen. Er schloss die Augen und sagte zuerst nichts. Edgar setzte sich auf den Küchenstuhl und bediente sich an einer der vielen Zigarettenschachteln, die Nelly am Anfang des Abends in die Runde geworfen hatte. Alle drei wussten, ihre Mutter würde sich nicht darüber beschweren.

Das machte aber den Abend so schön, fand Edgar. Nicht über das reden, was vielleicht kommen und vor allem nicht besser werden würde. Nellys Mutter in der Klinik. Edgar selbst auf der Zeche. Jürgen konnte es jetzt wohl nicht mehr aushalten. So ungelenk er gerade noch am offenen Fenster getanzt hatte, so tief fuhr er jetzt in die Grübelgrube.

»Wenn ich meinen Vater mitnehmen könnte, wäre ich schon auf dem Schiff. Aber er will nicht«, sagte Jürgen.

»Ich komm mit«, Edgar hatte den Eindruck, seine Zunge gehorchte ihm nicht richtig. Er wollte gerne entschlossen klingen.

»Ich auch«, sagte Nelly und zog sich halb liegend die schrecklichen Socken aus.

Jürgen setzte sich auf. »Echt? Wenn ihr mitkommt, dann kaufe ich morgen die Fahrkarten für das Schiff.«

Edgar zog an der Zigarette und blies bedeutungsvoll den Rauch aus. Das klappte erstaunlich gut.

»Wo kauft man denn eigentlich Schiffsfahrkarten? Ach ja, und von welchem Geld kaufst du uns eigentlich eine Erste-Klasse-Kabine nach New York? Wenn ich das richtig weiß, würden wir nicht mal die Eisenbahnfahrt nach Hamburg oder Bremen bezahlen können.« Edgar zeigte nach oben. Wo nach seinem inneren Kompass die internationalen deutschen Häfen lagen.

Jürgen winkte ab: »Man kann an Bord von Frachtern arbeiten. Und dann in New York, Miami oder Los Angeles aussteigen.«

»Echt? Gilt das auch für Frauen? Woher weißt du das?« Nelly klang, als würde sie sich wirklich dafür interessieren.

»Habe ich alles nachgelesen. Und meine Tante hat mir davon geschrieben. Du müsstest dich halt an Bord irgendwie nützlich machen«, Jürgen grinste anzüglich.

Nelly sah ihn nicht an, sagte aber eindeutig in seine Richtung: »Du bist ein Schwein, Jürgen Miebach.«

»Nein, ein dummes Schwein!« Edgar zeigte mit der Zigarette auf ihn, um klarzumachen, dass Widerstand zwecklos war. Jupp stieß immer mit der Zigarette nach vorne, wenn er »Keine Widerrede« meinte.

»Ich habe heute übrigens unser Reservegeld in den Tresor geschlossen.« Nelly meinte die Karteikartenkiste, in der ihre Mutter immer so viel aufbewahrte, dass sie im schlechtesten Fall immer noch die nötigste Ware kaufen konnten. Ungefähr 100 Mark.

Edgar sah sie fragend an.

»Heute Nachmittag waren zwei Typen hier. Trugen Kunstlederjacken und Nietenhosen«, erzählte Nelly und wurde von Jürgen unterbrochen.

»Die heißen Jeans. In Amerika heißen diese Hosen Bluejeans!« Er sprach langsamer. Edgar winkte ab, weil er hören wollte, was Nelly über diese Typen zu sagen hatte.

»Einer der beiden hat nichts gesagt. Der war nur ein Riese, wie Ötte. Nur in böse. Aber der andere hat geredet. Große Klappe. Na, Schätzchen, soll ich dir mal meine Rabattmarke zeigen. So was. Ob ich hier allein arbeite, hat er gefragt.«

»Und was hast du geantwortet?«, fragte Edgar, den allein die Vorstellung sehr aufbrachte. Wutball, glühender Wutball.

»Ich habe gesagt, mein Vater käme gleich wieder. Der sei nur mit seinen ehemaligen Kameraden von der Waffen-SS einen Kaffee trinken«, sagte Nelly nonchalant.

Jürgen prustete los.

»Du hast was gesagt?«

Nelly setzte sich auf, trank noch einen Schluck von irgendeinem schaumigen Zeug und zuckte mit den Achseln: »Ich dachte, vor so jemandem würden sie wenigstens Angst haben.«

Wieder der Radiobeamte, der seine Liederliste abhakte:

»Er ist erst Mitte 20, der junge Mann. Aber schon jetzt in aller Munde, das war Freddy Quinn mit ›Heimweh‹ und dem brennend heißen Wüstensand. Noch jünger, ein Knabe aus dem New Yorker Viertel Harlem. Arbeitete dort in einem Lebensmittelgeschäft, bis seine phänomenale Stimme entdeckt wurde. Gerade erst 14 Jahre alt, aber schon ein Hitparadenstürmer in Übersee, aber auch im Vereinigten Königreich: Franky Lymon und die Teenager mit ›Why do fools fall in love‹.«

Edgar sprang als Erster auf, kurze Zeit später Jürgen. Nelly brauchte wegen der Schmerzen immer noch etwas länger, konnte aber auch nicht sitzen bleiben. Als das Saxofonsolo kam, zog Edgar das geöffnete Fenster noch weiter auf. Das sollte die ganze Straße hören.

13. August 1957
Dortmund
Steinhammerstraße
Nellys Wohnung
Kurz vor Mitternacht
Nelly

Doch, dachte Nelly, mit diesen beiden würde sie nach Amerika gehen. Sogar gern. Waren das eigentlich schon Männer? Wie sie da lagen, auf dem Schlafsofa ihrer Mutter, beinahe aneinandergekuschelt, sahen sie aus wie Jungs. Große Jungs. Aber eben noch nicht richtig erwachsen.

Nelly hörte, wie im Radio die Nationalhymne zum Tagesausklang begann, und drückte auf die Taste, die mit einem deutlichen Schnack das Gerät ausschaltete. Keine Musik mehr. Natürlich wurde es nicht wirklich leise. Steinhammerstraße eben. Die Güterwaggons. Das Hupen von irgendeinem, der wahrscheinlich einen Helm trug und mit einer Taschenlampe fuchtelte. Sie wusste nicht im Detail, was auf diesem riesigen Güterbahnhof mit seinen zig Gleisen geschah. Für Nelly war das ein magischer Ort. Die vielen Lichter. Die monströs wirkenden Geräusche von den Baggern und Kränen, die wie Drachen aussahen. Als ihre Mutter ihr als Kind die Sage von König Artus vorgelesen hatte, war sie sicher, Camelot wäre ein besonders schöner Güterbahnhof.

Jürgen hatte den Mund geöffnet. Schnarchte etwas. Er müsste sich diesen Flaum über der Oberlippe rasieren. Das sah nach nichts aus. Nur nach etwas, was wegmusste.

Sie sah sich um. Sie hatten gemeinsam sehr viele Zigaretten geraucht. Ein leichter Nebel stand im Zimmer, der nicht bereit war, sich aufzulösen.

Überall die Flaschen aus der Bar, die ihre Mutter so bald nicht vermissen würde. Nelly dachte an ihre Großmutterhexe und deren grimmigen Gesichtsausdruck, als die Sache mit der Entmündigung offenbar wurde.

Die Luft, die durch das immer noch weit geöffnete Fenster hereinkam, war nicht wirklich kühl. Aber immerhin kühler als diese tropische Schwüle, die sie sich zu dritt herbeigeschwitzt hatten. Sie wusste, Edgar mochte dieses Stickig-Schwitzige nicht. Sie hatte noch nie einen Jungen getroffen, der sich so oft Hände und Gesicht wusch wie Edgar. Selbst heute Abend war er mehrfach in das kleine Badezimmer gegangen und sie hatte längere Zeit das Wasser aus dem Kran rauschen gehört.

Amerika? Oder doch Hamburg? Hier wie dort wäre ihre Mutter weit weg. Nelly sah sich nach der Salbe für ihre geschundenen Füße um, die ihr der Apotheker heute gegeben hatte. Die Tube lag auf der Spüle. Drei Schritte waren es dorthin. Beim Tanzen hatte sie fast nichts Stechendes mehr gespürt.

»Lass das. Pfui. Aus. Kommst du her, Toxi, du Doofmann«, hörte sie von der Straße den alten Pieper rufen. Der alte Pieper konnte schlechter gehen als sein Terrier Toxi. Trotzdem waren die beiden ständig miteinander unterwegs. Nelly beruhigte es auf eigenartige Weise, wenn sie den krächzenden Ton des alten Pieper hörte.

Sie ließ sich zurücksinken. Einen Moment liegen, sehr angenehm. Gleich würde sie die Salbe auftragen. Jetzt hörte sie ein Knattern von mehr als einem Motorrad. Wer konnte das sein? Wer fuhr in der Straße Motorrad?

Das Knattern kam näher und näher, wurde vor dem Haus richtig laut und erstarb dann, als die Motoren abgeschaltet wurden.

Nelly setzte sich wieder auf. Hörte Männerstimmen, die sich wohl dem Seiteneingang näherten, der in ihre Wohnung führte. Was sollte das? Wer war das?

Als es viel zu laut an die Haustür klopfte, stand Nelly aufrecht. Biss sich auf die Lippen, weil der erste Moment des Stehens doch immer noch ziemlich wehtat.

Vom oberen Treppenabsatz konnte sie hören, wie jemand weiter fest gegen die Tür schlug, während jemand anderes sich am Türschloss zu schaffen machte. Was war hier los, verdammt noch mal?

»Hallo«, rief sie und versuchte verärgert und einschüchternd zugleich zu klingen. Sie hielt sich am Treppenlauf fest, war aber noch nicht ganz unten, als die Tür bereits aufsprang.

Der Lederjackentyp stand im Türrahmen. Sein bulliger Begleiter hinter ihm. »Guten Abend, Prinzessin«, sagte er und grinste abstoßend.

»Was wollt ihr hier?« Nelly merkte, dass sie regelrecht schrie.

Sie ging jetzt schneller.

War bald auf seiner Höhe.

»Trinken die immer noch Kaffee bei der Waffen-SS?«, fragte der Kerl höhnisch.

Nelly stand jetzt vor ihm.

»Scher dich hier sofort raus, sonst rufe ich die Polizei«, schrie sie immer noch, weil sie wenigstens von ihren beiden Freunden oben gehört werden wollte. Mindestens Edgar hatte etwas mitbekommen, er rief ihren Namen.

»Das ist aber nicht der Herr Papa, sondern irgendein kleiner Kacker«, sagte der Lederjackenmann eher beiläufig und öffnete die Tür, die in den Laden führte. Nelly schlug ihm die Tür vor der Nase zu.

»Ich habe gesagt, ihr sollt hier abhauen, was hast du daran nicht verstanden?«, keifte sie.

Da schlug er ihr mit der Rückseite der Hand ins Gesicht. Sie sah Sterne, taumelte, konnte aber noch laut »Hilfe« rufen, ehe er ihr in den Bauch boxte. Sie kniete auf dem Boden, hörte hinter sich schnell die Treppe herunterrennende Schritte. Edgar. Der hatte offenbar eine Flasche mitgebracht, die er sofort nach dem Lederjackenmann warf. Glas splitterte. Edgars Stimme war lauter. »Du verdammtes Dreckschwein«, brüllte er. Sie sah hoch, sah den Lederjackenheini gegen die Wand taumeln, während sich von hinten der bullige Typ durch die Tür drückte und nach Edgars Hals griff. Er begann ihn zu würgen. Der Lederjackentyp wischte sich Blut vom Gesicht, sah seine Hand an und begann dann Edgar zu schlagen. Nelly bekam eine Scherbe zu fassen und rammte sie ihm in die Wade. Sie hörte seinen Aufschrei und sah, dass er ausholte und ihr vor den Kopf trat. Nelly sah einen Funkenregen, der eigentlich schön war, und verlor dann das Bewusstsein.

15. August
Dortmund
Vormittags
Evangelisches Krankenhaus Lütgendortmund
Jürgen

»Sie wendet sich ab, denn die andere Hälfte ihres Gesichtes ist verbrannt. Richtig?«

Jürgen hielt eine Zeichnung in der Hand, die ihm Edgar gegeben hatte, um seine Meinung zu hören. Wie immer fragte Edgar besonders schroff, wenn es um ein Bild von ihm ging. Niemals gab es ein »Schau mal hier, lieber Freund«, sondern immer kam eine Variante eines mürrischen »Da, guck'ma!«. Jürgen war ein ums andere Mal beeindruckt, was sein Freund zustande brachte. Ich kann aber doch gar nicht beurteilen, wie und ob es gut ist, dachte er auch jetzt. Wenn ich es toll finde, sind dann auch andere beeindruckt? Jürgen fand sich plump, wenn er immer wieder nur »schön« oder »toll« sagte. Deswegen dachte er sich mittlerweile immer eine Geschichte zu den Zeichnungen aus. Keine dieser Geschichten hatte Edgar bisher gefallen.

Auch jetzt zog er das Gesicht so missmutig zusammen, wie es die Schwellungen zuließen. Du siehst furchtbar aus, mein Freund, dachte Jürgen. Wie ein lebensmüder Raubvogel. Die Gegend um die Augen war schwarzdunkel und dunkelviolett. Die gebrochene Nase hatten sie mit einem kleinen Rahmen gerichtet. Unten aus den Nasenlöchern ragte die Watte heraus, mit der alles ausgestopft war.

Sie hatten ihn gewaschen und in dieses supersauber aussehende Hemd gesteckt, das alle Männer in diesem Sechsbettzimmer trugen. Auf dem Nachttisch standen eine Schnabeltasse und eine Tablettenschachtel, wie bei den anderen auch. Wo bei den anderen Männern kleine

Blumensträuße standen, lagen bei Edgar Bleistifte und ein Malblock.

Edgars Stimme hörte sich an wie bei einem sehr starken Schnupfen. Gedämpft von Flüssigkeiten, total nasal.

»Überhaupt nicht richtig, du Wurst.«

Er zeigte auf seine Zeichnung. Das Häubchen, der Kittel, ganz sicher eine Krankenschwester. Die sich vom Betrachter deutlich abwandte. Jürgen hatte keine Ahnung, wie Edgar eine solche Zeichnung hinbekam. Es war nur Bleistift auf Papier, aber so viel mehr als das. Die Frau auf dem Papier sah aus, als würde sie sofort losgehen. Jürgen glaubte, er könnte ihre Schritte hören. Die Seife riechen, mit der sie sich soeben die Hände gewaschen hatte. So menschlich, so sehr Gestalt war diese Ansammlung von Strichen.

»Aber sie wendet sich doch ab. Das muss doch einen Grund haben. Warum zeichnest du nicht ihr ganzes Gesicht?«

Edgar schloss die geschwollenen Augen. Antwortete aber nicht, weil der Mann aus dem Nachbarbett dazwischenbrummte:

»Ist doch besser, wenn sie sich abwendet. Dann kann man ihr schön auf den Arsch gucken.« Eine überraschend tiefe Stimme für das kleine Köpfchen des Mannes auf dem Kissen. Jetzt wandte er Jürgen das Gesicht zu.

»Das Wunderkind hier«, das Männchen zog eine Hand unter der Decke hervor und zeigte mit dem Finger auf Edgar, »malt sie für mich von hinten. Mit diesem Anblick hüpfe ich mit Freude über den Jordan. Wenn mich endlich der Teufel holt.« Das Gackern des Männchens ging in einen sehr unguten Hustenanfall über. Ob ich die Schwester rufen muss? Oder gleich den Pfarrer?, dachte Jürgen. Ihn würde das stören, die Nähe der anderen Kranken. Zwischen Edgars Bett und dem Mann mit dem Köpfchen waren es höchstens zwei Schritte. Dazwischen stand zwar ein Paravent. Aber der wurde wohl über den Tag immer irgendwohin geschoben. Letztlich lagen hier alle beieinander. Und was der Mann mit den beiden gebrochenen Armen zwei Betten weiter auf seiner Bettpfanne machte, blieb niemandem verborgen.

»Und?«, fragte Edgar.

»Was und?« Jürgen wusste, dass Edgar wissen wollte, wie die Sache weitergegangen war. Was war mit Nelly? Ganz sicher wollte er das wissen. Aber musste Jürgen der Überbringer der schlechten Nachrichten sein? Echt? Warum?

Eine Schwester ging an den Betten entlang. Jürgen erkannte sie sofort wieder. Es war die Frau, die Edgar gezeichnet hatte. Keiner ihrer Gesichtshälften war verbrannt. Letztlich besser, sie zu zeichnen, wenn sie sich abwandte. Denn wenn sie einen ansah, wusste man überhaupt nicht mehr, was man machen sollte. Jürgen jedenfalls nicht. Er setzte sich sofort aufrechter hin. Versuchte zu lächeln. War sich aber nicht sicher, ob sie das wirklich als Lächeln wahrnahm. Manchmal lasen Leute Häme aus seinem Gesichtsausdruck. Oder noch schlimmer: Verstörtheit.

Sie sah ihn an, lächelte nicht zurück. Guckte aber immerhin auch nicht böse.

Als er sicher sein konnte, sie würde es nicht mehr mitbekommen, betrachtete Jürgen sie von hinten. Ihr gerader Rücken, die festen Schultern, der perfekt geformte Hintern. Die Beine, die entschlossen schritten. Nachdem sie auf das Klemmbrett an Edgars Bett geguckt hatte, ging sie weiter. Beim nächsten Patienten nachgucken, oder irgendwas an irgendeinem Tropf nachjustieren.

Edgar schnipste mit dem Finger, um auf sich aufmerksam zu machen.

»Sie heißt Ramona, und du hast keine Chance bei ihr. Sie verabscheut Schnäuzer, die aussehen wie Sackhaare«, näselte Edgar. Sein Grinseversuch misslang, war eher eine hexenartige Grimasse.

»Ich habe Jupps Stimme gehört. Mehr habe ich dann nicht mehr mitbekommen«, sagte Edgar und nickte Jürgen auffordernd zu. Erzähl, hieß das.

Jürgen knetete seine Hände und sah seinen Freund zu lange an.

»Ich habe so was noch nie gesehen«, sagte er und guckte aus dem hohen Fenster. In diesem Krankenhaus war alles leicht schräg. Es stand, wie alle Gebäude in der Umgebung, auf vom Bergbau ausgehöhltem Untergrund. Die Klinik war so weit abgesackt, dass es sogar in der Zeitung gestanden hatte.

Jürgen schämte sich. Er hatte vorgestern Nacht nichts gemacht. Hatte nur wie versteinert oben auf dem Treppenabsatz gestanden. Nelly kauerte keuchend auf allen vieren auf dem Boden. Der bullige Typ drückte Edgar so sehr die Luft ab, dass der fürchterlich japste, während der kleinere Mann auf ihn einschlug. Nichts hatte er gemacht, überhaupt nicht eingegriffen. Schlappschwanz, schrie er sich in seinem Inneren an, mach was! Doch er tat nichts. Dann war Jupp gekommen.

»Es war ganz schnell vorbei, nachdem Jupp aufgetaucht ist, total schnell«, sagte Jürgen und mied Edgars Blick.

»Was hat der denn gemacht?«, fragte Edgar.

»Was soll er schon gemacht haben. Er hat …«, Jürgen zögerte, »… Jupp hat eingegriffen, kann man sagen.«

»Wie denn? Hat er die angebrüllt? Hatte er den blöden Dorfbullen dabei? Was hat er denn gemacht?«

Eine Taube landete auf dem Brett des hohen Sprossenfensters hinter Edgars Bett. So selbstverständlich, so geübt, als würde sie hier wohnen und wäre nur kurz weg gewesen.

»Der hatte einen Klappspaten dabei. Einen ausgefalteten Klappspaten.«

»Den kenne ich«, sagte Edgar, »der steht immer im Salon neben der Anrichte mit der Kasse. Was hat er damit gemacht?«

Jürgen schüttelte den Kopf.

»Ich habe so etwas noch nie gesehen«, wiederholte er, »es war ganz klar, dass Jupp so was nicht zum ersten Mal macht«. Jürgen stockte.

»Hat er die beiden Arschlöcher mit dem Spaten geschlagen?«, fragte Edgar. Jürgen nickte, sagte leise: »Mindestens.« Er dachte an Jupps Bewegungen. Ganz anders als in seinem Friseurladen. Der ganze Körper war beteiligt. An einer automatenhaften Gnadenlosigkeit.

Edgar nahm die Schnabeltasse von seinem Nachttisch und saugte daran, um seinen Mund zu befeuchten.

Als sich die beiden Halbstarken nicht mehr bewegten, hatte Jupp zu Jürgen hochgeschaut. Mit einem Blick, den er wahrscheinlich lange nicht vergessen würde. Kein bisschen anklagend, weil Jürgen nichts getan hatte. Eher so, als wolle sich Jupp bei ihm entschuldigen. Seine Augen so wässrig, als würde er gleich zu weinen beginnen. So fremd. Da war nichts mehr von dem rauen Unterhalter, der Jürgen warme Fleischwurst anbot, wenn im Salon wieder mal die Post abging. Oder das ewige »Gruß an den Papa«, ohne das Jürgen nie Jupps Geschäft verlassen konnte. Jürgen musste sich getäuscht haben, aber ihm war dieser Blick von Jupp im Gedächtnis geblieben, als würde er flehen. Aber um was? Und warum bei ihm, einem großen Jungen, der schon wieder nur blöd rumgestanden hatte?

»Und Nelly?«, fragte Edgar.

»Die halbe Straße war plötzlich da«, erzählte Jürgen. »Der Schäbbige kam im Schlafanzug auf dem Fahrrad angerollt. War aber so blau, dass er damit gleich umfiel, als er vor dem Tillmann-Haus anhalten wollte. Für dich kam bald ein Krankenwagen. Dann hat sich deine Mutter um Nelly gekümmert. Die kleine Inge war auch dabei und hat Nelly die ganze Zeit das Gesicht gestreichelt.«

Jürgen wusste nicht, ob Edgar weinte, schwitzte oder ihm irgendwas in seinem mitgenommenen Gesicht auslief. Er lehnte sich sichtbar stärker an das Rückenteil seines Bettes.

»Nelly hat gesagt, sie wäre nicht wirklich verletzt. Deine Mutter hat sie mit zu euch genommen und da hat sie wohl die Nacht verbracht«

»Und jetzt?«, fragte Edgar. Jürgen wusste, dass sein auf diese Frage folgendes Achselzucken gelogen war.

Zum Glück kannte er die Frau, die die breite Tür am Eingang des Krankensaals öffnete.

»Deine Mutter«, sagte Jürgen und wies in Richtung Tür.

»Ich habe meinem Vater mitgeteilt, dass sie dich auf den Pütt schicken wollen. Der hat richtig bedient geguckt und erst mal Briefmarken sortiert. Macht er nur, wenn er sich beruhigen muss. Halt durch, Gevatter«, Jürgen stand auf. Bevor er ging, legte er Edgar zwei Schachteln Zigaretten und eine große Tüte Nappos auf den Nachttisch.

15. August 1957
Dortmund
Park des Evangelischen Krankenhauses Lütgendortmund
Früher Nachmittag
Edgar

Edgar ging neben seiner Mutter durch den kleinen Park hinter dem Krankenhaus. Es sollte wohl so still sein wie in einem Sanatorium. Könnte Edgar mit seiner zugestopften Nase einen richtigen Laut von sich geben, würde er den Baggerfahrern etwas zurufen können, die auf der Müllkippe nebenan unappetitliche Haufen zusammenschoben.

Seine Mutter hatte seinen Arm genommen und stützte ihn. Edgar fiel auf, wie stark selbst ihr linker Arm war. Das Aufziehen der Pelze. Die unablässige harte Arbeit.

»Du gehst, als wärst du mindestens 40 Jahre älter als ich«, sagte sie amüsiert.

»Tut mir leid, aber mir dröhnt die Birne. Alles, was normalerweise aus dem Kopf abfließt, bleibt drin, hat der Arzt gesagt. Und drückt in alle Richtungen.«

»Du musst dich nicht entschuldigen. Du bist mein Junge. Und bald bist du wieder so hübsch, wie ich dich zur Welt gebracht habe.«

»Wo ist Jupp?«, fragte Edgar.

»Im Laden, wo sonst?«

»Kommt der noch?«

»Der kann nicht gut Krankenhäuser«, sagte seine Mutter.

»Was heißt das?«

Seine Mutter wies auf eine freie Bank. Sie setzten sich.

Edgar trug Jupps Bademantel. Sie hatte ihm neue Schlappen mitgebracht. Die wohl was hermachen sollten, denn sie waren aus einem Lederimitat. Er sollte ihnen im Krankenhaus »keine Schande« machen. Seine Mutter zeigte auf eine junge Frau, die einen Kopfverband trug, an einer Krücke ging und dabei rauchte.

»Macht man doch nicht«, murrte Friedel.

»Was meinst du?«

»Eine Frau raucht nicht im Freien. Nur Flittchen machen so was.«

»Aha«, sagte Edgar und steckte sich eine Zigarette an.

»Ich wollte mich bei Jupp bedanken. Der hat mich gerettet. Der hat uns gerettet«, sagte Edgar.

»Was hattet ihr mit diesen Leuten zu tun?«, fragte Friedel.

»Nichts. Die haben uns einfach überfallen. Die hatten wohl schon tagsüber alles ausgekundschaftet. Wo ist Nelly?«

»Gleich«, sagte Friedel. Seine Mutter hatte offenbar einen Plan, wann sie was mit ihm besprechen wollte. Was jetzt kommen würde, wusste er. Die Litanei von Jupp, der für sie alle letztlich doch so gut sorgte. Dass Edgar nun alt genug sei, sich anzustrengen, um es ihnen allen etwas leichter zu machen. Darum ging es aus ihrer Sicht. Das Leben war schwer. Alles, was man wollen konnte, war eine kleine Erleichterung. Die einzige Ambition war Fleiß. Immer etwas machen, irgendwas schaffen. So teilte sie die Menschen ein. In die guten, die »arbeiten gingen«. Und das arbeitsscheue Gesindel, das anderen auf der Tasche lag.

»Ich weiß, dass wir das Geld brauchen. Ich weiß, dass ich da bald runterfahre. Ins Loch.« Edgar zeigte auf den Boden. »Brauchst du mir nicht zu sagen.« Seine Mutter ließ seine Hand los.

»Als ich den Jupp kennenlernte, war er als Loreley verkleidet. Bei einer Karnevalsfeier. Er erzählte fortwährend irgendwelche Witze. Oder er sang. Ständig hat der gesungen. Hatte eine so gute Laune, dass alle anderen um ihn immer mitgesungen haben. Auch die ganz Muffligen. Ich war damals so verschossen in deinen Vater, dass ich einfach alles toll fand. Auch seinen drolligen Bruder Jupp.« Seine Mutter grub in ihrer Handtasche nach einem abgegriffenen Döschen, in dem sie ihre Salmiakpastillen aufbewahrte. Sie wusste, dass sie Edgar von den scharfen Dingern keine anbieten brauchte.

Sie steckte sich eine Pastille in den Mund.

»Wahrscheinlich hat Jupp damals gehofft, dass es bei ihm läuft wie bei seinem älteren Bruder, deinem Vater. Zu dem er immer aufgeschaut hat. Dem er von seinem Geld abgegeben hat, als dein Vater nichts hatte, außer dem sicheren Gefühl, dass ihm als einzigem Abiturienten in der Familie durchgehend die Sonne aus dem Hintern scheint.«

Zwei Männer schlurften in Bademänteln an der Bank vorbei, auf der die beiden saßen. Sie nickten Edgars Mutter zu. Einer sagte »Gnä' Frau«.

»Wenn du so viel an meinem Vater auszusetzen hattest, warum hast du ihn dir dann überhaupt ausgesucht? Hat dich doch keiner gezwungen. Warum redest du immer nur schlecht von dem?« Zu langer Wortbeitrag, den Edgar mit einem Rasseln im Rachen bezahlte.

»Weil ich ihn kennengelernt habe, mein Junge. Und weil es bei Jupp eben nicht so lief, wie er sich das erträumt hat. Er konnte nicht einfach ein Mädchen kennenlernen, sich verlieben und dann eine Familie gründen. Er musste mich nehmen. Und dich. Weil er es seinem Bruder so versprochen hatte.«

»Und was heißt das? Ich weiß, dass er mich nicht mag.«

Seine Mutter nickte. Sie nickte recht lang vor sich hin. Dann wandte sie sich zu ihm um und blickte ihm direkt in die Augen.

»Das mag sein, Edgar. Ich glaube das zwar nicht. Aber was wäre, wenn es nicht nur um dich geht?« Sie war nicht scharf im Ton. Eher sanft, was es für Edgar noch unangenehmer machte.

»Ich weiß, wer dieser Jupp Woicik ist. Der ja eigentlich Josef heißt. Aber eben der Kumpel Jupp für alle ist. Ich weiß, er ist nicht so stark, wie er laut ist. Ich weiß, dass er nicht einfach mal die Klappe halten kann. Aber er hat nie etwas darüber gesagt, was er erlebt hat. Was das für Erinnerungen sind, gegen die er ansäuft. Warum er sich mit Händen und Füßen wehrt, wenn er jemanden im Krankenhaus besuchen soll. Ich weiß nicht, ob ich das überhaupt hören möchte, was der dann erzählen würde. Vorgestern, als das passiert war, ist der nicht ins Bett gegangen. Der hat die Weinbrandflasche an den Hals gesetzt und ist in seinen Laden verschwunden. Weil er glaubt, ich höre nicht, wenn er da heult. Der Jupp weiß, wen ich liebe, Edgar. Und er weiß, dass er es nicht ist. Meine Liebe liegt in einem Grab in diesem Scheiß-Russland.« Sie fasste ihre Handtasche ganz fest, als würde jemand kommen, der sie ihr wegnehmen wollte.

»Ich weiß, dass wir nichts anderes machen, als uns zusammenzureißen. Jeder nach seinen Möglichkeiten. Jupp guckt der Elsbeth auf ihre dicken Brüste und bildet sich ein, da wäre für ihn ein bisschen was Romantisches zu holen. Er lädt diese Kerle in seinem Laden ständig zum Saufen ein, weil er Angst hat, sonst allein zu sein. Aber er steht für uns alle ein. Für mich, für dich und für deine kleine Schwester.«

Sie nahm wieder seine Hand.

Edgar blickte ins Ungefähre. Hatte den Mund geöffnet, denn durch die tamponierte Nase bekam er keine Luft.

»Warum sagst du mir das? Glaubst du, Jupp will, dass

ich ihm was Liebes schreibe? Oder am Ende noch ein Bild male, weil er mein Gemaltes so wahnsinnig mag?«

»Ich sage dir das nicht nur. Ich möchte dich bitten. Ich bitte dich, dass du das machst, was wir Erwachsenen alle machen. Dass du dich zusammenreißt.«

Edgar war benommen. Nicht nur von seinen Kopfschmerzen. So hatte seine Mutter noch nie mit ihm geredet. Dafür gab es wahrscheinlich einen Grund.

»Was ist mit Nelly? Oder was meinst du, wenn du sagst, ich soll mich zusammenreißen?«

Seine Mutter griff wieder in ihre Handtasche und zog einen Brief heraus. Er sah seinen Namen, kannte die Schrift so gut wie keine andere. Wollte sofort loslesen.

»Der ist von Nelly«, sagte seine Mutter überflüssigerweise. Nicht gut, wenn sie einen Brief schrieb. Denn dann käme sie ihn nicht besuchen. Edgar war sicher, er würde selbst durch die zugestopften Nasenlöcher wieder etwas Luft kriegen, wenn Nelly jetzt hier wäre.

16. August 1957
14.45 Uhr
Auf der Steinhammerstraße
Edgar

Jetzt müsste sie langsam mal kommen, die Erleichterung. Wieder zu Hause. Wieder in seiner Straße. Nicht mehr im Krankenhaus. Die Nase wieder frei. Ramona war die Retterin gewesen. Wenn sie in dieses Zimmer gekommen war mit den acht hinfälligen Männern, war da nicht mehr Krankenhaus. Sondern lauschiges Halbdunkel. Lampions bewegten sich in einem leichten Abendwind auf und ab. Ramona streckte die Hand aus, sagte »komm«. Nickte dabei in Richtung der Tanzfläche, wo eine Kapelle etwas zum Wiegen spielte. Nein, so was hatte Edgar noch nicht selbst erlebt. Aber in mehreren Filmen gesehen. Italien, abends, Ufer, Tischdecken, Wein, vor allem aber eine Frau wie Ramona, die »komm« sagt.

Als sie heute Morgen nach dem Frühstück zu seiner Rettung erschienen war, hatte sie ihm gesagt, er möge sich nicht zu früh freuen. Dabei sah sie ihn an, als wolle sie ihm mit einem rostigen Messer den Bauch aufschneiden.

Sie setzte sich auf sein Bett, was sie bis dahin noch nie getan hatte. Nahm sogar kurz seine Hand. Zum Trost, das war klar. Nicht weil sie gerne mit ihm Händchen halten wollte. Sie legte sich eine dieser Metallschalen, die zigmal desinfiziert waren, auf den Schoß. »Bereit?«, fragte sie. Er zuckte die Achseln. Warum dieses Theater, wo ihm doch nur die Tamponaden aus der Nase entfernt werden sollten.

»Klar«, antwortete er. »Gut«, sagte sie, wie eine vorauseilende Entschuldigung. Es machte ihn nervös. Konnte er nicht bestreiten. »Dann zähl bis drei«, sagte sie. Edgar konnte gerade noch »eins« sagen. Im nächsten Augenblick sah Edgar nur noch Sterne und hatte das Gefühl, Ramona würde ihm das gesamte Naseninnere herausreißen. Ehe er bei »zwei« ankam, hatte sie schon das zweite Mal gerissen. Wieder Sterne. Edgar spürte, wie ihm die Tränen die Wangen herunter und etwas Ungutes aus der Nase lief. Gleich danach folgte aber eins der schönsten Gefühle, das er in seinem jungen Leben je empfunden hatte. Er bekam wieder Luft durch die Nase. Er roch das Waschmittel von Ramonas Schwesterntracht. Den scharfen Gärungsgeruch des ungewaschenen Festgebundenen im hintersten Bett allerdings auch. Der in der vergangenen Nacht im Wahn ständig »Käthe, mach das Tor auf« gerufen hatte. Die Blumen, die in dem Kaffeekännchen auf dem Schränkchen des Männchens neben Edgars Bett stehen geblieben waren, nachdem ihn am Abend zuvor der Teufel geholt hatte.

Gleichgültig, was es war, Edgar wollte alles riechen, was seine Umgebung an Aromen hergab.

»Tut mir leid«, sagte Ramona, und Edgar glaubte in diesem Moment, dass sie es auch meinte.

In der Metallschale auf ihrem Schoß lag das, was sie ihm aus der blutenden Nase gezogen hatte. Edgar konnte sich nicht einmal richtig für diesen Unrat schämen. Das Gefühl, wieder frei atmen zu können, war einfach zu schön.

Jetzt würde er sich das Gefühl des heutigen Morgens gerne zurückholen. Würde gerne in der Steinhammerstraße das Atmen feiern. Sein Zuhause riechen. Wie immer lag etwas leicht Verbranntes in der Luft. Das Ölfassige des Güterbahnhofs. Der ganze Rauch, der täglich vierundzwanzig Stunden aus den Schloten der Zeche Germania hinüberdampfte. Oder Schrubberseife. An irgendeinem Hauseingang war immer eine Hausfrau mit dem Scheuern zugange. Entschuldigte sich, ohne es zu meinen, wenn sie einem Passanten die Lauge auf die Schuhe schrubbte. Es klappte aber nicht mehr, das Riechspektakel war schon wieder vorüber. Er roch etwas, aber in ihm war überhaupt keine Party: Sein Zuhause legte sich ihm um den Hals.

In den fünfzehn Minuten Fußweg von der Station hatte ihn der Griff des Koffers in die Hand geschnitten. »In dem ollen Ding sind noch Einschusslöcher vom Iwan. Als irgendein Polack auf der Flucht Feuerschutz suchte«, spottete Jupp über den Koffer, der wirklich den Eindruck machte, als würde er durchweg seufzen wollen.

Edgar ging auf der falschen Seite der Straße. Bergleute kamen ihm entgegen. Ich möchte nicht euer Kumpel sein.

Er erwiderte den Gruß vom alten Wichmann von der gegenüberliegenden Straßenseite. Bei Herrn Miebach kaufte eine dunkelhaarige Frau mit einem unbeholfen selbst genähten Rock irgendwelche Süßigkeiten. Nicht mit Jürgen plaudern. Jetzt nicht. Sie kamen sowieso schnell wieder an den niederschmetternden Punkt, wie wenig sie machen konnten. Gegen das ganze Scheißschicksal.

Nach Hause wollte er auch nicht. Schon gar nicht in den Salon. Keine Ahnung, was er Jupp sagen sollte. Sollte er sich für die Rettung bedanken? Der hatte doch jetzt den Beweis. Für ihn war doch jetzt klar, was dabei rauskam, wenn sie – die Kinder – allein ihr Ding machten. Suff, Chaos, Schlägerei. Einer sogar im Krankenhaus.

Er erreichte den Laden von Nellys Mutter. Hoffentlich hatte niemand den Schlüssel unter dem Blumentopf weggenommen. Nein, der Schlüssel war noch da.

Edgar stellte den Koffer ungefähr an der Stelle ab, an der Nelly gekauert hatte, als ihr dieser Scheißkerl in den Bauch trat. In ihm brodelte augenblicklich eine solche Wut hoch, wie selbst er sie nicht von sich kannte. So übermächtig wie Erbrechen. Er versuchte sich vorzustellen, wie der Schläger unter Jupps Hieben mit dem Klappspaten aufschrie. Der Gedanke war erleichternd. Mindestens für einen kleinen Moment. Die Rollläden waren nicht ganz heruntergelassen. Durch die Ritzen fiel Licht in den Laden. Den Nelly perfekt aufgeräumt hatte. Hinkend, wegen der wunden Füße. Edgar könnte die Läden hochziehen, die Tür aufschließen und alles würde so geöffnet aussehen wie immer.

»Ich muss mich darauf einstellen, dass das alles vorbei ist.« An dem Satz aus Nellys Brief kam er nicht vorbei.

Edgar ging in seinen Malkabuff. Alles war unverändert. Seine Buntstifte in der Schachtel, in die er sie gespitzt eingeräumt hatte. Das Bündel Zeichenkohle, das Nellys Mutter diesem schmierigen Vertreter aus dem Kreuz geleiert hatte. Die Kartonbögen, die er sich an einem Nachmittag aus Zigarettenkisten zugeschnitten hatte. Es hatte in Strömen geregnet, und irgendwann war Nelly mit einer Tasse Tee hereingekommen. Er wünschte, er könnte von oben diese Schritte hören, die sich durch die Decke anhörten, als ginge dort ein schwerer Mann. Nicht seine federleichte Freundin. Bevor er sich auf den Hocker setzte, nahm er Nellys Brief aus der rechten Hosentasche. Während der gesamten Fahrt hatte er sich immer wieder rückversichert, dass der Brief noch da war, indem er nach dem Papier fühlte. Aus der linken Hosentasche nahm er das Stofftaschentuch, das ihm seine Mutter mit ins Krankenhaus gebracht hatte. Tupfte Blut und irgendetwas anderes aus seinen Nasenlöchern. Unter keinen Umständen durfte Nellys Brief mit irgendwas bekleckert werden.

Mein Edgar!

Ich habe ein zweites Gesicht. So fühlt es sich jedenfalls an. Da, wo der Typ mich getroffen hat, liegt das Geschwollene auf meinem eigentlichen Gesicht. Ich bin froh, dass Du es nicht sehen kannst. Aber ich würde es Dir auch gerne zeigen. Wem denn sonst?

Deine Mutter musste meine Oma anrufen. Musste, Edgar. Der dämliche Dorfpolizist hat es ihr mehr oder weniger befohlen. Minderjährig!, ständig hat er minderjährig! gesagt. Die Minderjährige muss zu ihrem Vormund. So obergerecht wie sonst kam er sich aber wohl nicht vor, wegen meiner zerschlagenen Visage.

Alle anderen waren sehr nett zu mir. Inge hat mich in den Arm genommen. Deine Mutter hat sofort einen Lappen in kaltes Wasser getaucht und mir damit das Gesicht gekühlt. Das tat sehr gut.

Morgen muss ich nach Mülheim fahren. Sonst dreht die Alte durch. Wer weiß, was die dann macht. Lässt mich womöglich verhaften. Geht das eigentlich, »Minderjährige« verhaften? Weißt Du das?

Die hat etwas mit mir vor.
Wahrscheinlich lässt sie mich nicht mehr nach Hause zurück.
Ich muss mich darauf einstellen, dass alles vorbei ist. Der Laden. Die Straße. Natürlich will ich das nicht. Aber die Frau hat mich in der Hand.

Ich verspreche Dir, dass ich Dir ganz bald wieder schreibe.
Hoffentlich kriegen sie Dich in dem Krankenhaus wieder richtig hin. Du lässt Dich sowieso nicht unterkriegen. Wahrscheinlich wirst Du bald schon erzählen, wie Du sie beinahe alle fertiggemacht hättest, diese Schläger. Das glaube ich auch. Wenn Du nur 20 Zentimeter größer wärst.

Du darfst Dir das nicht alles so zu Herzen nehmen, mein lieber Edgar. Auch die Sache mit dem Pütt nicht. Du schaffst das. Wenn der Schäbbige und all die anderen da unten durchkommen, dann Du doch erst recht. Das kann nicht für lange sein, da bin ich ganz sicher.

Gehst Du in unser Monaco und denkst dort an mich? So was merkt man, wenn an einen gedacht wird. Hat meine Mutter mir ganz oft erzählt. Wie sie gemerkt hat, wenn mein Vater an der Front an sie gedacht hat. Und wie schon bald ein Brief kam. Wie als Beweis.

Vergiss mich nicht, bitte.
Siehst Du: Jetzt habe ich so viel an Dich gedacht, dass mein Gesicht schon weniger wehtut.

Ich könnte weinen und lachen und lauter Unsinn machen.

Deine Nelly

Edgar strich sanft über den Brief. Wusste nicht, warum.

Hatte durch die Zeile mit dem Weinen und Lachen gleich wieder ihr gemeinsames Lied »Es liegt was in der Luft« im Ohr. »Ich könnte weinen und lachen und lauter Unsinn machen.«

Es war aber, als würden Mona Baptiste und Bully Buhlan von viel weiter weg singen. Als könnten sie nicht garantieren, dass er wieder in die »Es liegt was in der Luft«-Stimmung geraten könnte.

Nelly sprach aus dem Brief zu ihm. Er hörte ihre Stimme. War sich aber sicher, dass sie nicht ganz aufrichtig gewesen war.

Was hatte ihre Großmutter mit ihr vor? Wusste sie das wirklich nicht? Immerhin ging sie im Schreiben weiter, als wenn sie in der Wirklichkeit zusammen waren. Sie würde ihm niemals »Denkst du bitte an mich« ins Gesicht sagen. Oder doch? Wann?

Edgar musste sich schon wieder die Nase tupfen. Dabei hatte Ramona versichert, es würde »nicht mehr viel rauskommen«. Sie hatte aber auch gesagt, er solle sich ausruhen.

Er nahm ein zugeschnittenes Stück Karton und griff zu einem der Kohlestifte. Es gab nur eine Möglichkeit Nelly in diesem Raum bei sich zu haben.

Drüben, auf der anderen Straßenseite, warteten sie bestimmt längst auf ihn. Jupp im Salon. Seine Mutter in der Wohnung. Sie würde ihn sicher in den Arm nehmen. Dann gab es etwas zu essen, damit er sich besser zusammenreißen konnte. Bald würde dann wieder etwas seine Nase verstopfen. »Da unten schluckse die ganze Zeit den verdammten Kohlenstaub. In jede Ritze kriecht der rein. Den hasse im Hals, inna Strotte, überall der Scheißstaub«, hatte der Schäbbige immer wieder beschrieben. Für den Staub würde er keine Ramona finden, die ihm den Kopf frei machte. Was, wenn er nach einiger Zeit auch mit diesem glasigen Blick die Straße herunterkäme? Wie die anderen Männer aus der Grube, die irgendwas da unten ließen. Die so sehr und so lange von allem Licht weggesperrt waren, dass sie sich nach dem Duschen und dem Runterscheuern von dem ganzen Dreck vor die Höhensonne stellen mussten. Wie sollte sein Leben besser werden, wenn er es in großen Teilen in der Dunkelheit leben musste? Nein, es konnte nichts gut werden. Aber dieses Bild seiner Freundin, das würde gut werden. Sein Stift glitt über das Papier. Ihr Mund nahm Gestalt an. Die herrlichen Lippen, die sich nur leicht öffnen mussten, damit er sich vorfreuen konnte, weil sie gleich etwas sagte.

Edgar musste nicht überlegen. Nur seine Hand dem Kontakt mit dem Papier überlassen. Leichter Druck, festerer Druck, im richtigen Wechsel. Nichts war gut. Aber seine Nase sog die stickige Luft ein. Den Geruch nach Papier, nach Schachtel, nach dem guten Staub, der in dieses Geschäft und in seinen Kabuff gehörte.

16. August 1957
Dortmund
Steinhammerstraße
Friseursalon von Jupp Woicik
16.15 Uhr
Jürgen

Jürgen saß aufrecht. Jedenfalls so, wie er sich aufrecht sitzen vorstellte. Sein Vater hatte ihm diesen Brief in die Hand gedrückt und dann befohlen: »Dem alten Woicik bringen. Brief, den er lesen soll. Und Nachricht von mir. Ist alles kein Quatsch.«

Als sein Vater noch beide Arme hatte und reden konnte, war er Hauptmann geworden. Jürgen hatte befürchtet, sein Vater würde nur noch kommandieren. Im Kino hatte er als kleiner Junge uniformierte Männer gesehen, die brüllten. Wenn mein Vater auch so wird, kann ich ihn womöglich nicht mehr leiden, hatte Jürgen befürchtet. Als er dann in Uniform nach Hause kam, war er aber nicht anders gewesen. Kasperte immer noch herum. Zitierte aus dem Ringelnatz-Gedicht »An meinen Lehrer«: »Doch hast du, alter Meister, nicht vergebens, an meinem Bau geformt und dich gemüht« – »Nicht schon wieder den alten Schlüppi«, rief dann Jürgens Mutter in gespielter Empörung, weil sein Vater es wirklich nervtötend oft zitierte.

Es veränderte sich nichts komplett an ihm. Aber über die Zeit kam etwas Ungekanntes dazu. Etwas Befremdendes. Wie dieser Blick. Als wolle er beide Hände in würgender

Absicht um Jürgens Hals legen, sollte der nicht tun, was angeordnet war. Heute hatte Jürgen aus dem Blick gelernt: Es war seinem Vater wirklich ernst mit diesem Brief.

»Was steht drin?«, fragte Jürgen überakzentuiert, weil es dann manchmal mit dem Lippenlesen klappte.

Sein Vater hatte die Frage offenbar verstanden, schüttelte aber so deutlich den Kopf, dass nur »später mehr« gemeint sein konnte.

Eine wichtige Mission also, deswegen saß Jürgen nun aufrecht auf den Wartestühlen des Salons von Jupp Woicik.

Es fiel ihm allerdings schwer, Haltung zu bewahren.

Denn vor dem Kassentresen stand Ötte und sang den Hitparadenerfolg »Jim, Jonny und Jonas« des Hula-Hawaiian-Quartetts. Ganz sicher auf Wunsch von Jupp. In diesem Laden geschah nur, was Jupp richtig fand. Was ist nur mit diesen Typen los, dachte Jürgen wieder einmal. Sie bekommen kein nettes Wort über die Lippen. Nur Häme und Gemeinheiten. Aber kaum singen irgendwelche Schmuseheinis einen erfundenen Quatsch über schneeweiße Schiffe, die unter Palmen zwischen liebeshungrigen Wilden ankommen, und schon wird ihnen das Eigelb weich.

Ötte mochte das Lied auch nicht. Klang jedenfalls so. Er hatte nicht nur beide Hände zu Fäusten geballt, sondern die Daumen so zwischen die anderen Fingern geklemmt, als würde er dort am liebsten Schutz suchen. Wer das Original nicht aus der Hitparade des vergangenen Jahres kannte, hätte nicht gewusst, warum da Hawaii-Gitarren zu hören sind. Öttes Version des Liedes war selbst im Salon nicht jedermanns Sache. Im Gesicht von Frau Kessebohm, die von Elsbeth gekämmt wurde, arbeitete es sichtlich. Jetzt konnte sie es nicht mehr aushalten. Sie zischte in Elsbeths Richtung:

»Da wünscht man sich ja das Heulen der Fliegerbomben zurück. Elsbeth, Liebes, darf ich die Trockenhaube noch mal aufsetzen, dann muss ich das nicht hören!«, sagte Frau Kessebohm,

»Dann wird es Ihnen zu warm. Die Haare sind leider schon trocken«, antwortete Elsbeth und warf dabei Jürgen einen Blick zu, als wolle sie bei irgendeiner Tat seine Komplizin werden.

Er war begeistert, gleichzeitig auch völlig überfordert. Wie guckt man denn so zurück, dass es als »Oh ja« verstanden wird? Zumal sich sein Blick ständig in Elsbeths Ausschnitt verirrte, statt ihre Augen zu erreichen.

Jupp war aber offenbar völlig mit sich im Reinen. Schneeweiße Schiffe, an Bord tolle Männer wie er. Hula-Mädchen, die zum Glück nicht reden, aber willig lächeln. Feine Sache.

Vor ihm lag der Aschentonnen-Tiger im Friseurstuhl. Heinz Sczepainski, der sich seinen Spitznamen doppelt verdient hatte. Er arbeitete bei der Müllabfuhr und ruhte sich immer zwischen den Mülltonnen der Straße aus, wenn er wieder einmal zu hastig getrunken hatte.

Jupp schaltete die Haarschneidemaschine mit diesem Schnacken ein, das sich wie ein Bolzenschuss anhörte.

Der Aschentonnen-Tiger hob warnend die rechte Hand.

»Jupp, du muss' da ein bisschen mitte Maschine aufpassen. Ich hab da son' fiesen Schorf«, sagte er ruhig, »das kommt davon, was die Paselakken alles inne Aschentonne tun. Was meinze, wasses mir manchmal abends überall am Jucken ist. Jeder Dreck wird da einfach reingeschmissen. Da kann man doch auch ma' 'ne Tüte drumtun. Bei unsere Freunde ausser kalten Heimat ist dat besonders schlimm. Die ham zu Hause inner Walachei ihren Dreck nur vergraben. 'Ne anständige Müllabfuhr kannten die ja gar nich. Aber wenn es zu doll juckt, eh dass ich kratz, nehm ich zwei, drei Boonekamp zur inneren Anwendung.«

Jupp hielt unschlüssig inne. War wohl nicht sicher, ob er wirklich in den Schorf reinrasieren wollte.

»Nee, komm, hau rein, fang an. Das ist alles schon abgetrocknet. Hab ich auch mittem Doktor drüber gesprochen. Das ist 'n bisschen wie Cholera, nur ansteckender«, lachte der Tiger. Laut, rasselnd und feucht. Jürgen stellte sich den Schlund des Aschentonnen-Tigers augenblicklich wie eine böse Tropfsteinhöhle vor. Außerdem war ihm bei der Schorf-Schilderung sofort unbehaglich zumute geworden. Die Anspielungen auf die Flüchtlinge mochte er schon gar nicht mehr hören. Er war mit Martina verabredet und wunderte sich, wie wenig der Rest der Welt von dieser Sensation mitbekam. Morgen Abend würden sie in Lütgendortmund im Volksgarten spazieren gehen. Anschließend sicher zu Breddermann, in das schicke Gartenlokal direkt am Volksgarten.

Ötte hatte sich jetzt an die Stelle im Lied vorgearbeitet, an der Jim, Jonny und Jonas »an Java« vorbeifahren. Dazu gehörte eigentlich fernöstliche Inbrunst. Ötte hatte aber viel zu viel Zeit im Kirchenkinderchor verbracht. Sang es also derart fromm, als würden Jim, Jonny und Jonas an Jesus vorbeifahren.

Jürgen versuchte, Jupps Blick abzufangen. Er wollte wieder an die frische Luft. Nicht mehr aufrecht sitzen müssen und dieses Drängen loswerden, das sich schon wieder in ihm aufgetürmt hatte, seit er Komplize von Elsbeths Brüsten geworden war.

Jupp sah ihn an, nickte ihm zu. Er lächelte viel großzügiger als am Vormittag. Vor den »Mundspülungen« mit Weinbrand, von denen ihm Edgar erzählt hatte.

»Jürgen, mein Junge, die sind doch noch kurz genug«, sagte Jupp und meinte Jürgens Haare.

Seit dem Zwischenfall mit den Halbstarken und dem Klappspaten war Jürgen »mein Junge«. Nicht mehr der Lulatsch, mit dem sein Stiefsohn Edgar rumhing.

»Ich komme nicht zum Haareschneiden. Mein Vater möchte, dass ich Ihnen diesen Brief hier bringe.«

»Ein Brief von deinem Vater für mich?«, fragte Jupp.

Jürgen nickte und saß dabei noch aufrechter.

Jupp schaltete sofort die Haarschneidemaschine ab.

»Aber da hättest du dich doch gleich melden können. Eine Nachricht von Herrn Hauptmann verträgt doch keinen Aufschub. Ötte, hör' ma' auf zu schreien, das geht einem ja auf die Eier, das Gejaule.«

»Aber Sie haben doch gesagt, Herr Woicik, ich soll singen.«

»Ja, vorhin. Jetzt hörst du doch, was hier los ist«, Jupp legte die Haarschneidemaschine auf einen kleinen Rollwagen.

»Atme ruhig weiter, Heinz«, sagte er zum Aschentonnen-Tiger, »es geht gleich weiter. Das hier ist aber wichtig.«

Er nahm Jürgen den Brief ab, schob den riesigen Ötte etwas beiseite, um hinter seinen Tresen zu gelangen. Wie in Deckung gehen, dachte Jürgen. Mit etwas Schützenswertem.

Kein schneller Leser, der Mann, dachte Jürgen. Aus der Entfernung sah er einen mit der Maschine geschriebenen Brief und glaubte, das Logo des Kaufhauses »Horten« zu erkennen. Das andere Blatt Papier war das Briefpapier seines Vaters. Unverkennbar. Die gestochene Handschrift. Kein Fleck, nichts Durchgestrichenes, nirgendwo der kleinste Makel.

»Hömma, Jupp«, rief der Aschentonnen-Tiger immer noch in der liegenden Position auf dem Friseurstuhl, »sollte ich hier versterben, wünsch ich mir von dem Fräulein Elsbeth einen Kuss. Statt letzte Ölung. Und der Ötte soll auf keinen Fall singen. Nicht, dass ich wieder auferstehe vor lauter Schreck.«

Jupp antwortete nicht. Sein Blick haftete auf den Briefen wie die honigverklebte Hand am Trockentuch. Er griff nach seiner Chantré-Flasche, nahm einen tiefen Schluck

»Ich bin gleich bei dir, Heinz. Du wirst hinterher so schön aussehen, als wäre es bis zu deinem Tod noch lange hin.«

Jupp las offenbar den beiliegenden maschinengeschriebenen Brief noch einmal.

Elsbeth steckte sich den Kamm hinter den Gürtel, wo auch ihre beiden Scheren steckten und Haarklammern befestigt waren.

»So, Frau Kessebohm, was sagen Sie denn getz? Für mich ist das immer noch ›Schicksalsjahre einer Kaiserin‹, oder etwa nicht?«

Die ältere Dame tastete an ihrer Frisur entlang und nuschelte irgendetwas, was Elsbeth sowieso nicht weiter interessierte.

Sie schob sich an Jürgen vorbei, der in respektvollem Abstand zum lesenden Jupp wartete.

Elsbeth hätte ihn nicht streifen müssen. Sie kam ihm aber ganz nah, sah zu ihm auf und zog eine Augenbraue hoch:

»Du bist aber auch ein großer Satan, mein lieber Scholli.« Sie ging an Jupp vorbei, schlüpfte dabei aus ihren pantoffelartigen Schuhen. Jürgen hatte schon einmal darüber gerätselt, warum es Jupp so ärgerte, wenn Elsbeth barfuß durch den Laden ging. »Wir sind doch hier nicht in der Bar

Madame«, pflaumte er sie an. Sonst. Heute nicht. Denn er stand immer noch unter dem Bann des Briefs seines Vaters.

»Ist es was Unangenehmes?«, fragte Jürgen, weil ihm zwar noch andere, aber keine besseren Fragen einfielen.

Jupp faltete die beiden Blätter exakt so, wie es sein Vater getan hatte. Steckte sie sorgsam in den Umschlag und legte alles auf den Tresen, als sei es nicht einfach nur Papier. Sondern das ewige Licht, das hinter dem Altar in der katholischen Kirche brennt, um die Gegenwart Gottes zu betonen. Was ihm nur einfiel, weil Jürgen erst am Tag zuvor in Lütgendortmund in der Stadtbücherei gewesen war, um sich in katholische Sitten und Bräuche einzulesen. Sicher ist sicher, wenn Martina wirklich so katholisch war, wie es die dummen Sprüche der älteren Männer auf der Straße behaupteten: »Die Polacken knien mehr, als dass sie stehen. Und beten, dass sie vor Arbeit und anderem Unglück verschont bleiben mögen.«

Jürgen war religiös völlig aus dem Spiel. Als er seinem Vater vor vier Jahren gesagt hatte, die anderen Kinder würden zum Kommunionunterricht gehen, hatte der nur auf die Tafel geschrieben: »Möchtest du?« Nach Jürgens ablehnendem Kopfschütteln hatte er geschrieben: »Ist besser so.«

Sollte Martina wirklich so katholisch sein, wäre er zwar immer noch eine Art Heide, aber vorbereitet.

Jupp legte beide Hände auf den Brief und sah Jürgen an. Dabei glitzerten seine Augen so eigenartig. Jürgen wusste um Jupp Woiciks Eigenart, pompös werden zu können. Die wirre und von den Mundspülungen verschlierte Rede zu Inges Kommunionnachfeier hatte er mit den Worten beendet: »Mehr können wir von dieser Stelle nicht sagen.«

Jürgen waren solche Momente so peinlich, er glaubte, die Scham sogar körperlich zu spüren.

»Das ist ein dickes Ding, mein Junge. Absolut unerwartet, wirklich allerhand. Sag deinem Vater tausend Mal danke. Und wenn er was braucht – egal was –, Jupp Woicik ist für ihn da. Sag ihm das genau so. Oder schreib es auf, oder wie immer ihr das macht.«

»Klar, mach ich, Herr Woicik.«

»Jupp, ich bin der Jupp, weißt du doch.«

»Wann wird denn der Edgar aus dem Krankenhaus entlassen?«

Jupp drehte den Arm, als würde er eine Armbanduhr tragen, wo aber nun mal keine war. »Der müsste längst hier sein«, sagte er, schien aber eigenartig entspannt. Obwohl Jupp es eigentlich überhaupt nicht mochte, wenn sich Edgar wieder mal als »Saujunge« zeigte, der nur »am Kackemachen« war.

»Im Krankenhaus haben sie den auch nicht mehr schöner hinbekommen!« Jupp wandte sich Elsbeth zu und lächelte sie auf eine Weise an, dass Jürgen »unangemessen« denken musste.

»Da isser nicht der Einzige!«, rief der Aschentonnen-Heinz aus seinem Stuhl. »Wie lange soll denn hier meine Aufbahrung noch gehen, Ker-Ker-Ker?«

»Ich muss«, sagte Jupp, stand plötzlich stramm und salutierte. »Dem Herrn Hauptmann Miebach bitte meinen ergebensten Dank. Arsch gerettet, kann man sagen.«

Albern und auch peinlich, dieses Strammgestehe. Jürgen wollte jetzt aber vor allem wissen, worum es denn in diesem Brief ging.

17. August 1957
21.30 Uhr
Gartenlokal
Breddermann Lütgendortmund

Der Wind schob die Blätter immer nur ein wenig. Ein wenig nach rechts, ein wenig nach links.

Als er ein kleiner Junge war, hatte ihn seine Mutter immer gefragt, ob die Tür weit genug geöffnet sei, damit er einschlafen könne. »So?«, fragte sie immer ganz leise. Öffnete dann die Tür vielleicht etwas weiter. Nicht viel. Nur einen Tick. So viel, wie sich jetzt die Blätter nach rechts oder links bewegten. Der Wind fragte: »So?« Oder der Wind fragte gar nichts und es war das Käuzchen, das er jetzt schon mehrmals gehört hatte.

Der Wind in den Bäumen. Die Vögel, die den lauen Abend auch mochten. So viel Natur. Wie in dem verdammten Film »Der Förster vom Silberwald«. Edgar und Jürgen hatten nur die Werbung gesehen, aber einen Satz nicht vergessen. Wiederholten ihn gerne, wenn hinter der Straße die Kohlewaggons auf den Schienen kreischten. Oder es beim Verkoksen der Kohle wieder einmal für Stunden bestialisch stank. »Waidwerk ist andächtiges Erleben der Natur«, sagte der Sprecher in diesem Filmchen pathetisch.

Das war Jürgen aber in diesem Moment völlig egal.

Er saß mit Martina zwischen diesen Bäumen. Die Lampions um sie herum hingen nicht einfach nur, sie kicherten. Sie mussten nur noch fünfzehn Schritte gehen, dann wären sie auf dem Tanzparkett vor der großen Außenterrasse des Gartenlokals Breddermann. An speziell angekündigten Abenden spielte eine große Kapelle auf dieser Terrasse. Mindestens fünfzehn, eher zwanzig Musiker. Heute saß nur ein Mann an der Orgel. Er schleppte sich durch »La Paloma«. Sang immer nur den Refrain brüchig mit. »La Paloma ohee«. Schon wieder Seefahrt. Wie in Jupps Laden. Warum nur? Warum hatten diese Männer eine solche Sehnsucht nach dem Meer? Warum wollten sie nicht lieber fliegen, wenn es sie doch so unwiderstehlich in die Ferne zog? Für das Haarteil des Organisten wäre jede leichte Nordseebrise zu viel gewesen.

Auf die Tanzfläche vor der Terrasse wollte Jürgen ganz sicher nicht. Er käme dann zwar zu dem Vergnügen, Martina in den Arm nehmen zu dürfen. Seine Ungeschicklichkeit würde aber viel mehr Schaden anrichten, als er jemals durch Worte wiedergutmachen könnte.

Außerdem saßen sie auch viel zu gut. An einem der Tische am Rand. Eine schnurgerade Reihe von Blumenkübeln zog die Grenze. Zwischen denen, die unmittelbar vor der Terrasse saßen und von einem Kellner bedient wurden. Und den Tischen am Rand, deren Gäste sich die Getränke selbst holen mussten, aber auch weniger bezahlten.

Hier war es etwas dunkler. Martina und Jürgen saßen sich fast schon zwei Stunden gegenüber, waren aber immer noch bei ihrem ersten Glas Liebfrauenmilch. Für Jürgen hatte es sich nach einem weiblichen Getränk angehört, er kannte sich mit Wein überhaupt nicht aus. Jetzt hatte er noch fünf Mark in der Tasche, davon würde er ihnen noch ein zweites Glas kaufen können und hätte dann immer noch genug übrig für die Heimfahrt mit der Straßenbahn. War also fast Krösus.

»Krösus war der König von Lydien im 6. Jahrhundert vor Christus und bekannt für seinen Reichtum und seine Freigiebigkeit.«

»Wie bitte?« Martina sah ihn fragend an, lächelte aber.

»Verzeihung. Mir ging Krösus durch den Kopf.«

»Aha«, sagte sie und wusste immer noch nicht, wovon er sprach.

»Ich verbringe viel Zeit in der Bibliothek. Um Sachen zu lesen, die wir in der Schule nicht gelernt haben. Krösus habe ich erst kürzlich im Lexikon nachgeschlagen.«

»Aber warum tust du das?«, wollte sie wissen.

Jürgen konnte sich nicht erklären, warum er keine Hemmungen hatte, Martina gegenüber komplett ehrlich zu sein.

»Ich habe nur einen Volksschulabschluss. Mein Vater möchte eigentlich, dass ich studiere. Das traue ich mir aber nicht zu. Aber ich möchte auch nicht doof sterben.«

Martina nickte.

»Und der andere Grund ist, dass ich mich auf Heinz Maegerlein vorbereite. Kennst du den?«, fragte er.

Sie schüttelte den Kopf.

»Wir haben einen Fernsehfritzen in der Straße, den pingeligen Pardey. Bei dem habe ich jetzt schon zweimal »Hätten Sie's gewusst« mit dem Quizmaster Heinz Maegerlein gesehen. Da müssen zwei Kandidaten um die Wette Fragen beantworten. Zu Themen wie Antike Geschichte oder ABC der Frauen. Wer zuerst 21 Punkte hat, der gewinnt.«

Jürgen zog ein Notizbuch aus der Jacketttasche.

»Das ist das Buch, in das ich alles eintrage, was ich rausfinde. Ich könnte dort, bei Heinz Maegerlein, eine BMW-Isetta gewinnen.« Jürgen räusperte sich, weil er einen ungekannten Mut in sich spürte. »Wir könnten zusammen irgendwohin fahren. Sobald ich gewonnen habe.«

»Und das steht bevor?«, fragte Martina, beinahe glucksend.

»Findest du das lächerlich?«

»Nein«, sagte sie und griff tatsächlich kurz nach Jürgens Hand, »gar nicht. Ich würde ganz sicher mitfahren. Oder anders: Ich werde mitfahren. Hundertprozentig.«

Er wollte ihre Hand nicht loslassen. Aber auch nicht grapschen.

»Du hast mir die andere Geschichte noch nicht zu Ende erzählt. Was stand denn in dem Brief, den du dem Stiefvater deines Freundes bringen musstest?«

Er hatte ihr beinahe schon die ganze Geschichte erzählt. Warum nur? »Rede nicht so viel. Sie soll auch zu Wort kommen. Hör ihr zu. Lern etwas über sie«, hatte ihm sein Vater aufgeschrieben. Er war offenbar wie Jürgen nervös vor der Verabredung. Denn er sprach nicht, wie sonst, zu laut. Sondern viel zu laut.

Es zwitscherten immer noch Vögel. Wie gerade eben der Kauz. Erfreuten sich so sehr des Lebens, dass sie selbst in der Dunkelheit noch nicht leise sein wollten. Wie auf dem Friedhof in Oespel, bei seiner Mutter. Du würdest sie mögen, Mama. Dieses Kleid mit den Kirschen, die sich scheinbar ohne System auf dem weißen Stoff amüsierten. Die Schleife um den Hals, die das Kleid so elegant hielt, als wäre Martina eine berühmte Schauspielerin.

»Bist du noch da, Jürgen?«, fragte Martina. Sanft, kaum vorwurfsvoll, als sei es ihr nicht neu, dass sich Menschen in ihrer Gesellschaft immer wieder irgendwohin träumten.

»Du sagst ja gar nicht mehr Jirrgen? Warum sprichst du plötzlich wie alle?«, fragte er zurück.

»Weil ich es will«, sagte sie, »weil ich nicht will, dass mich immer jeder nur als Hungerleiderin sieht. ›Die es auch nicht leicht hat‹, wie sie dann immer alle sagen. Und dann sehen sie doch nur verlauste Gestalten vor sich, die durch den Schnee auf dem zugefrorenen Haff stapfen. Furchtbar. Für immer Opfer. Kannst du das verstehen?«

Er sah sie an. Nickte. Wünschte wieder, er könnte ihren Gesichtsausdruck festhalten. Edgar hätte das hinbekommen, ganz sicher.

Er fühlte sich eigenartig richtig, wenn sie ihn ansah. Als wäre er völlig in Ordnung. Als würde es ihr sogar gefallen, ihn anzusehen. Wie konnte das sein?

»Mein Vater war vor dem Krieg Deutschlehrer. Einer seiner Schüler ist irgendwas Tolles in diesem Kaufhaus Horten geworden. An den hat er sich gewandt. Mit Erfolg. In dem Brief stand, dass sie im Kaufhaus Horten zwei Lehrstellen haben. Einen als Schaufensterdekorateur, eben für Edgar.«

»Aber warum macht er das, warum setzt er sich so für deinen Freund ein?«, fragte Martina.

»Er hält ihn für sehr begabt. Er glaubt, das ganze Talent würde in der Grube vor die Hunde gehen.«

»Und was ist mit dir? Es gibt zwei Lehrstellen, hast du gesagt?«

»Genau. Mich möchte er auch nicht in der Grube sehen. Oder bei der neuen Bundeswehr. Eigentlich möchte er, dass ich eben nicht nur in die Bibliothek gehe und Begriffe nachschlage. Sondern ich soll studieren.«

»Aber du machst eine Lehre?«

»Zum Verkäufer.«

»In welcher Abteilung?«, setzte sie nach. Wie unnachgiebig von ihr. Er atmete tief ein und seufzte die Luft dann aus.

»Trikotage, Mieder, Strumpfhosen, Damenmode.«

Natürlich ein Lächeln. Aber kein schlimmes Grinsen. Kein Darf-ja-wohl-nicht-wahr-sein, das plötzlich zwischen ihnen stand.

Sie zeigte auf ihn. »Du?«

Jürgen nickte. Nippte an dem süßlichen Weißwein, der auf eine pelzige Weise warm geworden war.

»Ist dann schon die schlimmste Wahrheit über dich, Miebach-Jirrgen«, sie ahmte ihren Heimat-Akzent dramatisch übertrieben nach. Er wollte sich sofort erklären:

»Wie schlimm findest du es? Denn, ganz ehrlich, ich finde es nicht gut. Schlimm ist, dass mir nichts Besseres einfällt. Aber ich will meinem Vater nicht mehr auf der Tasche liegen. Eigenes Geld verdienen, egal wie.«

Jürgen zupfte an seinem Krawattenknoten. Steckte sich eine Zigarette an, damit er mit diesem Gefummel aufhören konnte.

»Darf ich?«, fragte sie und zeigte auf die Zigaretten. Jürgen nickte, gab ihr Feuer und kam sich dabei ungeheuer erwachsen vor. Tür aufhalten, Feuer geben, hallo große weite Welt der männlichen Miederverkäufer.

Martina war eine geübte Raucherin, das sah er sofort.

»Schlimm, fragst du. Ob ich schlimm finde, wenn du BH-Verkäufer wirst?«, sagte sie, pustete und ließ das Wort im Rauch stehen. Ihr Gesichtsausdruck veränderte sich. Wäre sie ein Instrument, würde sie jetzt tiefer klingen, dachte Jürgen.

»Ich habe leider eine Vorstellung von schlimm«, sagte sie. »Ich habe bisher nicht die Wahrheit gesagt. Ich bin vier, fast fünf Jahre älter als du. Komme mir aber manchmal vor, als wäre ich vierzig und nicht zweiundzwanzig.« Sie zog an der Zigarette.

Senkte den Blick. »Ich weiß, was ihr alle denkt. Wir kommen aus der kalten Heimat. Haben auf primitiven Bauernhöfen zwischen unserem Vieh gelebt, bis der Russe kam und wir mit dem Schlitten losmussten.«

»Na ja, ganz so ist es auch nicht, was heißt denn ›ihr alle‹«, fing Jürgen an. Aber sie hob die Hand mit der Zigarette, damit er nicht weitersprach.

»Ich bin Baltendeutsche. Meine Familie hat in Riga

sehr gut von der Schifffahrt gelebt. Unsere Schiffe haben alles Mögliche an alle möglichen Orte transportiert. Meine Mutter war Tänzerin an der Oper von Riga. Dann hat Hitler Stalin 1939 das Baltikum geschenkt, und wir sind nach Danzig umgesiedelt worden. Da war ich zwei. Mein Vater hatte plötzlich noch mehr Schiffe. Bis er gar keins mehr hatte. Denn er war es nicht gewohnt, dass ihm Leute in seine Geschäfte reinreden. Nach zu viel Streit mit ein paar SS-Offizieren haben sie ihn an die Front geschickt. Das konnte nicht gut gehen. Und ging es auch nicht.« Sie zog wieder an ihrer Zigarette, inhalierte den Rauch tief.

»Meine Mutter musste mit dem Tanzen sofort aufhören. Sie wurde zur Krankenschwester ausgebildet. Wir sind der Front gefolgt, Jürgen. Ich wünschte, wir wären einfach über das Haff gelaufen. Ich weiß gar nicht mehr genau, was ich alles gesehen habe. Denn ich war ein kleines Mädchen. Aber in den Träumen in jeder zweiten, dritten Nacht erlebe ich es wieder. An meinem achten Geburtstag hat das Lazarett, in dem wir lebten, in der Nähe von Seelow im Oderbruch, einen Volltreffer abbekommen. Meine Mutter hat seit dem Tag weiße Haare und wenn sie geht, sieht nichts mehr nach Tanz aus. Ganz sicher nicht.«

Jetzt nippte sie gequält an ihrem Glas.

»Ich kann nichts daran schlimm finden, wenn du Damen in der Umkleidekabine in diesem Kaufhaus, wie heißt es noch gleich?«

»Horten«, antwortete Jürgen, akkurat wie in einer wirklich wichtigen Prüfung.

»Bei Horten einen Schlüpfer anreichst. Schlimm wäre, wenn du eine graue Uniform tragen würdest, auf der die Flecken von Blut ganz dunkel und groß sind. Wenn du mir eine Geschichte vorlesen würdest und nur bis zur Hälfte kommst, weil du dann plötzlich tot bist. Das wäre wirklich schlimm.«

»Ich weiß nicht, was ich dazu sagen soll. Die älteren Männer in der Straße lassen es immer so aussehen, als wären wir Jungs vor allem Schlappschwänze, weil wir in keinen Krieg mussten. Ich habe schon manchmal gedacht, wie froh ich bin, so was nicht mitmachen zu müssen. Habe mich dann aber gleich wieder geschämt. Denn ich bin der Sohn eines Veteranen, der seinen Arm für Führer, Volk und Vaterland im Feld ließ. Da könnte man eigentlich ein wenig Tapferkeit erwarten, oder nicht?«

»Das ist schon wieder nicht schlimm«, sagte Martina und lächelte.

»Und dein Freund, der Schaufenster dekorieren lernt, ist der eigentlich ein Künstler?«

»Was ist der?«, fragte Jürgen aufrichtig zurück.

»Du hast aber doch vorhin gesagt, er sei sehr begabt.«

»Ja klar, er kann ganz toll zeichnen. Und sogar malen. Ich würde sofort hingehen, wenn er seine Bilder ausstellen würde. So was machen Künstler doch, oder? Aber wir sind aus der Steinhammerstraße. Künstler? So was haben wir da nicht. Der Edgar ist so froh, dass er nicht in die Grube muss, der hat beinahe seinen Stiefvater geküsst. Und den möchte man nun wirklich nicht küssen müssen.«

»Was weißt du über das Küssen?«, fragte sie. Praktisch gar nichts, müsste Jürgen antworten. Er wollte es aber mit der Wahrheit nicht übertreiben.

»Das Flüstern ist wie Küssen, das das Ohr für den Mund nimmt«, purzelte es ihm aus dem Gedächtnis.

»Das ist nicht von dir, junger Mann.«

»Nein, alte Frau. Das ist aus Cyrano de Bergerac. Mein Vater hat ein bisschen Französisch studiert. Sich dann aber für Deutsch entschieden, als das Marschieren wichtiger wurde. Aber er liebt französische Schriftsteller.«

Sie stand von ihrem Stuhl auf und strich sich das Kleid glatt. Es endete knapp über den Knien. Jürgen konnte ihre festen Waden sehen. Als sie näher kam, roch er etwas unbestimmbar Frisches. Blüten. Oder Rose. Sie beugte sich zu ihm hinunter, ihr Mund war ganz nah an seinem Ohr.

»Bring mich nach Hause«, flüsterte sie, »es ist wirklich nicht schlimm.«

5. November 1957
Kaufhaus Horten
Dortmund
8.25 Uhr
Kantine
Edgar

Jürgen sah Edgar mit erschrockenen Augen an. Als wäre etwas ganz, ganz Schlimmes noch einmal abgewendet worden. »Was denn, ich bin doch hier, was willst du denn?«, signalisierte Edgar mit weit aufgerissenen Augen und zuckenden Achseln. Er war auch nicht der Letzte, es kamen immer noch Leute in den Raum. Die Kantine des Kaufhauses. Keine Fenster, ein leichter Kohlgeruch und ein Kaffeebottich, an dem sich jeder sofort die Finger verbrannte, der ihn von außen anfasste. Das Licht ließ alle so aussehen, wie Edgars Mutter ihm die Luftschutzkellergesichter beschrieben hatte. Blasser als blass, vor lauter Angst in schlechter Luft. Der Rasierwasserduft der Männer vermengte sich mit den Parfüms der Frauen zur üblichen Frühmorgenwolke im Kaufhaus Horten.

In etwa einer halben Stunde würde der Chef an die Tür treten, drei Schlüssel in drei verschiedenen Schlössern drehen und sagen »Wir öffnen«. Auch wenn Edgar jetzt schon zweieinhalb Monate hier war, wusste er immer noch nicht, zu wem der Mann eigentlich sprach.

Heute ist irgendwas Besonderes los, dachte Edgar.

Schob sich so unauffällig, wie es ging, durch die Frauen und Männer in Richtung Jürgen.

Erreichte aber nicht seinen Freund, denn Bert Riemenschneider tippte ihm auf die Schulter. Sein Abteilungsleiter. Zuständig für die Schaufenster, alle Dekorationen im Haus sowie die Werbung.

Er hielt es für ein sehr gut gehütetes Geheimnis, dass er auf Männer stand. Für »Riemobert«, wie ihn alle nannten, würde Edgar durchs Feuer gehen.

»Guten Morgen, mein lieber Woicik. Und: Sind Sie auch schon ganz aufgebracht? Wegen der roten Rosen und dem roten Wein? Ich freue mich sehr, muss ich Ihnen sagen.«

»Soll ich was fertig machen, Herr Riemenschneider? Brauchen Sie irgendwas mit Rosen? Soll ich Weinflaschen besorgen?«

Edgar konnte es kaum erwarten, endlich etwas anderes zu machen, als Preispappen zurechtzuschneiden. Oder Säulen im Haus mit Deko-Filz zu verkleiden.

»Nein, nichts dergleichen. Nicht verwunderlich, dass Sie nichts mitbekommen haben. Der Gekreuzigte«, Riemobert nickte in Richtung des Chefs, »hat es wie ein Staatsgeheimnis behandelt.«

Riemenschneider duftete gut, lächelte viel und lachte noch mehr.

»Dann lassen Sie sich mal überraschen. Wir sehen uns später in der Werkstatt. Denken Sie bitte daran, wie schnell ich unterzuckere. Und was singen wir dann wieder?«

»Heut ist der schönste Tag in meinem Leben, Herr Riemenschneider.«

Riemenschneider drückte Edgar ein Zweimarkstück in die Hand, damit der nach der Öffnung zum Bäcker ging und eine Tüte Nussecken kaufte. Von der er sich selbst bedienen durfte, so oft er wollte.

»So und nur so ist es, Woicik. Oha, der Gekreuzigte legt los. Ich hülle mich in Schweigen.«

»Guten Morgen, liebe Kolleginnen und Kollegen«, begann Klaus-Peter Martinschledde, neuer Geschäftsführer der Dortmunder Horten-Filiale seit etwas mehr als einem Monat. Eingestellt hatte Edgar und Jürgen noch ein anderer Mann. Er hatte wie der Weihnachtsmann ausgesehen und sich auch ähnlich benommen. War dann aber ganz rasch in die Rente verschwunden. »Was mit dem Kopf«, raunten die Kolleginnen. Nun mussten sie schon eine ganze Weile den »Gekreuzigten« aushalten. Waren aber mit dem Leiden nicht allein. Denn beinahe alle mochten diesen Chef nicht, fürchteten ihn nur.

Guten Morgen, Martinschledde strahlte nichts davon aus.. Weder gut noch Morgen. Um ihn herum war immer Nacht. Er war so dünn, dass zwischen Hemdkragen und Hals immer noch der dicke Daumen von Werbechef Riemobert gepasst hätte. Trotz der Krawatte, die so fest saß wie ein Hinrichtungsstrick. An allen Stellen, wo ein Mensch Körpermasse verlieren kann, hatte es an Martinschledde gezehrt. Dazu ein Gesichtsausdruck wie beim Tragen der Dornenkrone. »Der Gekreuzigte« eben, gewünschte Ansprache: Herr Direktor.

»Ich möchte unsere Morgenbesprechung mit etwas Unerfreulichem beginnen«, sagte der Herr Direktor. Klar, dachte Edgar, womit sonst?

Martinschledde hielt einen Brief hoch.

»Das ist die Beschwerde einer sehr solventen Kundin. Frau Hannelore Kalbfleisch.« Hier und dort ein unterdrücktes Kichern. Jeder im Raum wusste, wie verboten jede Art von Lachen bei Martinschleddes Ausführungen war.

»Frau Kalbfleisch führt hier aus«, er hielt den Brief hoch, »sie habe versucht, für ihren Mann Paul Kalbfleisch einen Anzug bei uns zu kaufen. Das ist nicht nur nicht gelungen, sondern ich zitiere mal wörtlich«, Martinschledde beugte den Kopf über das Papier und sah dabei aus wie ein beutegreifender Raubvogel kurz vor der blutigen Mahlzeit, »mein Mann und ich begegneten einem übermütigen Flegel, der nicht nur einen fachlich unzureichenden Eindruck machte, sondern uns zudem mit Flapsigkeiten strapazierte. Als sich wegen der Stattlichkeit meines Mannes der Knopf am Saum der anprobierten Hose abrupt löste, riet dieser unmögliche Mensch, wir mögen es womöglich besser bei den Umstandsmoden probieren.« Martinschledde riss den Blick wütend hoch, als sich ein Lacher nicht beherrschen konnte. Der Chef ließ den Brief sinken.

»Ich erspare Ihnen allen, was sie dann noch an Witzeleien erleben musste, als es um ihren Nachnamen ging. Zum Glück ist es mir gelungen, herauszufinden, wer der Kollege war, der jedes Prinzip verraten hat, an das wir uns im Hause Horten halten.«

Sadist, der er war, ließ Martinschledde eine bedeutungsvolle Pause entstehen. Angeblich hatten ihm die Nazis übel mitgespielt. Hatten ihn schon am Anfang des Krieges »abgeholt«. Die gehässigere Version lautete, mehrere U-Boot-Besatzungen hätten sich selbst versenkt, bevor er das Kommando übernehmen konnte.

Was aber wirklich zutraf, waren seine politischen Ambitionen in der SPD. In dem ausgemergelten Kurt Schumacher hatte er wohl sein Ebenbild erkannt.

»Ich möchte bitten, dass der Lehrling Jürgen Miebach die Hand hebt.«

Oh nein, dachte Edgar. Bitte nicht. Jürgen fühlte sich so wohl in seiner Abteilung. War so froh, dass er es nicht mehr bei den Miedern aushalten musste. Er mochte alles an dieser Arbeit. Zog mit Begeisterung Anzugjacken auf die Puppen. Scharwenzelte um die Kunden, war höflich, freundlich, galant. Was gerade geboten war. Wenn Martina vorbeikam, schien es, als sei Jürgen eigentlich Helmut Horten und ihm würde der gesamte Laden gehören.

Jetzt sah Edgar, was alle sahen. Wie sich die Hand des größten Menschen im Raum zögerlich hob.

»Sie sind seit weniger als drei Monaten bei uns, Miebach«, schnarrte Martinschledde, »vielleicht können Sie mir mal erklären, auf was für einer Vagantenbühne Sie sich hier wähnen. Was glauben Sie, was wir hier machen? Ein buntes Programm? Ist das hier nur Zirkus für Sie? Und Sie sind der Clown, oder was?«

Alle 47 anderen wagten kaum zu atmen. Fühlten sich aber auch erleichtert, weil sie es nicht waren, die diese Ziege brieflich angeschwärzt hatte. Martinschledde war noch nicht bereit, die Situation aufzulösen. Der Raubvogel in ihm musste Blut sehen.

Er wollte nachsetzen, als ihn die sonore Stimme von Riemobert unterbrach.

»Klaus-Peter, es tut mir leid, dass ich so reinplatzen muss. Aber wir haben ja noch diese andere Sache, die beinahe keinen Aufschub mehr duldet.« Edgar wusste nicht, woher die Vertrautheit von Riemobert und dem Gekreuzigten kam. Wieso duzten die sich? War jetzt aber auch egal. Riemobert war wieder einmal die Rettung.

»Ich schlage vor, dass wir der Frau Fleischwurst einen leckeren Präsentkorb schicken. Den kann Jürgen ihr auch persönlich vorbeibringen. Und dann haben wir …«, Riemobert überlegte nur kurz, ob er es wirklich sagen sollte, konnte dann aber nicht widerstehen, »dann haben wir diese Kuh vom Eis.«

Jetzt konnte sich mindestens die Hälfte der Kollegen nicht mehr halten. Nur ein mäßiger Scherz. Irgendwo musste aber der ganze Druck nun mal hin.

Ein Blick von Martinschledde reichte allerdings, um wieder Ruhe in den Raum zu bringen.

»Gut, Bert. Ich möchte dich und Sie, Herr Schubert, und Sie, Miebach, anschließend noch in meinem Büro sprechen. Ach, Woicik, Sie sind auch dabei«, sagte er. Werner Schubert, der Leiter der Herrenoberbekleidung, hatte von diesem Gespräch nur wenig mitbekommen. Er war mit einer Horten-Nichte verheiratet gewesen und hatte bereits einige Doppelkorn gefrühstückt. Wie jeden Tag.

»Zu der anderen Sache, die Bert Riemenschneider soeben ansprach. Wir erwarten prominenten Besuch. Morgen wird uns der Künstler René Carol beehren.«

Ein allgemeines Gemurmel setzte ein. Einige Mitarbeiterinnen seufzten, als stünde ihnen Allerschönstes bevor. Martinschledde hob seine knochige Hand, um sofortige Ruhe anzumahnen.

»Herr Carol wird auf der Empore unweit des Haupteingangs sein erfolgreiches Lied »Rote Rosen, rote Lippen, roter Wein« singen. Anschließend können ausgewählte Kundinnen von ihm ein Autogramm bekommen. Leider konnten wir auf diese Veranstaltung nicht weit im Voraus hinweisen, weil sie einem spontanen Angebot eines Moped-Vereins zu verdanken ist. Wie Sie vielleicht wissen, ist Herr Carol leidenschaftlicher Motorist und fährt gerne

Motorroller. Die Herrschaften von unserer Konkurrenz, dem Haus Althoff, sahen sich außerstande, dieses Ereignis zu realisieren. Wir werden beweisen, wie bereit das Haus Horten ist, die Spitzenposition unter den Dortmunder Kaufhäusern einzunehmen. Herrn Carol soll der Besuch bei uns unvergesslich sein. Ich erwarte von Ihnen allen, dass Sie nicht in einen Berühmtheitstaumel fallen. Bitte beherrschen Sie sich. Denken Sie daran, dass es in allen Abteilungen auch morgen genug Arbeit geben wird. Bitte begeben Sie sich jetzt an Ihre Arbeitsplätze. Ich werde in Kürze öffnen.«

»Was war los mit dieser Frau Kalbfleisch?«, fragte Edgar.

Sie saßen an der Warenannahme auf einem Stapel leerer Klamottenkisten. Eigentlich sollte hier längst ein Schild hängen, auf dem zu lesen stand, dass hier niemand »herumlungern« solle. Aber der, der es malen sollte, verbrachte hier viel zu gerne seine Zeit. Dabei wäre es für Edgar mittlerweile ein Leichtes gewesen, ein Schild hinzukriegen, das so kompromisslos war, wie es der Direktor wünschte. Er könnte die Buchstaben mithilfe einer Schablone aufspritzen. Noch kraftvoller wurde es allerdings, wenn er es ohne Hilfsmittel schrieb. Die Spezialstifte aus Hamburg hatte er mittlerweile nicht nur ausprobiert, sondern war damit schon so geschickt, dass ihn Riemobert alles schreiben ließ, was als Auftrag in ihrer Werkstatt ankam.

Edgar und Jürgen würden hier von jeder Autorität ungestört bleiben. Der Direktor litt an Asthma. Unter dem Deckel aus Qualm, Abgasen und üblichem Hochnebel, der auf der Stadt lag, wurden schon Gesunden die Bronchien eng. An einem Tag wie diesem hielt sich Martinschledde ein Taschentuch vor den Mund, wenn er rausmusste. Dadurch wirkte er etwas sympathischer.

Jürgen trug einen Schal um den Hals. Edgar die Fellreste, die seine Mutter sorgfältig zu einer Art Dreieckstuch verarbeitet hatte. Sah aus wie Ratte, war aber unvergleichlich warm. Ihre Hüte hatten sie drinnen gelassen.

»Nun sag schon, hast du dem Typen von Frau Kalbfleisch wirklich gesagt, er solle sich ein Umstandskleid kaufen?«, fragte Edgar.

Jürgen stützte die Unterarme auf die Oberschenkel und lehnte sich weit nach vorne. Wie ein Fußballer, der auf seine Einwechslung wartete.

»Ach, was weiß ich. Die blöde Kuh hat mich total von oben herab behandelt. Ich sei ja wohl mehr an das »einfache Leben« gewöhnt, hat sie gesagt und an mir rauf und runter gesehen. War mir aber auch egal. Denn ich hab mich gefühlt, als würde mir die ganze Welt gehören. Martina war am Abend zuvor bei mir. Na ja, und wir haben halt mal geguckt, ob keiner guckt.«

»Habt ihr etwa?«, fragte Edgar, plötzlich so unter Strom, als hätte er an die Steckdose gefasst.

Jürgen nickte. Er hatte sich diesen Moment aber viel triumphaler vorgestellt.

»Und?«, fragte Edgar.

»Ja, herrlich. Wunderschön. Was denn sonst? Es war alles super. Aber heute frage ich mich, wie lange noch? Und warum kann nicht mal für eine Weile alles einfach gut bleiben? Sie durfte sogar bei uns übernachten. Mein Vater hat ihr morgens Frühstück gemacht. Es war alles toll, Edgar. Und dann schreibt diese fürchterliche Frau diesen Brief. Dabei haben wir am Ende für ihren Gatten ein Dreimannzelt von Anzug gefunden, in das das fette Schwein auch reinpasste.«

»Du sprichst von einem unserer Kunden, lieber Lehrling Miebach.«

»Nein, im Ernst. Wenn das hier den Bach runtergeht, dann bin ich wieder bei null. Dabei ist das hier alles viel besser, als ich jemals gedacht hätte. Und nicht vergessen: Das habe ich hier alles meinem Vater zu verdanken. Ich habe schon über Weihnachtsgeschenke nachgedacht. Endlich mal was kaufen können. Ach Mann.«

Edgar klopfte Jürgen auf die Schulter. Der verharrte zuerst regungslos, sah seinen Freund dann aber doch an.

»Warum hast du dich eigentlich so in Schale geworfen? Anzug, Mantel, Hut, hätte dich ja fast gar nicht erkannt, als du heute Morgen reingehetzt kamst.«

»Nelly kommt heute.«

»Nicht dein Ernst. Wohin? In die Steinhammerstraße?«, fragte Jürgen.

»Nein, ich hole sie nach Feierabend am Hauptbahnhof ab. Dann gehen wir ins Café Corso.«

»Aha, ins feine Café Corso. Der feine Herr, soso. Seit wann darf man da denn mit Streichhölzern oder Zahnstochern bezahlen?«

»Ich habe etwas gespart. Und Riemobert gibt mir immer Trinkgeld, wenn ich ihm die zwanzigste Nussecke kaufen gehe. Wenn Nelly und ich nichts essen, kriege ich das hin. Ist echt wichtig heute.«

»Wie hast du dich denn mit ihr verabredet? Alles per Postkarte? Glaubst du wirklich, dass sie kommt, wenn sie nur geschrieben hat?«

»Ich durfte gestern aus dem Büro oben in der Buchhaltung telefonieren.«

»Warum durftest du das? Ich durfte noch nicht einmal in die Nähe der Scheibtische kommen.«

»Du bist halt kein hübscher Kerl wie ich.«

Jetzt musste Jürgen grinsen, obwohl er eigentlich nicht wollte.

»Und wie hast du dich da gemeldet, bei ihrer Nazi-Oma? ›Hallo Alte, gib mir mein Mädchen zurück, oder ich räuchere dich aus?‹«

»Die geht nicht selbst ran. Da war eine alt klingende Frau am Apparat. Wahrscheinlich eine Dienerin, so was.«

»Echt? Nelly hat jetzt Dienstboten?«

»Das ist doch jetzt egal, Mann. Wichtig ist, was jetzt kommt. Was jetzt möglich ist. Habe ich alles ganz genau geplant.«

Jürgen nickte Edgar aufmunternd zu. Der spürte Achterbahn in sich. Abrupte Stimmungsumstürze. Was, wenn Nelly doch nicht kam? Wenn die Oma sie nicht ziehen ließ? Oder dieser Dreckskerl von Cousin, den er zwar nicht kannte, aber hasste.

»Mein Plan ist, dass wir hier zusammen eine Wohnung nehmen. In der Stadt. Erst einmal vorübergehend. Aber sie muss dann nicht mehr in Mülheim wohnen und ich nicht mehr in Jupps Abgasen übernachten. Das wäre ein Traum, Jürgen, ein absoluter Traum.« Edgar sah davon ab, auf der Stelle zu hopsen, weil das nur kleine Mädchen machten. Fühlte aber ganz klar Luftsprünge in sich. Wenn er sich nur vorstellte, wie sie sonntags, an seinem freien Tag, zusammen frühstücken würden …

»Wenn es hier nicht total ungerecht zugeht, bei Herrn Horten, dann bekommen wir beide das Gleiche, nämlich 38 Mark Lehrgeld. Wie willst du davon auch nur eine Dachkammer bezahlen?«, fragte Jürgen und wusste, wie riskant eine solche Frage war.

»Ich hörte davon. Und bisher gebe ich davon sogar 15 Mark bei Jupp ab. Aber wenn ich das nicht mehr mache, kommt die Schlange ins Spiel.«

»Wer?«, fragte Jürgen

Edgar zeigte auf zwei Häuser gegenüber. Eins war nur

noch eine Ruine. Das andere zusammengeflickt und eingerüstet.

»In dem Haus mit dem Gerüst wohnt in der zweiten Etage ein Mann, den mir Riemobert nur als ›Schlange‹ vorgestellt hat. Er geht da manchmal in seiner Mittagspause hin.«

Jürgen pumpte schon und wollte sich in diese Situation reinsteigern.

»Egal«, winkte Edgar ab, »da gibt es eine Souterrain-Wohnung, in der früher der Heizer der Stadtsparkasse gewohnt hat.«

»Im Keller?«

»Unten im Haus«, Edgar hob die Stimme. »Und diese Einliegerwohnung kann er mir für 15 Mark vermitteln.«

»Mit Bad?«

Edgar schüttelte den Kopf.

»Aber einem schön großen Wasserhahn über einer Art Spüle.«

»Ist das dein Ernst? Nelly soll aus dem Wasserschloss ihrer Oma in Mülheim mit dir in Dortmund in eine Bombenruine in einen nassen Keller ziehen? Warum sollte die das machen?«

»Meinst du, das habe ich nicht auch schon überlegt? Ich hoffe es einfach. Aber wenn alle nur klein denken wie du, nur um dann zur Entspannung einen fetten Kunden zu beleidigen, wo kommen wir denn dann hin? Heute ist der wichtigste Abend meines Lebens, und du musst mir alles kaputtquatschen, du Rindvieh. Du kannst mich echt mal kreuzweise!«

Edgar zog den Rattenschal etwas enger und wollte mit großen Schritten zurück in das Kaufhaus gehen, als sich die Sekretärin von Riemobert in der Tür zeigte.

»Genau euch beide suche ich. Der Direktor hat jetzt Zeit. Und ein bisschen plötzlich, hat er gesagt.«

5. November 1957
Gegen 11 Uhr
Kaufhaus Horten
Im Büro des Direktors
Jürgen

Aus den Fenstern der Chefetage konnte man die vielen Baustellen der Innenstadt sehen. Überall Bauarbeiter. Sauber abgeräumte Brachflächen, wo die schönsten Häuser Dortmunds gestanden haben mussten. An der Trinkhalle seines Vaters sagten sie heute noch »wie im Römischen Kaiser«, wenn er ihnen kleine Schnapsfläschchen geöffnet anreichte. Das Luxushotel, von dem heute eine Baugrube übrig war. In der Nähe der ebenfalls eingerüsteten Reinoldikirche.

Die Arbeiten und die Arbeiter konnte man sehen. Aber nicht hören. Dicke Teppiche. Und viel zu warm. Jürgen wollte sich gerne an den Hemdkragen fassen, um sich die kleinstmögliche Erleichterung zu schaffen, aber das hätte zu sehr nach »schuldig« ausgesehen.

»Nun, bitte«, sagte die Chefsekretärin im Vorzimmer. Eine herbe Frau unbestimmbaren Alters, die sich aber wohl auch nicht traute, dem Chef zu sagen, was für eine Bullenhitze er herbeigeheizt hatte. Sie trug lieber mitten im November eine kurzärmlige Bluse und nickte nun in Richtung der gepolsterten Tür. Die sich die beiden schon selbst öffnen mussten. Soweit kam es ja wohl noch. Den zwei Bengeln die Tür aufhalten. Jürgen konnte den Ausdruck in ihren Augen lesen: Bengel, Bengel, Bengel.

Edgar griff nach der Klinke und ließ Jürgen zuerst eintreten. Dabei funkelte er ihn immer noch böse an. Offenbar war sein Groll größer als die Aufregung vor dem unmittelbar bevorstehenden Gespräch.

Der Direktor saß hinter einem dunklen Schreibtisch, dessen Platte die Ausmaße des Ehebettes hatte, in dem Jürgens Vater schlief.

Auf der Schreibunterlage lagen ein Füller und zwei Aktendeckel, auf denen ihre Namen standen. Daneben die Polydor-Schallplatte von Rote Rosen, rote Lippen, roter Wein. Mit einem großen Foto des lächelnden René Carol, der die Ärmel seines ohnehin schon legeren Hemds hochgekrempelt hatte. Das einzige Lächeln in diesem Raum war fotografiert. Zwei Telefone aus schwarzem Bakelit mit Lämpchen, die immer wieder aufglommen. Nach wie vor kein Geräusch. Nur das schwere Atmen von Bert Riemenschneider, der auf einem Stuhl vor dem Tisch saß. Auf der anderen Seite kauerte der Abteilungsleiter Herrenoberbekleidung Schubert. Niemand beachtete ihn. Er würde kaum am Gespräch teilnehmen, höchstens, wenn er nach dem Flachmann in der Brusttasche seines Jacketts griff, die Kappe abschraubte und »Hustensaft« sagte.

»Bitte«, sagte der Gekreuzigte so wohltemperiert, wie es zu dem hochflorigen Teppich passte. Irgendein armer Mensch musste den so fleckenfrei in Schuss halten, in einer ständig staubschwarzen Stadt. »Bitte« hieß, sie durften vortreten und sich neben den Tisch stellen. Lehrlinge saßen nicht am Tisch des Chefs. Immer wenn er unter Druck stand, kamen Jürgen völlig unpassende Gedanken in den Kopf. Bei der Beerdigung seiner Mutter glaubte er, sie aus dem Sarg lachen zu hören. Jetzt sah er das wunderbar errötete Gesicht von Martina vor sich, die entspannt seufzte, während sie ganz und gar genoss, was sie taten. Er schloss die Augen.

»Geht es Ihnen nicht gut, Miebach«, fragte der Direktor schneidend.

Jürgen öffnete die Augen sofort wieder.

»Alles bestens, Herr Direktor. Musste mich nur erst auf die schöne Stille justieren.«

»Aha, ›justieren‹ musste er sich. Wieso reden Sie so geschwollen? Wenn ich alles richtig gelesen habe«, er tippte auf die Akten, »dann kommen Sie beide aus derselben Gosse, habe ich recht?«

»Steinhammerstraße in Dortmund-Lütgendortmund, nahe der Zeche Germania und der Zeche Oespel, Herr Direktor«, sagte Edgar. Als jemand, der ihn jahrelang kannte, erkannte Jürgen auch im Unterton: Noch einmal »Gosse« und es knallt. Direktor hin oder her.

»Gut, schön, kenne ich nicht. Möchte ich auch nicht kennen.« Er schlug Jürgens Akte auf, ohne wirklich darin zu lesen.

»Der Sachverhalt ist besprochen. Und ich möchte dem auch nichts hinzufügen. Sie machen hier eine Lehre, weil sich unser Prokurist für Sie verwendet hat. Der kennt wohl Ihren Vater«, Direktor Martinschledde zeigte auf Jürgen. Der wollte sich nicht wieder »geschwollen« ausdrücken und nickte deswegen lediglich.

»Wissen Sie, ich mag so etwas eigentlich nicht. Vitamin B, Vetternwirtschaft, Klüngel. Und in Ihrem Fall, Miebach, sehen wir ja, was wir davon haben. Aber da Sie ja wohl ein solcher Witzbold und Showman sind: Morgen ist hier die große Bühne gefragt. Bert Riemenschneider hat mich soeben informiert, dass wir Herrn Carol nicht auf seinem Motorroller durch das Erdgeschoss fahren lassen können. Wie es ihm wohl versprochen war.«

»Ehe wir mit der Feuerwehr gesprochen haben«, warf Riemenschneider ein.

Der Gekreuzigte hob sofort die Hand, »Danke, Bert«.

Er setzte sich in seinem großen Sessel etwas nach hinten und ließ mit dieser Bewegung erstmals das Leder knautschen.

»Also, Miebach, dann zeigen Sie uns doch mal, was Sie als Zirkusdirektor draufhaben. Wo ist unsere Manege? Was zaubern wir Schönes für den berühmten Mann, damit denen bei Althoff vor Neid die Kinnlade herunterklappt? Können Sie uns für morgen Mittag etwas ›justieren‹, was meinen Sie?«

Sie hat es mir nicht einmal übel genommen, dass ich so schnell gekommen bin, dachte Jürgen. Der Direktor sprach sehr unangenehm. Als würde er auf etwas kauen, das in seinem Mund größer wurde. Jürgen war den unpassenden Gedanken beinahe dankbar, denn sie legten sich wie eine Schutzhaube über sein Bewusstsein. Er wollte diese Lehrstelle nicht verlieren. Zumal er fest davon überzeugt war, es würde kaum noch weitere selbstvergessene Momente mit Martina geben, wenn er wieder im kurzärmligen Hemd in der Trinkhalle Nappos abzählte. Aber er hatte keine Antwort auf die hässliche Frage des Direktors. Was sollten sie mit einem Schlagerstar machen, außer eine mit ihm rauchen und sich ein Autogramm geben lassen? Jürgen spürte, wie die Röte in seinem Gesicht in ein Glühen überging.

»Wir könnten …«, fing er an und wusste nicht weiter.

»Reden Sie ruhig weiter, Miebach, in Ihrer riesenhaften Gestalt muss ja reichlich Platz für Ideen sein.«

»Wir könnten ihm ein Zimmer im Schaufenster einrichten«, sagte Edgar unvermittelt.

»Was sagen Sie da, Woicik?«, der Direktor drehte den Kopf so starr zu Edgar, als säße sein Kopf auf einem Krangewinde.

»So ähnlich wie die Schallplatte auf Ihrem Tisch. Der Bildhintergrund ist Karmesinrot. Das könnten wir farblich abholen. Mit einem Stoff oder einer entsprechend bemalten Leinwand. Ein Strauß Rosen, natürlich Wein und ein Tisch, an dem Herr Carol dann Autogramme geben könnte.«

»Und von draußen würden alle sehen, was bei uns Tolles los ist. Da kommen die von Althoff sofort angerannt«, ergänzte Riemobert und nickte Edgar grinsend zu. Wieder einmal.

Martinschledde bewegte sich keinen Millimeter.

»Wie soll sich der Mann denn da vorkommen? Ausgestellt wie im Zoo und die Besucher drücken sich die Nase platt. Ich sehe das überhaupt nicht, Bert, auch wenn deine Idee gut ist, sichtbar zu sein.«

»Woiciks Idee, genau genommen. Es darf halt überhaupt nicht aussehen wie ein Käfig«, sagte Riemenschneider, »ich weiß aber auch schon, was wir da machen können. Woicik, Sie haben mir doch erzählt, Sie würden gerne Filmplakate malen. Können Sie uns nicht so einen«, er zeigte auf die Schallplatte, »anbetungswürdigen René Carol in groß malen?«

»Wunderbar«, Edgar wirkte perplex, »aber das dauert natürlich ganz schön lang, und dieses Format …«

»Was soll das heißen ›dauert lang‹? Der Mann kommt hier in 24 Stunden an, da wären ja wohl Bilder von René Carol plus seiner ganzen Familie möglich. Ich fürchte mich nur davor, dass es nachher aussieht, als hätten wir einem dreijährigen Kind einen Malkasten in die Hand gedrückt. Was weißt du, wie gut er malt, Bert«, fragte der Gekreuzigte, zeigte dabei auf Edgar.

»Ich traue ihm das zu«, seufzte Riemobert.

Es entstand wieder diese luftabschnürende Stille. Es war beinahe beruhigend, dass der stockbetrunkene Herrenoberbekleidungs-Schubert leise aufstieß.

Der Direktor beugte sich leicht nach vorn und faltete die Hände auf der Schreibfläche.

»Gut. Was sind wir gesegnet. Das Kaufhaus Horten Dortmund hat mit ihm«, er zeigte auf Jürgen, »einen geborenen Alleinunterhalter. Aber damit nicht genug, Rembrandt geht hier auch in die Lehre.«

Er funkelte die beiden an, als könne er sie auch im Hinterhof auspeitschen lassen.

»Ich kenne solche Brüder wie euch zur Genüge. Wehe, wenn sie losgelassen. Die Gebrüder Leichtfuß, das Leben ein einziger Witz. Ohne Rücksicht auf Verluste. Aber ihr zwei werdet dafür sorgen, dass der morgige Tag ein Erfolg für das Kaufhaus Horten wird. Miebach, Sie folgen diesem Mann auf Schritt und Tritt. Sie machen alles möglich, was er wünscht. Vor allem halten Sie Ihr loses Mundwerk im Zaum. Und Sie, Woicik, Sie verbringen die nächsten Stunden und die Nacht in unserer Werkstatt. Wenn Sie da rauskommen, dann möchte ich nicht viel weniger als Da Vinci sehen. Sind wir uns da einig?«

Edgar hob den Finger, als müsse er sich melden:

»Herr Direktor, heute Abend ist es so …«

»Der Pförtner wird nach Ihnen sehen, damit Sie nicht im Laden klauen gehen. Außerdem sage ich denen in der Kantine Bescheid, dass die Ihnen ein paar Kniften und eine Kanne Kaffee bringen, damit Sie den Pinsel halten können. Haben wir uns verstanden?«

Jürgen und Edgar nickten. Beiden ging es nicht gut.

5. November 1957
Hauptbahnhof Dortmund
17.25 Uhr

Der Zug ruckte an. Sie fuhren aus dem Bochumer Hauptbahnhof hinaus. Die nächste Station war Dortmund, ihr Ziel. Draußen vor allem Novemberfinsternis.

Nelly hatte sich vorgenommen, niemals über das Wetter zu jammern. Sie wollte unter keinen Umständen klingen wie ihre Großmutter, wenn diese über ihre »Wetterfühligkeit« lamentierte. Ein Tag mit tief hängender Bewölkung, der um kurz nach drei Uhr nachmittags schon zur Nacht wurde, setzte Nelly dennoch zu.

Sie freute sich, gleich auszusteigen.

Und sie wollte gerne sitzen bleiben.

Alles war sehr behaglich. Ein recht neuer Waggon. Doppelstöckig. Die Sitze durchweg gepolstert. Über ihr eine Kofferablage. An der Unterseite waren kleine Leselampen befestigt, die beinahe über jedem Sitz eingeschaltet waren. Es herrschte eine Räusperatmosphäre. Keiner sagte etwas. Die lautestmögliche Äußerung, die geduldet wurde, war ein Hüsteln. Männer, die ihre Hüte auf die Ablage gelegt hatten, raschelten mit Zeitungen. Ein hübscher Junge ihres Alters war so in einen Wälzer versunken, dass er sie nicht einmal beim Einsteigen bemerkt hatte. Dafür klebte der Blick der Frau auf ihr, die ihr gegenübersaß und wohl keine Lust auf ihr Strickzeug hatte. Es ist das Licht, das es hier drinnen so angenehm macht, dachte Nelly. So gediegen wie in einer Bibliothek, in der jemand in Strickjacke auf einer Leiter steht und Bücher auf ein Tablett legt. Viel angenehmer als die schrillen Industrielichter, die sie im Vorbeifahren sah. Vorbei an den Walzwerken, an den Kokereien. Nelly fragte sich, warum diese gigantischen Anlagen so hell beleuchtet sein mussten. Es waren nur selten Menschen zu sehen. Trotzdem waren die Hallen aus Backstein und grobem Stahl beinahe taghell beleuchtet. Sobald Wohnhäuser ins Bild kamen, in denen echte Menschen lebten, wurden die Lichter viel kleiner. Der Technik der helle Schein, dem Menschen die Funzel.

Solche Sachen musste sie mit Edgar besprechen. Mit wem denn sonst?

Die Frau starrte gar nicht sie an. Sondern ihren Mantel. Bordeauxrot, zwei Reihen mit runden, großen Knöpfen. Der Offizierskragen, in einem etwas dunkleren Rot. Auch die hochgeschlossene Bluse, die sie darunter trug. Oder das marineblaue Winterkostüm mit dem Bleistiftrock.

Nelly wusste, dass sie in diesen Sachen sehr gut aussah. Das Rot und ihre dunklen Haare. Ihre dunklen Augen, auch mehr als betont durch diesen roten Ton.

Im Spiegel sah sie eine gut gekleidete junge Frau. Alles andere als ein Mädchen. Aber sah sie wirklich sich?

Sie hatte die einzelnen Kleidungsstücke nicht ausgesucht.

Die Schneiderin ihrer Großmutter hatte sie ins Haus gebracht.

»Ich möchte nicht in Geschäften rumstehen und spüren, wie dieser unappetitliche Neid heranbrandet«, hatte ihre Großmutter gesagt, als sie in ihrem Lesesalon ein Kleid anprobierte und der Schneiderin durch Gesten bedeutete, wo es zu ändern war.

Die kann mir sicherlich nicht helfen, hatte Nelly gedacht, als sie die Frau zum ersten Mal sah. »Eine Spanierin, mit unaussprechlichem Nachnamen. Deswegen nenne ich sie Paula.« Ihre Großmutter zeigte auf Paula Echavarria, während sie das sagte. Dicke Strumpfhosen, noch dickere Brillengläser. Ihr Haarband musste aus Metall sein, um ihre dicken Haare zu halten. Als Paula lächelte, schämte sich Nelly auch schon für ihre Arroganz. Ich übernehme schon die üble Haltung meiner Oma, dachte sie. Dann zeigte ihr Paula auch schon den roten Mantel, und Nelly war verzaubert. Sogar ihrer Großmutter verschlug es die Sprache, als sie den Mantel an Nelly sah. Nach einer für ihre Verhältnisse langen Pause sagte sie eher zu sich selbst: »Du bist wirklich ein schönes Kind.«

Nelly sah aus dem Fenster. Trotz des dunklen Novemberabends und des einsetzenden Nieselregens war ihr mittlerweile alles vertraut. Das Tatum-Tatum der Waggonräder auf den Schienen war eine eher leise, aber bedeutungsvolle Untermalung der Bilder, die sie durch das Fenster sah.

Bochum-Langendreer, wieder Häuser, die sich kleiner machten. Ein Stahlwerk, das sich auf die Brust trommelte. Sie würden gleich den Bahnhof Dortmund-Lütgendortmund durchfahren. Der ein wilhelminisches Gymnasium sein könnte. Mit seinem Prachtdach und den riesigen Fenstern. Ihr Zug war ein Schnellzug und würde dort nicht anhalten. Aber gleich fuhren sie oben an Monaco vorbei. Auf dem Bahndamm, der Edgar und ihr gehörte.

Sie war aufgestanden, um womöglich den kleinen Vorsprung zu sehen. Schade, klappte nicht. Sie setzte sich wieder. »Sie sind Schauspielerin, oder? Ich habe Sie doch im Grillo-Theater in Essen gesehen, richtig?«

Nelly fand, dass die Stimme der Frau mit dem Strickzeug schön klang. Trotz ihres Starrens.

»Ja, stimmt. Ich spiele die ›Barfüßige Gräfin‹«, antwortete Nelly. Damit konnte diese offenbar sehr kunstsinnige Frau nichts anfangen. Wahrscheinlich unter ihrem Niveau. Der amerikanische Kinofilm, nach dem die Mischpoke in der Steinhammerstraße ihre Mutter genannt hatte. Ein

Kompliment, denn sie sagte damit, ihre Mutter hätte Ähnlichkeit mit Ava Gardner.

Die Frau nickte zufrieden.

»Danke«, sagte Nelly, »ich wünsche Ihnen noch eine gute Reise.«

»Nur noch bis Osnabrück«, sagte sie kichernd, während sich Nelly schon nickend auf den Weg zur Tür machte.

Sie hatte sich schon zweimal versichert, alles mitgenommen zu haben. Ihre Tasche. Aber vor allem das Geschenk für Edgar. Eine übergroße Ledermappe für seine Bilder.

Für irgendwas musste das Geld ihrer Großmutter schließlich gut sein.

5. November 1957
Kurz nach 17 Uhr
Café Corso
Nelly

Die Kellnerin hatte sie soeben zu »Herrschaften« erklärt. »Die Herrschaften wünschen?«, hatte sie gequäkt.

Viel zu jung, um hier zu sitzen. Im feinsten Café der Stadt. Nelly kannte das »Corso« nur aus Erzählungen in der Steinhammerstraße. Gebaut aus Neid und den schönsten Blüten der Fantasie.

Die Reichen würden dort ständig Champagner trinken. Oder Krabbencocktails essen. Aber »die müssen auch alle auffem Klo«, lautete meistens das Happy End dieser Geschichten.

Jetzt saßen sie hier. Die 17-Jährige in Klamotten, von denen sie nicht einmal wusste, was sie kosteten. Der 17-Jährige, den sie noch in Lederhosen und mit aufgeschlagenen

Knien kannte, in einem leicht altersspeckigen, aber gepflegten Anzug. Mit einem Krawattenknoten unter dem Gesicht, das so liebenswert sein konnte. Wenn es nicht von einer inneren Schlechtwetterfront bedeckt war. So wie jetzt.

Sie wusste nicht, was mit Edgar los war. Was war er? Mürrisch? Traurig? Nervös? Aber irgendwas stimmte nicht mit ihm. Am Bahnhof hatte er sie so fest in die Arme geschlossen, dass ihr beinahe die Luft weggeblieben war. Es hatte sie auch im besten Sinne aufgeregt.

»Die Nase ist gut geworden. Man sieht gar nichts.« Sie zeigte auf sein Gesicht und versuchte es mit einem Lächeln.

Edgar nickte, sah sie an. Zündete sich eine Zigarette an und wurde dadurch noch etwas erwachsener. Als wäre es schon so weit, dass irgendwo Leute auf ihn hörten.

»Und wie geht es mit deiner Oma? Ist es sehr schlimm?«, fragte er.

»So als würde ich mit Frau Wichmann zusammenwohnen!«

Edgar lachte auf, wie Nelly es kalkuliert hatte.

Frau Wichmann war irgendwann »wunderlich« geworden, wie die netteren Leute in der Steinhammerstraße sagten. »Die Alte muss am Stuhl festgebunden werden. Ist eine Gefahr für sich und andere«, hatte Nelly Jupp bellen hören. Frau Wichmann hatte mehrfach vor ihre eigene Haustür gepinkelt und war im Nachthemd ohne Zähne im Einkaufsladen aufgetaucht.

»Hat deine Oma auch ein Holzgebiss?«, fragte Edgar grinsend.

Der Schäbbige hatte das Gerücht in Umlauf gebracht, Frau Wichmann hätte bei ihren dritten Zähnen gespart.

Nelly schüttelte den Kopf.

»Nein, aber ich wünschte, sie hätte nur Goldzähne. Damit alle sehen könnten, wie böse sie ist.«

»Ist sie denn wirklich so böse?«, fragte Edgar.

»Möchtest du bei ihr wohnen?«, schnappte Nelly.

»Nein, aber du siehst so toll aus. Das muss doch mit dieser Frau zu tun haben, oder mindestens mit ihrem Geld.« Seine Frage war schlüssig. Aber Nelly spürte dennoch, dass er mit den Gedanken woanders war.

»Ich kann es nicht ändern, ich muss bei ihr leben. Daraus versuche ich, das Beste zu machen. Gehe dem Streit aus dem Weg. Ich reagiere nicht, wenn sie über Politik spricht und klagt, dem deutschen Volk sei so viel Unrecht angetan worden. Sie hat gesagt, ich soll Englisch lernen. Das mache ich jetzt. Mit richtig Tempo, weil ich Lust dazu habe. Sie hat gesagt, ich soll in die Tanzschule gehen. Das mache ich nicht. Außerdem«, setzte Nelly an und fand die Stimmung ganz, ganz schlecht, um die Hamburg-Sache aufs Tapet zu bringen. Lieber noch nicht. Einen Moment warten.

Zum Glück unterbrach die Kellnerin, die nicht gut roch, aber bestimmt ansonsten ein guter Mensch war.

Als sie die Kaffeetassen abstellte, nickte ihr Edgar zu. Meinte damit, sie könne gehen. »Sie wollen gar nichts essen?«, fragte die Kellnerin gedehnt.

»Möchtest du?«, gab Edgar die Frage weiter.

»Nein«, lächelte Nelly der Kellnerin entgegen. Sobald sie außer Hörweite war, sprach Nelly weiter: »Weil ich noch nicht einmal weiß, wie du hier in der edlen Hütte die beiden Kännchen Kaffee bezahlen willst.«

»Für Essen hätte ich nicht genug Geld gehabt. Du hättest irgendwas Wichmann-mäßiges machen müssen, um uns die Flucht zu ermöglichen«, er zeigte auf die Standuhr im hinteren Bereich des Raums, »zum Beispiel an den Glockenturm da hinten pullern.«

Zum ersten Mal lachten sie gemeinsam. Für einen Moment, den Nelly ganz und gar süß fand, stand ihnen keine Krawatte und kein Bleistiftrock im Weg.

Edgar trank von seinem Kaffee. Nervös, fand Nelly. Er war nervös.

»Was sollte nach dem ›außerdem‹ kommen, gerade eben? Was machst du ›außerdem‹, was hast du vor?«

Er hörte ihr immer ganz aufmerksam zu, deswegen war er ihr Edgar. Besser für den Verlauf des Abends wäre aber gewesen, er hätte einmal nicht so gut zugehört.

Sie trank. Verstand in diesem Moment, was für ihre Mutter leichter wurde, wenn sie Weinbrand trank. Ein Cognac in einem riesengroßen Schwenker würde sowieso fabelhaft in dieses Café passen.

»Ich gehe nach Hamburg«, sagte Nelly und sah auf ihre Finger.

»Wie meinst du das?«, fragte Edgar.

»Meine Großmutter hat entschieden, dass ich eine Lehre in Hamburg mache. Ich werde Sekretärin. Sie hat mir eine Lehrstelle bei Montblanc besorgt. Bei dieser tollen Füllerfirma.«

Edgar sah ins Leere und zündete sich schon wieder eine Zigarette an. Er schnipste nach der Kellnerin. Wie beim Aufzeigen in der Schule. Er bestellte einen Weinbrand. »Was für einen, der Herr?« – »Einen, der billig ist.« Seine Miene sagte deutlich, er würde nicht zum Feiern trinken. Die aufkommende Wut in ihm, die Entschlossenheit zum Suff, die abgeschaltete Freundlichkeit. In diesem Moment war Edgar in Nellys Augen überhaupt kein Freund mehr. Diese Art kombinierte ihn für sie zu einem Fremden. Unangenehm, aber auch ungewohnt attraktiv. War das nur herrisch oder doch der Mann in ihm?

»Aber was willst du da? Du kennst doch keinen in Hamburg. Wo willst du denn leben?«

»Wen kanntest du im Kaufhaus Horten?«

»Das ist was anderes. Ich bin doch abends wieder zu Hause.«

»Gerne wieder zu Hause?«

»Das ist doch jetzt egal. Ich haue aber doch nicht einfach irgendwohin ab.«

»Was soll ich denn nach deiner Meinung nach tun? Ich darf nirgends einfach machen, was ich will. Du übrigens auch nicht. Ich hasse das Wort, aber wir sind Minderjährige.«

»Zieht deine Omma mit dir nach Hamburg? Hat die da auch ein Schloss?«

»In Mülheim hat sie auch kein Schloss. Sondern ein großes hässliches Haus. Nein, sie zieht nicht mit. Ich soll dort mit Theo zusammenwohnen.«

»Was?« Edgar kippte den Weinbrand hinunter, wie sie es zusammen in Filmen gesehen hatten. Verzog dann aber das Gesicht, ohne es zu wollen. Jetzt wieder kleiner Junge.

Er hatte von »Wutbällen« gesprochen, die er manchmal im Bauch spürte. Was das sein konnte, erkannte sie jetzt in seinen Augen. In seinem Gesichtsausdruck. Beängstigend, fand Nelly. Sie nahm sich vor, ihn nicht zu reizen.

»Meine Hoffnung ist, dass ich dort in Hamburg die Lehre mache. Und dass meine Oma mich, wenn ich das gut gemacht habe, wirklich und amtlich den Laden in der Steinhammerstraße führen lässt.«

»Das glaubst du doch selber nicht«, Edgar winkte ab.

»Was willst du eigentlich, Edgar? Was soll ich denn tun? Du hast doch deine Lehrstelle. Hast du andere Pläne für mich?«

»Ach, das ist schon das Beste, was dir einfällt, echt?« Er wurde rot im Gesicht und immer lauter. »Die junge Frau Gräfin hat keine Lehrstelle, also huscht sie bei Omi unter die Decke. Geht dahin, wo sie eigentlich wirklich hingehört, zu den reichen Lackaffen. Dann kommst du hier hin, angezogen wie eine Prinzessin, und verteilst Almosen an die Asis, mit denen du früher mal zu tun hattest.« Er warf ihr die Ledermappe, die ihm ganz offensichtlich richtig gut gefiel, auf den Boden. »Weißt du, was du mich mal kannst?« Den letzten Satz hatte Edgar gebrüllt.

Nelly spürte, wie sie zitterte.

Sie konnte nicht richtig wütend werden. Als wäre die Traurigkeit die größere Welle, gegen die sie sich nicht wehren konnte. So fühlte es sich an. Sie hatte den Oberkellner nicht kommen hören. Er stand plötzlich an ihrem Tisch. Mindestens vierzig, eher fünfzig Jahre alt. Ganz starkes Rasierwasser, Hände wie Schaufeln und einen bedrohlich wirkenden Schmiss im Gesicht. Die Haare streng nach hinten pomadisiert.

»Gibt es hier ein Problem, junger Mann?«, fragte er leise in Edgars Richtung.

»Was willst du denn, du Gesichtsbaracke. Geh sterben!«, pflaumte der zurück.

Der Oberkellner beugte sich über Edgar und zischte ihm etwas zu, das Nelly nur teilweise verstehen konnte.

Es war aber von »verwemsen« und »du kleines, aufgeblasenes Würstchen« die Rede.

»Verzeihen Sie bitte«, sagte Nelly. Sie tastete nach dem Arm des Oberkellners, über dem ordentlich das kleine, weiße Geschirrtuch lag. Berührte ihn allerdings nicht. Mittlerweile ging Nelly der gepuderte Tonfall ihrer Oma leichter über die Lippen.

»Wir diskutieren manchmal etwas hitzig. Bitte entschuldigen Sie. Wir hätten gerne die Rechnung und dann sind wir Ihnen auch aus den Füßen. Ganz herzlichen Dank.«

»Das freut mich zu hören, gnädiges Fräulein. Aber Sie schulden uns gar nichts, wenn Sie jetzt gleich gehen«, sagte der Oberkellner sonor und hielt den Blick auf Edgar gerichtet.

Dann trat er vom Tisch zurück, griff an der Garderobe nach Nellys Mantel und half ihr hinein. Edgar nahm seinen Hut, legte sich den Mantel über den Arm und bückte sich nach der Mappe.

5. November 1957
Dortmund Innenstadt
Kampstraße
Kurze Zeit später
Edgar

Es war wie immer, nachdem ein Wutball explodiert und er damit nicht allein gewesen war. Sondern andere Leute Zeugen des Knalls geworden waren. Wichtige Leute. Oder sogar die Wichtigste überhaupt.

Edgar schämte sich. Es war ihm selbst schon peinlich, wenn er vor seiner Mutter die Beherrschung verlor. Aber vor Nelly?

Heute konnte er sich ein bisschen besser verstehen, als wenn es sonst passiert war. Er kannte diesen Thilo nicht. Deswegen ließ er sich noch besser hassen. Ein reiches Muttersöhnchen mit glatten Fingern, die noch nie hatten fest anfassen müssen. Jemanden, dem tagaus, tagein Puderzucker in den Hintern geblasen wurde. Im Gespräch mit sich selbst hörte Edgar selbst den bekannten Klang heraus. So sprach Jupp. Wieso blies auch seine innere Stimme Puderzucker?

Nelly ging neben ihm her. Kein Wort mehr, seitdem sie das Café Corso verlassen hatten. Eigentlich musste er sich beeilen, denn er hatte beim Bild von René Carol bisher nur den Hintergrund grundiert. Für das Bild selbst würde er die Nacht brauchen. Müsste er Nelly eigentlich erklären.

Er schlug den Weg zum Hauptbahnhof ein. Wahrscheinlich würde sie gleich zurückfahren wollen. Warum sollte sie sich anschreien lassen?

Sie gingen durch die Passage, die nach dem Café Corso hieß. Das Klacken vieler Absätze war auf den edlen Fliesen zu hören. Mäntel, Hüte, Hosen, die Regenschirmspitzen, die mancher mit einem Tack aufsetzte, um den eigenen Gehrhythmus zu untermalen. So viele Leute. Aber Nelly war nicht wie die anderen. Für ihn war sie ein Geschöpf aus einer anderen Welt. Der rote Mantel in Kombination mit dem dunklen Brünett ihrer Haare. Die geschminkten Lippen, die er noch nie bei ihr gesehen hatte. Ihr aufrechter Gang, mit dem sie von ihm wegging. Wohin auch sonst? Sie war etwas anderes geworden. Etwas, das er nicht aus der Steinhammerstraße kannte. Aber was? Und so schnell?

Sie drehte sich zu ihm um.

»Wenn du nicht weiter schreist, lade ich dich zu einem richtigen Essen ein. Du kannst auch ein Schnitzel nehmen.«

Er sah sie überrascht an. Was sie auch als ratlos verstehen konnte.

»Geht nicht«, sagte er kleinlaut. Sah jetzt auf seine Schuhe. Er schämte sich noch mehr, weil er merkte, wie ihm die Tränen kamen. Die Vorfreude, sie wiederzusehen. Die Pläne für den zugegebenermaßen fiesen Keller im Haus gegenüber. Ihr atemberaubendes Geschenk. Und er, der alles kaputt gemacht hatte. Darunter, wie ein ungutes Brummen, die Forderung des Direktors, in wenigen Stunden ein Schaufenster für diesen Schmusesänger zu gestalten, damit halb Dortmund die Spucke wegblieb.

Er hielt den Kopf gesenkt, weil sie ihn nicht weinen sehen sollte.

Sie stellte sich ganz nah zu ihm. Er roch den Stoff des Mantels. Er roch sie. Sie strich ihm über den Hinterkopf. Wie sie es schon so oft getan hatte, wenn es Stress mit Jupp gegeben hatte.

»Ich weiß, dass du nicht weinst«, sagte sie, »denn du weinst nie.« Sie strich weiter über sein Haar. Mittlerweile lag sein Kopf auf ihrer Schulter und er hatte sie in den Arm genommen.

»Du bekommst etwas ins Auge, dann kommt womöglich eine Träne. Weinen tue nur ich, weil ich ein Mädchen bin.« Er spürte ein Lächeln. Dieser Sänger sollte sich selbst malen. War Edgar doch egal. Er würde so stehen bleiben. Nelly im Arm haltend. Kein Thilo, kein Hamburg, einfach nur stehen. Ihren Duft riechen.

»Warum kannst du nicht mit mir essen gehen? Du musst dir wegen des Geldes keine Sorgen machen. Meine Oma ist kurzsichtig und eitel. Deswegen setzt sie keine Brille auf. Sie hat mir allen Ernstes einen 20-Mark-Schein für diesen Ausflug gegeben. Die können wir verkloppen, mein asozialer Freund.«

Edgar lehnte sich zurück und sah sie an. Durch die Tränen strahlten seine Augen.

»Bin ich noch dein Freund?«, fragte er.

»Gezwungenermaßen, ich habe keinen anderen«, sagte Nelly. Das Lächeln der Krankenschwester Ramona hatte zwischenzeitlich in seiner Hitparade die Führung übernommen. Das hatte nur passieren können, weil Nelly ihn schon viel zu lang nicht mehr so angesehen hatte.

Edgar erzählte ihr von dem Besuch des Sängers am kommenden Tag und was er in seiner Werkstatt zu tun hatte.

»Und du sagst, es gibt dort Kaffee?«

»Soll der Pförtner bringen. Und Stullen. Hat der Direktor gesagt.«

»Ist dort Damenbesuch verboten?«

»Es ist eine Werkstatt. Der Chef der Werkstatt ist ein Mann.« Edgar wusste nicht, ob er das noch ergänzen musste.

Nelly zuckte mit den Achseln. Das meinte »Und?«.

»Er ist ein sehr freundlicher Chef, wirklich sehr freundlich. Aber er ist auch ein komischer Mann. Vielleicht gar kein richtiger Mann.«

»Ich verstehe dich nicht, Edgar«

»Er ist andersrum«, murmelte Edgar, beinahe durch die Zähne.

»Du meinst, er liebt Männer, habe ich das richtig verstanden?«

Edgar nickte.

»Aber was hat das damit zu tun, ob ich eure Werkstatt sehen darf? Hasst er Frauen?«

»Ganz und gar nicht«, antwortete Edgar rasch, »wenn Riemobert, so heißt er, Jupps Laden leiten würde, wäre die Bude voller Frauen, die von ihm charmant angesprochen werden wollten.«

Edgar nahm ihre Hand.

»Weißt du was, wir gehen einfach hin. Er ist wahrscheinlich sowieso nicht dort. Und wir haben den ganzen Abend für uns.«

6. November 1957
Dortmund
Werkstatt des Kaufhauses Horten
Früher Morgen
Edgar

Die große Uhr an der Wand zeigte an, dass es kurz vor zwei war.

Die Werkstatt war Riemoberts Reich. Alles sah ganz anders aus als in den sonstigen Bereichen für das Personal des Kaufhauses.

Sie arbeiteten in dieser Werkstatt mit allen möglichen Materialien, die in Schränken aus einem feinen Holz aufbewahrt wurden. Sie konnten es ganz hell machen, um wirklich jedes Plakat, jedes Foto genau ansehen zu können. Es gab aber auch kleinere Lampen, die den Arbeitsraum in ein »Atelier« verwandelten, wie Riemobert es immer mit großer Geste nannte. Tageslicht gab es keins. War eben nicht die Chefetage. Dafür eine Sitzgruppe und Riemoberts Schmuckstück – ein mannshoher Kühlschrank. Für Sekt. Für Käse. Für alles andere, was Bert Riemenschneider brauchte und niemals in der Kantine finden würde. Sogar Cola. Edgar wusste nicht nur, wo sein Chef die belgischen Pralinen aufbewahrte. Er konnte auch sicher sein, sich davon nehmen zu dürfen.

Auf dem kleinen Tisch vor Nelly lag eine halb leere Schachtel. Sie hatte großen Hunger gehabt.

Mittlerweile schlief sie. Der wunderschöne Mantel schien robust zu sein, denn er diente ihr als Kopfkissen. Ihre Pumps, die vor dem Sofa lagen, waren wirklich nagelneu. Innen ließ sich das Markenschild noch genau erkennen. Weniger perfekt war sie wieder sehr viel mehr seine Nelly aus Monaco am Bahndamm.

Edgar hätte sich gerne neben sie gelegt. Dabei war er kein bisschen müde. Und René Carol hatte noch nicht genug Schatten im Gesicht. Edgar hätte nie gedacht, dass sein Traum so schnell in Erfüllung gehen würde. Ein Filmplakat. Von ihm gemalt. Er war noch nicht ganz 17 und wusste ganz genau, worum es in seinem Leben ging. Um Nelly und ums Malen. Völlig fraglos war das so.

Nelly hatte ihm alles erzählt. Warum Hamburg. Wieso mit diesem Thilo. Er mochte es immer noch nicht. Ihre Oma hatte aber auch in den Raum gestellt, sie könne sie mit ihren Kontakten in einer Altenpflegeschule unterbringen. »Das ist fast wie Kloster«, hatte Nelly fast geschrien, so hatte sie sich reingesteigert.

Während sie das erzählte, hatte er René Carol auf seinem Skizzenblock vorgezeichnet. Wie er es in einem Buch über Alte Meister gefunden hatte. Vorzeichnungen von Rembrandt. Eine Schulter. Ein Teil des Gesichts. Edgar hatte in den vergangenen zwei Monaten so viel über Malerei und Künstler gelesen wie nie zuvor. In der Nähe der Sitzgruppe stand ein Regal mit unzähligen, teilweise höchst wertvollen Kunstbüchern. Manche fremdsprachig. Aber mit fantastischen Farbfotografien.

Von Riemobert auf Kosten von Horten angeschafft. »Warum sind die alle wie neu?«, hatte Edgar gefragt, als er die Schätze zum ersten Mal sah.

»Hier arbeiten Schauwerbegestalter. Wie Sie einer werden, Woicik, wenn Sie sich nicht blöd anstellen. Und die meisten sagen sich: Warum soll ich was über William Turner, den Meister des Lichts, lesen, wenn ich letztlich nur einer Schaufensterpuppe ein keckes Hütchen auf den Plastikkopf stecke. Genießen Sie es dennoch, Woicik. Nur vergessen Sie bitte nicht: Wir machen hier keine Kunst, wir sind Einzelhandel, capito?«

Die größte Herausforderung des heutigen Abends war keine malerische gewesen. Sondern den Pförtner zu überzeugen, Nelly bei ihrer Oma anrufen zu lassen. Der Mantel und der ganze Aufzug half. Edgar beantwortete die vielen neugierigen Fragen des Mannes nach dem anstehenden Besuch von René Carol. Der Pförtner ließ Nelly zwar ans Telefon, summte aber im Hintergrund leider seine Version von »Rote Rosen, rote Lippen, roter Wein«, während Nelly der Angestellten ihrer Oma die Lügengeschichte von einer Freundin ihrer Mutter auftischte – Tante Ulla –, bei der sie übernachten würde.

Edgar brauchte keine Ausrede, um nicht nach Hause zu kommen. Jürgen würde seiner Mutter etwas von »Nachtschicht« sagen. Schicht war immer gut. Heilige Arbeit. Zu jeder Zeit des Tages.

Vielleicht würde Nelly gar nicht wegfahren. In dieses Hamburg. Für den Moment war sie hier. Bei ihm. Das war so viel stärker als irgendwelche Pläne, die eine alte Frau aus Mülheim für sie gemacht hatte. Er trank von seinem Rum. Der Weinbrand vorhin im Café Corso hatte ihm sehr unangenehm im Hals und in der Brust gebrannt. Dieser braune Rum könnte sein Freund werden.

6. November 1957
Dortmund
Werkstatt des Kaufhauses Horten
Gegen 7 Uhr am Morgen
Edgar

»Es muss noch trocknen. Und das dauert. Sagt der Kurt«, Edgar hatte sein Jackett angezogen, weil ihm irgendwann kalt geworden war. Das gab ihm jetzt aber die Gelegenheit, etwas nachzuahmen, was ihm an Riemobert so gut gefiel. Der steckte seine Hand nicht in die Hosentasche. Sondern in die Tasche des Jacketts.

»Wer ist Kurt?«, fragte Nelly. Sie hörte ihm nicht wirklich zu, war noch schläfrig und fixierte irgendeinen Punkt im Raum. Nicht Edgar. Aber auch nicht sein Bild.

Dabei ließ sich schwer daran vorbeisehen. Es brauchte zwei Staffeleien.

»Kurt Wehlte ist der Mann, der die Anleitung für Ölmalerei geschrieben hat. Viele Künstler haben seinen Rat gesucht. Oder suchen ihn noch. Wie Otto Dix oder George Grosz.«

»Du kennst Leute«, sagte sie und gähnte. Schloss noch einmal die Augen. »Wo ist denn hier ein Klöchen?«

»Ach bitte«, sagte Edgar. »Klöchen« war ein Jupp-Zitat. Der ließ dann meistens unappetitliche Toiletten-Anspielungen folgen. Als sie zurückkam, roch Edgar den Duft der Seife. Selbstverständlich aus Riemoberts Sortiment. Nichts, was sich in den anderen Toiletten fand.

»Das isser doch, der Schmusesänger, der heute vorbeikommt«, sagte Nelly, als sie vor dem großen Bild stand. »Du hast doch gesagt, du musst den erst noch malen, Edgar.«

»Habe ich ja auch. Das ist mein Bild.«

Nelly ging zwei Schritte zurück. Ohne an die kopflose Schaufensterpuppe zu stoßen, die mit Schmuck behängt und vom Gekreuzigten zum Umdekorieren zurückgeschickt worden war. Mit dem auf einen Notizzettel geschriebenen Arschtritt: »Ekelhaft frivol«.

»Edgar Woicik«, sagte Nelly. Sie nickte und lächelte eigenartig. »Ich könnte mir vorstellen, dass du begabt bist«, sagte sie dann leise.

»Es gefällt dir?«, fragte er.

»Es haut mich aus den Schuhen.«

»Dann zieh dich aus. Damit ich spüren kann, dass deine Bewunderung auch wirklich ernst gemeint ist.« Sie bügelte ihn nicht mit einem Spruch ab, sondern sah ihn an. War das ein Lächeln in ihrem Gesicht? Oder was war das für ein Blick? Sie nahm seinen Kopf in beide Hände und küsste ihn auf eine Weise, wie er es noch nie erlebt hatte. Er bekam eine Gänsehaut, die er auf diese Weise auch nicht kannte. Die Reaktion in seiner Hose war so abrupt wie nie am späten Abend allein in seinem Bett. Er fuhr mit der Hand über ihren Rücken, spürte ihre Brust und war von der Gier, die ihn überkam, befremdet. War das noch er? Wurde er jetzt zum Werwolf, oder was war hier los?

»Ich muss jetzt zum Bahnhof«, sagte Nelly.

»Ja«, antwortete er betreten.

Keine Stunde später sah er auf dem Dortmunder Hauptbahnhof einem Zug hinterher. In Hamburg besuchen, irrer Abend, du hast was, du kannst was, du bist was. Was sie alles noch gesagt hatte, vermischte sich in ihm zu einem Durcheinander, das er kaum entwirren konnte. Sie hatte viel und schnell geredet. Er hatte gar nichts mehr gesagt. Hatte nicht gewusst, was.

6. November 1957
Dortmund
Steinhammerstraße
Wohnzimmer der Familie Woicik
Edgar

Inge hatte die Karte an ihre Tasse mit dem Hagebuttentee gestellt.

Im Radio lief ein Wunschkonzert.

Sprach für die Laune von Jupp. Wenn beim Essen das

Radio spielen durfte, lag ihm nichts ungut auf dem Gemüt.

Sie aßen einen Bohneneintopf, der Edgar wie immer nicht schmeckte. Um nicht aufzufallen, nahm er immer wieder einen Löffel.

»Gibt es denn bei Horten irgendeinen Ort, wo du dich dann nachts mal ausruhen kannst?«, fragte seine Mutter.

»Der soll da doch arbeiten. Da wird keiner fürs Ausruhen bezahlt«, maulte Jupp mit halb vollem Mund.

Nelly hatte auf dem Sofa gelegen. So ungekannt schön. In einer ganz, ganz anderen Welt als diesem zu kleinen Tisch, an dem sie sich zwar alle gegenüber, aber trotzdem beinahe Schulter an Schulter saßen. Was sollte ihm ein Bohneneintopf für Glücksgefühle geben, nach diesem Kuss? Danach war die ganze Welt doch nicht mehr die gleiche.

Der Sprecher des Wunschkonzerts klang, als würde er eine samtene Jacke tragen, nachdem er lange in einem Schaumbad gesessen hat: »Freuen Sie sich nun auf das RIAS-Tanzorchester unter der Leitung von Werner Müller. Für alle, die zu Hause mittanzen wollen, es ist ein Swing-Foxtrott und heißt ›Halt, bitte bleiben Sie doch stehen‹.« Na bravo, dachte Edgar, mein Lied. Bleib stehen, Penelope.

»Und, kannst du denn nun ausruhen, wenn du Nachtschicht machen musst?«, fragte seine Mutter erneut.

»Nein, eigentlich nicht. Aber es gibt eine Art Sitzgruppe in unserer Werkstatt.«

»Das habe ich mir gedacht«, fuhr Jupp dazwischen, »eine einzige Eierschaukelei, der Saftladen von dem feinen Herrn Horten.«

»Jetzt guckt doch endlich mal, was der Edgar mir mitgebracht hat.« Inge hielt die Autogrammkarte von René Carol hoch.

»Aha, wo hast du die denn bei euch gefunden? Ist ein wirklich schöner Mann«, sagte Friedel.

»Ja, kein Wunder«, Jupp schmatzte vernehmlich, denn er sprach mit vollem Mund. »Im Fronttheater kann man sich auch nur beim Sturz von der Bühne verletzen. Und gut schön bleiben.« Er schloss mit einer wegwerfenden Handbewegung. In juppscher Sprache bedeutete das: Geh mir weg mit dem.

»Aber der Name ist schön, René Carol. Ich hätte dich lieber René nennen sollen, mein Junge«, sagte sie und tätschelte Edgar die Hand.

»Friedel, du bist aber auch leicht hinter die Fichte zu führen. Wie alt willst du denn noch werden, bis du mal was hinterfragst? Der heißt mit richtigem Namen irgendwas mit Gerd oder Rüdiger. Und der echte Nachname ist ein richtiger Paselakkenname. Nach der Gefangenschaft bei den Froschfressern hat der sich umbenannt. Wenne mir nicht glaubst, dann geh rüber in Salon und guck inne Illustrierte nach. Da liegt die Quick doch überall rum.«

»Wer frisst Frösche?«, fragte Inge dazwischen.

»Niemand«, antwortete ihre Mutter.

»Er hieß Gerhard und kommt aus Berlin. Mit Nachnamen Tschischnitz, also kein richtig arischer Name wie Woicik.« Edgar nickte abfällig in Jupps Richtung. »Erst Mechanikerlehre bei Telefunken. Als er 14 war, ist schon aufgefallen, wie gut der singen kann. Dann Krieg, Gefangenschaft, Flucht nach Paris. Auftritt in kleinen Theatern. Da hat er sich von irgendeinem Halunken Papiere auf den Namen René Carol besorgt.«

»Guck mal, was hier steht«, rief Inge wieder und saugte ein bisschen Luft nach. November war für ihre angeschlagene Lunge ein sehr schwieriger Monat. Sie hielt die Karte hoch wie einen Gral. »Da steht nämlich ›Für die liebe Inge‹, da staunt ihr, was?«

»Das steht da ja wirklich«, sagte seine Mutter, die ihre Brille aufgesetzt hatte, um den Schriftzug entziffern zu können.

»Und sein Name und das Datum von heute. Hast du den etwa persönlich getroffen, Edgar? Hast du irgendwas mit dem berühmten René Carol zu tun gehabt, oder war das nur ein Doppelgänger?«

Die Stimme seiner Mutter klang plötzlich ungewohnt. Edgar konnte sich mit einem Mal vorstellen, dass sie irgendwann ein junges Mädchen gewesen war.

»Er war bei uns im Kaufhaus. Hat dort Autogramme gegeben und drei Lieder gesungen.«

»Da wäre ich froh, wenn das bei mir auch reichte. Meinen Namen schreiben und ein paar Minuten auf dem Kamm blasen.« Jupp hatte die Arme vor der Brust verschränkt und suchte offenbar mit der Zunge nach Eintopfresten in den Zähnen.

Friedel winkte ab.

»Wie war der denn so? Warst du in seiner Nähe? Was hast du denn gearbeitet?«

»Hauptsächlich hat der Jürgen sich um ihn gekümmert.«

»Unser Jürgen?«, fragte seine Mutter sofort zurück, »der Jürgen Miebach?«

»Ja, mein Freund Jürgen, der vom Direktor abgeordnet war, sich um René Carol zu kümmern.«

Er hätte hinzufügen können: Zu dem wir jetzt alle René sagen dürfen. René hatte beim besten Willen nicht gewusst, wo er war. Bei seinem Lied »In der Taverne von San Remo« kannte er große Teile des Texts nicht. Das war so auffällig, dass der Gekreuzigte zuerst grimmig vor sich hinstarrte. Als es dann immer peinlicher wurde und sogar die eigentlich begeisterten Kundinnen begannen zu hüsteln, hatte er den armen Riemobert angefunkelt. Edgar hatte »Na warte« in diesem Blick gelesen. Da wirklich alle froh waren, als sie den berühmten Mann »zum Ausruhen« wieder in die Pension Nölle an der Brückstraße verfrachtet hatten, kam niemand dazu, Edgars Bild zu würdigen. Selbst Jürgen war zu aufgeregt, um etwas zu sagen.

»Er war sehr nett und kein bisschen eingebildet oder so was«, sagte Edgar und legte den Löffel so leise auf den Teller, als hätte er im Café Corso eine Rinderbrühe gegessen. Er wollte feiner werden. Er musste feiner werden, wenn er in Nellys Leben passen wollte.

»Das ist ja ganz wunderbar. Und du warst nur in Begleitung von Jürgen, oder was war deine Aufgabe?«, wollte seine Mutter wissen.

»Mehr oder weniger. Wir haben ein Schaufenster gestaltet, in dem es nur um ihn geht. Ich habe den Hintergrund gemalt.«

»Das ist doch ganz, ganz toll!« Für seine Mutter hatte die Geschichte ihr Ende gefunden.

»Ist das schön geworden, was du gemalt hast? Kann ich das sehen?«, fragte Inge, die gebannt zugehört hatte.

»Das Schaufenster bleibt noch ein paar Tage so. Ich weiß aber nicht, ob du es bis dahin in die Stadt schaffst. Es ist aber ein sehr schönes Bild geworden«, sagte Edgar und strich seiner Schwester über die Wange.

Heute war er zu müde. Aber morgen würde er Nelly wieder zu sich holen. Wenigstens ein bisschen.

27. Dezember 1957
Hamburg-Grindelviertel
Nelly Tillmann an Edgar Woicik

Mein wunderbarer Edgar,

Dein Bild hat mich umgehauen.
Könnte ich mich so im Spiegel sehen, wie Du mich wahrnimmst, dann wären viele Tage der reine Tanz.

Mit einem solchen Geschenk hatte ich wirklich nicht gerechnet.
Alles an dem Bild ist so zart. Du hast Buntstifte mit Wasser vermalt, um diesen Aquarelleffekt hinzubekommen. Stimmt das? Oder bin ich wieder nur ein Schlaumeier?

Ich habe mich zuerst gewundert, überhaupt nichts von Dir zu hören. Nach dem tollen Abend in Deiner Werkstatt. Ist das nicht ein herrliches Papier, das ich Dir geschickt habe? Leute, die mit so was Geschäfte machen, gehören jetzt zu meinem Alltag. Papierverkäufer. Hersteller von Büromappen. Spezialisten für Schreibblöcke.
Zeichenblöcke übrigens auch. Wenn ich da für einen Freund fragen soll, mache ich das sofort.

Wir haben gewissermaßen zusammen Weihnachten gefeiert, Du und ich. Ich hatte die Wohnung hier in Hamburg für mich. Warum Thilo nicht da war, ist eine andere Geschichte. Die muss ich Dir irgendwann einmal persönlich erzählen. Kann ich nicht aufschreiben.

Der Alten in Mülheim habe ich erzählt, ich müsse arbeiten und könnte leider, leider, leider nicht kommen. Was nicht einmal komplett gelogen war. Denn ich war auch heute in der Firma.

Ich hoffe sehr, dass ich spätestens im Februar meine Mutter besuchen kann. Einmal habe ich schon mit ihr telefoniert. Allerdings klang sie, als würde sie durch einen Schleier sprechen. Wenn ich manchmal nachts wach werde, kann ich nicht mehr einschlafen, weil ich mir vorstelle, wie sie aus meiner Mama ein Tabletten-Gespenst machen. Ich kann Dir nicht sagen, wie ich diese alte aristokratische Kröte hasse, dass sie die eigene Tochter in einer solchen Klapse verkommen lässt.

Am Heiligen Abend saß ich in meiner Küche. Die hat einen kleinen Balkon in den sehr großen Hof, beinahe ein Park. Mit Blumen und kleinen Bäumchen, die die Nachbarn hingestellt haben. An einen der Bäume hatten Leute Lichter gesteckt. Bei mir brannten die vier Kerzen auf dem Adventskranz.
Und ich hatte Bilder von meinen Lieben aufgestellt. Von meiner Mama, meinem Papa und von Dir. Wusstest Du gar nicht, dass ich ein Foto von Dir habe, oder?
Kannst Du auch nicht wissen. Ist von Deiner Mutter. Ich weiß, dass Du nicht süß sein willst. Aber es ist nun mal süß. Du bist etwa zehn, hast kurze Lederhosen an und ich weiß, was Du darunter trägst: diese Strumpfhalter. Deswegen wollte ich dieses Foto unbedingt haben.

Da es nun mal Heiliger Abend war, hatte ich mir ein Schnitzel gekauft und gebraten. Genau genommen habe ich zwei gekauft. Man weiß ja nie, dachte ich. Wenn der kleine Edgar lieb war, und er ist ja nicht durchweg böse, schenkt ihm das Christkind vielleicht eine Eisenbahnfahrkarte nach Hamburg.
Sollte es das Christkind dann noch gut mit mir meinen, dann ohne Rückfahrschein.

Du musst aber nicht glauben, ich hätte Sehnsucht nach Dir.
Was würdest Du sagen? Es ist nur die Macht der Gewohnheit.

Ich würde Dir so gern Montblanc zeigen. Wirklich eine irre Firma. Die ersten zwei Wochen saß ich in einem absolut stillen Raum. Dort malte ich mit neu hergestellten Federn mit unsichtbarer Tinte »Achten«. Es ging nur darum zu hören, ob irgendwas an dieser Feder kratzt.
Weißt Du, was wirklich irre war? Je länger ich in dieser Stille saß, umso deutlicher hörte ich die Güterwaggons unserer Straße. Und die Straßenbahn. Und den alten Pieper, der nach seinem doofen Toxi ruft. Nach einiger Zeit war das dann einfach vorbei. Als hätte jemand das Radio abgedreht.

Diese Station durchläuft jeder, der bei Montblanc eine Lehre macht. Damit ganz klar ist, wie wichtig hier Qualität ist.
Mittlerweile habe ich meinen eigenen Schreibtisch und blicke auf die S-Bahn-Haltestelle Sternschanze.

Hamburg ist wirklich wunderschön. Mitten in der Stadt ist ein großer See, die Alster. In der Nähe davon stehen noch ganz viele schöne alte Häuser. Fast wie das Haus vom Arzt in der Karolinenstraße, nur noch schöner.
Hier erzählen sie, die Engländer hätten diesen Teil der Stadt nicht in Schutt und Asche gelegt, weil sie hier ihr Hauptquartier einrichten wollten.
Am Hafen war ich auch schon. Wenn einen da nicht das Fernweh packt, wo dann? Wobei es auch Ähnlichkeit mit der Steinhammerstraße gibt. Überall Arbeit, in jeder Richtung rummst irgendwas, und es gibt natürlich Qualm ohne Ende. Allein schon von den Schiffen. Allerdings sind die Typen, die da rumgehen, schon eine besondere Sorte Mäuse. Männer mit Schlitzaugen, Schwarze. Ich sah eine Art Riesen, der unter den Augen tätowiert war. Habe ich meinem Chef beschrieben und er war sich sicher, es müsste sich um einen maorischen Seemann aus Neuseeland gehandelt haben.

Ich bin jetzt die Sekretärin des Mannes, der sich um das Auslandsgeschäft kümmert. Ist wohl nicht so einfach. Es gibt wohl noch Hemmungen, etwas Deutsches einzukaufen. Auch wenn London nicht mit einem Füller bombardiert wurde. Das Spannende: Ich darf vielleicht wirklich mal mitfahren. Bitte sage es niemandem und sprich es nicht einmal laut vor Dich hin. Aber eine Dienstreise nach London wäre natürlich ein Knüller. Nach Kopenhagen darf ich wohl schon im Februar mitreisen.

Der Mann heißt Fidelius Weißhaar. Ist ungefähr so alt wie Jupp. Ich mag ihn sehr. Er mich auch, glaube ich. Ein ganz leiser Mann. Wenn er lacht, dann hält er sich die Hand vor den Mund und sieht aus wie ein mümmelnder Hase. Allerdings erschreckt mich immer wieder, was der Mann alles weiß. Außerdem spricht er nicht nur fließend Englisch und Französisch. Der kann sogar Japanisch. Er sagt, er habe im Krieg den Auftrag gehabt, »die Ohren aufzuhalten«, deswegen sei er in diesen Sprachen recht gut.

Und Du? Gefällt es Dir noch bei Horten?
Wenn ich das Bild ansehe, das Du von mir gemalt hast, wird mir auch ein bisschen unheimlich. Können alle, die Schaufenster dekorieren, so gut zeichnen und malen?
Oder haut mich das nur so um, weil ich eine eitle Gans bin und mich selbst sehen kann?

Bitte grüße alle von mir und wünsche ihnen ein frohes neues Jahr.
Dieser Brief ist sehr lang geworden. Aber das ist nur ein kleiner Teil von dem, was ich eigentlich alles mit Dir bereden muss.
Hier in Hamburg gehen Frauen und Männer in der Silvesternacht an die Alster, wünschen sich was und sind sehr lieb zueinander.

»Das ist ein Tag, wie der Frühling so blau«
So was von in der Luft.

Deine Nelly

30. April 1961
Dortmund
Steinhammerstraße
Jürgen Miebach an Nelly Tillmann

Liebe Nelly,

ich habe es ja fast nicht geglaubt, als ich Deinen Brief in den Händen hielt. Allein schon das Äußere. Dieses feine Papier. Wieso sieht denn die Tinte so toll aus? Kannst Du auf diese Weise kalligrafisch schreiben? Oder noch irrer: Hast Du jemanden, der das für Dich macht?

Um Dich mal auf den Stand zu bringen:
Es ist später Frühling in Deiner Heimat. Was, wenn Du Dich erinnern kannst, nur bedeutet, dass die stinkende Luft langsam wärmer wird.
Es hat sich kaum was verändert. Nur reden sie in Jupps Laden ständig vom Untergang. Die Zeche Oespel soll in spätestens zwei Jahren geschlossen werden. Kannst Du Dir sicher vorstellen, wie sie alle dramatisch werden. In ihrer nicht endenden Proletenoperette. »Hier gehen die Lichter aus«, sagt der eine. »Darauf kannst du aber Gift nehmen«, sagt der andere. Und dann folgt das obligatorische Pils.
Mein Vater hat sich sehr über Deine Postkarte aus London gefreut. Würde mich sehr interessieren, was Du dort erlebt hast.
Edgar und ich hatten wirklich den festen Plan, Dich nach Weihnachten zu besuchen. Martina hatte auch Lust. Aber dann hat es doch nicht geklappt.

Womit wir auch bei einem wichtigen Thema wären.
Du fragst nach Edgar. Ich wusste nicht, dass er Dir in regelmäßigen Abständen ein Bild schickt. Es wundert mich aber nicht, dass der Kerl kein einziges Mal einen vernünftigen Brief dazulegt.
Er hält sich für einen schlechten Schreiber. Dabei kann er nur nicht so gut schreiben, wie er zeichnet und malt.
In diesen Dingen ist er aber auch einfach eine Klasse für sich. Wenn er jetzt auch noch wie ein Weltmeister dichten würde, wäre das eine riesige Ungerechtigkeit.
Er hätte Dir ruhig mal schreiben können, was sie in unserem Kaufhaus für ihn gemacht haben. Eine eigene Ausstellung. Mit seinen Bildern. Alles organisiert von seinem Abteilungsleiter, Herrn Riemenschneider.
Edgar war sehr aufgeregt. Aber auch sehr glücklich. Er hat mehrere Kolleginnen und Kollegen porträtiert. Die waren von den Socken, sage ich Dir. In der Firma kamen sie sich ganz furchtbar modern vor. Seine Eltern haben es leider nicht in die Stadt geschafft. Ich kann mir aber auch vorstellen, dass er denen gar nicht gesagt hat, wie sehr er im Mittelpunkt steht. 20 ausgestellte Bilder, ganz in der Nähe der Rolltreppe, an der jeder vorbeimuss. Es haben wirklich viele Leute die Bilder von Edgar Woicik gesehen.

Unsere Lehre ist jetzt bald vorbei.
Auch wenn es am Anfang gar nicht gut aussah, werden wir bald beide einen Gesellenbrief in Händen halten.
Das ist aber auch ein Grund, warum Edgar und

ich momentan nicht so viel Zeit miteinander verbringen. Zum einen ist da Martina, die ich nicht vernachlässigen möchte. Ich war immer neidisch auf Euch. Hätte mir nie vorstellen können, ein Mädchen zu treffen, das sich richtig mit mir befreundet.
Nun ist es so: Meine Tante hat mir geschrieben. Wie es der Zufall will, öffnet in ihrer Stadt Milwaukee ein Geschäft für Herrenkonfektion am Ende des Sommers. Sie hat geschrieben: Jetzt oder nie. Darüber habe ich zuerst mit Martina und dann mit meinem Vater gesprochen. Beide haben gesagt: Das muss sein.
Ich lerne seit Monaten Englisch. Martina übt mit mir Vokabeln. Die hat an ihrer Super-Nobel-Schule in ihrer Quasi-Zaren-Familie wohl so gut Englisch gelernt, wie sie es heute immer noch kann.

Nur Edgar hatte einen Wutausbruch. Einen von den ganz derben, bei denen ich immer froh bin, dass er nicht bewaffnet ist. Wenn der sich auf diese Weise in Rage redet, wäre es nur logisch, dass er am Ende einen erschießt. In dem Fall mich.
Ich sei ein Verräter, der ihn in dem versifften Kaff versauern ließe und was ich denn da wolle, in diesem Scheißamerika. In einer Stadt, die genauso hässlich ist wie Dortmund. Ich würde mich schließlich überall mit hinnehmen und da bliebe ich doch wohl mal besser »mit meinem Arsch«, wo ich hingehöre. Da war leider beinahe jeder Schuss ein Treffer. Denn wie Du weißt, halte ich mich nicht durchgehend für einen Meister aller Klassen.

Dann hat er wohl auch noch mit Jupp richtig Ärger bekommen. Denn Edgar feiert noch viel lieber, als Du es von ihm kennst.
Mittlerweile ist es mindestens zweimal vorgekommen, dass Jupp morgens in den Laden kam und dort sein Stiefsöhnchen lag. Voll wie eine Natter. Er ist wohl hin und wieder zu Partys seines Abteilungsleiters eingeladen, zu denen man beinahe im Smoking kommen muss. Edgar glaubt, die Gäste dort wären kultiviert.

Immerhin kam er gestern in meine Abteilung und bat mich in seine Werkstatt. Mit der Begründung, er müsste für sein Abschluss-Schaufenster etwas Hässliches zeichnen, was durch eine gelungene Dekoration verborgen werden kann. Dafür bräuchte er mich.

Du fragst nach Frauen in seinem Leben. Ich hätte ein schlechtes Gewissen, wenn ich zu sehr ins Detail gehen würde. Vielleicht ganz knapp: Da ist immer wieder mal was, aber das ist nichts.

Ich musste jetzt schon häufiger daran denken, wie wir vor Jahren in der Wohnung Deiner Mutter viel zu viel getrunken haben. Um dann zu beschließen, wir würden alle gemeinsam nach Amerika gehen. Und jetzt fahre ich wirklich. Dauert nur noch ein paar Wochen, dann gehen Martina und ich in Bremerhaven aufs Schiff.

Ich muss Dir nichts vormachen, liebe Nelly. Ich bin damals wegen meinem Papa nicht gegangen. Jetzt fürchte ich den Moment, in dem ich mich von ihm verabschieden muss. Er war allerdings fast streng, als er sagte, ich müsste gehen. Meine Hoffnung ist, dass er uns vielleicht folgt. Meine Tante hat ihm ganz ausführlich geschrieben, warum er sich nicht davor fürchten muss, dort als Wehrmachtskrüppel immer noch wie ein Feind behandelt zu werden. Hat bisher aber nicht verfangen.

Ich bedaure sehr, dass wir uns nicht noch einmal sehen können. Wenn ich allerdings lese, wo Du überall Füller verkaufst, dann gibt es fast Grund zur Hoffnung, Dich sogar in Milwaukee, Wisconsin, zu treffen. Wahrscheinlich kann ich Dir bis dahin diesen neuen Präsidenten Kennedy vorstellen. Für den packe ich nämlich ein paar Nappos extra ein. Kennt der gar nicht, so was Leckeres.

Ich habe mich wirklich sehr gefreut, von Dir zu lesen. Bei Edgar werde ich mal nachfragen, was eigentlich mit ihm und seiner absoluten Königin los ist. Nein, Nelly, da gibt es nicht den leisesten Zweifel, wer gemeint sein könnte.

Bitte fühle Dich von Herzen umarmt,
Dein Jürgen

PS: Wenn Dir Kennedy nicht gefällt, könnte ich auch ein Abendessen mit Elvis arrangieren. Natürlich weiß ich, dass selbst der nicht Edgar Woicik ist.

4. Mai 1961
Steinhammerstraße
Bert Riemenschneider

Die Straßenbahn hielt mit einem Rucken. Es wäre gewiss möglich, die Bahn auch sanfter zu stoppen. Es war nur der Hornochse von einem Fahrer. Bert Riemenschneider hatte noch nie eine Straßenbahn gelenkt. Konnte aber auf Anhieb begabte von unbegabten Menschen unterscheiden.

Er hatte auf der Fahrt wieder sehr bedauert, nicht selbst ein Auto steuern zu können. Seine Augen waren einfach zu schlecht.

Obwohl er sich längst ein Auto ausgesucht hatte. Einen stahlblauen Mercedes 180, der mit seinen attraktiven Rundungen ganz und gar zu ihm passen würde. Nie wieder inmitten dieser vielen ungewaschenen Leiber in einer Straßenbahn oder einem Omnibus fahren. Das wäre ein Segen. Aber er wollte auch an keinem schweren Unfall schuld sein.

Was für ein Jammer.

Die Straße, in der der kleine Woicik aufgewachsen war, hatte er sich so ähnlich vorgestellt. Die Schornsteine waren hier viel näher als zum Atelier im Kaufhaus. Oder seiner Beletage in der feinen Prinz-Friedrich-Karl-Straße in der Innenstadt.

Elegant war hier nichts, und alles sah nach der Art von Maloche aus, vor der er seinerzeit Reißaus genommen hatte. Sonst hätte er womöglich auf dem münsterländischen Bauernhof seiner Eltern doch noch durchstehen müssen, wie er irgendwann als das schwarze Schaf auffiel, das er nun mal war.

Das war heute aber alles gleichgültig. Heute hatte er eine wichtige Mission in Sachen Woicik.

Als er vor der Apotheke einen Briefkasten sah, griff er in seine feinlederne Aktentasche und zog die sieben handbeschriebenen Bütten-Umschläge heraus. Er würde zu Ehren seiner Freundin Paula ein Essen geben und lud schriftlich angenehme Menschen ein. Auch diesen blonden Gitarristen Christoph, der im Philharmonischen Orchester der Stadt Dortmund spielte und auch kein weißes Schaf war. Da war sich Bert Riemenschneider sicher.

Er versuchte, schnell über die lebhaft befahrene Straße zu kommen. Den Salon des Vaters von Woicik hatte er schon gesehen. Fand es aber angemessener, nach der Wohnung der Familie zu suchen. Ging am Friseurladen vorbei, in dem ein Mann seines Alters mit zurückgekämmten Haaren und einer Coiffeur-Jacke einen Schluck aus einer nicht definierbaren Flasche nahm.

Riemenschneider glich die Hausnummer mit der Adresse ab, die er aus Woiciks Personalakte kannte.

Bog direkt hinter dem Friseursalon auf einen Hof ab. Sah ein hübsches junges Mädchen, das ihn anlächelte. Sie würde sehr bald eine junge Frau sein, dauerte nicht mehr lang.

»Guten Tag«, sagte das Mädchen.

»Ich suche Herrn und Frau Woicik«, sagte Riemenschneider und erwiderte das Lächeln.

»Sie haben bereits Fräulein Woicik gefunden. Meine Mutter ist drinnen. Soll sie rauskommen?«

»Ach, das soll sie entscheiden. Vielleicht klopfe ich einfach selbst.«

»Kein Problem«, sagte Inge, »sind Sie ein Freund meines Vaters?«

»Nein«, antwortete Bert Riemenschneider, »ich bin eher ein Kollege Ihres Herrn Bruders.«

»Habe ich mir schon gedacht«, sagte sie, »mein Vater ist nicht mit Paradiesvögeln befreundet.«

»Wie meinen Sie das denn?«

»Sie sind so schön angezogen und Sie riechen gut«, Inge lächelte wieder. Bert Riemenschneider war von dieser Direktheit erst einmal überrascht.

»Ich hole meine Mutter.«

Zehn Minuten später saß Bert Riemenschneider mit Friedel am Tisch. Jupp würde gleich kommen. Vor ihm stand eine frische Tasse Kaffee. Über die er nicht nur sagte, sie sei hervorragend. Der Kaffee schmeckte wirklich richtig gut.

Inge wollte soeben das Zimmer verlassen, worum sie ihre Mutter gebeten hatte. Bis Friedel etwas einfiel.

»Inge, sei so lieb und geh zum Bäcker Buxel. Hole zwei Nussecken, zwei Puddingplätzchen und etwas, was du magst. Geld hole bitte vorne.«

Inge nickte und verschwand.

»Das ist doch nicht nötig, Frau Woicik, bitte keine Umstände.«

»Mein Sohn hat mir erzählt, Sie hätten gewisse Leidenschaften. Es war gelegentlich von Nussecken die Rede«, sagte sie. Er glaubte, um ihre klugen Augen eine große Freundlichkeit zu erkennen, die Kontakt zu ihm aufnehmen wollte.

Die Tür öffnete sich und der Mann, den er von der Straße aus gesehen hatte, kam herein. Bert Riemenschneider stand auf, stellte sich vor und schüttelte Jupp die Hand.

»Die Inge soll uns mal was Süßes holen«, sagte Jupp noch und setzte sich.

»Ist schon unterwegs«, sagte Friedel Woicik, die Bert Riemenschneider plötzlich so gedämpft vorkam, als hätte sie sich mit dem Häkeldeckchen, das über dem Kopfteil des zerschundenen Sessels lag, das Gesicht verhängt.

»Ich muss mich bei Ihnen für die Störung entschuldigen. Ich wollte Sie aber durchaus überraschen. Vor allem aber sicher sein, dass Ihr Sohn nicht im Bilde ist. Noch nicht im Bilde ist.«

Die beiden sahen ihn an. Friedel nickte ihm zu, wie um zu bestätigen, dass er ständig weiter Pluspunkte bei ihr sammelte.

»Ich hatte heimlich gehofft, ich würde Sie schon bei der Ausstellung Ihres Sohnes bei uns im Hause kennenlernen. Aber das ließ sich wahrscheinlich nicht einrichten.«

»Verzeihen Sie, ich verstehe nicht ganz …«, sagte Friedel.

»Ihr Sohn hat bei uns im Haus seine Bilder ausgestellt. Er hat mehrere Kollegen, aber vor allem einige Kolleginnen porträtiert. Das war eine tolle Sache. Direkt neben der Rolltreppe. Uns hat überrascht, wie positiv die Rückmeldung der Kunden war.«

Friedel sah Jupp an. Der zuckte mit den Achseln.

»Davon hat er uns leider nichts gesagt.« Sie hatte ein Puddingplätzchen halbiert, aber bisher nicht angerührt. Unter jedem Dach ein Ach, dachte Riemenschneider.

»Die Ausstellung haben aber nicht nur die Kunden gesehen. Meine Freundin Paula Hecht, die Edgars Berufsschullehrerin ist, kam mit einem alten Bekannten. Dr. Gustav Deppe, Kunstmaler und Dozent an der Werkkunstschule. Wir waren uns alle drei schnell einig. Dieser junge Mann sollte nicht nur Schaufenster dekorieren.« Riemenschneider hielt inne.

Jupp schob sich die Brille auf dem Nasenrücken hoch. Wirkte unter Druck.

»Was soll er dann machen? Taugt der doch nicht für den Beruf? Träumt der doch wieder den ganzen Tag? Oder schlimmer: Säuft? Macht ja neuerdings fast nichts anderes, als die Flasche annen Hals setzen, das Mistvieh.«

Friedel wollte, dass sich ihr Blick schmerzhaft in Jupp bohrte. Er sollte nicht so weitersprechen. Er sollte sofort damit aufhören.

Riemenschneider legte die Hände aufeinander.

»Ganz und gar nicht, Herr Woicik. Wir glauben, dass sich Ihr Sohn an der Akademie bewerben sollte. An der Kunstakademie in Düsseldorf. Das könnte er tun, wenn Ihr schriftliches Einverständnis vorliegt. Und wir, Frau Hecht und ich, ihn überzeugt haben. Was wir aber wahrscheinlich hinbekommen werden.«

Friedel trank einen Schluck von ihrem Kaffee, Jupp hüstelte.

Riemenschneider hörte, wie eine Straßenbahn vorbeifuhr. Dann eine Frau, die entweder nach ihrem Sohn oder ihrem Hund rief. Wer immer da Hasso hieß.

Friedel strich die glatte Tischdecke noch glatter. Der Raum war niedrig. Die Einrichtung wirkte erschöpft. Als könnte viel zu langes Rumstehen Möbel ermatten lassen.

Alles so sichtbar sauber, Riemenschneider würde sich in diesem Zimmer operieren lassen, wenn es sein müsste.

»Wissen Sie, Herr Riemenschneider, ich ändere und überarbeite sehr wertvolle Pelze für wohlhabende Damen. Da gehe ich hin, um zu überprüfen, ob auch wirklich alles passt. Dann sehe ich da ein Klavier stehen. Oder Bücherregale, die bis zur hohen Decke ragen. Ist ja nicht so bucklig wie hier, in dem Kaninchenstall. Und solche Kinder, die da am Klavier üben oder sich ein Buch aus dem Regal nehmen, die erwarte ich an einer Kunstakademie. Aber doch nicht unseren Edgar.«

»Ich verstehe Sie, gnädige Frau. Aber ich muss Ihnen leider widersprechen. Ganz und gar widersprechen.« Er betupfte sich mit der Stoffserviette den Mund, ohne dass das nötig gewesen wäre.

»Ich sitze hier bei Ihnen. Wir können über den Anzug sprechen, den ein Maßschneider aus einem feinen Stoff für mich genäht hat.« Er fasste sich an den Hemdkragen. »Das ist eine richtig schöne ägyptische Baumwolle. Auch für mich gemacht. Das können wir jetzt alles weiter durchgehen. Aber stellen Sie sich mal mein Gesicht voller Schweinedreck vor. Was ich mehr als einmal erlebt habe, wenn ich mich auf dem Hof meiner Eltern wieder mal richtig blöd angestellt habe. Zu Hause in Nottuln.«

»Was so ein Schwein stinken kann. Ein Nachbar hatte eins hinter dem Haus. Zum Glück vergangenes Jahr geschlachtet. Was hat das immer gemüffelt«, sagte Jupp. Riemenschneider nickte ein »Oh ja«.

»Danach kam der noch größere Mist. An den ich zuerst glühend geglaubt habe. Brauchen wir nicht weiter drüber reden, oder«, sagte Riemenschneider.

Jupp sah in das Wohnzimmer hinein, als würde es hier irgendeine Weite geben.

»Ich kann heute nicht mehr gerade gucken«, fuhr er fort. »Wegen der amerikanischen Artillerie und weil mein Erdloch doch nicht tief genug war. Heute denke ich, was sich da alles an Erlebnissen dazwischengeschoben hat. Zwischen den Bauernsohn, der in den Ardennen blutend im Schlamm liegt. Und dem Mann, der heute zu Horten geht und sein Glück manchmal nicht fassen kann. Das sind Erlebnisse, die mir der Himmel geschickt hat. Sagen Sie mir, Frau Woicik, was hätten Sie gesagt, wenn Sie mir damals begegnet wären? Egal, ob im Dreck im Krieg oder im Schweinestall meiner Eltern. Tja, Bert, hier gehörst du halt hin. Für alles Feinere müsstest du aus besserem Hause kommen und den Pelz dürfte nicht dein Vater auf dem Rücken, sondern müsste deine Mutter um den Hals tragen?«

Jupp lächelte. Friedel entwickelte eine frische Gesichtsfarbe. Sie hatte lange nicht mehr diskutiert.

Riemenschneider wurde leiser. Konnte schon sein, dass er diesen gleichaltrigen Menschen etwas erzählte, was die wirklich nicht hören wollten. Womöglich predigte er gerade. Wie es ihm Paula schon vorgeworfen hatte. Aber er konnte nicht anders. Leiser sagte er:

»Wir sind Möglichkeitswesen. Und wer, wenn nicht wir, muss davon überzeugt sein. Das frage ich Sie beide.«

Jupp nahm die Brille ab. Legte sie auf den Tisch. Rieb sich die Augen.

»Wir Männer reden nicht viel. Das überlassen wir den Frauen«, sagte Jupp und sah Friedel an. Die lachte auf. Nicht wegen seines Scherzes. Sondern darüber, wie falsch das war, was er sagte.

»Sie haben sehr schön gesprochen, wahrscheinlich müssen Sie in Ihrem Beruf viel reden.« Friedel fürchtete, Jupp würde barsch werden. Gegen den Mann, der für ihren Sohn sehr viel getan hatte, wie sie wusste. Jupp wandte den Blick von Riemenschneider ab. Friedel sah er auch nicht an, sondern blickte in irgendetwas Ungefähres in diesem Wohnzimmer, in dem er schon Kind gewesen war. Dann sprach er in einem Ton, der Friedel an den Jupp von früher erinnerte. Den, der auch mal schüchtern gewesen war und nicht durchweg der Lauteste.

»Ich habe nie für möglich gehalten, dass es einfach weitergeht. Ich habe Haare schneiden gelernt. Hatte meine Lehrstelle in Huckarde, blieb zu Hause wohnen. Danach habe ich dann sogar zu Hause Haare geschnitten. Vorne im Salon. Dann kam dieser ganze Scheiß, dieses verdammte Russland. Danach kann es doch gar nicht weitergehen, habe ich gedacht. Nicht einfach so weitergehen. Aber ich bin zurückgekommen. War wieder hier. Seit Jahren schneide ich jetzt wieder Haare. Jeden Tag. Es geht einfach weiter.«

Jupp schluckte. Hätte sich wahrscheinlich gern den Mund gespült.

Friedel wollte nach seiner Hand greifen. Ließ es aber lieber sein.

»Ihr Sohn hat Möglichkeiten, von denen er noch gar nichts ahnt«, sagte Riemenschneider.

»Aber was sollen wir sagen? Mein Mann und ich, wir haben doch von Kunst überhaupt keine Ahnung. Wir kennen keine Kunst und schon überhaupt keine Künstler.«

»Ihr Sohn ist malerisch begabt. Was er macht, können Sie sehen und sich einen Reim darauf machen. Ansonsten müssen Sie nur Ihre Unterschrift geben, dass Sie mit seiner Bewerbung einverstanden sind.«

Jupp hatte die Brille wieder aufgesetzt.

»Ich kann mir vorstellen, dass wir das hinkriegen.«

Friedel nickte.

»Wieso darf der eigentlich ohne Abitur studieren? Das geht doch eigentlich gar nicht?«, fragte Jupp.

»Doch. Es geht nur um seine Eignung. Seine Begabung. Die er mit einer Mappe nachweisen muss.«

»Das heißt«, fragte Jupp weiter, »der kann auch noch durchfallen, wird nicht genommen und uns bleibt erspart, dass wir immer die Doofen sind, die durch Zufall ein Wunderkind großgezogen haben?«

»Klar, er kann nicht genommen werden. Aber darauf können Sie sich überhaupt nicht verlassen.«

15. Juni 1961
Combuskaje Bremerhaven
Nachmittag
Edgar

Sie hatten viel zu viel Zeit.

Edgar war schon am Morgen zu früh in der Wohnung der beiden Miebach-Männer aufgetaucht. Mit dem Polacken-Flüchtlingskoffer, mit dem er vor ein paar Jahren im Krankenhaus gewesen war. Er hatte Wechselwäsche, ein paar Stifte und einen Block eingepackt, auch wenn er gar nicht so weit reiste. Wobei Bremerhaven fast 300 Kilometer entfernt lag. Er würde erst am nächsten Tag wieder zurück sein. Die weiteste Reise in Edgars bisherigem Leben.

Sie hatten nicht viel geredet während der vier Stunden im Zug. Vor dem Fenster viel Flaches. Felder. Kanäle. Schollenplatte Binnenschiffe. Häuser mit kleinen Fenstern, hinter denen wahrscheinlich keiner tanzte.

Jetzt prickelte es allerdings. Sie standen auf dem Gleis des Columbusbahnhofs in Bremerhaven. Würden sie rennen, könnten sie in drei Minuten an Bord des Schiffes sein. Theoretisch.

Dazwischen lagen aber noch unzählige Kontrollen. Passvorzeigerei. Verwinkelte Gänge. Vor allem die vielen Leute. Frauen, die ihre Kinder nicht einfach an der Hand hielten. Sondern die sich in deren kleine Hände beinahe verkrampften. Wenn jemand lächelte, dann verkrampft. Es schrie allerdings auch niemand. Oder wurde von Heulkrämpfen geschüttelt. Die Stimmung war eher wie auf dem Bürgersteig, wenn ein umgekommener Bergmann in der Kiste vorbeigetragen wurde. Hauptsache, wir können bald das Gepäck abgeben, dachte Edgar. Jürgen schwitzte. Sie trugen gemeinsam eine Riesenkiste, die dem Namen

Überseekoffer alle Ehre machte. In der linken Hand hielt Edgar seinen Polackenkoffer. Jürgen hatte auch noch einen Rucksack auf dem Rücken. Da der Wintermantel in keinen Koffer gepasst hatte, trug er ihn am Leib und konnte über den bedeckten Himmel und die 19 Grad froh sein.

»Martina hat gesagt, die Columbus-Gaststätte ist hier direkt in der Nähe.« Jürgen schnaufte ein wenig beim Sprechen und versuchte, sich zu orientieren. In dieser Gaststätte wollten sie sich mit Martina treffen. Hinweistafeln mit einem Messer-und-Gabel-Symbol wiesen wahrscheinlich den Weg zur Gaststätte, also folgten sie dem Besteck.

»Sollen wir nicht erst das Gepäck wegbringen?«, fragte Edgar.

»Das muss ich mit ihr gemeinsam machen«, japste Jürgen laut.

Sie waren gekleidet, als würde ihnen normalerweise das Gepäck getragen und auch jede andere Mühe abgenommen, in Anzügen, die ihnen die Kaufhausschneiderin perfekt angepasst hatte. Abschlussgeschenk von Horten.

Edgar hatte sich für einen dunkelgrauen Zweireiher mit breiten Nadelstreifen entschieden. Den Hinweis des Schneiders, Zweireiher würden kleinere Männer zusätzlich stauchen, hatte er überhört. War aber, wie er sich zugute hielt, auch nicht aggressiv geworden.

Jürgens Frontansicht waren fast drei Quadratmeter marineblau.

Dazu trug er das obligatorische weiße Bügelfrei-Hemd und eine dunkelrote Krawatte.

Edgar hatte versucht, ihn auf der Eisenbahnfahrt zu provozieren. Jürgen würde es mit der Anpassung an Amerika schon farblich übertreiben, ehe er überhaupt angekommen sei. Wirkte nicht. Viel zu spät kam ein »Was?«.

An was dachte man, wenn sich alles veränderte? Wenn nichts mehr war, wie es einmal gewesen war? Edgar hatte sich nicht zu fragen getraut. Denn ihm war das alles viel zu viel Veränderung. Er wusste nicht, wohin er in der Straße gehen sollte, wenn Jürgen nicht mehr da war. Er fühlte sich erschöpft von dem tauben Gefühl. Als er beim Runterzählen der Tage, die Jürgen noch nicht weg war, auf unter eine Woche gekommen war, hatte es sich angefühlt, als hätte er nach dem Baden Wasser im Ohr. Alles wurde komisch. Seine Mutter beauftragte ihn mit nichts. Winkte lächelnd ab, als wäre er krank und sie müsse ihn schonen. Ach lass, Edgar. Jupp pflaumte ihn nicht an. Der bot ihm ein Bier an, rasierte ihn und erzählte dabei die Geschichte, wie gerne er zur See gefahren wäre. Die konnte Edgar eigentlich wortgetreu mitsprechen. Von den schweren Zeiten und »deiner Omma Lina«, die Seeleute für gotteslästernde Piraten hielt. Edgar hatte aber noch nie gehört, wie hungrig Jupp auf die sehr weit entfernte Welt gewesen war. Hongkong wollte er sehen. In den Riesenhafen von Singapur einfahren.

»Wir müssen kurz absetzen«, sagte Edgar plötzlich.

Sie waren den Schildern schon so weit gefolgt, es konnte nicht mehr weit sein bis zu dieser Kneipe.

Was Edgar so abrupt stoppen ließ, war das Schiff.

Da die Überdachung des Bahnsteigs nicht mehr die Sicht behinderte, konnten sie es jetzt sehen.

Zwischen ihnen und dem Transatlantik-Dampfer lag nur das lang gezogene zweistöckige Abfertigungsgebäude.

Dahinter ragte das schwarze Metall auf, das Riesenwellen widerstehen konnte. Luken auf mehreren Etagen waren geöffnet. Darüber die weiß lackierten oberen Decks. Ein Hochhaus, wie es keins in Dortmund gab. Fenster, so groß wie die Horten-Schaufenster. Mit einer arroganten

Ausstrahlung: Mag schon sein, dass es die Macht der Elemente gibt. Sturm, Wellen, Wind. Aber wir möchten schön rausgucken können, deswegen sind die Fenster halt groß.

»Die SS United States«, sagte Jürgen. Edgar dachte, ihm würde sogar dieses peinlich Pompöse an ihm fehlen.

Sie hatten so oft darüber gesprochen, wie fernab der Welt die Steinhammerstraße lag. Wie weit weg alles war von zu Hause. Wieso war es beklemmend, wenn die weite Welt plötzlich so nah kam, sich so massiv in das eigene Blickfeld schob? Warum fühlte es sich einschüchternd an? Gar nicht nach Freiheit, nach Lust auf ein anderes Leben.

Jürgen öffnete die Tür, über der »Columbus Klause« stand. Sofort standen sie in einem Brabbelstrom. Viele Männerstimmen. Mehr Qualm als draußen. Von Zigaretten und Pfeifen. An der Theke Männer, die Englisch sprachen. Zwei von ihnen trugen weiße Matrosenmützen, weiße T-Shirts und darüber offene Hemden aus einem Jeansstoff. Der Größere von ihnen war schwarz, hatte einen kleinen Oberlippenbart und guckte auf eine Weise überlegen, als sei er daran gewöhnt, dass alle schweigen, wenn er spricht. Wie ein Leuchtturm warf er in regelmäßigen Abständen einen Blick durch das gesamte Lokal. Martina war bereits zwei Tage zuvor Richtung Norddeutschland aufgebrochen, um eine Tante in Delmenhorst zu besuchen. Sie wollte sich von ihr verabschieden. Die Tante war nicht mehr jung und vor allem nicht mehr gesund. Von ihrer Mutter hatte sich Martina gewünscht, sie möge sie nicht zum Schiff begleiten. Martina fürchtete, sie würde sonst nicht an Bord gehen.

Sie winkte Jürgen und Edgar zu. Vor ihr stand eine Tasse. Neben ihr saß eine Frau. Beinahe aufreizend elegant. Ähnlichkeit, dachte Edgar. Wirklich große Ähnlichkeit, seine Gedanken ratterten jetzt beinahe schneller, als sich vorhin der Zug bewegt hatte. Nicht nur Ähnlichkeit, sie war es. Es war Nelly.

Er stellte seinen Koffer ab. Wusste nicht, wie er reagieren sollte. Fast drei Jahre. Damals ein Kuss. Der Kuss. Viele Bilder später. Einige immer ärgerlicher werdende Briefe von ihr. Anfänge von ihm, Dutzende. Alle im Papierkorb.

Jürgen drängte sich an ihm vorbei und fiel Nelly um den Hals

»Wie schön, dass du es geschafft hast.«

Hier ist also nur einer wirklich überrascht, dachte Edgar.

Nelly löste sich aus Jürgens Armen. Sie sah Edgar an. Fuhr sich durchs Haar. Er ging auf sie zu, nahm sie in den Arm und spürte, wie sie sich entspannte. Da er nicht wusste, was er sagen sollte, sagte er nichts. Damit ging es ihnen wohl sehr ähnlich.

Sie ließen sich los und setzten sich an den Tisch, den Martina freigehalten hatte.

»Schnaps?«, fragte Jürgen in die Runde.

Alle nickten.

»Wann legt das Schiff ab?«, fragte Nelly.

»Das ist etwas merkwürdig. Dieses Schiff legt immer genau um 0.01 Uhr ab. Hat was mit einem Aberglauben zu tun«, antwortete Martina.

»Dann können wir euch vielleicht so betrunken machen, dass ihr doch nicht fahrt«, sagte Edgar.

Martina lachte höflich und sah so aus, als wäre sie auch nüchtern nicht sicher, ob sie jemals auf dieses schwarze Ding ginge.

Nelly hatte wohl in Hamburg eine neue Variante eines Lächelns dazugewonnen. Ein neutrales, das absichtlich nichts sagte.

Der zweite Schnaps brachte das Gespräch in Gang. Der dritte kam mit einem Teller Frikadellen.

Sie redeten über alles. Wie sie vom Hafen in New York zum Bahnhof kämen, der Penn Station hieß, um dann mit der Eisenbahn nach Chicago zu fahren. Über Nellys Job und wie gut ihr Hamburg gefiel. Sie erzählte von einem Chor, in dem sie sang. »Möchte ich fast gar nicht hören«, dachte Edgar, als sie erzählte, wie herzenswarm und leicht verdorben der Chorleiter Ubald Schneider ist.

»Ich kann nach wie vor ein Duett mit Ötte arrangieren«, sagte Edgar etwas zu scharf.

»Dafür würde ich das nächste Schiff nehmen und nach Hause kommen, das steht fest.« Jürgen hatte mittlerweile schon fünf Schnaps intus. Und mehrere Biere zum Spülen. Wenn er »fest« sagte, war das schon eine verwaschene Angelegenheit.

»Briefe werden sehr wichtig sein«, sagte Nelly und schob Martina und Jürgen eine schwarze Schachtel zu.

Darauf das weiße Montblanc-Logo.

»Der Montblanc«, sagte Jürgen, wie zu sich selbst, »mit seinen sechs Tälern«, er deutete auf die Rundungen, die für diese Täler standen, »4807 Meter hoch. Definitiv der höchste Berg der Alpen. Der Elbrus im Kaukasus ist mit 5642 Metern deutlich höher. Es ist aber fraglich, ob der noch zu Europa gehört. Ansichtssache.«

Die anderen sahen ihn an. Jahrelang hatte Jürgen alle möglichen Details in sein Notizbuch geschrieben. Und auswendig gelernt. Damit er vorbereitet war. Sollte ihn Heinz Maegerlein doch in seine Fernsehratesendung einladen.

»Du könntest jetzt damit aufhören«, sagte Martina.

»Oder Heinz Maegerlein schickt dir ein Schiff, um dich in sein Fernsehprogramm zu holen«, Nelly deutete auf die SS United States.

»Hier ist Elvis vor zwei Jahren angekommen«, sagte Jürgen.

»Den kennt Heinz Maegerlein nicht«, sagte Nelly.

Edgar nickte deutlich und bejahend.

Jürgen schob Martina die Schachtel zu.

Sie öffnete die Klappe und nahm den zigarrenförmigen Füller in die Hand.

»Der ist wunderschön«, sagte Martina.

»Und er hat eine Gravur.« Jürgen nahm Martina den Stift aus der Hand. »Da steht ja«, seine Stimme brach augenblicklich, »da steht ja ›Nappo‹.« Er hustete, tastete hektisch nach seinen Zigaretten und warf Nelly einen Kussmund durch die Luft zu. Ihr lief eine Träne über die Wange. Um nicht still vor sich hin schlucken zu müssen, sagte sie: »Das ist unsere neue 60er-Linie. Für jüngere Leute. Nicht nur fette Geschäftsleute, die für ihre Wurstfinger einen dicken Oschi in der Hand brauchen.« Nelly referierte das ohne jede innere Beteiligung. Eine zweite Träne lief über die andere Wange. Edgar blickte auf seinen Rum, der kein wirklicher Freund war.

Er schluckte mühevoll und sagte dann kleinlaut: »Wir müssen langsam das Gepäck abgeben.«

16. Juni 1961
Columbuskaje Bremerhaven
0.35 Uhr
Edgar

Das Schiff fuhr gar nicht los. Es trieb eher zur Seite und nur ganz langsam vorwärts. Die Kapelle spielte weiter »Muss i denn zum Städtele hinaus«. Edgar mochte dieses Lied nicht. Obwohl Elvis es gesungen hatte. Die Musik dröhnte in der gleichen Lautstärke, mit der sie gegen das Tuten der Nebelhörner des Schiffes hatte anspielen müssen. Alles andere war mit dem Ablegen des Dampfers viel leiser geworden. Es war jetzt ein Ort an einem großen Wasser. Wenn die Musiker aufhörten, würden die Möwen und die Ansagen auf dem Bahnhof die Akustik wieder für sich allein haben. Aus allen möglichen Richtungen schneuzten sich Menschen. Ein älterer Mann, der militärisch aufrecht stand, hielt eine weinende ältere Frau im Arm. Mit einem Blick, als hätte er etwas sehr Schlimmes gesehen. Edgar konnte seinen Freund nicht mehr ausmachen. Der hatte eben noch von der Reling am Heck wie ein Irrer gewunken.

Als Edgar ihn da so weit oben stehen sah, hatte er nur mit den Lippen geformt: »Sie haben mich in Düsseldorf genommen.« Hatte Jürgen natürlich nicht sehen, geschweige denn verstehen können.

Er wusste nicht, warum er es Jürgen nicht in der Eisenbahn gesagt hatte. Oder in der Kneipe. Oder als sie darauf warteten, dass dieser merkwürdige Grenzer in seiner Wichtigtuer-Uniform den Pass stempelte. Es kam ihm falsch vor. Unwichtig. Jürgen hatte den letzten Pfennig aller möglichen Ersparnisse auf diese amerikanische Wette gesetzt. Wetten, dass Martina und ich es in dieser unbekannten Ferne schaffen. Mehr Entschlossenheit ging nicht. Da sollte er mit seinen Zaudereien dazwischenfunken? Mit seinen inneren Fragen, ob das nun wirklich richtig sei und ob sich denn auf der Malerei irgendwas oder sogar sein Leben aufbauen ließe.

Edgars Gesicht war salzig, so viel hatte er geweint. Er hatte es irgendwann nicht mehr stoppen können.

Seit Tagen war ihm nicht eingefallen, was er Jürgen zum Abschied sagen sollte. Glück wünschen? Halt die

Ohren steif, altes Haus? Als 20-Jähriger einem anderen 20-Jährigen? Zum ersten Mal kam Edgar der Grund in den Sinn, warum es sich die Männer in Jupps Laden mit ihren unzähligen Floskeln bequem machten. Sie wussten schlicht nicht, was sie sagen sollten. In der Straße gab es mindestens so viele Jürgen-Plätze wie Nelly-Orte. Der Löschteich, an dem sie Fahrrad fahren gelernt hatten. Auf Dieters Fahrrad. Der dann leider weggezogen war und das einzige verfügbare Fahrrad mitgenommen hatte. Die Stelle, wo sie in Pech getränkte Pfeile angesteckt und brennend auf Güterwagen geschossen hatten. Und die Stelle, wo sie der Dorfpolizist nach dieser Aktion eingefangen und der langsamere Jürgen sofort eine geballert bekommen hatte. »Na, ihr habt ja wohl richtig den Arsch auf«, hatte der Bulle gesagt. So hatten sie sich noch wochenlang gegenseitig begrüßt: »Na, wir haben ja wohl richtig den Arsch auf!«

Als Jürgen ihn zum Abschied umarmte, entfuhr Edgar ein »Ist doch scheiße«. »Da hasse recht, das ist wirklich richtig scheiße«, kam zur Antwort von seinem Freund, dessen viel zu großer Körper in seinen Armen bebte.

Edgar konnte Nelly nicht ansehen. Nicht nur, weil er sich für seine Tränen schämte. Sondern weil er den Sichtkontakt zu dem Schiff nicht verlieren wollte. Ein bisschen war der Arsch noch da, so lange er die Lichter des Schiffes sehen konnte. Nelly griff nach seiner Hand.

»Er hat vor Jahren in unserer Wohnung gesagt, dass er es macht. Jetzt macht er es«, sagte Nelly. Ihre Stimme klang klar, wie die Luft nach Regen.

»Und wir haben gesagt, wir fahren mit.« Er sah sie jetzt doch an. Es war viel zu schön, sie anzusehen. Offenbar ertrug sie ihn auch als Heulsuse.

»Und jetzt? Wohin?«, fragte sie.

Er richtete wieder den Blick auf das kleiner werdende Schiff. Was von hinten eigenartig schmal wirkte, während es sich entfernte. Seine Mutter kam ihm in den Sinn. Wie sie sagte: »Der Hintern von der Frau Pieper wird auch immer kleiner.« Was als Alarmsignal gemeint war. Mit einem so kleinen Hintern würde die alte Frau Pieper nicht mehr weit kommen. Hoffentlich galt das nicht auch für die SS United States.

»Ich bleib hier stehen, nehm das nächste Schiff und fahr hinterher«, sagte er und fasste ihre Hand entschlossener.

»Dann komm ich mit«, sagte sie.

»Musst du nicht gleich nach Hamburg?«, fragte Edgar

Sie schüttelte mit dem Kopf.

»Ich habe mir hier ein Zimmer genommen. Besuche morgen in Bremen noch einen Schreibwarenhändler. Kommst du mit?«

Er sah sie an und nickte.

16. Juni 1961
Parkhotel Bremen
8.45 Uhr
Edgar

Edgar würde nie wieder aufstehen. Einfach so wunderbar liegen bleiben. Es musste ein Märchen sein. Würde sowieso passen. In Märchen taten es die Männer auch nicht mit den Frauen. Es könnte ihm nicht gleichgültiger sein. Erst den ganzen Tag heulen und dann diese bleierne Müdigkeit, als sie vor diesem herrlichen Bett gestanden hatten. Aber ich liege neben ihr, dachte Edgar. Selbst Märchen kannten die Schönheit dieses Gefühls nicht, sicher nicht. Die Gardine bauschte sich. Frisch gewaschene Gardinen, wie er sie zu Hause immer mit seiner Mutter aufhängen musste. Würde er in Düsseldorf Gardinen haben? In welcher Wohnung? Wenn er nicht aufstehen würde, müsste er sich mit diesen Fragen überhaupt nicht beschäftigen. Noch ein Vorteil.

Die Tür zu dem kleinen Balkon stand offen.

Edgar lag auf der Seite. Draußen plätscherte das Wasserspiel, von dem er wach geworden war. Auf dem kleinen Schreibtisch stand eine frische Blume in einer kleinen Vase. Hier machten sich die feinen Leute also Notizen. Wozu sonst der Schreibtisch? War in besseren Kreisen alles generell so bedeutsam, dass es mindestens eine Notiz verdiente? Warum ihn das wütend machte, wusste er auch nicht. Leicht wütend. Hatte er aber besser im Griff als das andere Gefühl. Was in der vergangenen Nacht so selbstverständlich kein Thema war, wurde jetzt aber doch eins. Sogar sehr hastig. Nelly lag neben ihm, und das brachte ihn erheblich durcheinander. Besser auf die Gardine gucken als auf seine schlafende Freundin. Deshalb hatte er sich auf die Seite gedreht. Sie hatten früher schon zusammen übernachtet. Das war aber, wie er nun spürte, etwas ganz anderes gewesen. Als er zu der Schlafenden herüberblickte, konnte er ihre unbedeckte Brust sehen. Bisher hatte er nur unfreiwillig die nackte Brust von Nellys Mutter gesehen. Und unverhofft Elsbeths Brüste, als die ihm vor etwas mehr als einem Jahr angeboten hatte, sie könne ihm »einen von der Palme schütteln«. Sie hatte getrunken und war sauer auf Jupp gewesen. Hinterher sprachen sie nie wieder darüber. Die Brüste der Horten-Buchhaltungsassistentin Regina Jankowski hatte er nicht gesehen. Denn es musste schnell gehen, nachdem sich die beiden am Freitag vor Weihnachten des vergangenen Jahres abends auf der Arbeit geküsst hatten. Für alles Weitere schob sie nur den Rock hoch und die Unterhose runter. In der Poststelle von Horten hätte jederzeit jemand hereinkommen können. Nach den Winterferien erklärte ihm dann Regina, das Ungestüme an ihm habe ihr sehr gefallen. Sie würde aber lieber ihren Verlobten Manfred heiraten. Edgar müsse selbst zugeben, dass er schon »ein bisschen komisch« sei. Sie hatte ihm über Weihnachten eine Mütze gestrickt. Aus so feiner Wolle, Edgar trug sie an jedem kalten Tag. Als er Regina fragte, was denn ihr Manfred gesagt hätte, als sie eine Männermütze strickte, die nicht für ihn war, antwortete sie: »Ich habe gesagt, die ist für meinen behinderten Vetter.«

Edgar hatte Lust, eine Zigarette zu rauchen. War sich aber nicht sicher, ob das in einem solchen Hotelzimmer erlaubt war. Warum nicht? Der Gast war doch König. Nur war er kein wirklicher Gast. Er kam sich vor wie ein Betrüger. Ein Einbrecher, der nur kein Fenster eingeschlagen hatte, aber jederzeit erwischt werden konnte.

Um Nelly nicht zu wecken, rutschte er ganz sachte aus dem Bett. Sein Anzug lag zerknüllt neben dem ordentlich über den Stuhl gelegten Kleid von Nelly. Als er das Jackett überziehen wollte, um das Zimmer zu verlassen, klingelte das Telefon an Nellys Seite des Bettes.

Sie rappelte sich abrupt hoch, rieb sich über das Gesicht, schüttelte kurz den Kopf. Sah Edgar, lächelte und nahm den Hörer ab.

»Von Gysenberg, guten Morgen«, sagte sie.

»Ja, in Bremen. Doch, der Termin geht in Ordnung. Ich habe die Muster mit, aber noch keine Ware.« Sie setzte sich etwas auf, zog die Decke über ihre Brust und lächelte Edgar wieder an. Mit der freien Hand machte sie ein Zeichen für eine Tasse, aus der sie trinken wollte. Er zuckte die Achseln und sagte etwas zu laut: »Wo?«

Sie winkte ab und hielt den Finger an den Mund.

Sprach dann wieder in den Telefonhörer. »Nein, allein. Selbstverständlich allein. Keine Ahnung, was die Leute vom Hotel da gesehen haben wollen. Ich werde heute Nachmittag zurück sein, selbstverständlich. Wollen Sie mich dann noch sehen? Gut, gut, dann bis morgen. Vielen Dank für Ihren Anruf, Herr Weißhaar, auf Wiederhören.«

Sie drehte sich, um den Hörer aufzulegen. Kümmerte sich nicht mehr wirklich um die Decke. Nackter Rücken, auch sehr schön.

»Allein?«, fragte er.

»Fast«, sagte sie, ohne den Hauch einer Unsicherheit.

Er setzte sich ans Fußende ihrer Bettseite.

»Wolltest du gehen?«, fragte sie.

»Ich sollte besser, oder?«

»Warum?«

»Weil sogar jemand anruft, um sich zu vergewissern, dass auch wirklich keiner mit dir in diesem Zimmer ist.«

»Herr Weißhaar leitet meine Abteilung. Dieses Hotel wird seit der Neueröffnung 1955 von uns mit besonderen Kugelschreibern für die Rezeption beliefert. Mit deren Logo drauf. Deswegen dürfen Mitarbeiter hier wohnen, wenn sie hier zu tun haben. Müsste ich das Zimmer selbst bezahlen, wäre ein Drittel meines Monatsgehalts futsch.«

Wenn sie über solche Angelegenheiten sprach, klang sie nicht mehr, als müssten sie nur einmal die Straße überqueren, um sich zu treffen. Sie war viel weiter weg, aus einer ganz anderen Welt. Machte sie aber noch aufregender. Er musste an Elsbeth denken. Wie sie Typen abblitzen ließ. »Und wenn du brummst wie ein Trafohäuschen, es bleibt bei nein.« Hatte er sie schon sagen hören, wenn sich in Jupps Salon ein später Abend in die »Ist doch alles egal«-Phase schlingerte. Wenn zwischen Elsbeths Brust und den Grapschfingern der Männer kaum noch Platz war für Hemmungen.

Es schien wirklich ein Trafo in ihm zu arbeiten, der immer mehr Energie lieferte. Das nackte Bein, das unter der Decke hervorsah. Die Brust, die er schon gesehen hatte. Vor allem aber der Gesichtsausdruck von Nelly. Wir waren mal Kinder, das sind wir nicht mehr. Wir sind Erwachsene und machen erwachsene Sachen. Glaubte er als Botschaft zu hören, ohne dass sie ein Wort sagte.

Er wollte sie unbedingt küssen. Aber sollte er? Durfte er?

Das hier war nicht pillepalle, wie mit Regina Jankowski. Keinen Meter entfernt lag die wichtigste Frau des Planeten im Bett.

Was, wenn sie Nein sagte, oder schlimmer, wenn sie erschrak? Aber sie hatten gestern einen Freund an dieses riesengroße Land der Sieger verloren. Das war kein Kinderabschied gewesen, beim besten Willen nicht. Wenn sie nicht erwachsen waren, wer dann?

»Was denkst du?«, fragte sie. Nelly war sich wohl auch nicht sicher.

Er setzte sich auf das Bett. Zog sich nicht wieder aus, wie er es sich vorgenommen hatte.

»Warum hast du dich am Telefon mit ›von Gysenberg‹ gemeldet. Du heißt doch Tillmann.« Er zündete sich jetzt doch eine Zigarette an.

Sie schlug die Augen nieder. Sprach dann aber in diesem gouvernantenhaften Ton. Den er noch nie ausstehen konnte, sie wusste das:

»Ich arbeite in dieser Firma, die Luxusprodukte verkauft. Frau von Gysenberg macht alles gleich gräflicher. Einfacher. Lässt mich besser dastehen. Aber womöglich verstehst du das nicht. Oder noch nicht.«

»Was heißt ›noch nicht‹? Was meinst du damit? Du bist 32 Tage älter als ich. Spinnst du?«

»Jetzt bitte nicht wieder zum Stier werden, Edgar. Es ist ein Name. Wie ein Hut, den man sich aufsetzt. Mehr ist es nicht.«

»Finde ich nicht«, Edgar bekam diesen Ton, den seine Mutter ihm am liebsten immer noch aus dem Leib versohlt hätte. Wie ein Kriegsschiff, das sich schlachtbereit macht. Alle Kanonen auf den Feind ausgerichtet. Bereit zum infernalischen Furor, ohne Kompromisse.

»Du weißt, dass wir gar nicht weitersprechen müssen. Wenn du eigentlich doch nur Streit suchst.«

»Was heißt denn Streit?« Edgar stand auf, hielt seine Zigarette zwischen Daumen, Zeigefinger und Mittelfinger. Hatte er schon in mehreren Filmen von Männern gesehen, die später gewannen.

»Ich wundere mich nur. Gerade eben war es noch der Name der Nazi-Oma, die du zur Hölle wünschst. Und kaum passt es, heißt du plötzlich wie diese Perlenkettenschnatze. Bist ganz und gar das feine Fräulein.«

In Edgar brach etwas los, was er zwar kannte, das er aber so wenig in den Griff bekam, dass es ihn auch einschüchterte. Denn er wusste, es kam nie etwas Gutes dabei heraus. Wie eine heiße Laune, die sich regelrecht erbrach. Plötzlich war alles nur noch eine Fackel. Jürgen weg, Nelly weg. Und was, wenn er in diesem Düsseldorf zwischen lauter Genies als mieser Taschenspieler auffiel, was war denn dann? Dieser ganze Dampf in ihm fand plötzlich ein Ventil.

»Sei doch wenigstens mal ehrlich, Nelly. Sag doch einfach, dass du dich für die Steinhammerstraße schämst. Für uns und alle aus dieser Gosse. Vor fünf Jahren hast du dir die Sandalenriemen noch mit Pflaster geklebt. Aber wahrscheinlich hast du damals schon gewusst, dass du was

Besseres bist. Dass auf dich das Märchen wartet. Mit den tollen Mänteln und dem Kostüm und dem Kopftuch und deinem Nutten-Lippenstift.«

»Aber du gehst mit der Nutte aufs Zimmer, oder was suchst du hier? Du bist der edle Wilde. Der Ehrliche. Der voller Stolz im tiefsten Winter aufs Plumpsklo eiert und Kunst kackt. Du glaubst doch, dass du was Besseres bist. Wem war denn Friseur nicht fein genug? Wer hat denn so vor Angst vor der Zeche gebibbert, wer denn?«

Edgar spürte die Treffer so sehr, dass er den verdammten Schreibtisch mit seinen feinen Beinchen zertreten wollte. Damit sich kein reicher Arsch mehr dransetzen und seinen wichtigtuerischen Dreck aufschreiben konnte.

Er beugte sich bedrohlich nah über Nelly und fuchtelte mit dem Rest seiner Zigarette. Asche fiel auf der Höhe ihres Bauchs auf die Bettdecke. Er brüllte jetzt:

»Ich bleibe aber ich. Ich weiß, wo ich herkomme. Ich verleugne nichts. Ich lasse mich nicht wie eine Briefmarke anlecken und dahin kleben, wo mich irgendein hochwohlgeborenes Arschloch hinhaben will!«

Ein sanfter Gong war zu hören.

Offenbar eine Türklingel. Dann wurde auch schon ein Schlüssel im Schloss bewegt.

Ein Mann, viel älter als sie, in einem schwarzen Anzug, stand aufrecht wie ein Gardeoffizier in der Tür. Auf seinem Revers war ein Schlüssel eingestickt. Seine Krawatte saß perfekt. Die Haare waren exakt mit Pomade geglättet. In seinem Gesicht gab es so wenige Bartstoppeln wie in seinem Hochdeutsch der Hauch eines Akzents.

»Guten Morgen, Fräulein von Gysenberg. Bitte entschuldigen Sie die Störung. Wir haben uns nur gefragt, wie lange Sie das Zimmer noch benötigen. Damit wir das Zimmermädchen angemessen zuteilen können.«

Dabei schaute er nicht zu Nelly, sondern fixierte Edgar.

Nelly reckte den Kopf und sprach wieder in einem Ton, der so gar nicht nach Steinhammerstraße klang.

»Mein Kollege hat mir einige Muster gebracht. Wir sind hier auch fertig. Ich denke, ich werde in 30 Minuten bei Ihnen an der Rezeption sein.« Sie sah Edgar an, als wollte sie, dass er nicht die Tür nahm, sondern sich aus dem Fenster stürzte.

»Ganz wunderbar«, sagte der Mann, ohne sich auch nur ein My zu entspannen. Er nickte Edgar zu.

»Vielleicht könnte ich den jungen Herrn dann auch gleich begleiten. Für jemanden, der kein Stammgast ist, kann das Haus recht labyrinthisch sein, was denken Sie?«

Edgar wusste nicht, was er sagen sollte. Er brauchte doch noch einen Moment, um klarzustellen, dass er sich vielleicht ein bisschen zu sehr aufgeregt hatte. Dazu müsste doch Zeit sein.

»Das ist eine wunderbare Idee. Vielen Dank. Danke schön, Edgar, ich wünsche eine gute Heimreise.«

Edgar hob seine Socken auf, steckte sie in die Jacketttasche. Griff sich den Flüchtlingskoffer, seinen Mantel und den Hut. Der Mann hatte seinen rechten Arm ausgestreckt, um ihm scheinbar den Vortritt zu lassen. Die Botschaft vermittelte sich Edgar augenblicklich: Sieh zu, dass du Land gewinnst, Freundchen.

Er sah Nelly an. Bei ihr ließ die Wut ganz offensichtlich auch rasch nach. Zu ihrem traurigen, tief enttäuschten Blick fiel ihm leider kein einziges Wort ein. Die Zeit hatte nicht gereicht, um ihr zu sagen, dass er in zwei Wochen nach Düsseldorf ziehen und Student der Kunstakademie werden würde. Unter seinem Namen. Der dort keinem etwas sagte. Edgar setzte seinen Hut auf und ging.

3. Juli 1961
Dortmund
Steinhammerstraße
Wohnzimmer der Familie Woicik
Am Abend

Sie saßen beim Abendbrot.

Inge las in dem Buch »Serengeti darf nicht sterben«. Das sie nur aus der Hand legte, wenn sie im Salon arbeitete. Eigentlich war sie noch in der Lehre zur Friseurin. Ihr Vater war ihr Lehrmeister und verlor bei ihr niemals die Geduld. Sie konnte also schon beinahe alles. Mittlerweile fragten auch Männer nach Inge, wenn sie einen Haarschnitt brauchten, denn Jupp verschätzte sich immer häufiger mit der Dosis seiner »Mundspülung«.

»Die blutigen Zwischenfälle nehmen überhand. Der Jupp muss weniger saufen«, klagte der Schäbbige, wenn er sich bei Herrn Miebach an der Trinkhalle zwei Kräuterschnaps »Wegzehrung« kaufte.

Friedels Stuhl am Abendbrottisch war noch leer. Sie hatte noch zu tun. Jupp legte sich eine dicke Lage Zwiebeln auf das Mett seines Butterbrots. Er schwitzte unangemessen stark, denn es war nicht wirklich warm. Edgar verging der Appetit beim Anblick der rohen Zwiebeln. Wie immer musste er an Jupps nächtliche Ausdünstungen denken. Anders als bisher war aber das Ende in Sicht. Er würde heute seine letzte Nacht zu Hause verbringen. Am nächsten Abend wäre er schon in der Wohnung eines Herrn Pfeilschifter in Düsseldorf.

Eine Frauenstimme im Radio erklang, sehr angenehm, als hätte sie die Füße hochgelegt. »Wir präsentieren Ihnen in unserem Hörspiel heute Abend die erste Folge von ›Paul Temple und der Conrad-Fall‹. Aus einem bayrischen

Mädchenpensionat verschwindet ein Mädchen. Privatdetektiv Temple ist zuerst nicht interessiert. Reist dann aber doch in Begleitung seiner Frau Steve nach Garmisch-Partenkirchen. Kurz darauf stehen die beiden vor der Leiche eines Mannes, der offenbar erstochen wurde.

Es erwartet Sie wieder ein Abend der Hochspannung. In den Hauptrollen hören Sie René Deltgen, Annemarie Cordes und Kurt Lieck.«

»Aha, Garmisch-Partenkirchen«, sagte Jupp mit halb vollem Mund, »also alles unter den Augen des Führers und seinem Berghof.«

Inge sah nicht von ihrem Buch auf. Edgar überlegte, was er für Nelly machen sollte, um sich zu entschuldigen, aber ihm fiel nichts ein. Wobei auch sie übertrieben hatte. Die Briefe, die er verfasst hatte, klangen hölzern. Er hatte keinen abgeschickt. Ihm müsste bei der Formulierung geholfen werden.

Wo war Jürgen, wenn man ihn brauchte? Edgar ging jeden Tag zu Herrn Miebach. Bei dem hatte sich Jürgen zweimal per Telegramm gemeldet. Aus New York lautete die Botschaft: »Seefahrt nicht lustig. Aber angekommen.« Aus der Stadt seiner Tante schrieb er: »Bei Tante Erika. Fragt, wann du kommst.«

Vor dem Abendessen hatte sich Edgar von Herrn Miebach verabschiedet. Mit ihm am Küchentisch gesessen mit Blick auf die Fensterbank und Jürgens Quasi-Schreibtisch. Unverändert, als würde der reinkommen, seinen zu langen Oberkörper auf Jürgen-Art abknicken und loslegen.

Vor der Abreise hatte Jürgen eine Sprachlehrerin ausfindig gemacht, die mit Gehörlosen Sprechübungen machte. Seit er zu dieser Frau ging, brüllte Herr Miebach nicht mehr so laut. Redete aber nach wie vor nur das Nötigste, weil er sich immer noch selbst peinlich war.

Er schraubte für jeden von ihnen einen kleinen Weinbrand auf und schob Edgar eine Stange Senoussi-Orientzigaretten zu.

Auf dem Küchentisch stand das Bild, das Edgar von Frau Miebach gezeichnet hatte. Herr Miebach deutete auf die Zeichnung: »Sie ist gestorben. Aber nicht verschwunden. Denn ich habe dieses Bild. So was kannst du, mein Junge. Vergiss das nicht, wenn in diesem Düsseldorf der Zweifel an dir nagt.« Er legte seine Hand auf Edgars. Der trank die kleine Flasche in einem Zug aus. »Geh jetzt«, sagte Herr Miebach, »sonst werde ich altes Kamel noch richtig sentimental.«

Edgar glaubte, die Zwiebeln auf Jupps Butterbrot knirschen zu hören, als er hineinbiss. Inge klappte das Serengeti-Buch mit einer aufmerksamen Intensität zu, als hätte sie sich an einem Bibelwort zum Tagesausklang erbaut.

»Ich möchte Tierfilmerin werden«, sagte sie mit der ganzen Entschlossenheit einer 15-Jährigen.

»Willst du den Zebras Locken machen?«, fragte Jupp.

»Nach der Lehre. Dann gehe ich noch mal zur Schule und mache mein Abitur nach«, Inge überlegte die einzelnen Schritte, während sie sprach.

»Nur, damit du dann irgendwann filmen kannst, wie die Antilopen doof gucken?«, Jupp freute sich, sie ärgern zu können.

»Du hast gesagt, dir hätte der Film auch gefallen. Die atemberaubenden Aufnahmen der vielen Tiere aus der Luft«, schnauzte ihn Inge an. Sehr kraftvoll. Manches klappte in dieser Familie.

»Das war an Weihnachten und deine Mutter hat mir die Kinokarte geschenkt. Aber was willst du denn in Afrika? Da haben wir Rembrandt« – Jupp zeigte auf Edgar – »in

Düsseldorf und dich bei den Schwatten. Was willst du denn da? Ist doch auch viel zu heiß.«

»Du hast gesagt, in Russland war es dir zu kalt.«

»Da war ich aber auch nicht wegen der Zebras.«

Friedel trat durch die Tür. Anders als sonst kam sie nicht auffordernd herein. Als würde es unmittelbar etwas zu tun geben, was die anderen übersehen hatten.

Sie hatte einen Kleiderbügel in der Hand. Darauf hing eine Jacke.

Als sie im funzeligen Licht der Lampe über dem Esstisch stand, nickte sie Edgar zu.

»Die ist für dich.«

Ein solches Kleidungsstück hatte er in Filmen gesehen. Ein hüftlanger Blouson. Die Form, die die Typen schätzten, die mit ihren Motorrollern rumfuhren. Die ganz sicher nicht die Anzüge ihrer Väter auftragen wollten. Die Schultern waren mit kurzhaarigen, gefleckten Fellen abgesetzt. Als ließen sich auf diesen starken Schultern sogar Rinder tragen.

»Verwegen«, Inge lachte entzückt, »zieh an!«

Edgar stand auf, zog die Jacke an und fühlte sich schrecklich.

Er konnte nicht mit einer solchen Jacke in diese Akademie gehen. Denn damit würde er sofort auffallen. Und dann was? Die Professoren könnten annehmen, für ihn wäre dieses Studium ein Halbstarken-Abenteuer. Die anderen Studenten kamen wahrscheinlich im feinen Tuch. Von irgendeinem ihrer puderzuckrigen Internate. Aus den Elternhäusern, in denen Gemälde hingen und nicht der Kalender der Apotheke mit schummrig gedruckten Landschaftsbildern. Er stellte sich nur Männer vor. Hatte noch keine Frau getroffen, die sich für Malerei interessierte.

»Gefällt sie dir?«, fragte seine Mutter.

»Muss ich sehen«, sagte er und wusste, sie hatte etwas mehr erwartet. Eine kleine Begeisterung vielleicht.

Der beste Spiegel hing im Salon, Edgar machte sich auf den Weg.

»Wie ein Loddel«, Jupp dröhnte nicht. Sprach leise für seine Verhältnisse. Er verärgerte seine Frau ohnehin beinahe durchgehend. Da war es eine gute Idee, unnötige Provokationen vorbeiziehen zu lassen.

Leider hatte Inge ein junges Gehör:

»Was ist ein Loddel, Mama?«

»Nicht hinhören, Schatz. Dein Bruder sieht toll aus«, sagte Friedel und sah ihrem Sohn besorgt nach.

Im Spiegel sah Edgar seine frisch geschnittenen Haare.

»Keine Maschine, nicht scheren«, hatte Edgar gebeten.

Zu seiner Überraschung hatte Jupp gelächelt und gesagt:

»Finde ich auch besser. Für Düsseldorf machen wir O.W. Fischer aus dir.«

Noch bei Horten hatte er mit Selbstporträts begonnen. »Es gibt ein Modell, das Sie niemals mieten müssen, denn es steht schon vor Ihrer Staffelei«, stand in einem Buch aus Riemoberts Kunstbibliothek in der Werkstatt.

Was allgemein als schön empfunden wurde, waren sein großer Mund und die ebenfalls großen Augen. Die kippten seitlich etwas weg und machten ihn hübsch melancholisch. Seine richtige Nase hatte er auf den Selbstporträts verleugnet und kleiner gemalt, als sie in Wahrheit war. Unter diese Nase musste ein Bart. Das ewige Rasiertsein war Soldatenkultur. Jede gemergelte Kontur enthaart. Gab vielen den Gesichtsausdruck, als würden sie ständig von einem Tee trinken, der viel zu lange gezogen hatte.

Die Jacke sah fremd an ihm aus. Aber am nächsten Tag würde alles fremd sein. Die Stadt, die Leute, das neue Leben. Seine Mutter würde ihm nicht mehr helfen können. Aber sie würde ihn begleiten, wenn er diese Jacke trug.

7. Juli 1961
Kunstakademie Düsseldorf
Vormittags
Edgar

»Es darf nicht knallen das Licht, sonst geht es nicht mit dem Malen«, sagte Karla. Sie hatte Pech mit ihren Haaren, denn die flusten auf dem Kopf herum, als wären sie zu jeder Entschlossenheit einfach zu faul. Karlas Zähne schienen zu lang für ihren Mund, und sie wackelte mit dem Kopf immer leicht hin und her. Die Silhouette ihres Körpers war dagegen perfekt. Sie stand beinahe aufreizend gerade. Als würde sie im nächsten Moment beginnen zu fechten oder Ballett zu tanzen. Wahrscheinlich viel Sport, dachte Edgar. Ihr Dozent, der Maler Gottfried Maria Lehnert, hatte gebeten, sich in diesem herrlichen Raum zu verteilen. Die Staffeleien aufzustellen und ihr »Material«, wie er es nannte, vorzubereiten.

Karla hatte Edgar den Platz neben sich angeboten. Etwa drei Schritte entfernt. Das Sprossenfenster mit der runden Kuppel war so groß, es hätte zu Hause beinahe die gesamte Front eines der stummeligen Häuser mit Bergschäden abgedeckt.

Der Raum war hallenhoch, die Wände weiß. Edgar hatte noch nie ein vergleichbar gutes Licht in einem geschlossenen Raum erlebt. Die Akademie war ein Gebäude aus dem späten 19. Jahrhundert.

Ein riesiger Bau. Aber nicht groß, damit riesige Maschinen Platz fanden. Sondern Gedanken. Ideen. Die Düsseldorfer Kunstakademie war in diesem Gebäude am 20. Oktober 1879 eingeweiht worden. Hatte Edgar sicherheitshalber auswendig gelernt. Falls ihn jemand danach fragte.

Was annähernd ausgeschlossen war. So viel konnte Edgar nach nur drei Tagen Akademie schon sagen.

Das war hier nicht wie in seiner Schule. Wenn du die Antwort nicht weißt, setzt es was. Bei Horten durfte er zwar viele Freiheiten genießen, Riemobert unterstützte ihn, wo er konnte. Aber sein Platz in der Hackordnung des Kaufhauses war dennoch unten gewesen.

Hier waren die Fragen unglaublich persönlich, aber sie richteten sich nicht an einen Untergebenen. Sondern mindestens dem Klang nach an eine Persönlichkeit. »Wer sind Sie?«, fragte sie Gottfried Maria Lehnert, als er sich zur Begrüßung vor drei Tagen an alle 23 neuen Studenten richtete.

Er stand da, so schmal, dass mancher Pinsel breiter schien als seine Schultern. Hielt ein Glas Sekt in der Hand. Nicht zur Begrüßung. Sondern weil er immer ein Glas Sekt in der Hand hielt, wie ihnen ein älterer Student zugeraunt hatte.

Lehnert sprach leise und sanft. Passte zu seiner eleganten Erscheinung. Ein dreiteiliger Anzug, so fein wie die Streben des Sprossenfensters. Weiße Krawatte zum weißen Hemd.

»Wer sind Sie?«, hatte er wiederholt und einen nach dem anderen angeschaut. So intensiv, als wollte er jedes einzelne dieser 23 jungen Gesichter zeichnen. »Wir wissen, wie fähig Sie sind. Denn wir haben Ihre Mappen gesehen. Ihre Arbeitsproben. Uns hier an der Kunstakademie

Düsseldorf ist klar, wie gut Sie zeichnen können. Oder modellieren. Oder auch schnitzen. Wir werden Ihre Fähigkeiten verfeinern. Erweitern. Wir werden versuchen, Ihnen Wissen zu vermitteln über diejenigen, die uns vorangegangen sind. Aber uns interessiert vor allem: Können Sie einfach nur das, was Sie können? Oder fangen Sie damit etwas an? Sind Sie in der Lage, etwas Gestalt zu geben, was für Sie spricht? Oder sogar für Ihre gesamte Generation?

Ich persönlich kann diesen sehr spannenden Weg leider nicht gemeinsam mit Ihnen zurücklegen. Denn auf mich wartet zum Jahresende der Ruhestand.« Er nippte an seinem Sektglas. »Aber Sie können sich darauf freuen, das verspreche ich Ihnen. Es wird eine interessante Reise. Zumal wir sehr stolz sind, meine ehemalige Meisterschülerin Johanna Alvaro engagiert zu haben. Frau Professor Alvaro wird sich Ihrer annehmen, wenn ich in Husum an meiner Staffelei stehe«, er hielt kurz inne, »und einen schönen Drachen male.«

Allgemeines Gekicher, weil wohl keiner der 23 Studenten wusste, ob ein lautes Auflachen angemessen war. Konnte ja sein, dass dieser Lehnert die unumstößliche Kapazität auf dem Gebiet der Drachenmalerei im deutschsprachigen Raum war. Erst als der Professor auf eine befremdend koboldhafte Weise kicherte, war allen klar, es sollte ein Scherz sein.

»Wer sind Sie«, der Frage hing Edgar immer noch nach. So wenig fiel ihm eine Antwort ein.

Karla begann, ihre Leinwand zu grundieren. Da Edgar nichts Besseres zu tun wusste, grundierte er auch.

Neben ihm lag eins der vielen Schulhefte, die er aus dem Laden von Nellys Mutter für sich als Skizzenbücher gerettet hatte.

Als erstes Werk auf der Leinwand würde er Elsbeth malen. Sie war ein paar Tage vor seiner Abfahrt nach Düsseldorf in den Tillmann-Laden gekommen, wo Edgar auf Geheiß seiner Mutter alles für die »Möbelfritzen« zusammengepackt hatte.

Elsbeth wusste, er würde dort allein sein, und sprach von einem »Abschiedsgeschenk für die große weite Welt«. Sie zeigte ihm Cunnilingus. Edgar begann unsicher, weil er es für möglich hielt, sich einer riesigen Schweinerei schuldig zu machen.

Die Zweifel nahm ihm aber nicht nur Elsbeths freundlicher Gesichtsausdruck. Sondern auch ihre immer stärker werdende Reaktion auf sein Tun. Vorher war ihm nicht bewusst gewesen, wie unterschiedlich schnell und verschieden kräftig er seine Zunge bewegen konnte. Auch vom Geschmack war er angenehm überrascht. Wie eine Dirigentin ermunterte ihn Elsbeth, den Bereich auszuweiten, auf den er seine Energie lenkte. Ehe sie auf eine Weise kam, dass Edgar kaum glauben konnte, so etwas ausgelöst zu haben. Danach nahm er sich vor, ein Meister auf diesem Gebiet zu werden. Nicht aus Selbstlosigkeit. Diese pralle Lust löste vielmehr bei ihm einen inneren Trubel aus, der ihn fühlen ließ, als könne er alles schaffen. Immer wieder sah er seitdem die gespreizten Schenkel Elsbeths vor sich.

Später werden Menschen über mich lesen. Aber sicher werden sie das. Und ich werde ganz lange warten, dachte Edgar, bis ich preisgebe, wem die geöffneten Schenkel gehörten, die ich immer wieder gemalt habe. Elsbeth Hopmeier, die mich auf die große, weite Welt vorbereitete.

»Woran wirst du arbeiten?«, fragte Edgar Karla. Vor allem, um sich zu beruhigen, denn sie grundierte so routiniert, dass er sich fragte, wie viel Erfahrung sie schon hatte.

Wann konnte sie so viel gemalt haben? Sie war jünger als er, ganz sicher.

»Ich habe gegenüber der Akademie, auf diesem Schrottplatz, einen alten Ofen gesehen, der mir wie ein Wolf oder ein großer Hund vorkam. Mal gucken, ob ich das hinbekomme. Und du?«, fragte sie zurück.

»Ich habe einer lieben Tante zu Hause ein Porträt versprochen. Aber vorher male ich dich.«

»Gut. Wie die Badende von Jean-Auguste Ingres. Nur nicht mit so einem Speckrücken, wie im Original.« Sie strich weiter die Grundierung auf die Leinwand, sah ihn nicht an, wackelte aber etwas schneller mit dem Kopf.

»Du spielst auf den Maler an, der als bedeutendster Vertreter des französischen Klassizimus gilt. Jean-Auguste Dominique Ingres.«

»Das klingt fürchterlich«, sagte Karla, »was hat dein Französischlehrer beruflich gemacht?«

Edgar ließ sich nicht beirren: »Und zu dessen Lieblingsmotiv der Frauenakt in orientalischer Umgebung gehörte. Meintest du den?« Edgar tunkte seinen Pinsel in die Grundierung und begann ebenfalls zu arbeiten.

»Wo hast du einen Ingres gesehen?«, fragte sie.

»Hängt in der Bibliothek meines Vaters. Wir sind märchenhaft reich, mein Französischlehrer unterrichtete mich zu Hause, und ich bin nur an diese Akademie geflohen, um nicht standesgemäß mit einer fiesen Krupp-Tochter verheiratet zu werden.«

Wenn Karla lachte, stoppte das Wackeln des Kopfes.

In den Wochen vor seiner Abreise nach Düsseldorf hatte Edgar auf eine so gierige Weise gelesen, dass in der Lütgendortmunder Stadtteilbücherei eigentlich ein Schmatzen hätte zu hören sein müssen. Er fürchtete, an der Akademie als Hochstapler entlarvt zu werden. Als Nichtswisser.

Als totale Pflaume, wie es Jupp nennen würde. Das war es aber nicht allein. Warum waren da Vinci und Michelangelo solche Rivalen? Was unterschied Lovis Corinth von Max Liebermann? Warum hatte nur ein einziger Student keine Angst vor Max Beckmann? Ihn interessierte schlicht alles. Die Dosis konnte nicht zu hoch sein.

»Können wir vielleicht tauschen?« Klaus von Wittig war an Karla herangetreten. Er war das, was Jürgen und er auf der Steinhammerstraße ein Ohrfeigengesicht genannt hätten. Jemand, der allein durch seine Ausstrahlung um Ärger bettelte.

Er trug ein affiges Halstuch und hatte sich die blonden Haare länger wachsen lassen, damit Goethe sein nächstes Buch über ihn schreiben konnte. Es würde besser als der Werther, denn es würde ja um Klaus von Wittig gehen.

In seiner Nähe waren immer zwei Typen mit Haartolle, deren Namen sich Edgar in den vergangenen drei Tagen noch nicht hatte merken können. Seit dem Überfall in der Steinhammerstraße spürte Edgar eine unmittelbare körperliche Reaktion, wenn er eine Tolle sah. War zwar ein hündisches Benehmen, aber nicht zu ändern.

Karla war dieser Wittig unangenehm. Jeder Gutwillige hätte aus der Art, wie sie die Arme um ihren Oberkörper schlang, lesen können, wie die Antwort war. Nein, Klaus, ich möchte nicht tauschen.

»Ich weiß nicht«, sagte sie, »es ist ein so schöner Platz. So nah an diesem tollen Fenster.«

»Ja eben«, sagte von Wittig, »ich arbeite vor allem mit dem Licht der auf- und untergehenden Sonne. Dämmerung und Sonnenuntergang. Davon lebt meine Arbeit. Und bei dir glaube ich, dass du unter allen möglichen Lichtbedingungen zu deinen Ergebnissen kommst.

Weibliche Malerei kommt ja mehr aus dem Irrationalen, der Innerlichkeit. Nicht aus dem objektiven Beobachten.«

Edgar spürte den nächsten Wutball. Alles an diesem Typen brachte ihn in Rage.

»Warum bittest du nicht einen deiner Bimbos um Hilfe?« Edgar zeigte auf die Männer mit der Tolle.

»Wie bitte?«, fragte von Wittig zurück.

»Ihr seid alle drei Typen, die glauben, dass ihnen die Sonne aus dem Arsch scheint. Dann können die beiden sie doch auch für dich auf- und untergehen lassen, oder nicht?«

»Das ist reichlich vulgär an einem Ort wie diesem«, sagte von Wittig und versuchte, den Blickkontakt mit Edgar auszuhalten. Was misslang.

Zwei Stunden später hatten Karla und Edgar bereits zwölf Striche auf dem Bierdeckel. Zwölf Altbier einer Marke, die sympathisch war, weil sie Füchschen hieß.

Die Kneipe »De Uel« war weniger als hundert Schritte von der Akademie entfernt. Auf dieser Ratinger Straße folgte Gaststätte auf Gaststätte. Hier amüsierte sich der Düsseldorfer, wenn ihm danach war. Bierbänke und Biertische ohne Schnickschnack, keine Tischdecken. Der Tresen gefliest. Das Vorteilhafteste, was sich über den Fußboden sagen ließ: Er war leicht zu reinigen.

Edgar fühlte sich federleicht.

Trinken und reden hieß zu Hause, er musste Leuten zuhören, denen er nicht zuhören wollte. Bei Riemoberts Partys war das schon besser gewesen. Dort musste er aber immer noch den begabten Jungen abgeben, für dessen Begabung sich Riemoberts Freunde so genau nun auch nicht interessierten. Sie fanden ihn appetitlich, und weil er seiner Verunsicherung nicht Herr werden konnte, hatte er sich unwohl gefühlt.

Er sagte es nicht laut, aber er erklärte »De Uel« sofort zu seinem Terrain. Von ihm erobert. An der Seite von Gleichgesinnten. Die zu einem Bild nicht »Och, ganz schön« sagten. Sondern einen Vergleich kannten und Maßstäbe hatten.

»Das war sehr nett von dir, vorhin mit Klaus«, sagte Karla.

Wie beim Grundieren, war sie auch beim Trinken schneller als er.

»Aber es war nicht nötig. Wir kennen uns schon seit Kindertagen. Unsere Familien sind miteinander bekannt.«

»Aha. So sagt man das? Eure Familien sind bekannt. Was sind das für Familien?«

»Ich heiße Karla Schellenberg und meine Familie ist mit Unterwäsche reich geworden. Selbst im Krieg nicht verarmt. Wenn ich wollte, könnte ich im Schwarzwald sitzen und mir Gedanken machen, wie sich der Eingriff an einer Männerunterhose noch verbessern lässt. Meine Ideen könnte ich dann meinem Bruder oder einem Vetter unterbreiten und die machen dann damit, was sie für richtig halten. Zu melden hätte ich nichts. Frau eben.«

»Du bist also eine hohe Tochter?«

»Ich kann reiten, an der Ballettstange nicht umfallen und fließend Französisch sprechen. Ich kann dir aber auch sagen, wie es ist, wenn man Weihnachten in einem sehr teuren Kleid an einer Tafel sitzt und im Blick des Vaters liest, wie sehr der sich eine schönere Tochter gewünscht hätte.«

Edgar nickte. Sagte lieber nichts.

»Wenn ich jammere, bin ich eine undankbare Ziege. Meine Mutter lebt in einem ewigen Rotweinnebel, seit ihr geliebter Bruder in der Normandie gefallen ist. Solange ich nicht zu ihm auf den Arm wollte, hat mir mein Vater alles ermöglicht. Ich durfte mir schon in Paris den Louvre ansehen. War in London in der Royal Academy und habe das Eisenbahnbild von Turner kopiert.«

»Was heißt das?«

»Du kannst da hinfahren, sagen, dass du Malerin bist und einen Turner kopieren willst. Dann bringen sie dir das Bild in einen Raum und dann kannst du loslegen.«

In Edgar sprach eine Souffleuse, die es nicht wirklich gab. Er wusste selbst nicht, warum ihm sein Gedächtnis die angelesenen Informationen mit einer Frauenstimme vorlas: William Turner, Meister des Lichts, bedeutendster englischer Maler seiner Zeit, also in der ersten Hälfte des 19. Jahrhunderts. Stellte 1844 das Bild eines Zuges aus. Der Zug kommt aus einem diesigen Nichts und fährt auf den Betrachter zu. Vergleichbar ist das Bild mit dem des deutschen Malgenies Adolph Menzel, der 1847 die Berlin-Potsdamer Eisenbahn malte. Die Stimme des Gedächtnisses schwieg wieder.

Edgar dachte daran, wie gerne er mit Nelly nach London reisen würde. Sie könnte sich an einem Hotelschreibtisch Notizen machen, und er würde ein Meisterwerk kopieren. Womöglich würde es durch seine Bearbeitung noch gewinnen. Engländer würden sagen, was für ein Glück, dass dieser junge deutsche Mann mit einem polnischen Namen zu uns gekommen ist, um uns den Turner zu verbessern.

Nelly sprach nicht mehr mit ihm. In seiner Tasche hatte er noch 44 Mark von den 50, die Jupp ihm gegeben hatte. Davon musste er Farben bezahlen, Essen in den kommenden dreieinhalb Wochen finanzieren und zehn Mark in das versiffte Loch stecken, das ihm dieser schweißfüßige Halunke Pfeilschifter in der Altstadt vermietete. Sonst sprach nichts gegen eine London-Reise mit Nelly.

»Und du?«, fragte Karla.

»Nicht so interessant«, antwortete er, »Kohlegegend. Nicht weit weg von hier. Arme Leute. Schlecht für das Geschäft deiner Eltern, eine Woche lang dieselbe Unterbuchse.«

»Wo wohnst du hier?«

»Kannst du mit der Wahrheit leben?« Sie nickte. Er zeigte dem Kellner an, er wolle noch zwei von diesen undurchsichtigen Bieren haben. Mittlerweile machte ihn die Neugier auf ihren Körper unruhig. Er würde den Unterschied sehen wollen. Zwischen ihr und Elsbeth.

»Ich wohne bei einem Mann, der sich nicht mehr gewaschen hat, seit der Kaiser ins holländische Exil flüchtete. Ein Schmandkopf allerersten Rangs. Ich habe meinen Koffer unter das Bett geschoben. Der ist schon lange nicht mehr schön. Aber als ich ihn hervorzog, war er offenbar erwachsen geworden und hatte ganz viele Haare bekommen.«

»Du kannst bei mir wohnen«, sagte Karla.

»So war das nicht gemeint.«

»Ich bin eine hohe Tochter, schon vergessen? Ich wohne hier so groß, dass ich dich nicht treffen muss. Außerdem schulde ich dir einen Gefallen.«

»Dann sage mir, wo ich arbeiten gehen kann. Ich muss Geld verdienen.«

»Das kleinste Problem. Ich stelle dir Alfons vor. Der wohnt auch bei mir.«

»Lass uns flippern gehen«, schlug Edgar vor.

»Kann ich davon ein Kind bekommen?«, fragte sie.

Edgar zeigte in Richtung des kleineren Raums neben dem Eingang, wo ein Flipperautomat vor sich hin flackerte wie eine Verheißung unendlichen Vergnügens.

8. Juli 1961
Düsseldorf
Wohnung von Karla Schellenberg
7.50 Uhr

Edgar wurde wach, weil Bäume vor einem sehr großen geöffneten Fenster rauschten.

Ihm war übel. Er war in Karlas Wohnung.

Flippern, mehr Bier. Noch mehr Flippern. Noch mehr Bier. 24 Biere, zwei Weinbrand und zwei Frikadellen bezahlen. Seine Stimme, die dominant dröhnte. Eine hohe Tochter muss sich auch mal einladen lassen, doch muss sie, aber sicher.

»Es liegt was in der Luft« in der Düsseldorfer Altstadt singen, ohne ein komisches Gefühl zu haben. Riesige Wohnung, staunen, Karla geht es gar nicht gut. Die flusigen Haare zurückhalten, während sie sich übergibt, und feststellen, dass die sich viel besser anfühlen, als sie aussehen. Karla erst stützen. Rutscht immer wieder auf den Boden. Dann tragen, Sofa finden, Schuhe ausziehen. Geöffnete Tür, Bett dahinter, reinlegen.

Bevor er seine Hose anzog, tastete Edgar in seiner Hosentasche nach seinem Geld. Ein Glück, es war noch da. Er zählte es durch. Schlecht, ganz schlecht. Nur noch 28 Mark.

Edgar zog seine Hose an. Das Hemd stank nach Rauch und allem anderen, was sich in einer Kneipe aufnehmen ließ.

Er zog die Hosenträger über seinen freien Oberkörper, trat aus dem Zimmer auf einen 20 Schritte langen Flur, von dem mehrere Türen in unterschiedliche Zimmer führten. Alle Räume so hoch, ein einfaches Entlanggehen machte schon einen bedeutsamen Eindruck. Hier kroch niemand durch seine niedrige Höhle, wie in der Steinhammerstraße. Hier schritt der edle Bürger neuen Großtaten entgegen. Aber auch der verkaterte Kunststudent, der sich schon wieder fehl am Platze vorkam.

Edgar fand das Bad. Wusch sich hastig.

Er musste um 9 Uhr in der Akademie sein. Tag vier und zu spät, das wäre sehr ungut. Er folgte dem Duft von Kaffee. Öffnete eine Tür und blickte in eine Abstellkammer mit einem dieser modernen Staubsauger, von dem seine Mutter träumte.

Die nächste Tür war die richtige.

Karla stand am Herd vor einem Teekessel, der eher keuchte als pfiff.

Der Mann, der am Tisch saß, sagte: »Ist heiß das Wasser, glaub ich, Karlachen.«

Der Mann trug eine Polizeiuniform. Über der Oberlippe ein Schnäuzer, der so bürstendicht war, wie ihn sich Jürgen als ganz junger Mann erträumt hatte.

Karla nahm den Kessel vom Herd und goss das heiße Wasser in eine Porzellankanne. Es breitete sich Kaffeearoma aus.

»Guten Morgen, haben wir was angestellt?«, platzte es aus Edgar heraus.

»Guten Morgen«, sagte der Polizist, stand auf und hielt Edgar eine große, starke Hand hin. »Es trinkt der Mensch, es säuft das Pferd, bei manchem ist es umgekehrt. Ihr hattet einen bunten Abend. Nicht vor der Uniform erschrecken, ich bin der Alfons.«

Karla nickte Edgar zu. Sah aus, als würde sie leiden.

»Wir müssen«, sagte sie.

»Brauchst du ein Hemd?«, fragte Alfons.

Edgar nickte.

»Und noch ein Tipp: Im Badezimmer gibt es eine Brause.«

Das Hemd umflatterte Edgar auf dem Fußweg zur Akademie. Karla stöhnte zwischendurch immer wieder auf. Sagte aber nichts. Edgar kam sich vor, als könnte er sie wie ein gassiverrückter Welpe umhüpfen. Er hatte geduscht und dafür nur zwei Türen weiter, aber in keine Badeanstalt gehen müssen. Sie waren auf dem Weg in die Welt der Bilder. Von irgendwoher würde Geld kommen. Sein Leben war nie besser.

7. Oktober 1961
Hamburg
Grindelviertel
Brief Nelly Tillmann an Jürgen Miebach

Mein lieber Jürgen,

ich habe mich so sehr über Deinen Brief gefreut, dass ich erst einmal eine Jürgen-Zigarette geraucht habe. Obwohl ich mit dem Rauchen nichts mehr zu tun haben wollte.

Am Abend, als klar war, dass Berlin jetzt eingemauert ist, bin ich mit den Kollegen auf dem Kiez ausgegangen. Wir waren traurig und uns überkam eine merkwürdige Angst. Der Vater einer Kollegin ist in Ost-Berlin geblieben und damit jetzt eingesperrt. Uns fiel das ein, was wir bei unseren Altvorderen nie mochten: Wir haben uns mit vielen Getränken und noch mehr Zigaretten in eine rauschende Gleichgültigkeit versetzt.

Es liest sich sehr gut, was Du über Euer neues Leben schreibst. Fantastisch, dass Martina gleich Arbeit gefunden hat. Dann auch noch an der Universität, was für ein Treffer.
Habt Ihr wirklich alle diese Maschinen im Haus? Für die Wäsche und den Haushalt?
Es ist beinahe peinlich, aber ich bezahle eine Frau, die das für mich macht. Wüsste auch gar nicht, wie ich das sonst schaffen soll.
Meine Tage sind lang. Kein Grund zur Klage, denn ich bekomme mehr und mehr Aufgaben. Nur kann ich danach in keiner Waschküche mehr stehen.

Mein Vetter Thilo ist ein Totalausfall. Er ist ein Schwächling. Seit wir hier zusammen eingezogen sind, befindet er sich in seiner Henry-Miller-Phase, wie er das nennt. Thilo ist alles andere als ein Schriftsteller. Sieht sich aber als ein Meister des Exzesses und will nachleben, was Miller im »Wendekreis des Krebses« beschrieben hat. Nun ist Thilo aber nicht so ansehnlich, dass ihm per Fingerschnips gleich jede erotische Eskapade gelingt. Er bezahlt dafür.
Was mir die ein oder andere amüsante Bekanntschaft mit Frauen beschert, die nach Abschluss des oft sehr lauten Geschäftes noch auf einen Kaffee an unserem Tisch sitzen.
Meine Großmutter ermahnt mich allerdings per Brief oder am Telefon, ich möge mir am wunderbaren Thilo ein Beispiel nehmen. Er lügt ihr vor, er würde hier im Im- und Export-Geschäft reüssieren. Ihr Anwalt ist alarmiert. Denn der sieht, wie viel Geld dabei flöten geht.

Ich habe es bisher geschafft, nur mit meinem Gehalt über die Runden zu kommen. Das ist ordentlich. Ich benutze nur hin und wieder das Telefon, das von Omas Geld bezahlt wird.
Habe schon manchmal überlegt, ob ich Dich eigentlich anrufen kann. Selbst wenn das sehr kostspielig sein würde, kann es nicht mehr kosten als der Champagner, den mein Vetter über die gekauften Bräute gießt.

Einen Hoffnungsschimmer gibt es bei meiner Mutter.
Ein freundlicher, wenn auch leicht irre wirkender Arzt deutete an, man könne sie vielleicht entlassen. Damit ich mit ihr zusammenleben kann, müsste ich ihre Vormundschaft übernehmen. Nicht einfach, denn da ist noch die Hexe, also meine Oma, dazwischen.

Du merkst schon, ich habe mir das schwierigste Thema für den Schluss aufbewahrt. Dein Edgar. Und mein Edgar.
Wir haben uns in Bremen schlimm gestritten.
Das hatte nun wirklich nichts mit Dir und Deiner Abreise zu tun. Eher damit, dass ich ich bin. Und er eben der Edgar ist, den Du auch kennst.
Wusstest Du, dass sie ihn an der Düsseldorfer Kunstakademie aufgenommen haben?
Ich habe es von Inge erfahren, als ich wegen der Abwicklung des Ladens und unserer Wohnung in der Steinhammerstraße war.
Habe übrigens mit Deinem Vater eine Tasse Kaffee getrunken.

Er hat mir alle Briefe von Dir gezeigt. Auch das Foto, das Du ihm geschickt hast. Er trägt das alles immer »am Mann«, wie er es nannte.
Zwischendurch wurde er ganz versonnen. Deswegen meine Frage: Wer ist Roswitha, die ihm in der Trinkhalle hilft?

Verstehe mich bitte nicht falsch: Es ist fantastisch, dass sie Edgar in Düsseldorf genommen haben. Ich gehe abends gerne zu Fuß nach Hause. Dauert etwas länger als eine halbe Stunde. Immer wieder denke ich darüber nach, ob wir wussten, wie weit ihn seine Begabung tragen können würde. Ob er genug gespürt hat, was wir ihm alles zutrauen.
Habe in der Bibliothek gelernt, dass sie an dieser Akademie nur sehr wenige Studenten aufnehmen.

An Abenden, an denen ich harscher unterwegs bin, denke ich: Wir wollten doch nicht dem Künstler nahe sein. Sondern diesem jungen Mann, der zwar so tun kann, als sei er ganz leicht, während ihn aber eigentlich diese schüchterne Schwere umgibt. Wir kennen das nervige Raubein, das er so gerne sein möchte. Wissen aber um diesen samtigen Verlegenen, der womöglich viel tiefer in ihm steckt.
Du merkst schon: Ich vermisse ihn. Bin auch wütend auf ihn. Kürzlich verabredete ich mich mit einem Offizier zur See. Fährt auf den Weltmeeren. War zweimal so groß wie der riesige Zwerg Edgar. Erzählte aber so langweilig von den Routinen an Bord eines Schiffes, dass ich schon wieder sauer auf Edgar wurde. Weil er mich durch seine Abwesenheit in dieses Rendezvous getrieben hat. Auf dem

Heimweg wollte mich der Seemann auch noch küssen. Ich hatte ganz stark den Eindruck, er würde nach Fisch stinken, und lehnte dankend ab.

Ich bin aber viel unterwegs. Würde lügen, wenn ich behauptete, ich wäre gern abends mit meinen Büchern und vor allem meinen Gedanken allein. Kürzlich war ich mit einem Mann verabredet, der wirklich Hinnerk heißt. Arbeitet beim Deutschen Wetterdienst. Am Ende des Abends fiel mir auf, dass meine Geldbörse nicht mehr in meiner Handtasche war. Dann ist der mit mir alle Wege des Tages abgegangen. Bestimmt zwei Stunden lang. Um am Ende festzustellen, ich hatte das Ding bei mir auf dem Küchentisch liegen lassen. Fand ich zuckersüß von dem.

Nein, ich würde Edgar gegenüber nicht zugeben, dass ich Abend für Abend über Kunst lese. Mache ich aber. War schon mehrmals in der Hamburger Kunsthalle und habe mich dort in das Selbstporträt der Hamburger Künstlerin Anita Ree verguckt. Eine Frau, die sich dreimal so viel anstrengen musste wie die Herren Künstler um sie herum. Den Hamburger Edel-Christen war sie irgendwann trotz Taufe immer noch zu jüdisch. Hat sich dann wegen der verdammten Nazis auf Sylt das Leben genommen.
Edgar würde ich das alles (erst einmal) nicht sagen. Aber ich bin froh, wenn ich es Dir schreiben kann.

Du fehlst mir, mein wunderbarer Jürgen. Ich bin aber noch sicherer als am Tag Eurer Abreise, dass Du und Ihr alles richtig gemacht habt. Vielleicht rufe ich wirklich bald an.

Ich umarme Dich fest.
Deine Nelly

2. November 1961
Düsseldorf
Kunstakademie
8.50 Uhr
Edgar

Warum sagte eigentlich keiner was?

Von außen wusch der Novembersprühregen die beiden riesigen Fenster. Sie waren im großen Raum, den manche »den Saal« nannten. Die Stadt hatte heute eine einheitliche Farbe: Der Rhein, die Häuser, die Straßen, alles war feuchtgrau.

Alle 22 waren da. Nummer 23 fehlte. Seinen richtigen Namen kannte keiner und würde auch keiner mehr kennen. Er hieß »der Ozelot«, weil er nie etwas sagte und in den gesamten vier Monaten nur eine Arbeit vorgestellt hatte: einen mumifizierten Tierkopf, den er in Leuchtfarbe getaucht hatte. Er würde an die Akademie in Wien wechseln. Niemand war traurig.

Sie saßen auf den Klappstühlen vor den Staffeleien, auf denen ihre Arbeiten standen, die sie vielleicht heute zu verteidigen hatten. Statt der Bilder und Skulpturen hätten dort auch Särge stehen können. So düster war die Stimmung. Klaus von Wittig grinste zwar. Seine beiden Schergen taten es ihm gleich. Das war ihr Auftrittsritual. Allerdings hatte Wittig sein Äußeres verändert. Er trug eine

Art Schlafanzug. Graublau, mit Stehkragen. Seine Haare hatte er sich zu einem Stoppelschnitt herunterraspeln lassen.

Er malte Zeug, fand Edgar. Wittig konnte einigermaßen zeichnen, ohne dass es wirklich aufregend war. Rumgemache mit Flächen. Aber alles ohne Kraft und ohne Seele. Wen kannte sein reicher Vater in der Leitung der Akademie, dass sein unbegabter Sohn hier einen Platz bekommen hatte?

»Bereiten Sie neue Arbeiten vor. Ich bitte Sie alle dringend, pünktlich zu sein. Das wäre der respektvollste Empfang, den Sie Frau Professor Alvaro bereiten könnten«, hatte Professor Lehnert am Freitagabend gesagt. Dann hob er sein Sektglas in ihre Richtung, sagte »Danke schön« und verließ den Raum. In den Ruhestand. Oder sonst wohin. Alle waren so perplex, dass sie erst zu applaudieren begannen, als er schon zu weit weg war, um es noch mitzubekommen. Was für ein feiner Mann, dachte Edgar.

Er sah zu Karla rüber, die recht heftig mit dem Kopf wackelte. Am liebsten hätte er auch damit angefangen. Vielleicht würde ihn das entspannen, ihm die Nervosität nehmen. Edgar hatte nicht geschlafen. Bis Mitternacht hatte er eine Zahnarztpraxis in der Nähe des Hauptbahnhofs angestrichen. Einer der Jobs, von denen Alfons auf seiner Fußstreife erfahren hatte. Hier muss gestrichen werden, dort gibt es eine größere Fuhre abzuladen, die Kohlen müssten in den Keller, kennen Sie nicht jemanden, Herr Wachtmeister? In der »Uel« stellte Edgar Alfons nur noch als seinen Agenten vor. Würde der ihm keine Jobs besorgen, müsste Edgar längst mit eingekniffenem Schwanz nach Hause fahren und Jupp um Geld bitten. Die Häme konnte er sich vorstellen. Oho, der Herr Künstler hat nicht mal mehr die Pfennige für ein Solei.

Als die Arztpraxis wieder weiß war, Edgar die Schutzfolien entfernt und in den Müll geschafft hatte, ging er in die Akademie. Sein Bild musste fertig werden, damit er sich der Alvaro damit vorstellen konnte.

Eigentlich wollten alle nur hören, wie spät es war, um zu wissen, wie lange sie noch in dieser Spannung auf die neue Professorin nebeneinander sitzen mussten. Leider war es nur überhaupt nicht lässig, diejenigen zu fragen, die eine Armbanduhr besaßen.

Die angelehnte Tür öffnete sich, und sie kam herein. Es musste sie sein. So viele Gerüchte waren im Umlauf. Die Nichte des spanischen Diktators Franco. Am Umsturz in Kuba vor zwei Jahren beteiligt. Hieß eigentlich Schulze, aber der Vater war Nazi und sie musste seinetwegen in Südamerika einen anderen Namen annehmen.

»Sie war eine hervorragende Schülerin. Ich wäre mit der Hälfte der Begabung von Frau Professor Alvaro ein sehr glücklicher Mann. Alles andere fragen Sie sie selbst«, hatte Professor Lehnert alle Fragenden beschieden und dabei noch leiser gesprochen als sonst.

Sie hielt ein Paar Stiefeletten in der Hand, ging auf Strümpfen. Sie trug einen Mantel in Leopardenfellmuster, der bis über die Knie reichte. Auf dem Kopf eine Pillbox. Nicht elegant aufgesetzt wie bei der Frau dieses jungen amerikanischen Präsidenten. Sondern mit einem Riemen unter dem Kinn befestigt, wie bei einem Hotelpagen. Das Gestell ihrer Brille war schwarz und recht dick. Sie ist größer als ich, dachte Edgar.

»Guten Morgen«, sagte Professor Alvaro. Die Erwiderung der Klasse wurde vorsichtig gemurmelt. Aber jeder und jede machte ein Geräusch zur Begrüßung.

»Gestatten Sie, dass ich mich Ihnen vorstelle. Und sehen Sie es mir nach, dass diese Vorstellung recht knapp ausfallen wird.« Sie setzte sich auf einen Stuhl. Bisher hatte sie die ausgestellten Bilder und Objekte keines Blickes gewürdigt. Sah stattdessen die Studenten an. Ging mit dem Kopf nach links, nach rechts, dann wieder nach links, um immer wieder zu einem anderen Blickkontakt herzustellen.

»Ich bin 41 Jahre alt. Wie Sie wissen, habe ich auch hier studiert und war Meisterschülerin von Gottfried Maria Lehnert, den ich verehre. Als bemerkenswerten Künstler. Aber vor allem als Menschen, dessen Großzügigkeit mich ein ums andere Mal überwältigt hat.

Aufgewachsen bin ich in Argentinien. Tatsächlich in der Pampa, als Tochter eines deutschen Fellhändlers, der seinen Namen Albrecht der Einfachheit halber hispanisiert hat. In Alvaro. Womöglich sind Sie zu jung, um die Redewendung »reich wie ein Argentinier« zu kennen. Die war Anfang unseres Jahrhunderts noch sehr gebräuchlich. Nicht ohne Grund.« Sie beugte sich vor und zog zuerst den rechten Stiefel, dann den linken an.

»Sie können sich mit meinen Werken beschäftigen. Aber Sie können das auch gut bleiben lassen. Denn ich möchte Ihnen nichts zeigen, was Sie nachmachen können. Ich möchte in den nächsten Monaten, womöglich sogar Jahren, mit Ihnen gemeinsam herausfinden, wer Sie sind. Warum bin ich hier auf Strümpfen hereingekommen, was meinen Sie?«

»Ihnen war warm, die blöde Heizung lässt sich nicht regulieren. Haben wir dem Hausmeister schon tausendmal gesagt«, rief es aus der zweiten Reihe.

»Wie heißen Sie, was machen Sie hier?«, fragte sie in Richtung des Rufers.

»Ewald Figge, Schnitzen, Holzskulpturen.«

Sie lächelte leicht.

»Mir ist in diesem Land kalt, seit ich in Hamburg von Bord gegangen bin, Herr Figge. Und das war vor 15 Jahren.«

Sie zeigte auf einen erhobenen Arm und nickte.

»Sie wollten den Boden spüren. Verbindung aufnehmen mit der Erde, die in der kommenden Zeit für Sie wichtig ist. Paul Erich Wolff, Malerei, freie Kunst.«

»Darauf wäre ich nicht gekommen, Herr Wolff. Denn bei allem, was ich über diesen Bau weiß, ist hier die Mutter Erde doch von viel Stein und Zement begraben. Wahrscheinlich unterstellen Sie, dass Menschen aus dem wilden Südamerika generell Naturreligionen anhängen und sich bei regelmäßigen Ritualen mit Erde einschmieren. Ich muss Sie enttäuschen. Ich bin katholisch und gehe bekleidet zum Gottesdienst, wenn mir danach ist. Stehe zu meinem Bedauern also nicht als Ihre Schamanin zur Verfügung.« Hier und da ein Kichern. Sie machte schnell Punkte.

»Sie wollten einen unvergesslichen ersten Eindruck machen. Karla Schellenberg, Malerei.«

Johanna Alvaro zeigte bestätigend mit dem Finger in Karlas Richtung.

»Danke, Frau Schellenberg. Sie werden es alle schon bemerkt haben. Nehmen wir an, Sie würden Geschichte studieren und wollten irgendjemandem, den sie gerade kennengelernt haben, sagen, dass Sie Historiker werden wollten. Dann würde die neue Bekanntschaft erwidern: Aha, wie interessant. Oder, weil wir in Deutschland sind und die Geschichte viel zu viel beschworen wurde: Um Gottes willen. Sie wären eine Studentin oder ein Student, der eben viel Zeit mit Büchern verbringt. Das ist es, mehr nicht. Wäre Ihr Fach Maschinenbau, wäre der Respekt groß. In einem Landstrich wie diesem, mit seinen vielen

Maschinen, die irgendjemand ja auch verstehen können muss. Sagen Sie aber, dass Sie an der Kunstakademie studieren …«

»Dann ist das Bedauern groß«, bölkte Klaus von Wittig und drehte sich sofort Beifall heischend zu seinen Leuten um, die dann auch pflichtschuldig zu lachen begannen.

»Vielleicht«, sagte sie, »aber eigentlich ist das nicht meine Erfahrung, Herr?«

»Klaus, Sie können Klaus zu mir sagen. Ich gehe nämlich auch gerne auf Socken. Klaus von Wittig, Universalgenie.«

»Das ist der wichtige Hinweis, Herr von Wittig. Genie. Musenkuss. Spezialbegabung. Metaphysik. Uns wird zugebilligt, dass wir durch unsere Beschäftigung mit Kunst etwas Außerordentliches sind. Im Sinne von außerhalb der sonstigen Ordnung stehend.« Sie stand auf und begann langsam hin und her zu gehen.

»Aber stimmt das? Machen wir etwas wie der Historiker, der eine Theorie aufstellt, um ein geschichtliches Ereignis besser verstehen zu können? Wie der Maschinenbauer, der ein Ventil entwickelt, damit irgendein Apparat besser funktioniert? Oder sind wir allein deswegen ganz anders, weil wir machen, was wir tun? Wenn man ein Bild malt und dann viele weitere, geht man dann selbstverständlich auch auf Socken in einem furchtbar fußkalten Gebäude herum und trägt einen Hut, der eigentlich vor allem doof aussieht und mit seinem Riemen ein schlimmes Doppelkinn macht?« Sie öffnete den Riemen der Pillbox, sprach weiter: »Fängt Kunst immer erst da an, wo die Alltäglichkeit, wo das Normale, wo die Konvention endet? Sind Sie nicht normal, nur weil Sie hier sind? Und wenn das so ist: Was sind Sie dann? Was ist mit Ihnen los? Machen Sie nicht nur Kunst, sondern haben Sie sie sich zugezogen?

Haben Sie also eigentlich Kunst? Und andersrum: Steckt in den Normalen keine Idee, keine Inspiration, keine Art sich auszudrücken, außer beim Sprechen? Erkennt keiner da draußen ein Miteinander von Farben? Orientiert sich die Hausfrau an keiner Form? Mag ein Mechaniker an einem Auto nur die Maschine? Oder ist es nicht so, dass sie sogar über das sprechen, was sie in Kühlerhauben zu erkennen glauben? Ist Ideenlosigkeit wirklich normal?« Sie nahm die Pillbox ab. »Wenn wir es wieder auf uns beziehen: Ersetzt eine Masche wirklich schon eine Idee? Erfahre ich etwas über die möglichst spannungsreiche, die vitale Komposition meines Werkes, wenn ich ohne Schuhe rumlaufe? Wenn ich viel trinke, bin ich dann schon auf dem Weg zur Meisterschaft von Johannes Brahms? Oder sollte ich es als bildende Künstlerin lieber gleich mit Morphium versuchen? Auf den Spuren von Ernst Ludwig Kirchner? Und dann schreibe ich mir, wie Kirchner, auch gleich selbst die Gutachten über meine Werke.

Bitte glauben Sie nicht, ich hätte vor allem Antworten. Ich habe Fragen. Vor allem an Sie. Wir sehen uns morgen wieder. Um 9 Uhr. Bitte suchen Sie eins Ihrer Bilder aus«, sie zeigte hinter sich, »das vorne am Gang über der Tür hängen kann. Ohne ein Bild an der Leiste sieht unser Raum aus wie eine Frau ohne Schuhe. Ich danke Ihnen.«

4. November 1961
Düsseldorf
In Karlas Küche
Gegen 8 Uhr

»Aber das war doch eigentlich geklärt. Wir hängen dein Bild auf. Da hat eine deutliche Mehrheit der Klasse für dich und deinen Bahndamm gestimmt. Das habe ich doch alles richtig in Erinnerung, oder?«, fragte Karla. Sie klang nicht wütend. Eher bedrückt.

Alfons hatte seine Polizeilederjacke über den Stuhl gehängt.

Vor ihm stand eine Flasche Bier. Daneben zwei schreibmaschinenbeschriebene Seiten Papier, über die er immer wieder strich. Grau, sahen aus wie Briefbögen. Ein Polizeibericht, den Alfons aus der Innenstadtwache mitgebracht hatte.

Karla trug einen Hausmantel. Ihren Madame-Butterfly-Kittel, wie Alfons ihn immer wieder nannte. Sie hatte einen Becher Kakao vor sich stehen. Edgar rauchte und sah im Gesicht schlechter aus als die Zigarette, die er gerade eben im Aschenbecher ausgedrückt hatte. Auf seiner rechten Wange war ein Kratzer. Wie immer waren seine schulterlangen Haare gewaschen. Der große Schnauzbart schien schlaff zu hängen.

»Lass mal, Karla«, sagte Alfons milde und winkte mit seiner großen Hand zur Ruhe, »wir wollen doch die Sache vom Tisch kriegen. Du bist also vorgestern in der Gaststätte ›de Uel‹ mit dem …«,

Alfons fuhr mit dem Finger über das Papier, »dem Klaus Eberhard Wilhelm von Wittig, geboren am 10. März 1942, oha, auf Schloss Staufenberg in Durbach, aneinandergeraten. Ihr seid gemeinsam auf die Straße getreten, und dort kam es nach Aussagen mehrerer Zeugen zu Tätlichkeiten. Die Folgen waren für den Geschädigten von Wittig erheblich.« Alfons blätterte durch den Bericht. »Hier ist der beigefügte Arztbericht. Nasenbeinbruch, hämatomhafte Schwellung der linken Wange, Würgemale am Hals, Gehirnerschütterung.«

Alfons sah auf und blickte Edgar an.

»Junge, Junge, so was kommt aber nicht von nur einer Ohrfeige.«

Edgar zuckte mit den Schultern.

»Wo hast du denn so hauen gelernt? Den Kollegen hast du ja durchgeräumt, als würdest du schon seit Jahren in irgendeinem Puff die Tür machen. Pinsel statt Keule, mein lieber Herr Hofmaler.«

»Ein Wort gab das andere. Und ich hatte zu viel getrunken«, sagte Edgar in Richtung des Teekessels. Also an beiden vorbei.

»Aber was hat dich denn so wütend gemacht?«, fragte Karla.

Edgar zuckte erneut mit den Achseln.

Alfons zeigte wieder auf den Polizeibericht.

»Dann kommt aber das eigentliche Rätsel. Die Kollegen haben dich in einer Telefonzelle in der Nähe aufgegriffen, auf der Heinrich-Heine-Allee. Du sollst auf dem Boden gesessen haben und warst, wie es der Kollege beschreibt, ›mit den Nerven runter‹. Der Telefonhörer hing herunter, und die Kollegen hörten, wie eine Frauenstimme mehrfach ›Hallo‹ rief. Der Kollege hat dann geantwortet und festgestellt, dass du in Hamburg angerufen hast. Bei einer Frau, die sich als Penelope von Gysenberg vorgestellt hat. Wer ist die Frau?«

»War Zufall«, sagte Edgar.

Alfons und Karla schwiegen. Im Radio spielten sie den

Song »Wheels« von Billy Vaughan. Ein munteres Gitarrengezupfe, zu dem in Tanzschulen mit angewinkelten Armen und ein wenig Hüftgewippe mäßig schnell frei getanzt wurde.

»Gut«, sagte Alfons.

»Nein, nicht gut!«, rief Karla. »Du riskierst, dass sie dich der Akademie verweisen, wenn du so was machst. Wenn du mit der Polizei Ärger bekommst. Du weißt doch ganz genau, wie sehr die auf ihren Ruf bedacht sind. Das ist doch schlecht, Edgar. Das ist doch deine Zukunft. Und diesen Wittig haben wir doch im Griff.«

Wie ungewöhnlich, dass ihm jemand so leise, beinahe zärtlich ins Gewissen redete. Der donnernde Jupp, seine scharf werdende Mutter, selbst die wütende Nelly, eine ganz andere Lautstärke in solchen Situationen.

»Hier ist mein Vorschlag, lieber Edgar«, sagte Alfons. »Wie ich weiß, hast du morgen Abend einen gut bezahlten Job bei der Post am Flughafen. Das Geld, das du da verdienst, musst du in Bier investieren. Aber leider nicht, um es selbst zu trinken. Sondern ich kaufe davon zwei Kästen und eine schöne Flasche Schnaps. Die gebe ich den Kollegen, die dafür zuständig sind«, er tippte auf die Blätter, »und dann werden die seiner Majestät aus dem Schwarzwald raten, er möge sich einen Knüppel kaufen. Für den Fall, dass er wieder Ärger mit dir bekommt. Aber da man nicht weiß, wer wirklich angefangen hat, soll er das mal alles auf sich beruhen lassen. Pack schlägt sich, Pack verträgt sich. Solche Vorträge können die halb schlafend, denn in der Altstadt gibt es ja oft Ärger.«

Edgar nickte, »alles klar. Versuchen wir so. Und ich bin dir einen Gefallen schuldig«, sagte er.

»Nein«, sagte Alfons, »keinen Gefallen. Einen großen Gefallen.«

Es war eigentlich ein guter Tag gewesen, da hatte Karla recht.

Nachdem sich Alvaro vorgestellt hatte, gab es ein kraftvolles Geraune zwischen »was für eine beeindruckende Frau« über »sie hat etwas Bedrücktes« bis zu »völlig verrückt, die Gute«. Dann begann die Diskussion über das Bild, das über die Tür gehängt werden sollte. Das beste Bild war Karlas. Eine geisterhafte Frau hinter einem Nebelschleier, oder einem Nieselregen. Edgar hatte den Eindruck, die Frau würde zu flüstern beginnen, wenn man nur nahe genug heranging. Dunkel, aber in allen Schattierungen. Jedes kleine Licht saß, wo es sein musste. Kein Schatten außer Acht gelassen. Edgar hatte vorher nicht gewusst, wie gut Karla war. Die wollte aber ihr Bild nicht aufgehängt sehen. Es sei noch nicht fertig, meinte sie.

Natürlich wollte von Wittig über die Tür. Er verstand sein Werk als teilabstrakt, faselte irgendwas von Gestirnen, denen die Heiligkeit abhandengekommen sei. Edgar erkannte lediglich einen doofen Mond, farblich matt und handwerklich fahrlässig. Die meisten anderen sahen das ähnlich. Eine Diskussion entzündete sich zwischen den Schergen von Wittig und denen, die Malerei so ernst nahmen wie Karla und Edgar.

In der »Uel« hatte er mit Karla und dem gar nicht so renitenten Figge einige Biere getrunken und über alles mögliche andere gesprochen. Er wollte eigentlich gehen, als sich ihm im Eingang Wittig entgegenstellte.

»Wie heißt denn eigentlich dein Meisterwerk, Woicik?«, fragte er und sah dabei aus wie ein hässliches Baby. Mit seiner glatten Haut und seinem geschorenen Kopf. Er hatte nicht weniger getrunken als Edgar. Sein Blick war milchig.

»Monaco«, erwiderte Edgar und wollte nun wirklich gehen.

Wittig versperrte ihm weiter die Passage.

»Da dürftest du ja wohl bisher kaum gewesen sein, oder? In Monaco? Monte Carlo? Und wieso ist dieser Bahndamm plötzlich Monaco. Durftest du da zum ersten Mal einem Proletenmädchen an den Busch fassen?«

Die Wutbälle barsten. Platzten so laut in ihm, das Edgar sicher war, dieses Wittig-Schwein müsste es hören können. Edgar konnte sich viel zu klar erinnern, dass er mehr wollte. Mehr Schläge, als er schon über dem liegenden Wittig kniete. Irgendjemand zog ihn weg, und er war auf eine ungute Weise berauscht. Unvorstellbar, sich aufzurichten und ruhig stehen zu bleiben. Er musste rennen. Bis zu der Telefonzelle, aus der er dann die Telefonnummer anrief, die ihm Inge in einem Brief geschickt hatte. Die er schon seit Wochen mit sich herumtrug. Sich immer zusammenreimend, was er sagen könnte, ohne dass eine klare Botschaft herauskam. Was sie antworten würde. Und wo das überhaupt hinführen sollte. Diese Überlegungen blieben ohne jedes Ergebnis. Bis er sie dann im völlig falschen Moment doch anrief.

4. November 1961
Düsseldorf
Kunstakademie
Etwa 14 Uhr
Nelly

Sie hatte das Gebäude auf einem Foto gesehen.

In Wirklichkeit war es eindrucksvoller. Das klassizistische Portal. Gab es in Hamburg zwar auch an schnöderen

Einrichtungen. Nur gingen durch dieses Tor seit Jahrzehnten Künstlerinnen und Künstler.

Der Pförtner rauchte an einer Pfeife und beschäftigte sich mit einem Heft für Pferdewetten. Als er sie sah, lächelte er breit:

»Na hallo, schönes Fräulein, da geht ja heute für mich doch noch die Sonne auf. Womit kann ich Ihnen denn ergebenst dienen?«

»Guten Tag«, Nelly brauchte einen Moment, um sich zu sammeln. War dann wohl doch nicht nur ein Klischee, dieses ganze Gemüt im Rheinland.

Nelly erklärte ihm, sie würde nach dem Kunststudenten Edgar Woicik suchen.

»Da ham Sie aber mal gehörig Glück. Denn heute am Samstag ist nur eine kleine Gruppe da. Aber das sind die von der Professorin Alvaro. Von der ham Sie vielleicht schon in der Zeitung gelesen. Da gehört der Woicik dazu. Das reicht übrigens, wenn Sie den beim Nachnamen nennen. Das ist dem am Ende sogar lieber. Sagt er jedenfalls. Sie gehen den Gang bis zum Ende. Dann Raum 19.«

Nelly überlegte, ihren Koffer auf dem Flur stehen zu lassen. Entschied sich dann doch dagegen. Atmete durch und klopfte.

Erst nach dem zweiten Klopfen hörte sie ein Geräusch, das sie als »herein« deutete. Sie trat ein, schloss die Tür hinter sich und sah mehrere Leute ihres Alters an Staffeleien stehen. Ein Mann stand mit einer Frau an einer Werkbank und formte etwas aus einer Art Teig. Als wäre um jeden Arbeitsplatz ein unsichtbarer Kreis gezogen, standen alle mit einem gewissen Abstand zueinander. Eine recht große, etwas ältere Frau mit einer schwer wirkenden schwarzen Brille stand an einem Pult und sah von ihren Notizen auf. Die Frau nickte Nelly kurz, aber freundlich zu. Dann taxierte sie sie sehr ausführlich und trat hinter dem Pult hervor. Trug eine Weste mit vielen Taschen, wie beim Angeln. Dazu einen groben Rock und Fellpantoffeln.

Nelly setzte mit einer Begrüßung an, aber die Frau hob sofort die Hand.

»Bevor Sie etwas sagen, einen kleinen Moment bitte.« Sie hob die Stimme, richtete sich jetzt an den gesamten Raum.

»Meine Damen und Herren, ich brauche für einen Moment Ihre Aufmerksamkeit.«

Erst jetzt ließen wirklich alle von ihrer Arbeit ab, wandten sich Professorin Alvaro und damit auch Nelly zu.

»Erinnern Sie sich«, sagte die Professorin, »an meinen ersten Auftritt bei Ihnen vor einigen Tagen. Und dann sehen Sie sich unsere Besucherin an. Erleben Sie diesen ersten Auftritt. Diesen ersten Eindruck. Selbstverständlich sehen Sie den dunklen Mantel, der nicht nur Mantel ist. Sondern in diesem Fall geradezu das Passepartout einer Persönlichkeit. Alles stimmt. Die Dynamik, die Energie, die von der Schönheit unserer Besucherin ausgeht. Das Außerordentliche, das sie zu betonen gelernt hat. Ja, das ließe sich fotografieren. Aber dann hätten wir nur eine technische Abbildung des technisch eben nicht Fassbaren. Geben Sie dem Besonderen Gestalt, das von unserer Besucherin ausgeht, und ich verspreche Ihnen, Sie erschaffen ein Kunstwerk. Und dann ist da noch das Geheimnis. Der Koffer. Sie ist unterwegs, klar. Aber wohin? Will sie hier sein? Will sie bleiben?«

»Sie will zu mir«, war hinter der Professorin zu hören. Aus der Nähe des großen Sprossenfensters. Edgar, oder »der Woicik«, hatte sich einen Bart wachsen lassen, der nach Seehund aussah. Seine Haare waren seitlich gescheitelt, fielen ihm aber bis auf die Schultern. Auf der Wange hatte er einen Kratzer. Der ging aber in seinem weiten Lächeln unter. Er ist schrecklich angezogen, der Bart war ihr zu sehr Pirat, aber er ist der schönste Junge weit und breit, dachte Nelly, und die regelrecht hämmernde Verlegenheit, die sie während der Begutachtung durch die Professorin im Griff hatte, fiel von ihr ab.

»Es ist meine Freundin Nelly«, sagte Edgar, ging auf sie zu, umarmte sie. Er löste die Umarmung, nahm sofort ihren Koffer, drehte sich zu seinen Mitstudenten und der Professorin um.

»Bitte entschuldigen Sie mich, Frau Alvaro. Wir sehen uns am Montag. Karla, kümmerst du dich um meine Pinsel?«

In der Nähe des Fensters erhob sich eine Hand mit aufgerichtetem Daumen über einer Staffelei und eine Frauenstimme rief »Klar«.

»Danke schön. Sehr vielen Dank«, sagte Nelly in Richtung der Professorin. Die die Hände in die Armlöcher ihrer Weste steckte und nickte.

4. November 1961
Düsseldorf
Kunstakademie
Kurz nach 14 Uhr
Vor Raum 19
Edgar

Sie war es wirklich. Dieses Rumanalysieren von Alvaro war peinlich gewesen. Nur auch nicht ganz falsch. Er sah etwas an Nelly, das er erst kürzlich bei den Arbeiten seines Mitstudenten Ewald Figge kennengelernt hatte. Figge schnitzte Porträts. Ganze Köpfe. Seine Messer bewahrte er in einem Lederetui auf, das sich zusammenrollen ließ. Ganz außen steckten die kleinen Messer. Als Edgar zum ersten Mal sah, wie Figge nach einem kleinen Messer griff, wollte er ihn aufhalten. »Lass, Ewald, das ist doch fertig. Mach es nicht kaputt«, wollte er sagen. Hatte aber lieber die Klappe gehalten. Zum Glück, wie sich dann herausstellte. Denn mit jedem kleinen Ritz, den Ewald hinzufügte, gewann der Kopf erheblich an Charakter.

Als sie da plötzlich in diesem Raum in der Akademie stand, in den sie überhaupt nicht gehörte, war es wie bei Figges Kunst. Er erkannte Nelly wieder. Es war unzweifelhaft sie. Das Mädchen aus dem Laden, die Frau aus dem Parkhotel in Bremen, an diesem fürchterlichen Morgen. Aber Feinheiten waren dazugekommen. Der Lippenstift und ihre Haut bloße Farbenfreude. Am Revers ihres Mantels steckte eine Brosche. Nicht goldprotzig. Nicht brilli-schrill. Mattes Silber. Dafür eine Form, die der Hinguckende sofort enträtseln wollte und deswegen mit dem Blick verharrte. Vor allem aber: Sie senkte nicht mehr schüchtern den Kopf, wenn sie ein Gegenüber nicht kannte. Ihr Kopf blieb ganz aufrecht, vor lauter völlig fremden Leuten. Sie war daran gewohnt, mit Menschen zu tun zu bekommen, die sie nie vorher gesehen hatte.

Alles in Edgar brauste. Was machte sie hier? Ob sie hier irgendetwas Geschäftliches zu tun hatte? Er wusste nicht, was er sagen sollte. Deswegen tat er das, was er seit dem Moment auf der Kampstraße nicht wieder getan hatte. In Bremen waren sie dazu nicht mehr gekommen. Edgar küsste sie. Er wollte das so unbedingt und so sofort, er setzte nicht einmal ihren Koffer ab. Konnte sie nur mit einem Arm umschließen. Auch bei ihr gab es kein Innehalten. Sie küsste ihn sofort zurück. Umfasste seinen Kopf.

Wann beendet man einen Kuss? Ist es sicher, es wird den nächsten Kuss geben, wenn man den einen beendet? Vor allem dann, wenn der Kuss so viel bedeutet. Wenn er so viel wichtiger ist als irgendein Zeugnis. Oder auch irgendein Bild. Wenn es nichts Bedeutsameres gibt als den nächsten Kuss. Der höchstwahrscheinlich noch viel tiefer in einem wühlt als sein Vorgänger. Edgar löste sich von Nelly, strich ihr über die Wange. Die Bewegung geriet ihm zwar sachte. Aber in ihm war alles so wild auf sie, wie er es sich bei einem Steinzeitmann kurz vor dem Höhleneingang vorstellte.

Nelly zeigte auf das Bild über der Tür.

»Wie unser Bahndamm«, sagte sie.

»Ja«, antwortete er und nickte.

»Erinnerst du dich schon nicht mehr?«, fragte sie.

»Doch, ich erinnere mich. Offenbar habe ich mich ja ganz gut erinnert, wenn du es sofort erkennst«, sagte er und sah zu seinem Bild hoch.

Nelly sah auch auf das Bild und verstand. Endlich. Ihr Gesicht ein einziges Lächeln, und ein kurzes Wischen über das Auge.

»Ich glaube, ich weiß, wie es heißt.«

»Das glaube ich auch«, sagte Edgar. Er nickte in Richtung Ausgang.

Der Pförtner sah erneut von seinem Heft auf und war sofort wieder laut, als würde er von einem Festwagen herunterrufen: »Na Woicik, du heißt aber auch mit Vornamen Glückspilz, mein lieber Kokoschewski. Schönes Wochenende.«

»Dir auch«, rief Edgar zurück.

Nach einigen Schritten kamen sie auf der Ratinger Straße an. Rechts war »De Uel«.

Kneipenschild nach Kneipenschild. Bier, überall Werbung für Bier. Als könnte das Saufen aus der Mode geraten. An einem Samstagnachmittag machte aber selbst diese Straße einen gedämpften Eindruck.

»Was war los?«, fragte Nelly.

Edgar zuckte mit den Achseln. Er wusste, sie fragte nach der Nacht zuvor. Der baumelnde Telefonhörer. Sie ruft immer wieder »Hallo«. Ein Polizeibeamter antwortet ihr.

»Dieser Polizist hat zu mir gesagt, da sei ein junger Mann, der völlig fertig sei. Der sich geschlagen habe, in die Telefonzelle gerannt sei und wohl meine Nummer gewählt hätte.«

Sie gingen weiter. Edgar trug ihren Koffer.

»Völlig fertig, mit den Nerven runter, kommt nicht mehr zurecht. Das sind Formulierungen, die ich kenne, Edgar. Die kennt jeder, der einen Angehörigen in der Klapse hat.« Nelly versuchte, ihre Hände tiefer in die Taschen zu bekommen. Die Kälte kam nicht klar aus einer Richtung. Drängte sich eher unvorhersehbar auf, wie ein Betrunkener, der einem mit seinem schlechten Atem mal von hinten, mal von vorn zu nahe kommt.

»Du wolltest also sicherstellen, dass ich nicht mit deiner Mutter in der Klinik sitze?«, fragte Edgar.

»Wir haben gesagt, dass wir aufeinander aufpassen. Du auch. Und ich kann nicht behaupten, deine Fürsorge in den vergangenen Jahren hätte mich erdrückt. Ganz sicher nicht. Aber wenn ich einen Polizisten am Telefon habe, der mehr oder weniger sagt, dass mein Freund Edgar völlig kaputt neben ihm liegt, dann fahre ich los. Doch, Edgar, so verstehe ich unser Versprechen.«

»Und was machen wir jetzt?«, fragte er, »wie lange hast du Zeit?«

»Ich habe einen Vorschlag. Nach Mülheim ist es eine

halbe Stunde mit dem Zug. Meine Oma ist auf einer Jagdgesellschaft in der Nähe von Baden-Baden. Wir hätten das schlimme Haus der Nazi-Hexe für uns allein.«

Edgar setzte den Koffer abrupt ab. Breitete die Arme aus, als könne er fliegen, und sang los:

»Das ist ein Tag, wo jeder gleich spürt«, sie sah sich zuerst unsicher um, dann war es Nelly aber auch egal, sie lehnte sich an ihn, »dass noch was passiert«, fiel sie ein. Dann zusammen:

»Mir ist so komisch zumute, ich ahne und vermute, heut liegt was in der Luft, ein ganz besonderer Duft.«

Düsseldorfer gingen an ihnen vorbei. Vor der gehässigen Nasskälte des Nachmittags von Mänteln und Schuhen mit Kreppsohlen beschützt. Weg hier und schnell wieder rein, sagten die Gesichter. Edgar war es recht, wenn keiner Notiz nahm. Er hörte dennoch den großen Applaus für sie beide. Und er war sicher, Nelly hörte ihn auch.

4. November 1961
Mülheim a.d. Ruhr
Bleichenstr. 11
18 Uhr

Sie trugen beide Nachthemden ihrer Oma.

Edgars war lachsrosa. Diese Farbe gefiel ihr besser als die ihres Nachtkleides.

»Ich mag kein Lila«, sagte sie.

Er hatte es sich bequem gemacht. Hockte mehr, als dass er saß, auf einem der Esszimmerstühle, die Nelly vor allem wegen des Holzes beklommen machten. Dunkles Mahagoni war für sie Sargholz. Das gefederte Sitzpolster dieser Stühle war allerdings sehr bequem.

Sie hatten unzählige Kerzen angezündet. Edgar hielt das Glas wie ein Weinkenner. Wusste aber offenbar nicht, wie man Rotwein einschenkte. Sicher nicht bis beinahe an den Rand des Glases, wie er es getan hatte.

»Du trägst kein Lila. Es heißt Mauve. Das bedeutet Violett mit einem grauen Unterton und war Mitte des 19. Jahrhunderts modern. Wir würden sagen ›malvenfarben‹.«

»Lohnt sich doch, so ein Studium an der Kunstakademie.«

»Noch mehr lohnt es sich, wenn man einen Freund hat, der unbedingt zu Heinz Maegerlein ins Fernseh-Ratespiel möchte. ›Mauve‹ ist aus Jürgens Notizbuch. Hatte er damals aufgeschrieben, als eine Kundin sagte, es würde ihrem Mann schmeicheln, wenn er ›Mauve‹ trage.« In den Tagen danach sahen Edgar und Jürgen überall nur Mauve.

Edgar nippte am Glas.

»Hast du Kontakt zu Jürgen?«, fragte Nelly.

Edgar schüttelte den Kopf.

»Warum nicht?«

Edgar zuckte mit den Achseln.

»Ich bräuchte ihn hier.« Er legte die Hände auf die Tischplatte und sah seine Finger an. Nelly hatte mehr Farbkleckse an seinen Händen erwartet.

»Und ich mag ihm nicht schreiben. Jedenfalls nichts Persönliches. Habe ich natürlich probiert. Ich habe auch dir wahrscheinlich schon 200 Briefe geschrieben, Jürgen nicht ganz so viele. Aber es war bestimmt schon so viel Papier, wie ein halber Baum hergibt.«

»Und? Wann bekomme ich die zu lesen?«

»Alle weggeworfen. Oder, wenn mir dramatisch zumute war, sogar verbrannt.«

Edgar zündete sich eine Zigarette an. Nelly griff nach der Schachtel und nahm sich eine heraus. Er gab ihr Feuer.

»Ich lese, was ich geschrieben habe, aber ich höre mich nicht. Es ist, als ob jemand anderes an dich schreiben würde. Und dann denke ich: Soweit kommt es noch, dass mich Nelly mit der Stimme eines anderen hört. Bei Jürgen ist es genauso. Ich vermisse ihn beinahe jeden Tag. Aber wenn ich ihm schreibe, dann steht auf dem Blatt Papier, was ich sowieso schon weiß. Oder was ich ihm nur erklären kann, wenn ich acht Seiten lang aufschreibe, wer an dieser Akademie wer ist. Dadurch ist er kein bisschen mehr hier.«

»Aus deiner Sicht vielleicht. Aber so erfährt er nichts von dir. Vor allem aber, du erfährst nichts von ihm. Du verlierst den Kontakt.«

»Ein Typ von der Akademie, Ewald, glaubt, dass alles nicht nur vorläufig ist, sondern am Ende eigentlich immer schlecht. Du musst dir vorstellen, der zitiert beim Trinken noch Philosophen. Einen Satz konnte ich im Gedächtnis behalten. Denn wir haben gewettet, wenn ich den Satz am Ende des Abends noch weiß, bezahlt er meinen Deckel.«

»Und wie lautet der Satz?«

»Keine Befriedigung aber ist dauernd, vielmehr ist sie stets nur der Anfang eines Strebens. Arthur Schopenhauer«, zitierte er und nahm danach voller Stolz einen großen Schluck Rotwein.

»Du könntest befriedigt sein. In diesem Moment.« Nelly grinste.

Vorhin hatten sie beinahe die Haustür nicht mehr schließen können. So sehr drängte es sie. Nelly wollte sich nur noch versichern, dass die Haushälterin Martha auch wirklich gegangen war. Danach war es wirklich passiert. Sie hätte Edgar ungeschickter erwartet. Sich selbst angespannter. Sie hatte darüber gelesen, in Büchern, die ihr eine Kollegin gab und die ihr zuerst schmuddelig erschienen. Sich dann aber als hochinteressant herausstellten.

Im günstigsten Fall wäre es ein Austausch. Sie verstand sich mit niemandem so gut wie mit Edgar. Aber galt dieser Austausch nicht nur für die Kinderzeit? Für die Jahre, in denen sie nicht erwachsen, eben nicht Mann und Frau waren? Waren jetzt die Rollen nicht andere? Der Mann, der nach Befriedigung sucht, die Frau, die sie spendet? Und meine eigene Befriedigung? Nelly war diese Frage an sich selbst nicht neu. Auf ihren Gängen durch Hamburg hatte sie auch immer wieder durchgespielt, was Intimität, was Sex denn für sie bedeutete. Wie es laufen würde. Wie sie wäre. Sie spürte, wie sie das alles aufregte und faszinierte. In den unpassendsten Momenten, wenn ein Bote bei Montblanc ihr zufällig nahe kam und sie dieses Kernseifige roch, wie sie es von Edgar kannte.

»Kannst du im Bett schon irgendwas richtig toll? Oder fehlt es dir dazu einfach an Erfahrung, junger Mann?«, fragte sie, betrachtete das lachsfarbene Nachthemd. Sie wollte ihn provozieren. Ohne genau zu wissen, was ihr Ziel war. Sie wollte ihn wieder nackt sehen. Ihn wieder berühren. Dieser Hunger war wieder da. Den sie noch nicht gut kannte. Sie hatte beinahe jeden Tag Lust auf Bienenstich. Aber das war ein banaler Drang. Verglichen mit dem, was in diesem Moment in Nelly so eigentümlich brodelte.

»Möchtest du ein Zeugnis sehen? Meinen Gesellenbrief als Schauwerbegestalter bei Horten? Nur für das?«

»Nicht gleich pampig werden. Ich frage in meinem sehr eigenen Interesse. Also, kannst du was?«

Edgar war mindestens an der Grenze zur Verlegenheit.

»Gut«, sagte Nelly, »dann probieren wir das jetzt einfach alles aus. Übung macht den Meister.«

Sie griff nach dem Revers des Frauenbademantels. So kraftvoll, dass es Edgar sichtbar überraschte.

4. November 1961
Mülheim an der Ruhr
Bleichenstrasse 11
23.45 Uhr

Nelly war doppelt begeistert, auch wenn ihr vor dem nächsten Tag grauste. Im Moment könnte es aber nicht besser sein. Sie lagen im Bett ihrer Oma. Eine derartige Übertreibung von einem Himmelbett, als wäre dieses Schlafzimmer der Warteraum der Monarchin auf das hoffentlich bald wiederauferstehende deutsche Kaiserreich.

Nelly war ganz selten in diesem Zimmer gewesen, um ihrer Oma etwas zu bringen. Das Bett war nicht einfach nur bequem, es lag sich himmlisch darin. Nelly gefiel aber nicht nur der Komfort. Ihr gefiel der Gedanke, ich lasse es mir im Bett dieser Frau so sehr besorgen, dass der sofort ein Gerinnsel im Kopf platzen würde, wenn sie allein von der Möglichkeit wüsste. Rache für meine Mutter. Fantastisch. Sie musste auch anerkennen, dass Edgar auf dem Weg war, ein Meister zu werden. Sie hatte jetzt eine genauere Vorstellung, was mit »den Kopf verlieren« gemeint war. An nichts, an gar nichts hatten sie beide eben gedacht. Da war sich Nelly sicher. Zumal alle möglichen Gedanken nun zurückgekehrt waren. Mindestens war über Edgar wieder Bewölkung aufgezogen.

Er hatte sich auf die Seite gedreht, ihr zugewendet. Stützte den Kopf auf die Hand und sah an ihr vorbei. Irgendwohin.

»Die lassen mich nicht begeistert sein«, sagte er.

»Wer?«, fragte sie.

»Ich kann es nicht einmal genau sagen. Es ist eine Stimmung, die in den Gruppen herrscht, in denen wir arbeiten. Die Alvaro will auch, dass viel gesprochen wird. Also sagen wir immer alles Mögliche. Zu allem. Wenn ich Jürgen den Bahndamm zeigen würde oder das Bild eines Flippers, das ich gemalt habe, dann wäre er aufgekratzt. Er wäre mit mir fast in einer Stimmung, als hätte ich beim Fußball ein Tor geschossen. Oder er würde sagen, dass es ihm nicht gefällt. Doof eben«, Edgar schüttelte den Kopf. Es kam Nelly so vor, als könne sie dabei zusehen, wie sich seine Gedanken in genau diesem Moment verfestigten, während er mit ihr sprach.

»Aber die Gruppe, in die ich heute Vormittag kam, die wirkten doch alle einzeln sehr versunken«, erwiderte sie.

»Klar, die sind da ja auch nicht ohne Grund an dieser Akademie. Das ist aber auch gleich wieder ein Thema. Beim Kaffee oder abends in der Kneipe. Ist es überhaupt richtig, an der Akademie zu studieren? Lernt man dort, was es bedeutet, Kunst zu machen und Künstler zu sein? Oder unterwirft man sich nicht überkommenen Vorstellungen vom Schönen, Wahren, Guten, wenn man sich einer solchen Einrichtung unterwirft? Doch, manche von denen reden von ›unterwerfen‹. Und ich denke dann: Echt? Unterwerfung? Für mich ist es der größte Erfolg meines bisherigen Lebens, dass ich dort sein darf. Malt doch mal ein Bild in der Steinhammerstraße, möchte ich denen dann sagen. Und dann kommt der Schäbbige vorbei und labert dich voll. Irgendwas Doofes. ›Na, Wunderkind, hast auch nix Besseres zu tun, als wie dem Herrgott den Tach zu stehlen, wo‹?«

Edgar drehte sich auf den Rücken.

Nelly begann, mit einer Strähne seines Haares zu spielen.

»Und wenn du dabei nicht mitmachst? Wenn du einfach begeistert bleibst?«

»Du meinst, wenn ich mit großen Kinderaugen durch

die Staffeleien gehe und immer wieder rufe: Mensch, was ist das alles toll?« Er bekam seinen wütenden Ton. Noch gedämpft durch die Erschöpfung vom ganzen Sex, aber für Nelly unverkennbar. Sie wusste, wie wenig sie damit gemeint war, sondern die anderen, denen er in diesem Bett in einer Mülheimer Villa nicht habhaft werden konnte.

»Ich weiß, wie die mich haben wollen«, sagte er, schon wieder ruhiger, »die wissen, dass wir an der Luther-Schule in Dortmund-Lütgendortmund sicher nicht Schopenhauer gelesen haben. Die sehen, dass ich was kann. Ganz sicher sehen die das, weil sie oft auch nichts anderes tun, als eifersüchtig gucken: Na, was macht denn der da? Wow, ist das gut. Da komm ich nicht drüber. Die wollen, dass ich zu der Jacke passe, die mir meine Mutter genäht hat. Bisschen wilder, bisschen abgewichster, bisschen mehr Straße als die anderen. Ab und zu mal einem eine aufs Maul geben.«

»Du sagst das so, als wäre dir das völlig fremd.«

Er setzte sich im Bett auf. Lehnte sich an die verschnörkelte Rückenlehne.

»Bei denen dreht sich alles um die Fragen ›Wer sind wir?‹, ›Was ist in uns, was wir ausdrücken wollen?‹ und ich denke mir dann, wahrscheinlich male ich deswegen so gern. Weil ich dann keine Worte machen muss, die mir so unpassend erscheinen, wie der Kohlenpottjunge mit der wilden Jacke sein zu müssen. Andererseits frage ich mich: Wie machen die das? Woher nehmen die die Selbstverständlichkeit? Nimm diesen einen Mann aus dem anderen Kurs, Pongratz. Andreas Pongratz. Ein halber Österreicher, ein halbes Jahr älter als ich. Aus irgendeiner Scheißfamilie, in der der Vater noch Monokel trägt und die Mutter Klavier spielt oder Vasen bemalt. Der hält an der Akademie Hof. Er kann dir nicht sagen, wie präzise Jan Steen im 17. Jahrhundert den Strumpfabdruck an der Wade von Mägden gemalt hat. Und warum das etwas Heiteres war, etwas Lebendiges, verglichen mit dem viel ernsteren Rembrandt. Ich habe diesen Abdruck gesehen und war einfach nur baff. Bei den anderen Malern flogen noch die Engelchen am gekreuzigten Jesus vorbei und der guckt ganz genau auf die Wade einer Frau. Der Pongratz kennt das aber nicht. Dem ist das auch egal. Denn der ist nicht an der Akademie, um begeistert zu sein. Der ist da, so wie ich eigentlich auf dem Pütt sein müsste. Weil es so seine Ordnung hat. Weil er ist, wo er hingehört. Der feine Sohn wird auf der Akademie zum feinen Herrn.«

Nelly sah Edgar an. Sie war vor einem Monat in Amsterdam gewesen, um den Füllerspezialisten PW Akkerman zu umschmeicheln, der einen großartigen Laden unterhielt. Ole hatte sie begleitet und war ihr zuliebe mit ins Reichsmuseum gekommen. Dort hing dieses kleine Bild mit der Frau, die sich für die Nacht fertig machte, sich den Strumpf herunterrollte, der einen Abdruck hinterließ. Nelly spürte, wie sie sich zur Ordnung rufen musste, damit die Leichtigkeit dieses Tages nicht verloren ging. Morgen, schwor sie sich selbst, morgen das Schwere. Morgen würde Edgar Ole kennenlernen und ihn auf Anhieb nicht mögen.

»Und wenn du gar nicht zugehörig bist? Zu nichts? Nur zu den Leuten, die du dir aussuchst und die dich gut finden? Wenn du nicht auf ewig der Junge aus dem Kohlenpott bleiben möchtest, aber auch nicht mit Mutti an der Harfe sitzen kannst, wie dieser Österreicher, was bleibt dir dann übrig, als du selbst zu sein?«

Edgar antwortete nicht. Wirkte auf sie beinahe benommen. Womöglich hatte sie einen wunden Punkt erwischt.

»Ich gehöre übrigens zu denen, die dich gut finden«, sagte sie. »Soll ich dir zeigen, wie gut?«

5. November 1961
Mülheim an der Ruhr
Bleichenstraße 11
10.15 Uhr
Edgar

Kein Kater. Jedenfalls keinen schlimmen. Keine Kopfschmerzen. Er kam sich nicht verpestet vor.

Edgar fiel auf, wie selten das geworden war.

Die beiden Flügel des Fensters waren geöffnet. Er hörte von draußen ein leises Tropfen. Wie immer bei einem unentschlossenen Novemberregen, der nicht die Kraft hatte, richtig loszuplätschern wie ein sommerlicher Wolkenbruch.

Er hatte vergessen, wo seine Klamotten waren. Sie hatten sie waschen wollen. Allein, weil für Edgar die Waschmaschine im Keller ein solches Ereignis war.

Er zog das Nachthemd der Großmutter wieder an. Wunderte sich wieder, wie angenehm es zu tragen war. Wie gut Stoffe sein konnten. Wie viel angenehmer Reichtum das Leben machte.

Am Fuß der Treppe im Erdgeschoss sah er ein Bild, das ihm gestern nicht aufgefallen war.

Ganz offenbar ein Original. Ein Mann in einem schwarzen Gehrock. Weißer hoher Kragen, darüber eine Fliege. Keine Orden. Ernster Blick. So überdauerten diese Gemälde mit einer gewissen Würde. Kein Grienen, kein unglaubwürdiges Lächeln. Lieber ernst.

Das Vorbild dieses Bildes kannte Edgar sogar noch aus seinem Schulbuch. Otto von Bismarck, gemalt von Franz von Lenbach 1884.

Nur hatte sich Franz mehr Mühe gegeben als der Maler, der Johann Heinrich von Gysenberg in derselben Pose festgehalten hatte.

Das Gesicht hatte zu wenig Kontur. Schlampig bei den Schatten.

Als er in das Zimmer kam, in dem sie gestern Abend Wein getrunken hatten, saß Nelly bereits am Tisch.

Eine deutlich ältere Frau stellte Nelly ein Tablett mit verschiedenen Konfitüren hin. Eine Kaffeekanne aus Porzellan. Brötchen.

Die ältere Frau sah ihn an, lächelte und sagte »Guten Morgen«.

»Mein Gast, Martha. Ein ganz alter Freund. Edgar Woicik von der Kunstakademie in Düsseldorf.« Wie redete sie? Das war eine Zweitsprache. Ein »ganz alter Freund«? Wie lange sollte das her sein? Wo hatten sie sich kennengelernt? 1941, im besetzten Paris? Was war denn hier los?

»Freut mich«, sagte Martha und lächelte erneut.

»Ganz meinerseits«, sagte Edgar und schüttelte innerlich den Kopf über sich selbst. Was würde als Nächstes passieren? Würde er sich eine gepuderte Perücke auf den Kopf setzen und nach der Kutsche rufen lassen?

Nelly war bereits komplett auf den Tag vorbereitet.

Sie trug eine Bluse über dem Oberkörper, den er in den vergangenen Stunden komplett mit Küssen zu bedecken versucht hatte.

Er ging auf sie zu, wollte sie auf den Mund küssen. Weil sie ihm nur die Wange hinhielt, nahm er die.

Sie zeigte auf einen Stuhl, damit er sich setzte.

Dabei hatte sie wieder diesen neuen Blick, den er gestern erstmals in der Akademie wahrgenommen hatte. Ein Blick wie ein Versteck.

Sie goss ihm Kaffee ein.

Er fühlte sich ranzig. Wie nach dem Aufstehen in der Steinhammerstraße. Nur wirkte es hier viel unpassender.

Als würde er Schmutz auf der weißen Tischdecke hinterlassen. Sie gewaschen, er überhaupt nicht.

Nelly sah ihn an.

»Das war wunderbar. Gestern Abend. Heute Nacht. Hatte ich nicht erwartet«, sagte sie.

Edgar zuckte mit den Schultern. Wie hätte er erwarten sollen, dass sie in Düsseldorf vorbeikommen würde? Dass sie in dieses Haus fahren würden, das in seiner Vorstellung immer ein Horrorhaus mit einem Nazi-Banner gewesen war? Habe ich alles sehr stark nicht erwartet, dachte er. Sagte aber nichts. Denn er konnte auch nicht vorhersehen, was sie ihm als Nächstes sagen würde.

»Ich gehe in Hamburg immer zu Fuß zu Montblanc. Und wieder nach Hause zurück. Bei jedem Wetter«, sagte Nelly.

»Es kommt mir vor, als würde sich durch das Gehen im Kopf eine Bremse lösen. Als würden sich die Gedanken dann ebenfalls in Bewegung setzen. Es ist nicht, wie nachts wach werden und alles setzt sich auf die Brust. Ist was mit meiner Mutter? Was, wenn sie mich in der Firma doch rausschmeißen? Oder der Alten fällt auf, wie viel Geld Thilo verballert, und sie macht mich verantwortlich. So ist es nicht, wenn ich vor mich hingehe.« Sie fasste die Brötchenhälfte an, die vor ihr auf dem Teller lag. Führte sie aber nicht zum Mund.

»Die Gedanken sind milder. Wenn ich durch dieses Hamburg gegangen bin, habe ich viel an dich gedacht. Meistens eigentlich.« Jetzt sah sie ihn an, als würden sie gleich doch noch in ihr Monaco gehen. Er wollte sie unbedingt küssen. Ließ es aber bleiben.

Sie wandte den Blick ab.

»Dann denke ich aber auch, wie durcheinander das alles ist. Du in Düsseldorf. Was könnte dir mehr bedeuten, was könnte wichtiger für dich sein? Ich in Hamburg. Bei einer Firma, wo ich Sachen machen kann, die einer Frau, die gerade noch Lehrling war, sonst überhaupt nicht zustehen. Du kannst und sollst dort nicht weg. Ich will auch weitermachen, was ich zum Glück tun kann. Das lässt sich nicht verbinden.«

Er räusperte sich. Wollte irgendwas sagen. Wusste immer noch nicht, was. Deswegen schwieg er weiter, als sie ihm mit der Hand bedeutete, er möge ihr bitte weiter zuhören.

»Entschuldige, aber ich habe lange darüber nachgedacht, was ich dir sagen muss, und das ist alles nicht ganz so einfach.« Unter dem Tisch fielen ihre Pumps um, aus denen sie ausgestiegen war.

»Ich möchte gerne ein ganzes Leben haben, Edgar. Endlich mal nichts Zerstückeltes. Mit meiner Mutter im Krankenhaus. Mit den Regeln, die meine Oma macht. Machen konnte, so lange ich nicht volljährig war. Und mit einem Mann, den ich vermisse, aber der ganz woanders ist.«

»Aber ich bin doch nicht weg!« Edgar fand, er klang kläglich.

»Ich habe es gestern verstanden, als wir über Jürgen sprachen. Entweder anwesend oder abwesend. So unterscheidest du. Das hat auch was Richtiges. Natürlich freue ich mich, wenn ich zum Briefkasten gehe, und da liegt ein Umschlag drin. Mit einem echten Woicik als Inhalt. Aber dann geht das Vermissen auch gleich wieder richtig los.«

»Aber was willst du denn? Sollen wir einen Bausparvertrag abschließen, in den ich dann von dem Geld, das ich nicht habe, einzahle, damit wir uns 1970 ein Reihenhaus kaufen können?«

Nelly nahm seine Hand.

»Edgar, ich habe jemanden getroffen. Der heißt Ole. Das ist ein feiner Mann. Ein lustiger Mann. Nicht schön, nicht wild, aber auch nicht weg. Er ist da, wo ich bin. Wir könnten zusammen ein Leben ausprobieren. Ganz einfach. Nicht zerteilt. Nicht chaotisch. Nicht kaputt.«

Sie atmete tief durch. Trank von ihrem Kaffee. Sah aus dem Fenster, das ihr eigentlich verhasst war, weil es der Bildhintergrund ihrer Großmutter war. Der Nieselregen tropfte von den kahlen Ästen eines Busches. Edgar dachte daran, wie moosig es riechen würde, wenn sie durch die Terrassentür hinausträten.

Er war überhaupt nicht wütend. Keine Spur seines speienden Zorns. Sie hatte sich Gedanken gemacht. Er nicht. Was hätte er sich zu Nelly denken sollen? Außer dass sie Nelly war und es nur eine wie sie gab?

Alles, was sie sagte, klang schrecklich einleuchtend. Könnte er wollen, dass sie wie eine Nonne in Hamburg vor sich hinarbeitete, bis … Bis was eigentlich passierte? Bis er seine Bilder verkaufen konnte? Bis er Kunstlehrer war, was er nun wirklich nicht werden wollte?

Er versuchte, mit dem Kopf zu wackeln, wie es Karla tat, wenn sie nervös war. Wieder in der Hoffnung, es könnte ihn innerlich beruhigen. Wenn er jetzt nicht das Richtige sagte, wäre Nelly dann weg? Könnte dann alles vorbei sein?

»Es kann für mich niemanden geben wie dich. Niemals«, sagte sie. Edgar erkannte, wie sehr sie nicht weinen wollte. Wie sie sich anstrengte.

Sie hielt immer noch seine Hand. Ihm war es immer auf die Nerven gegangen, wenn im Kinofilm ständig irgendjemand ich liebe dich sagte. Jetzt würde er es gerne sagen. Aber warum formte es sich nicht? Warum kam nichts?

Edgar beugte sich vor. Eine Träne, für die er sich ausnahmsweise kein bisschen schämte, fiel auf ihren Handrücken. Dort küsste er sie.

Dann stand er auf. Er sah auf einem Stuhl seine Sachen liegen. Darunter ein Geschenk, offenbar ein Buch. Unter der Schleife ein Zettel. Für Edgar. Ihre Schrift. Er nahm das Geschenk, zog seine Sachen an und fand in der kleinen Vorhalle mit der Freitreppe seine Schuhe.

Er hatte sie nicht kommen hören. Aber Martha hielt seinen Mantel in der Hand.

»Wir sehen uns wieder, Herr Woicik«, sagte sie, »verlassen Sie sich darauf.«

Er nickte und ging.

6. November 1961
Düsseldorf
Kunstakademie
Raum 19
1.05 Uhr
Edgar

Er erschrak, als er Schritte auf dem Flur hörte.

Die Schritte kamen näher.

Auf seiner Leinwand entstand eine Frau, die in einer Badewanne mehr hing als saß. Wie reingestoßen.

Es war in Ordnung, dass er hier war. Den Erhalt des Schlüssels hatte er quittiert, wie es gewünscht war. Wer immer da kam, wer konnte das sein? Was für eine Art von Ärger konnte das bedeuten?

Es hatte an der Tür geklopft. Die Professorin hatte an der Tür ihres eigenen Unterrichtssaals geklopft.

Alvaro trug wieder ihre Anglerweste. Darunter ein derbes Winterkleid mit einem schottischen Muster. Wahrscheinlich Tweed. Karla hatte ihm von diesem Stoff erzählt. Würde die Schäfer in Schottland selbst bei schlimmstem Wetter nicht nur wärmen, sondern vor allem vor dem Wind schützen.

Edgar besaß noch zwei Mark. Die würden leider nicht ganz für ein Tweed-Sakko reichen.

Alvaro kam offenbar aus der Kneipe. Um sie war ein Geruch nach Zigaretten und Bier. Wahrscheinlich war sie im »Oehme Jupp« gewesen, wo immer ein »Reserviert«-Schildchen auf ihrem Lieblingstisch stand.

Was wollte sie hier, am frühen Morgen?

Wohl kaum malen. Karla und Edgar waren sich sicher, dass sie mit dem Malen abgeschlossen hatte. »Na, wieder ein schönes Bildchen«, hatte sie kürzlich zu Karla gesagt. Die eine verwunschene, quasi-fotografische Landschaft erschaffen hatte. Alles andere als ein »Bildchen«, eher ein Meisterwerk.

»Guten Morgen, Frau Alvaro.«

»Hör mal auf«, sagte sie und winkte mit der Hand, als würde sie eine lästige Motte verscheuchen.

»Johanna, bitte, wir sind ja jetzt schon ein paar Monde zusammen.« Sie sah sich das fast fertiggestellte Bild an. Ging einen Schritt nach links, dann wieder einen nach rechts, um es aus einer anderen Perspektive sehen zu können.

»Bildchen, oder?«, fragte Edgar.

Sie antwortete nicht.

Wandte sich dann von Edgars Bild ab, setzte sich auf einen Stuhl.

»Treibt dich die Besessenheit zur Arbeit mitten in der Nacht? Oder der Schmerz?«

Sie hielt ihre Kappe in der Hand, die Jupp eine Schlägermütze nennen würde.

Edgar zuckte mit den Achseln.

Er setzte sich auf den Stuhl ihr gegenüber.

Nippte an einem Rum, den er in Wittigs Arzttasche gefunden hatte. Alle anderen bewahrten ihre Pinsel in Senfgläsern auf. Oder kleinen Eimern. Wittig verkleckerte diese Tasche. Aus einem Leder, das durch Abnutzen immer schöner wurde. Mit seinen Initialen neben dem Verschluss.

»Möchtest du einen Schluck?«, fragte Edgar. Das Duzen fühlte sich an wie die ersten Schritte nach einem schwierigen Aufstehen am Morgen.

Sie nahm sein Glas und trank einen Schluck. Eigentlich konnte er jetzt nicht mehr aus diesem Glas trinken. Er trank selbst mit Inge oder seiner Mutter nicht aus derselben Tasse. Wenn er jetzt aber wegen irgendeines fantasierten Schmutzes zu sehr verkrampfte, würde er seiner Professorin die Brüderschaft verweigern.

Liebe weg, kein Geld mehr und sehr wichtige Professorin verärgert. Zu viel für 24 Stunden. Besser zusammenreißen und weiter aus dem Glas trinken.

»Du bist traurig«, sagte sie.

Er nickte.

»Das ist schlecht für dich«, sie deutete mit dem Daumen hinter sich, wo sein Bild auf der Staffelei stand, »aber gut für deine Arbeit.«

Sie sah durch den Raum. Edgar war daran gewöhnt, etwas in jeden Blick, jede Geste von ihr hineinzudeuten. Das machten alle so. Ständig. Er könnte sofort eine große Geschichte daraus machen. Mit Alvaro allein in der Akademie. Keine schlüpfrige Geschichte. Alle sahen sie über allem Geschlechtlichen. Als Wittig eine anzügliche Andeutung über sie gemacht hatte, wurde er komplett ignoriert. Wahrscheinlich machte das die Stimmung in diesem Raum oft so befangen. Die Studenten sahen in ihr eine

Geistliche, die nicht einfach nur spricht, sondern von der sie allgemein gültige Regeln empfingen, die sie alle berühmt machen würden. Mindestens so bekannt, wie es Johanna Alvaro schon war. Die Unkonventionelle. Die aus der Fremde. Die Wilde, die in der Pampa zu Pferd so selbstverständlich Rinder trieb, wie sie jetzt hier Kunst machte. Alvaros Wünsche waren bescheidener. Sie wollte Kontakt aufnehmen und diskutieren.

Zettle ich doch mal eine Diskussion an, dachte Edgar. Ist doch egal, mitten in der Nacht. Einfach mal ausprobieren.

»Warum hast du das mit der Mauer gesagt?«

Hatte ihm Alfons in der »Bild«-Zeitung gezeigt. Die Schlagzeile: »Kunstprofessorin verhöhnt Maueropfer«. Alvaro hatte bei einer öffentlichen Diskussion in Köln gefordert, man solle die Berliner Mauer fünf Zentimeter höher bauen.

»Ich war das Gejammer leid. Und ich wusste nicht, dass hier keiner Ironie versteht«, sagte sie. »Du musst dir vorstellen, ich steige als junge Frau von einem Schiff. Ich komme aus einer Gegend der Welt, wo es Natur, Natur und Buenos Aires gibt. Menschen sind in Argentinien minimale Einsprengsel. Natürlich ist nicht immer alles in Ordnung. Aber es sieht immer so aus. Mindestens en el campo, also auf dem Land. Dann steige ich also von diesem Schiff und finde mich in einer Trümmerlandschaft. Unwirklich, auch völlig unnatürlich. Ich versuche, mir ein Bild zu machen, und komme zu dem Ergebnis: Es könnte sein, dass sich die Deutschen das hier alles selbst eingebrockt haben. Das war kein Schicksal. Das ist ihnen nicht widerfahren. Bin ich dir zu ausführlich?«

Edgar schüttelte den Kopf. Sie wurden unter sich Studenten in der »Uel« meistens viel ausführlicher. Was sie als tiefes Gespräch empfanden. Das ganze Geschrei über den

Lärm in den Kneipen der Ratinger Straße hinweg. Aber hier war es still. Hier sprach Alvaro. Zu ihm. Dem Sohn eines Unteroffiziers der 29. Infanteriedivision, den er nie kennengelernt hatte. Edgar, der als Kind nicht zwischen Trümmern und den üblichen Hässlichkeiten seiner Umgebung unterscheiden musste. Denn es war alles scheußlich kaputt oder noch nie schön gewesen. Edgar, der noch nie die Welten gewechselt hatte. Stiefsohn eines Friseurs und Wehrmachtsveteranen, bei dem es sehr nervte, wenn er politisch ausführlich wurde, weil er vor allem sich selbst bedauerte: »Was sollten wir denn machen« und »War doch alles eine Riesenscheiße«.

»Was ist hier vorgefallen, was ist hier passiert, habe ich mich gefragt. In Deutschland, in Europa. Habe mit Leuten gesprochen. Aber auch das gelesen, was es über die Fakten zu erfahren gibt. Wer hat wen angegriffen. Und warum. Noch dazu ist ein Teil meiner Familie in Nordamerika, also in den USA. Die sind auch nicht der Meinung, dass den Deutschen etwas Schlimmes zugestoßen ist. Irgendwelche Leute müssen dem großen Maler Adolf Hitler schließlich zugejubelt haben. Andere haben in seinem Namen auf andere geschossen. Wieder andere haben Leuten befohlen, auf andere zu schießen. Da kommen schon eine Menge Leute zusammen. Muss man die alle zuerst einmal bedauern? Oder gibt es an diese vielen Menschen nicht vor allem Fragen? Mindestens die Frage, die man jedem Kind aus viel kleinerem Anlass stellt: Warum hast du das gemacht?« Sie sah wieder in den Raum, als müsse sie ihre Gedanken sammeln.

»Ja, diese Berliner Mauer ist hässlich. Und die Typen, die sie haben bauen lassen, sind grotesk. Noch dazu verfratzen sie die eigentlich schöne, menschenfreundliche Idee des Sozialismus. Aber soll ich wirklich mitheulen, wenn die Deutschen jetzt gemeinsam darüber schluchzen, was für eigenartige Sachen in ihrem Land passieren? Ja, eine Mauer ist gebaut. Und, was für ein Wunder, an dieser Mauer stehen schon wieder deutsche Männer in einer Uniform mit Kavalleriehosen und Schaftstiefeln. Das Gewehr schießbereit im Anschlag. Und wenn nur mir als Ausländerin auffällt, was für eine grässliche, aber auch lächerliche Wiederholung des Immergleichen das ist, dann muss ich eben provozieren. Anstößig sein. Deswegen können wir denen auch nicht einfach schöne Bilder malen. Die ziehen sich anständig an, stellen sich frisch rasiert vor dieses und vor jenes Gemälde und nicken bedächtig. So geht ja Kunst. Wir malen was Erhabenes, ihr erbaut euch, kommt euch zivilisiert vor, werdet aber gleich wieder zu mordenden Barbaren, wenn euch nur irgendein Typ laut genug zu den Waffen ruft. So können wir nicht weitermachen, Woicik, das geht nicht. Wir können doch nicht nur die sein, die den Gewissenlosen irgendwas hinhängen, damit sie es schön finden. Warum sollten wir?«

Nelly räumte ihr Leben auf. Diese Frau wollte Unordnung.

Oder hatte das nur für ihn etwas miteinander zu tun?

Es war ganz still. Überhaupt keine Verkehrsgeräusche. Das Schweigen der Nacht.

»Kein böses Wort über deine Bilder, Woicik. Aber wir können nicht einfach nur weitermachen. Ihr jungen Leute, ihr müsst die Fenster aufstoßen. Wir müssen zeigen, wie Ideen entstehen. Wie unterschiedlich die sein können. Eine Idee, die alle verbindet? Was für ein Quatsch, wie menschenfremd. Wir starten im kommenden Jahr hier etwas, was sicher groß sein wird. Da brauche ich deine Hilfe.«

Edgar nickte: »Klar.«

Edgar kam der Gedanke, dass Alfons ihre leidenschaftlichen Worte ungerührt zur Kenntnis nehmen würde. »Ich habe eine Bitte: Ich würde gerne einen Freund mitbringen, der auch Kunst macht. Er ist allerdings kein Student.«

»Sondern was? Ein hochbegabtes Kind?«, fragte sie.

»Er arbeitet als Polizist.«

»Ein Kunstpolizist, was soll das sein?«

»Nein, er geht hier in Düsseldorf Streife. Aber er malt, zeichnet, modelliert, bildhauert nebenher. Der macht alles Mögliche. Ist ein Riesentyp.«

Sie stand auf.

»Klar. Freue mich immer, Leute zu treffen, die mit dem richtigen Leben zu tun haben. Hauptsache, er möchte nicht nur schöne Bilder malen.«

»Sicher nicht«, sagte Edgar. Er war auch aufgestanden, schließlich hatte sich die Dame erhoben. Und da bleibt doch bitte kein Herr einfach auf seinem Arsch sitzen, hatte er an diesem frühen Morgen in der Kunstakademie zu Düsseldorf seine Mutter im Ohr.

Alvaro blieb auf dem Weg zur Tür noch einmal stehen. Drehte sich zu Edgar um.

»Zu der anderen Sache: Y te vere por vez primera, quizá, como dios ha de verte«, es klang so vehement, als würde sie mit dem Fuß aufstampfen. Ungemein kraftvoll. Er hatte sie noch nie Spanisch sprechen hören.

»Was heißt das?«, fragte er.

»Es ist aus einem Gedicht von Jose Luis Borges. Argentinischer Dichter, von dem meine Mutter immer behauptet, sie habe einmal mit ihm getanzt. In diesem Gedicht schwärmt ein Mann davon, wie es ist, seine Frau schlafen zu sehen. ›Und dich zum ersten Mal sehen, vielleicht, wie Gott dich sehen muss.‹ War meine deutsche Sprechübung, bevor wir auf das Schiff gegangen sind. Ich habe damals nur verstanden, dass sie nicht einfach ist, die Sache mit der Liebe.«

Edgar wünschte ihr eine gute Nacht und blieb mit dem Gefühl zurück, es sei um halb zwei Uhr morgens etwas heller geworden.

9. Januar 1962

Brief Inge Woicik an Edgar Woicik

Mein lieber Bruder,

dieses Weihnachten war so langweilig.
Wo warst Du denn?
Mama hat die ganze Zeit gesagt, Du würdest nicht kommen. Stand dann aber doch ständig am Fenster.
Papa war wieder oberschlau. Maulte die ganze Zeit: Was stehst du denn da rum, du wusstest doch, dass der nicht kommt.
Die haben sich über Deinen Anruf sehr gefreut. Haben Dich nur schlecht verstanden. Muss wohl sehr laut gewesen sein in der Telefonzelle. Papa hat gesagt, du hättest schon runde Schuhe angehabt. Warst du wirklich um 16 Uhr am Heiligabend schon betrunken?

Immerhin hat Papa mit dem pingeligen Pardey ein Tauschgeschäft eingefädelt. Der leiht uns über die Feiertage und den Jahreswechsel den Fernseher aus seinem Schaufenster. Wir machen seiner Frau und seiner Tochter die Haare für irgendeine Silvesterfeier. Rate mal, wer »wir« sind? Ich habe beide Frauen gewaschen, geschnitten, ihnen eine Welle gelegt, wie sie es wollten. Dabei hat die eine der anderen die spidderigen Haare vererbt. Wie ganz dünnes Heu, so was haben die Pardey-Frauen auf dem Kopf.

Hat sich aber gelohnt. Hätten wir diesen Fernseher nicht gehabt, wäre ich vor Langeweile wahrscheinlich gestorben.
Für einen kleinen Moment wollte ich Akrobatin werden. Denn ich sah die drei Kadonas aus der Schweiz in einer Talentsendung mit Peter Frankenfeld. Weiß nicht mehr genau, wie die hieß. Aber die kam wohl aus dem großen Sendesaal des Hamburger Funkhauses. Immer, wenn das Publikum ins Bild kam, habe ich nach Nelly Ausschau gehalten. Könnte doch sein, dass die zu so was hingeht, oder nicht?
Weißt Du, wie es ihr geht?

Der Schäbbige behauptet, Ihr würdet dort zwischen lauter nackten Frauen rumgehen. Bei Deinen Mitstudenten sei es üblich, dass Männer andere Männer küssen. Kann ich mir nicht vorstellen, dass Dir so was gefällt.
Ich würde Dich gerne mal besuchen kommen.
Oder bin ich Dir peinlich?

Denk dran, ich bin zwar noch lange nicht 21. Aber schon fast die Chefin von unserem Laden. Den schmeiße ich nämlich manchmal mit Mama und Elsbeth fast allein. Dem Papa geht es oft nicht so gut. Er liegt auf dem Sofa. Oder an den schlimmeren Tagen sogar im Bett. Hat dann ganz offensichtlich

Schmerzen im Bauch. Aber Du weißt das nicht von mir. Du sollst das nicht wissen, hat er gesagt. Also verpetze mich bitte nicht.
Dann erzähle ich Dir vielleicht, wer Peter ist.
Und was noch schöner ist als Tanzen.

Ein Küsschen von Deiner Inge

5. Juni 1962
Wuppertal
Galerie Parnass
Moltkestraße, Elberfeld
23.45 Uhr
Edgar

»Viele schöne Mädchen«, sagte Edgar.

»Und außer Rand und Band«, sagte Alfons.

Sie saßen vor der Villa auf einer Freitreppe. Edgar konnte sich vorstellen, wie hier, in der Zeit vor dem Krieg, ein wohlhabender Mann morgens zu seinem Auto schritt, um sich in seine Firma fahren zu lassen.

In der Villa brodelte das Zwölf-Stunden-Happening vor sich hin. Oder schwappte prekär über. Es war ein Test für ein Vierundzwanzig-Stunden-Happening, das Alvaro schon plante. In jedem Raum mindestens eine Kunstaktion. »Verselbstständigungen«, wie Alvaro es manchmal nannte.

Die Klänge des Cellos waren auf der Außentreppe nur noch angenehm gedämpft zu hören. Drinnen klang es deutlich schriller. Die Cellistin war nackt in Cellophan gewickelt. Wenn sie mit dem Bogen über die Saiten strich, klang es wie ein aufdringliches Ächzen. So war es auch gemeint. Der moderne Mensch schnappt nach Luft. Stranguliert von der Künstlichkeit, die ihn umgibt.

Edgar war erschöpft. Alfons ging es wohl nicht besser, seine Augen waren so klein, als müsse er sich sofort hinlegen.

Zu ihren Aufgaben hatte es gehört, Bier, günstigen Rotwein und Wodka herbeizuschaffen. »Wenn wir uns lösen wollen, brauchen wir Lösungsmittel«, hatte Johanna Alvaro als Auftrag ausgegeben. Sie war seit Tagen aufgekratzt. Hatte viel lauter und schneller gesprochen als sonst.

Zwischen Alvaro und Alfons hatte es sofort gestimmt. Er glaubte, ihr gutes Herz erkannt zu haben. Sie hatten zum ersten Mal im »Oehme Jupp« miteinander gesprochen, wo sie der Erbsensuppe nicht widerstehen konnte, die der Wirt seinem Revierbeamten ungefragt hinstellte.

Sie hatte sich bisher kaum für seine Kunst interessiert. Edgar fand vor allem die Gestalten faszinierend, die Alfons aus Holz hobelte. Alvaro war aber sehr interessiert an dem VW-Käfer aus dem Polizeifuhrpark, über den Alfons verfügen und den er vor allem auch fahren konnte.

In dieser Zwölf-Stunden-Nacht saß Johanna Alvaro in der Villa in ihrem eigenen Raum. Die Wände waren geschwärzt. Trotz der Einwände des Galeristen, der hier sonst seine Kunst verkaufte, brannte ein kleines Lagerfeuer in einer Eisenschale. Sie hockte in einer Ecke des Raums, ihr Körper nur bedeckt von einer Rinderhaut. An den Füßen trug sie Gauchostiefel, die sie aus Argentinien mitgebracht hatte. Nervös hatte sie ihrer Klasse die nicht ganz so aufregende Geschichte dieser Stiefel gleich mehrfach erzählt.

Ihr Ziel war es, die kompletten zwölf Stunden regungslos in diesem Raum zu verharren. Was bisher auch gelang. Die Besucher sowie die Künstlerkollegen sollten das Geheimnis ihrer argentinischen Heimat nachspüren können.

Deswegen hatte sie sich das Gesicht mit einem Korken geschwärzt, den Edgar für sie angekokelt hatte. Mehr als das und unabhängig von Südamerika wollte sie die Länge der Zeit verdeutlichen. Und dass ein langes Dunkel dem Menschen immer wieder ein gepeinigtes Dulden abverlangen kann.

Er hatte sich nicht zu sagen getraut, wie sehr ihn ihr geschwärztes Gesicht an die Bergleute der Zeche Oespel erinnerte. Würde sie zu schnöde finden. Wie zerschunden Bergleute jeden Tag an die Erdoberfläche zurückkehrten, das wusste jeder. Anstrengend, klar. Ihr ging es um eine Einsamkeitserfahrung, wie sie jede und jeder machen konnte. So glaubte es Edgar jedenfalls verstanden zu haben.

»Hast du gehört, wie die Schulmädchen geschrien haben, als sie in das Zimmer mit unserer Pampa-Hexe gekommen sind?«, fragte Alfons.

Edgar nickte.

»Spricht aber dafür, dass es wirkt. Die Stimmung ist stark«, sagte er.

»Das könnte ein Geisterbahnbesitzer auch sagen«, erwiderte Alfons. »Aber es ist wenigstens was los. Keine langweilige Bilderguckerei. Davon erzählen die zu Hause, darauf kannst du Gift nehmen.«

»Wo ist Karla?«, fragte Edgar.

»Zurück nach Hause, nach Düsseldorf. Der ging es ohnehin nicht gut, und dann ist ihr von der Sache mit dem Fleisch wohl schlecht geworden.«

Im früheren Esszimmer der Villa steckte eine Assistentin des Malers und Aktionskünstlers Silberwolf Nadeln in Innereien und Gehacktesklumpen. Von der Decke des Raums hingen zwei Schweinehälften.

Karlas Aufgabe war es gewesen, einzelnen Besuchern

und Mitstudenten Fleischstücke umzubinden. Manchen drückte sie ein rohes Stück Fleisch in die Hand. Denn der Künstler wünschte sich, dass die Statisten immer wieder in das Fleisch bissen.

Silberwolf hatte sich ein Schweinenetz über den Kopf gezogen und deklamierte, auf einem Hackklotz sitzend, aus Werbeannoncen von Fleischereien. »Nach dem ganzen Hunger endlich wieder Fleisch«, rief er im Stil einer kirchlichen Liturgie am Ende eines jeden Absatzes aus.

»Ist der Fleischmann eigentlich von Haus aus Metzger? Der sieht so aus«, sagte Alfons.

Der Silberwolf war kurzhaarig und so gedrungen, als könne er ohne große Mühe eine lebende Kuh umwerfen.

»Der heißt eigentlich Wolfgang Silbermann und musste mit seinen Eltern nach Spanien abhauen. Hat sich in der Extremadura versteckt. Das ist eine entlegene Region …«, sagte Edgar.

»… im Süden, an der Grenze zu Portugal. Kaiser Karl V., der mit dem schlimmen Vorbiss, hat sich dorthin im 16. Jahrhundert zum Sterben zurückgezogen. Du wirst es nicht glauben, aber wir hatten an der Polizei-Klötzchenschule neben neun Stunden Schlagstock sogar eine Stunde Erdkunde«, pflaumte Alfons.

Aus dem Obergeschoss hörten sie begeistertes Juchzen und Anfeuerungen. Die Teilnehmer des Happenings sollten sich dort die Schuhe ausziehen, um mit den Händen und den nackten Füßen unterschiedlich verwischte Spuren auf den ausgelegten Starkpapierbögen zu hinterlassen. Der Schweizer Mitstudent Yves collagierte die Abdrücke zu Trittgetümmeln, mit denen er das Umherirren des heutigen Menschen erlebbar machte. Nicht Edgars Worte, aber er kannte die Begleittexte von Alvaro auswendig. Seit sie herausgefunden hatte, dass er sich durch die Lehre bei

Horten mit Schrifttypen auskannte, war er für die Gestaltung der Begleitbroschüre verantwortlich.

»Wenn du es erlaubst, nehme ich deine Holzfigur mit, wenn ich bei den Kindern dieses Verkehrskasper-Puppenspiel aufführe«, Alfons spielte auf die Skulptur an, die Edgar für diesen Abend geschnitzt hatte. »Einfach mal weg von der Staffelei, mal was anderes ausprobieren«, hatte ihn Alvaro halb ermuntert, halb angewiesen.

»Du machst das nicht wirklich«, Edgar trank direkt aus der Flasche Rotwein. An den umherstehenden Gläsern und Tassen waren ihm deutlich zu viele fremde Münder gewesen.

»Wie willst du den Kindern das lange Glied erklären?«

»Kein Problem«, Alfons trank den Tee, den ihm die vom Galeristen engagierte Putzfrau gekocht hatte.

»Der steht für die lange Leitung, die die Kinder an der Ampel haben sollen. Nicht rennen, sondern schön warten, bis die Pimmelzeit vorbei ist. So etwa werde ich das machen.«

»Da werden sich die Kinderchen aber freuen«, Edgar stand auf.

»Ich sehe mal nach, ob ich nicht noch ein paar Brocken Fleisch festschnallen muss«, sagte er.

»Und du siehst nach der wunderhübschen Lisa-Michelle. Ob sie immer noch so begeistert ist, dass hier richtige Künstler rumlaufen.«

Edgar winkte ab. Hatte aber genau das vor.

Als er im Obergeschoss ankam, sah ihn Lisa-Michelle sofort und ließ ihre Freundinnen stehen. Ihre Füße und Hände waren mit roter und grüner Farbe beschmiert. Standen im scharfen Kontrast zu ihrer ansonsten akkuraten Erscheinung: ein mintfarbenes Sommerkleid und eine Frisur, mit der sie auch zum Kirchenchor hätte gehen können.

»Hallo Edgar. Darf ich eigentlich Eddie sagen?«, fragte sie.

»Nicht so gern. Am schnellsten höre ich auf Woicik.«

»Damit kann ich dich also herbeirufen, wenn mir danach ist.«

»Je nachdem, was du möchtest, wäre ich dann sehr schnell bei dir. Keine Frage.«

Es wäre alles ein noch viel federleichterer Spaß, würde nicht immer wieder Nelly in sein Bewusstsein treten und deutlich mit dem Kopf schütteln. In der eigenartig aufgeladenen Atmosphäre dieses späten Abends würde ihn das aber nicht davon abhalten zu erkunden, was sich unter diesem mintfarbenen Kleid verbarg. Ganz sicher nicht.

29. Juni 1962 WDR Hörfunk
Kulturgespräch

MODERATOR:
Der Künstler und der Skandal, das gehört untrennbar zueinander. Denken wir an die Schlägerei im Publikum, die die Uraufführung von Victor Hugos »Der König amüsiert sich« in der Comédie-Française auslöste. 1832 war das. Als Giuseppe Verdi das Stück später in eine Oper verwandelte, musste er den Skandal so gut es ging, umgehen. Daraus wurde dann »Rigoletto«.
130 Jahre später, also heute, kann die Kunst immer noch heftige Reaktionen auslösen. Ein ehemaliger Präsident der Kunstakademie Düsseldorf hat sich jetzt über seine ehemalige Einrichtung echauffiert.
Er spricht in einem Brief von, ich zitiere, »Schweinereien, die vor dem Publikum exerziert werden«. Er kritisiert unter anderem »Phalluskult« und das »Ausweiden toter Tiere«.

Persönlich verantwortlich sieht der angesehene Professor seine lehrende Kollegin Johanna Alvaro.
Deren Dienstvorgesetzter ist der Kultusminister des Landes Nordrhein-Westfalen, Dr. Paul Mikat von der CDU.
Herr Dr. Mikat, es würde mit Damenwäschebinden geworfen, Möbel zertrümmert und Säure in Klaviere gegossen, heißt es in dem Brief weiter. Ist das die Art von Kunst, die Sie an einer renommierten Einrichtung des Landes gelehrt sehen wollen?

DR. MIKAT:
Das klingt jetzt vielleicht ein bisschen komisch, aber ich bin froh, dass ich das gar nicht zu entscheiden habe.

MODERATOR:
Was meinen Sie damit?

DR. MIKAT:
Was an unserer Kunstakademie gelehrt wird, ist ganz sicher nicht allein meine Entscheidung. Noch weniger unterliegt das meinem Geschmack. Das ist die Entscheidung vieler. Beispielsweise wird das auch an der Akademie, vom dortigen Lehrpersonal, entschieden.
Würde ein Minister allein entscheiden, was Kunst ist, dann wären wir ja ganz schnell da, wo wir hergekommen sind. Ich sehe mich jedenfalls weder in der Pflicht noch habe ich den Wunsch, eine Gottbegnadetenliste für das Land Nordrhein-Westfalen zusammenzustellen. Bitte nicht.

MODERATOR:
Gut, das hieße im Umkehrschluss, jeder kann manchen, was er will. Wenn er nur sagt, es ist Kunst.

Nehmen wir das Beispiel des jungen Mannes, der in einem Raum bei einer sogenannten Fluxus-Veranstaltung Haarbüschel ausgestellt hat, die er sich ausgerissen hat. Neben seinen abgeschnittenen Fußnägeln.
Wenn das so einfach ist, Kunst zu machen, dann hätte sich Robert Schumann doch die Arbeit an der »Rheinischen Sinfonie« sparen und sich stattdessen nur ein paar Wimpern ausreißen müssen?

DR. MIKAT:
Ich kenne dieses Beispiel. Ich kenne auch andere. Da ist kürzlich in Wuppertal wieder mit einer Menge rohen Fleisches hantiert worden. Bei dieser Veranstaltung wurde auch eine Holzpuppe mit einem unmäßig großen Geschlechtsteil vorgezeigt. Da handelte es sich wohl um das Werk des polnischen Exil-Künstlers Edgar Woicik.
Danach bin ich sogar aus dem Bundespräsidialamt um eine Stellungnahme gebeten worden. Da sich wohl auch Bundespräsident Lübke unter Kunst etwas anderes vorstellt als das, was man dort sah.

MODERATOR:
Wenn ich das richtig weiß, sind Sie mit dem Herrn Bundespräsidenten nicht nur als Sauerländer landsmannschaftlich verbunden, sondern auch aus der katholischen Studentenvereinigung Ascania bestens bekannt. Was konnten Sie dem Präsidenten denn versprechen?

DR. MIKAT:
Ich habe Herrn Lübke zugesichert, dass ich mich kümmere. Was auch geschieht. Wir haben mittlerweile recht klar herausgearbeitet, dass es vor allem um junge Leute geht, die bei Frau Professor Johanna Alvaro studieren. Und da denken wir in der

Tat darüber nach, wie viel gemeinsamen Weg wir da noch vor uns haben. Also das Land Nordrhein-Westfalen und die bisher lediglich angestellte Professorin, Frau Alvaro.

MODERATOR:
Es liegt eine Erklärung vor, die eine Professorenkonferenz an der Akademie verfasst hat. Da ist davon die Rede, man könne im »Bereich des Sex« nicht auf eine Beschäftigung mit dem Obszönen, Pornografischen und Perversen verzichten. Und dann kommt der Schlusssatz, der wohl vor allem an Frau Professor Alvaro gerichtet ist: »Die Professorenschaft bleibt nachdrücklich um die Wahrung der jeweilig gebotenen Grenzen im Sinne ihrer öffentlichen Verantwortung bemüht.«
Johanna Alvaro ist in Argentinien aufgewachsen und auch noch eine Frau. Können Sie sich vorstellen, dass es aus diesen Gründen doppelt schwierig für sie ist, die gebotenen Grenzen zu erkennen?

DR. MIKAT:
Ich sage noch einmal, worum es mir geht.
Einerseits darf es nicht so sein, dass diejenigen, die an unserer Kunstakademie studieren, sich im Besitz eines Freifahrtscheines wähnen, um sich dort zu benehmen, wie es ihnen gefällt. Denn jede Fischfrau mit ihrem Marktstand, jeder Straßenbahnfahrer, jeder Prokurist zahlt mit seinen Steuern letztlich diese Akademie mit.
Andererseits sollen Künstler dort eben die Freiheit haben, die sie brauchen, um das künstlerisch auszusagen, was nach ihrer Auffassung die Menschen unserer Zeit bewegen könnte. Ich bin nicht sicher, ob wir da bei den neuesten Entwicklungen jede Fischfrau und jeden Straßenbahnschaffner mitnehmen.

Aber wir werden als zuständige Landesbehörde darauf achten, dass wir in der Akademie Lehrpersonal vorfinden, mit dem wir uns über die Grenzen einig sind, die eingehalten werden sollten.

FAX
Von: Jürgen Miebach, 424 Wisconsin Av Milwaukee, WI, USA, +1 414 273 8223
An: Penelope Tillmann, Parkallee 64, Hamburg, +49 40 343 487
15. Februar 2010 3.35 Uhr MEZ

Wunderbare Nelly,

ich weiß, dass ich zu den wenigen gestrigen Zauseln gehöre, die noch ein Fax schicken. Aber ein Brief dauert zu lange und das Flimmern des Computerbildschirms kriegt meine irritierte Rübe nach dem Rumms noch nicht wieder sortiert. Die junge Dame hat mir einen ihrer Freunde angekündigt, bevor sie abgerauscht ist. Der würde sich um die Einstellungen kümmern und es wohl altengerecht justieren können. Dann könnte das wieder klappen und ich könnte wieder im Internet Weltbürger werden. Habe dann immer Sorge, dass wieder so ein junger Flegel mit einem Pferdeschwanz vorbeikommt. Oder schlimmer: Einer mit einem Männerdutt.
Bei einem Dutt denke ich immer an die alten Mütter aus der kalten Heimat. Mit Brillen aus Glasbausteinen und dem Geruch nach Mottenkugeln. Wie Öttes Mutter, erinnerst Du Dich?

Telefonieren geht immer noch nicht so gut. Wer weiß, was Du da drüben in Deutschland verstehen würdest, wenn ich hier mit meiner schiefen Schnauze losplappere. So richtig dicht ist das alles noch nicht.

Ist Dir schon einmal der Ausdruck »drool« begegnet? Einer der Gründe, warum ich die englische Sprache so lieb gewinnen konnte. Es gibt Wörter wie »drool«, für sabbern.
Da geht es oft um Hunde. Aber auch um ältere Herren, die nach einem Schlaganfall den Mund noch nicht wieder richtig schließen können.

Du kannst Dir denken, warum ich Dir schreibe. Der Arzt hat heute deutlich Nein gesagt. Keine Reise nach Europa. Nix mit Spanien. Zu heikel. Die Druckunterschiede im Flugzeug. Die gelegentlichen Eskapaden meines Blutdrucks. Er hat aber nicht gesagt, es wäre für alle Zeiten ausgeschlossen. Kann also gut sein, dass ich Dich in Deinem Miss-Marple-Haus spätestens zu Weihnachten besuchen komme. Deine Patentochter schrieb mir, es sei so wahnsinnig schön. Unter solchen Umständen könne sie sich sogar vorstellen, in Deutschland zu leben.

Von ihr weiß ich auch, dass Du eine Stiftung gegründet hast, die nach Deiner Mutter heißt und sich um psychisch Kranke kümmert. Wenn ich das richtig verstehe, investierst Du das Erbe Deiner Oma, um Leuten zu helfen, die Deine Oma hat wegsperren lassen. Was für eine feine Vergeltung. Aber wie verschroben von Dir, dass Du dabei möglichst verborgen bleiben möchtest. Selbst Deine Patentochter hat keine Artikel gefunden, aus denen hervorginge, wer da mit den Millionen nur so kleckert.

Das Schwierigste habe ich mir für den Schluss aufgehoben. Hast Du Dir bestimmt schon gedacht.

Ich habe verstanden, warum Du nur zu Edgars 70. Geburtstag fahren würdest, wenn ich mitkomme. Nun kann ich nicht dabei sein.
Aber Du solltest dennoch dort sein. Keine Frage. Edgar ist ein Rüpel. Ich habe tatsächlich ewig nicht von ihm gehört. Aber er bleibt unser Rüpel. So sehr ich mich bemüht habe, ich konnte ihn niemals vergessen.
Habe vor dem Rumms Interviews mit ihm gesehen. War verblüfft, was für leise Töne der hinbekommt. Er war übrigens auch toll angezogen. Mir fiel ein Wort zu ihm ein, das mein Vater immer verwendete und das mir dann gar nicht mehr altbacken vorkam: Unbehaust. Während er etwas weitschweifig über seine künstlerischen Vorstellungen sprach, musste ich denken: Niemand wird ihn einfach so in den Arm nehmen dürfen, diesen stachligen Mann. Aber es müsste mal jemand tun.

Ich versuche noch weitere Informationen zu bekommen. Das ist zu einer regelrechten Mission geworden, und ich bin etwas nervös, wie das wohl läuft.
Aber findest Du nicht, Du solltest der Mensch sein, der ihn zu seinem 70. Geburtstag in den Arm nimmt, den alten Sack?

Möchtest Du nicht sehen, wie sonderlich er geworden ist? Höchstwahrscheinlich sonderlicher als Du und ich. Denn der war doch schon in unserer Jugend anders als die anderen.

Er wird sich aber nicht so dramatisch verändert haben, dass er sich über irgendeinen Gast mehr freuen würde als über Dich.

Kann doch sogar sein, dass mir der Rumms einen siebten Sinn für so was verschafft hat. Glaubst Du nicht?

Fahr zu ihm, Nelly.
Hugs and kisses, schreiben wir. Kommt wirklich von Herzen,

Dein Jürgen

FAX
Von: Penelope Tillmann, Parkallee 64 Hamburg, +49 40 343 487
An: Jürgen Miebach, 424 Wisconsin Av Milwaukee, WI, USA, +1 414 273 8223
15. Februar 2010, 11.58 Uhr MEZ

Mein lieber Jürgen,

das tut mir alles schrecklich leid.
Eigentlich müsste ich gleich ins Flugzeug steigen und nach Dir sehen.
Kann doch gut sein, dass Du Teile der Wahrheit einfach unter den Tisch fallen lässt. Ob Du dem Schlaganfall nicht doch zu viel Ehre antust, wenn Du ihm mit »Rumms« auch noch einen Spitznamen zubilligst?
Wie geht es Dir wirklich, mein lieber Freund?
Mein wunderbarer Träumer und unfassbar treuer Edgarist. Oder wie sollten wir Dich als lebenslangen Gewährsmann des Edgar Woicik sonst nennen?
Ich halte mich aus ganz praktischen Gründen aus der Öffentlichkeit fern. Denn ich habe auch ohne großes Hallo in irgendwelchen Blättern schon viel zu tun. Für meine alte Firma Montblanc kümmere ich mich um

den Kontakt zu Unicef. Da bin ich dann wieder für die einzelnen Anlässe Frau von Gysenberg und lasse noch einmal die ganze Oma-Etikette rollen. Muss immer wieder in mich hineinlachen, wie das unverändert funktioniert. Ich winke auch wie eine Königin, wenn ich von einer Bühne aus begrüßt werde. Dabei sind wir längst in einem anderen Jahrhundert. Meine eigene Stiftung habe ich in die Hände einer sehr fähigen Frau gegeben. Die sorgt auch dafür, dass sich bei uns keine Dröhnemänner einnisten und behaupten, sie wüssten, wo es langgeht. Auf allen wichtigen Positionen sind Frauen. Hauptamtlich wie ehrenamtlich. Unsere medizinische Expertin ist eine beeindruckende Neurologin und Psychiaterin. Bei der denke ich manchmal, womöglich hätte ich auch eine gute Ärztin abgegeben. Zwei hübsche Jungs kochen bei uns in der Stiftung Kaffee, fahren die Autos und machen das Lager.

Du merkst, ich bin auch ein geschwätziges altes Weib geworden. Wie ich Dich hier mit diesen Kleinigkeiten nerve. Mache ich natürlich auch, weil es mir so schwerfällt, über die andere Sache zu schreiben. Die richtigen Worte zu finden für dieses Gefühl, das mich auch nie verlassen hat.

Wahrscheinlich haben wir dasselbe Interview gesehen. Denn ich konnte gut verstehen, wie Edgar Dir vorkam. Natürlich musste ich auch lachen. Wie er sich auf seine griesgrämig-pompöse Art spreizte. Die Kunst, der Künstler, das Werk für die Ewigkeit. Gleichzeitig ist er immer noch schüchtern. Ich konnte mir den Anzug wegdenken und das Professorale. Habe diesen Blick gesehen und erinnerte mich sofort, wie schmerzhaft

das Zarte in ihm verletzt werden kann. Als Du in Bremerhaven auf dieses Schiff gestiegen bist. Als ich ihm sagen musste, ich würde heiraten, aber sicher nicht ihn.
In der Nacht nach dem Interview habe ich keine Minute geschlafen. Alle großen Fragen haben an mein Fenster geklopft. Was wäre wenn? Warum hat es nicht geklappt? Warum hatten wir nicht einmal eine gemeinsame Sache zusammen, als Frau und Mann? Warum stehen auf meinem Klavier keine Bilder von eigenen Kindern? Und dabei war es erleichternd, dass Du mir diese fantastische Patentochter geschenkt hast. Auf die ich stolz wie Bolle bin. Der habe ich übrigens in der vergangenen Woche geschrieben. Bekam eine Abwesenheitsnotiz. Sie sei nicht in New York. Wo ist sie denn hingerauscht, wie Du schreibst? Nach Los Angeles, zu diesen deutschen Fernsehleuten? Wollte sie nicht lieber schreiben, als Fernsehen machen?

Ich habe mir hier ein schönes Leben eingerichtet. Ja, manchmal würde ich gerne morgens nicht nur mit meinen Katzen sprechen. Du weißt, dass meine liebste von den dreien »Monaco« heißt, oder?
Meine Freundinnen und ich können machen, was wir wollen. Alles, worauf wir Lust haben. Seit ich diesen Trainer losgeworden bin, muss ich auch morgens keine Liegestütze mehr an der Alster machen und mein Knie tut nicht mehr weh.
Dafür habe ich mir einen Porsche gekauft. Der Tagedieb aus der Niederlassung hat mich so lange wie eine Oma behandelt, bis ich ihm sagte, ich würde sofort und in bar bezahlen, wenn mir ein Auto gefiele. Dann wurde er augenblicklich zu einem servilen Schleimer.

Was soll daraus werden, wenn ich allein zu Edgar nach Spanien fahre? Mit Dir, mein lieber Jürgen, ließe sich das alles in Geselligkeit auflösen. Aber allein? Was, wenn er ein großes »Und jetzt?« im Gesicht stehen hat. Was bringe ich ihm als Geschenk mit? Schreibe ich ihm auf eine Karte, wie sehr uns das Glück in vielerlei Hinsicht geküsst hat? Nur mit uns hat es eben nicht sollen sein? Wie soll er sich darüber freuen? Im günstigen Fall nervt es ihn. Im schlechteren Fall bringt es ihn auf eine Weise durcheinander, wie es mich nach dem Interview keine Ruhe finden ließ.
Und was mache ich eigentlich, wenn er sich von einer 31-jährigen Kunststudentin aus der Gegend nach Strich und Faden bewundern lässt? Er wäre nicht der Erste, oder?

Doch, Jürgen, ich möchte ihm ganz viele Fragen stellen. Möchte mich mit ihm Stunden, lieber Tage unterhalten. Ja, Edgar müsste umarmt werden. Wenn das jemand macht, dann sollte ich das sein. Denn ich würde immerhin den Mann meines Lebens in den Armen halten. Das darf ich dem Kunsthändler nicht sagen, der mich immer so fein ausführt und mich mit den Augen anklimpert, als wäre ich 61. Wie er, der Kunsthändler.

Aber wie komme ich da wieder raus? Du weißt besser als viele andere, was für ein menschgewordenes Unwetter Edgar Woicik sein kann.
Ich habe mir das Alter unerschütterlich vorgestellt. Es ist das Gegenteil. Und warum soll das bei unserem Genie anders sein?
Du darfst nicht fahren. Das nehme ich als Wink des Schicksals. Ich werde ihm schreiben.

Oder vielleicht mit meinen Freundinnen bei ihm vorbeifahren. Das ist doch wohl der schönste Teil Andalusiens. Davon träumt der. Ein ganzes Auto voller alter Schachteln, die sich mit dem großen Künstler fotografieren lassen wollen.

Ich liebe ihn und weiß nicht wirklich, warum.
Bei Dir weiß ich es. Deswegen buche ich bald erst einmal Amerika. Und dann vielleicht Spanien.
Jetzt spendiere ich mir ein Nappo.
Falls mich jemand fragen sollte, was ich immer im Kühlschrank habe, kennst Du die Antwort längst.

Pass auf Dich auf. Fühle Dich fest und heilend umarmt,
von Deiner Nelly

18. Februar 2010
Conil de la Frontera
Provinz Cadiz, Spanien
Steilküste in der Nähe der Villa Palmyra
8.10 Uhr
Edgar

Edgar stand unter seinem Baum.

Das musste nun wirklich niemand wissen, wo er jeden Morgen hinging.

Immer an der Steilküste entlang. Der Weg wie eine Furche. Rote Erde. Links und rechts von ihm Büsche, die jeden Tag der Wucht des Atlantikwinds widerstehen mussten, sich also zusammenballten wie Drahtwolle. Wir sind nicht beleidigt. Wir sehen nur so aus und haben keine Lust auf diesen schlimmen Wind, schienen sie zu sagen. Wenn er den Ozean nicht sah, weil wieder ein Busch viel höher war als er, hörte Edgar dennoch sein Rauschen. Er war diesen Weg unzählige Male gegangen. Auch wegen dieser Steilküste waren die Zeitspannen immer länger geworden, die er hier verbrachte. Statt in Düsseldorf. Nach seiner Pensionierung hatte er dort nur noch ein Zimmer behalten. Er vermisste es nicht wirklich, denn sein Düsseldorf gab es längst nicht mehr. Die Zeit, in der es dort beinahe wilder gewesen war als in Paris. Die Nächte, aber auch die Tage. Das Geld in gerollten Bündeln in der Tasche. In der Erinnerung widerte es ihn aber auch manchmal an. Das Aufwachen in irgendwelchen Betten. Neben netten Frauen, die keinem was getan hatten und nur zum Künstlergucken in die »Uel« gekommen waren. Um am nächsten Tag neben einem Säufer zu liegen, der ihren Namen nicht wusste. Und schlimmer: Nicht wissen wollte. Aber von hier war Düsseldorf, »der Norden«, sehr weit weg, 3000 Kilometer. Er wollte versuchen, ganz umzuziehen. Auch mit dem Kopf. An diese Küste des Lichts, die Costa de la luz.

Auf den Trampelpfaden, auf denen er ging, kleckerten junge Männer mit ihrem Testosteron, wenn sie mit den fräsend klingenden Geländemaschinen die vielen Vögel zu Tode erschreckten. Wilde Camper aus Berlin, mit verfilzten Haaren und Essen aus Dosen entleerten sich mitten zwischen den Pflanzen dieses Küstenabschnitts und fühlten sich dabei wahrscheinlich »irre frei«. Junge Paare wollten nicht wahrhaben, dass die Kanten der Steilküste keinen Unterschied machten zwischen Einheimischen und Urlaubern. Stellten sich an das äußerste Ende und dachten, sie würden auf dem bröselnden Gestein sicher stehen. Eine Urlauberin hatte den Boden unter den Füßen verloren und war 40 Meter tief gestürzt. Der Bruder von Edgars Schreiner, Eingeborener aus dem nahen Conil de la frontera, aber auch.

Das alles geschah, aber Edgar konnte es komplett ausblenden.

Am Nachmittag bekamen sie hier zwei Stunden Tageslicht geschenkt. Dafür wurde es noch später hell als an deutschen Wintermorgen üblich. Auf dem Weg zu seinem Baum hatte er eine Stirnlampe getragen. Konnte sie mittlerweile ausschalten, denn die Sonne ging auf. Wäre er heute nicht zu seinem Baum gegangen, hätte es ihn sehr unruhig gemacht. Einen Tag vor seinem 70. Geburtstag.

Sein Baum war eine Pinie.

Kein Wichtigtuer von einem Baum. War also nicht in die Höhe gewachsen, um von allen gesehen zu werden. Sein Baum war in die Breite gegangen. Gab mit seinem Wipfel einer sehr großen Fläche Schutz. Mindestens zwölf Schritte an jeder Seite. Edgar hatte auch schon bei einem starken Regenguss unter dem Dach dieses Baums gestanden, ohne auch nur einen Tropfen abzubekommen.

Er berührte den Baum zwar. Damit musste es aber auch genug sein. Ihm war schon gelegentlich nach einer Umarmung zumute gewesen. Aber er war Edgar Woicik. Und Edgar Woicik war kein Bäume-Umarmer. Kein Waldorf-Spinner, kein Körner-Ötzi.

Edgar hatte keine Ahnung, was geschah, wenn er an seinem Baum stand und die Rinde berührte. Er war sich aber sicher, jeder Baumtag lief besser als ein Tag ohne Baum.

Heute war Edgar sogar nach einem Gespräch mit dem Baum zumute. El arbol, hieß er auf Spanisch. Hier kam um diese Zeit des Tages niemand vorbei. So gut wie ausgeschlossen. Edgar wollte von niemandem überrascht werden, wie er mit voller Stimme mit einem Baum sprach. Also murmelte er lieber.

»Ich werde morgen 70. Habe jetzt schon 40 Jahre länger gelebt, als es meinem Vater vergönnt war. Ich war erfolgreich. Aber nicht genug. Ich wäre gerne berühmter. Aber auch nicht. Denn diese vielen Quatschköpfe, die dann plötzlich Gesprächsbedarf hätten, das kann auch kein vernünftiger Mensch aushalten. Ich bin 70 Jahre alt und würde gerne mit meiner Mama zu dir kommen, ist das nicht lächerlich? Noch lieber würde ich mit jemand ganz anderem kommen. Wenn ich davon anfange, stehen wir morgen noch hier. Wobei du ja hoffentlich morgen immer noch hier stehst. Ich möchte jeden Tag zu dir kommen, aber auch um die Welt reisen. Will endlich Angkor Vat in Kambodscha sehen. Japan, unbedingt Japan. Argentinien steht auch auf meiner Liste, schon seit fast 50 Jahren. Andererseits wird mir schon angestrengt zumute, wenn ich die nötigsten Dinge in eine Reisetasche werfen muss, um nach Deutschland zu fahren. Ist es das, was bleibt? Nicht hü, nicht hott, jede Klarheit futsch. Macht das einen alten Zausel aus?« Die Erinnerungen fuhren rasend schnell Karussell. Verklumpten sich. Edgar wollte so viel sagen. Wahrscheinlich kam deswegen kein Wort mehr. Berührte noch einmal die Rinde des Baums. Sah zu den Ästen hoch. Die so wirkten, als hätte ein leicht irrer Einsiedler in seiner Holzhütte chaotisch Regale angebracht.

Was ihm der Baum sicher nicht beantworten konnte:

Wie sollte er das Leben, das er noch leben wollte, in der kurzen Zeit unterbringen, die ihm noch blieb? Edgar war gesund. Aber er kannte das Durchschnittsalter. Irgendwas mit 76 Jahren. Wer 70 wurde, war in 20 Jahren 90. Wollte er das? »Ich sitze auf meinen Leitern und male. Wahrscheinlich sieht es ganz ruhig aus. Aber innerlich hetze ich. Dauernd. Bloß keine Zeit verschwenden, nehme ich mir vor. Finde es dann aber auch anstrengend. Möchte mich in aller Ruhe in Rage malen können und die Zeit dabei vergessen. Aber was kann ich mir weniger leisten, als die Zeit zu vergessen? Gerade daran mangelt es doch, an Zeit.

Wolf-Dieter hat heute einen Reporter bestellt. Freut mich, klar. Interesse, Begegnung, ein junger Mensch. Der tolle Woicik, na Leute, das ist mir einer. Von früher erzählen. Alvaro erklären. Aber ich werde wieder dieses Gefühl haben, es sitzen nicht genug Leute mit am Tisch. Die anderen müssten auch erzählen. Ich bin doch nicht nur ich.«

Edgar nahm die Stirnlampe ab und steckte sie in die Handtasche seines englischen Trenchcoats, den man in den 70er-Jahren noch Macintosh genannt hatte. Er tat es ganz so, als müsste das genau jetzt geschehen. Nickte dem Stamm zu. Es war seine ganz eigene Liturgie, also schlicht und unvollkommen. Manchmal konnte er verstehen, warum so viele Bekannte und Freundinnen sich irgendwann einen Guru gesucht hatten. Der glaubte zu wissen, wo es langging. Man selbst musste nur Zweifel unterdrücken und die Sachen stumpf glauben, mehr nicht. Ob das ein wirklich befriedigendes Gefühl war?

»Ich schicke dir einen Reporter«, hatte Wolf am Telefon gesagt.

»Nein«, hatte Edgar geantwortet.

»Gut, dann lassen wir das und ich schenke IKEA deine Riesenbilder als Trennwände.« Es war nur ein Scherz. Seinem Galeristen Klaus-Dieter Heinken war allerdings auch vieles zuzutrauen. Da gab es für Edgar nach den 35 Jahren, die sie sich mittlerweile kannten, keinen Zweifel mehr.

Dann kommt wieder so ein Würstchen. Überkandidelt angezogen, als würde es eine Kleiderkiste für Kulturjournalisten geben. Dicke Brille. Was denn sonst, Brille muss sein. Der, der vorbeikommen würde, hieß »Erik«.Was war das überhaupt für ein Name? Edgar hatte einen »Erich« flüchtig gekannt. War zu Jupp zum Schneiden seines spinnennetzdünnen Haars gekommen. Mitarbeiter vom »Heringsbändiger«, einem Fischgroßhändler aus Dortmund-Dorstfeld. Dieser Erich war sehr anerkannt, denn er bereitete den Sud zu, in dem die Heringsstücke lagen. Höchstes Lob für die Sauce, die in der Steinhammerstraße alle »Sauke« aussprachen.

Erik würde Fragen stellen, die eigentlich nichts wissen wollten. Stichpunkte ansteuern, Hausaufgaben machen. Große Bilder, was soll das mit den nackten Frauen als Motiv? Warum posieren die so gequält, die Körper verdreht, ist das Sadismus? Warum tragen Sie diese dreiteiligen Anzüge? Natürlich würde es um Alvaro gehen. Meisterschüler von Alvaro, ist ja allerhand. Wie war die denn wirklich, die Alvaro.

Er spürte, dass sich einer bildete, aber zum Glück war Edgar den Wutbällen nicht mehr hilflos ausgeliefert. Jeden Freitag kam eine Trainerin mit einem Traumhintern. Wenn er den wiedersehen wollte, musste er Atemübungen machen. Die halfen wirklich ein wenig gegen die Wutbälle. Konnte er dem Hintern nicht sagen, denn sie sprach Englisch mit dem nordafrikanischen Akzent ihrer Heimat. Edgar streute in sein Deutsch Worte ein, die er für Englisch hielt. Spanisch war ihm lieber.

Wie gerne war er an die Universität von Cadiz gefahren, um bei seiner Professorenkollegin Maribel Nieto-Gregorio die Sprache von Velazquez, von Goya oder von El Greco zu lernen.

Sie nannte ihn nur »el pintor« und rollte das R am Ende des Wortes beinahe bis zum Mond.

Hier wäre er gerne jung gewesen. In Cadiz. In dieser Wärme. Zwischen diesen alten Häusern und dem ganzen Leben darin. Er trug seit Jahrzehnten einen Skizzenblock mit sich herum. Seit der Zeit, in der er so gut verkauft hatte, trug der Deckel jedes Blocks die Initialen EW.

In Cadiz griff er so fiebrig nach dem festen Papier wie seit Jahren nicht mehr. Um sich zeichnerische Notizen von einem weiteren Detail zu machen. Ein beinahe surreal spitzer Giebel. Fenster, so alt, womöglich hatte jemand die Fensterflügel geöffnet, um zu sehen, wie sich auf dem Meer die Armada sammelte. Um drei Stunden weiter nach Süden zu segeln, wo sie im Oktober 1805 vor dem andalusischen Ort Trafalgar von Lord Nelsons Schiffen geschlagen wurde.

An jedem Tag, den er bei Frau Professor Nieto-Gregorio zum Unterricht ging, tankte er auch anderen Kraftstoff. In diesem lebenslustigen Schmuddel dieser glasklaren Leute, die unverbildet freundlich und nahbar waren. Er musste viele kleine Gläser Rotwein ablehnen, ohne das spanische Wort für »Entziehung« und fast 30 Jahre »trocken« zu kennen. Sie nahmen es ihm nicht krumm. So lange er die vielen kleinen Pfützen scharfen Kaffees trank.

Die Klarheit, diese vielen kleinen Momente genau dann genießen zu können, wenn sie sich ereigneten, hielt Edgar für einen Segen des Älterseins.

Vielleicht sollte er mit diesem Journalisten, diesem Erik, nach Cadiz fahren?

Aber dann würde es in seinem Artikel wieder darum gehen, wie die Schauspielerin Halle Berry vor ein paar Jahren in diesem Bond-Film an der Promenade von Cadiz im apricotfarbenen Bikini aus dem Atlantik kam und im Film behauptet wurde, es sei Kuba.

Keine gute Idee.

Edgar betätigte den elektronischen Taster, und das Tor zur Einfahrt seiner Villa Palmyra rumpelte langsam zur Seite.

Die erste Palme des Kiesweges, der zum Haus führte, wuchs schlecht. Wie immer um diese Tageszeit lag dort Edgars Kater Kafinek und sah ihn an. Edgar hatte gelesen, Katzen würden Menschen nicht aus Zuneigung so intensiv angucken. Sondern weil die Tiere letztlich taxierten, wann sie ihr menschliches Gegenüber endlich abnagen konnten.

»Es dauert nicht mehr lang, mein Freund«, sagte Edgar in Richtung des Katers. Er machte die Handbewegung, die für Kafinek ohne Zweifel zu einer Dose Katzenfutter führen würde. Er erhob sich elegant und folgte Edgar. Selbst die Wildnis war käuflich.

Ich bin ein alter Meister, dachte Edgar und lachte sich selbst gehässig aus. Er wusste genau, wie er in diesem Moment für einen Außenstehenden aussehen würde.

Ganz ruhig. Sein Gesicht ungerührt und so glatt rasiert wie das eines Mannes, der das Rasieren seit mindestens 55 Jahren ernst nahm.

Er führte eine Tuschefeder über japanisches Seidenpapier. Säße hier ein Anfänger, könnte das in eine Verschwendung von wertvollem Material ausarten. Dieses kostbare Papier, die nicht zu korrigierende Tinte. Schon wieder würde selbst ein völliger Laie erkennen, dass hier nichts Derartiges passierte. Kein einziger Fehler.

Jeder Strich wurde geführt, als könnte und dürfte er nur die Richtung nehmen, die Edgars kräftige Hand vorgab.

Edgar duftete leicht holzig und nach einer Blüte aus einer omanischen Hochwüste. Ein teures Parfüm aus

Arabien. »Wie ein Blumenkasten mit zu vielen Blumen«, hatte Ulla gesagt. Die deutsche Touristin, die er am Ende des vergangenen Sommers in einer Bar in der Altstadt von Conil aufgegabelt hatte. Aus Bochum, nur sieben Jahre jünger als er. Morgens räkelte sie sich an seinem Pool, war auf eine bedrückende Art liebestoll, und er hatte sich geschworen, so etwas so bald nicht noch einmal zu machen. Seine Kunst hatte sie mit den Worten kommentiert, sie hätte auch mit dem Gedanken gespielt, nach der Pensionierung mit dem Malen anzufangen. Dann sei ihr aber Golf dazwischengekommen.

Nach außen wirkte Edgar ganz ruhig, wie er da wieder einmal an seinem zigfach geschliffenen Holztisch vor sich hin tuschte. Er war aber ganz und gar nicht ruhig.

Wo blieb denn dieser Erik bloß? Sollte schon seit fast einer halben Stunde hier sein. Was glaubte dieser junge Schnösel, mit wem er es zu tun hatte? Mit drei weiteren, präzise geführten Strichen vollendete Edgar den Festkimono des Shoguns Yoritomo. Ganz am Anfang in Düsseldorf hatte er Karla angepumpt, um sich dieses Prachtbuch von Fujiwara Takanobu kaufen zu können. Der Mann hatte im 12. Jahrhundert das Porträtmalen neu erfunden. Er folgte immer wieder Takanobus Beispiel. Wenn auch nur als Fingerübung, zur Entspannung.

Das Telefonat mit Klaus-Dieter hatte ihn auch mehr aus dem Tritt gebracht, als er wahrhaben wollte.

»Das wird viel zu teuer«, sagte Klaus-Dieter.

»Was wird zu teuer?«, fragte Edgar.

»Dein Fest übermorgen. Ich habe schon 20.000 Euro Ticketkosten zusammen, für die angeblichen Freunde, die du alle einfliegen möchtest. Mittlerweile müssen wir zwei Büfetts anbieten. Denn fast die Hälfte deiner Gäste hat sich irgendwelche hochaktuellen Lebensmittelallergien zugelegt. Ich musste eine spanische Studentin besorgen, die die nervigen Einzelheiten mit dem Gastwirt klärt. Der kann offenbar nicht richtig Spanisch.« Klaus-Dieter atmete schwer und vorwurfsvoll.

»Der Wirt heißt Cristobal, kurz Chicla, und spricht den hiesigen Akzent. Ich verstehe den.«

»Dann sprich du mit ihm über laktosefreie Milch.« Klaus-Dieter war immer noch moderat im Ton, aber angespannt.

»Soll ich alles abblasen, oder was schlägst du mir vor?«

»Warum gehst du nicht mit mir und meiner lieben Gerti in dieses Lokal am Strand, das du so magst, und wir essen was Schönes und lassen dich hochleben?«, fragte Klaus-Dieter.

»Weil ich 70 werde und es wahrscheinlich mein letzter runder Geburtstag ist. Da möchte ich nicht allein sein.«

»Du bist nicht allein. Ich kann dir auch Gerti allein schicken.«

»Die findet mich verbittert und schwierig. Und sie ist mit dir verheiratet.«

»Da hast du in allen drei Punkten leider recht.«

Es entstand eine kurze Pause in der Leitung, beide schwiegen.

Bis Klaus-Dieter seufzte.

»Gut, Edgar, du verbitterter, sturer, rechthaberischer Bock. Dann werde ich jetzt mal mit dem spanischen Zoll telefonieren. Denn dein Freund Alfons möchte ein Schweißgerät einführen. Für den Fall, dass ihm eine Idee kommt, die er vor Ort sofort umsetzen muss.«

»Der Mann ist ein begnadeter Bildhauer, der mit Metall arbeitet. Hat sein eigenes Haus auf der Museumsinsel Hombroich. Der hat einen Stuhlkreis aus eisernen Stühlen geschweißt.«

»Wenn er die auch noch mitbringen möchte, müsste ich ein Frachtflugzeug chartern.«

»Du bist ein Ignorant«, sagte Edgar.

»Aber meine Ignoranz hat mich reich gemacht«, antwortete Klaus-Dieter matt und legte auf.

Nein, ich möchte dieses Fest eigentlich auch nicht, dachte Edgar. Denn ich werde unter den vielen Menschen allein sein. Auch wenn ich jeden mag, der sich meinetwegen auf den Weg macht.

Ja, es ist eine Paraderolle von mir, der ausschweifende Gastgeber. Es konnte nicht gut genug sein. Niemals Prosecco, immer Champagner. Bis ich mich dann am Abend unter die Gäste mischen soll. Mir das alles sofort zu viel wird. Wie ich ganz sicher merke, dass ich nur Blech rede. Oder über Sachen, die mich doch gar nicht interessieren. Welcher Sohn eine Lese-Rechtschreib-Schwäche hat und wohin es dann bald in den Urlaub geht. Und wieso man jetzt doch ganz prima in den Iran fahren kann, allen bärtigen Turbanspinnern zum Trotz.

Manchmal war Edgar auf seinen Festen kaum länger als eine Stunde geblieben. Wenn er seinen 70. Geburtstag feiern und sich dabei wohlfühlen sollte, bräuchte er nur die Gesellschaft von zwei Menschen. Dann würde es wenigstens nicht so schlimm.

Es klingelte. Na endlich.

Edgar stand auf. Nahm das Jackett aus einem leichten Sommer-Tweed vom stummen Diener und zog es so gekonnt an, dass er nichts nachzupfen musste.

Die weichen Sohlen seiner in Wien vor 15 Jahren handgefertigten Loafer machten beinahe kein Geräusch auf dem Marmorboden seines Wohnzimmers, das er nicht so nannte. Es war ein weiteres Atelier. Zwei Etagen hoch, mit einer Art Kuppeldach, durch die das herrliche Licht fiel, das der Küste ihren Namen gab.

Kaum hatte sich das Tor komplett geöffnet, fuhr ein hässlicher, grauer, wahrscheinlich koreanischer Leihwagen zu schnell herein. Vor der Tür seiner Villa Palmyra bremste der Fahrer so scharf, dass sich die Kiesel der Auffahrt durch Wegspritzen in Sicherheit zu bringen schienen.

Die Fahrertür öffnete sich und eine Sandale trat auf den Kies. Weder der nackte Fuß noch das zugehörige Bein konnten zu einem Erik gehören. Die Frau, die aus dem Auto ausstieg, war jung und einen Kopf größer als Edgar. Sie trug Hotpants und eine Art Arbeitsjacke, die ihr zu groß war. Offenbar war ihr auf der Fahrt vom Flughafen aufgefallen, dass ein Februar in Südwestspanien nicht karibisch war.

Sie lächelte ihn auf eine Weise an, die er nicht von hier und erst recht nicht aus Deutschland kannte. Amerikanisch, dachte er. Wie im Film, so lächelte diese junge Frau. Edgar kannte sie nicht, und trotzdem kam sie ihm bekannt vor. Was würde sein Baum zu dieser Merkwürdigkeit sagen?

Sie streckte eine schöne, schlanke Hand aus.

»Herr Professor Woicik? Erika, wir sind verabredet.«

Edgar nahm ihre Hand, die sich so angenehm nach einer jungen Frau anfühlte, dass er sie eigentlich nicht loslassen wollte.

»Woicik reicht. Einfach Woicik«, sagte er und wies auf die geöffnete Tür seines Hauses, das er durch sie mit fremden Augen sehen und herrlich finden konnte.

Sie saß, wie seine Studentinnen sich hingesetzt hatten. Ehe er diese Art zu sitzen verboten hatte. »Wir sind keine

Wohngemeinschaft. Als Nächstes kommen die Hüttenschuhe, oder was?«, hatte er mehr als einmal in den Raum gebellt. Schneidersitz, wie im Yoga-Kurs.

Er hatte nach dem Gang zu seinem Baum Albondigas gebraten. Rindfleischfrikadellen mit Pinienkernen in Tomatensauce. Ein typischer hiesiger Tapa.

»Danke, ich esse kein Fleisch«, sagte sie und zeigte wieder dieses Lächeln, als würde sie gleich das Zahnweiß-Kaugummi herausholen, für das sie womöglich warb.

Sie beugte sich vornüber und stellte ein Aufnahmegerät auf den Tisch, den Alfons für ihn geschweißt hatte.

Die Arbeitsjacke hatte sie vorne geöffnet, aber nicht ausgezogen. Sie sah verfroren aus. Aber sie sollte sagen, dass ihr kalt war. Sie sollte zugeben, dass ihre kühne Souveränität nur vorgetäuscht war. Vorher würde Edgar kein Feuer im Kamin anzünden.

»Das ist okay für Sie, oder?«, fragte sie und zeigte auf den Rekorder.

Edgar nickte, ohne es zu meinen. Er mochte es nicht, wenn er seine Stimme auf einer Aufnahme hörte. Klang für seinen Geschmack immer noch zu viel Steinhammerstraße durch. »Dieses Unbehauene, wild Natürliche«, wie ihm eine überparfümierte Bilderkäuferin zugeraunt hatte. Die er damals nicht rauswerfen konnte, weil sie von seinem reichen Freund York geschickt worden war.

»Gespräch mit Professor Edgar Woicik in seiner Villa Palma in Spanien«, sagte Erika in Richtung des Aufnahmegerätes. Ob er sie schon einmal bei irgendeiner Quatschveranstaltung in Deutschland getroffen hatte? Bei irgendeiner Vernissage bei einem seiner Galeristen in den reichen Regionen des deutschen Südens? In Freiburg?

»Palmyra«, korrigierte Edgar, »ist Ihnen der Unterschied geläufig?«

Sie zuckte mit den Schultern, und er sprach sofort weiter, ehe sie wieder breit lächelte, weil es ihr nicht wichtig war.

»Palma ist die Hauptstadt der Baleareninsel Mallorca. La Palma, das ist die nordwestlichste kanarische Insel. Palmyra ist eine antike Oasenstadt in Syrien, in der Nähe von Homs. Eine sehr bedeutsame Ausgrabungsstätte.«

»Danke, Herr Professor Woicik«, sagte sie spöttisch. Trank einen Schluck von dem Wasser, das er ihr hingestellt hatte. Kaffee hatte sie abgelehnt, nachdem er ihr sagen musste, dass er keine Mandelmilch im Haus hatte, um ihr daraus einen widerlichen Schaum zu machen, der den Geschmack des Kaffees verdarb.

Ihr Blick war herausfordernd. Ihr Mund schön und voll, der Blick leicht verhangen. Ein Schlafzimmerblick. Der nicht ihn meinte. Er hatte ihre ungeteilte Aufmerksamkeit. Die Neugier einer Archäologin, die endlich den antiken Kamm vor sich liegen sieht, der von den Kollegen ausgegraben wurde. Selbst mit diesem Blick kam sie ihm aber immer noch so bekannt vor, dass er am liebsten die hilflose Frage herausgepoltert hätte, wo sie sich getroffen hätten.

»Meine Recherchen haben ergeben, dass Sie an Ihre Studentinnen und Studenten die höchsten Ansprüche gestellt haben.« »Gestellt haben«, früher, damals. Vergangenheit, dachte Edgar, ich bin vergangen.

»Ich habe mir also vorher überlegt, dass ich Sie in unserem Gespräch vor allem nicht unterfordern darf.« Wieder die Zähne, wieder dieses Kauft-was-ich-euch-sage-Lächeln. Konnte sie auch anders lächeln? Leiser? Er wusste, wie er dasaß. Aufrecht. Unbewegt. Der Krawattenknoten fest und richtig positioniert. Duftete zwar nach Wüstenblüte und war doch ein Stein. Er nickte, als würde er nachvollziehen, was sie sagte.

»So kommt auch die Frage zustande, mit der ich eröffnen möchte. Warum sind Sie aus Deutschland geflohen, Herr Professor Woicik?«

»Was bin ich? Ich bin noch nie geflohen«, pampte er. Dachte sich auch gleich ein einschränkendes ›Na ja‹ dazu. Ging aber doch dieses verbildete junge Ding nichts an. Blöde Kuh.

»Seit mehreren Jahren keine Ausstellung. Die Verkäufe gehen zurück. Sie werden wenig besprochen. Während Karla ihre Bilder zu Rekordpreisen in aller Welt verkauft. Und zuletzt sogar Fenster des Kölner Doms gestalten durfte. Was Sie als jemanden aus der Gegend von Köln doch auch sehr gereizt haben muss.«

»Ich habe mit der Kirche nichts am Hut. Und ich komme nicht aus Köln.«

»Ja, aber aus der Nähe.«

»Was wissen Sie darüber, wo ich herkomme?« Edgar konnte kaum noch dagegen anatmen. Ein Wutball formte sich. Immerhin sprach er leise.

»Eine ganze Menge«, sagte sie, jetzt auch weniger freundlich. Denn ihr entging die Stimmung im Raum nicht. Trotzdem blieb sie auf seinem wirklich sehr bequemen Sofa im Schneidersitz hocken. Als würde sie hier hingehören. Als müsse er sich von ihr alles Mögliche anhören.

Sie sah auf ihre Notizen.

»Sie gestalten manchmal auch Grabsteine. Ist das Ihre Vorstellung von Künstlertum? Ist ein Künstler ein Alleskönner?«

»Ich bin kein Künstler. Ich bin Maler.«

»Aber Sie haben doch einen Grabstein gestaltet.«

Lange her, dachte er. Wie lange eigentlich genau? Riemobert war gestorben. Er hatte testamentarisch verfügt, sein Grabstein möge von Edgar Woicik gestaltet werden. Die Notiz, die er für ihn hinterlassen hatte, war eine typische Riemobert-Nachricht gewesen:

»Edgar, Du Teufelskerl. Alles, was Du bist, hast Du beinahe mir zu verdanken. Oder Deinem riesigen Talent, Deiner Disziplin und Deinem großen Herzen. Such Dir was aus. Und Du weißt, wie mein Grabstein aussehen muss. Geh noch einmal für mich holen, was der Mensch nun mal braucht. In Liebe, Dein Bert.«

Alfons hatte ihm bei der Bearbeitung des Steins geholfen. Nur Eingeweihte würden in dem Dreieck auf dem Friedhof die Nussecke erkennen, die Riemobert gemeint hatte.

Für seine Mutter hatte er keinen Stein gestalten können. Ging nicht. Nach ihrem Tod hatte er sie immer und immer wieder gemalt. Nächtelang. Sich selbst beschimpfend. Denn sie geriet ihm ein ums andere Mal naiv. Als würde ein Kind den Pinsel führen. Oder eine pensionierte Studienrätin, die zum Zeitvertreib für den Apothekenkalender Bauernhöfe malt.

»Verzeihung, Herr Professor Woicik, machen Sie solche Fragen traurig? Brauchen Sie eine Pause?«

Edgar schloss die Augen. Öffnete sie wieder. Beugte sich nach vorne. Fand sofort den Stopp-Knopf ihres Aufnahmegeräts.

»Hören Sie zu, Erika. Ich weiß, warum mein Galerist und Agent Klaus-Dieter Heinken dieses Gespräch auf den Weg gebracht hat. Aber ich merke, dass wir wirklich nicht klarkommen. Sie sind Ende 20.«

»33«, unterbrach sie ihn.

»Schön. Aber ich habe sehr stark den Eindruck, wir tun uns mit diesem Interview keinen Gefallen. Klaus-Dieter wird Ihnen Ihre Kosten erstatten. Wir haben Sie im Hotel

Flamenco eingebucht. Bleiben Sie dort, so lange Sie wollen. Bestellen Sie sich alles, was die Karte hergibt. Literweise Mandelmilch. Es ist alles übernommen. Es ist herrlich hier, glauben Sie mir.«

Sie hielt seinem Blick stand. Als käme er ihr so leicht nicht davon.

Dann löste sie den Schneidersitz, stellte ihre Füße auf und steckte das Aufnahmegerät in die Tasche. Schrieb etwas auf ihren Block.

»In Ordnung. Ich habe nur eine Bitte: Dürfte ich Ihr Faxgerät benutzen?«

Edgar stand auf, wies ihr mit einer Geste den Weg in sein Büro.

Er hörte sie tippen und das Fiepen des Geräts. Als sie wieder herauskam, öffnete er die Haustür. Sie stieg in ihren hässlichen Kleinwagen, das Tor rumpelte auf und sie fuhr davon.

Edgar hätte es sich anders gewünscht, aber er war kein bisschen erleichtert.

Edgar ging in sein Büro, wusste jedoch wie immer nicht genau, was er da sollte. Er hielt sich kaum dort auf. Wenn er in dem kleinen Raum mit der Schießscharte von Fenster stand, überfiel ihn meistens der Impuls aufzuräumen. »Du solltest nicht erst Ordnung schaffen, bevor du anfängst zu malen«, diesen Satz von ihr hatte er wie viele andere Alvaro-Sätze immer noch im Ohr. Würde er einen der Ordner herausholen, könnte er selbst nachschauen, wie viel Geld er besaß. Wahrscheinlich genug. Sonst würde Klaus-Dieter Alarm schlagen, schließlich war das nicht nur eine seiner Aufgaben, sondern er verdiente an allem mit. Edgar wusste allerdings, wie wenig Klaus-Dieter das Geld brauchte. Wenn er sich nicht um Edgars Angelegenheiten kümmerte, zuckerte Klaus-Dieter die unterschiedlichsten Hilfsprojekte mit dem Teil seines Vermögens, das er übrig hatte.

An der Metallpinnwand hielt ein Magnet die Visitenkarte des Taxifahrers Paco Pepe. In Pacos Skoda Octavia hätte ein Chirurg kleinere Operationen vornehmen können, ohne eine Infektion fürchten zu müssen. So sauber war dieses Auto. Der Werbeflyer des deutschen Anwalts Gerald Freund hing an dieser Pinnwand. Edgar hoffte vor Rechtsstreitigkeiten verschont zu bleiben, bei denen ihm ein deutscher Advokat mit spanischen Rechtskenntnissen helfen musste. Der Mann sah auf dem Foto seines kleinen Prospekts vor allem unglaublich glücklich aus. Angeregt durch die allgegenwärtigen Heiligenbildchen in diesem Teil Spaniens hatte Edgar den Anwalt Freund schon längst als Segensbringer malen wollen.

Daneben hing die Einladung zu Nellys Hochzeit aus dem August 1965. Warum war dieses vergilbte Stück Pappe niemals verloren gegangen? Bei all seinen Umzügen nicht. Die Ehe hatte nicht gehalten. Hatte sie ihm erzählt, an dem Abend, an dem Inge offiziell den Laden in der Steinhammerstraße übernommen hatte. Wann war das? 1970? 1971?

Er erinnerte sich, wie er sich gefreut hatte, Nelly zu sehen. Sie hatten getanzt, Inge war glücklich gewesen. Selbst Jupp saß zwar schon gesundheitlich lädiert in der Ecke, wirkte aber für seine Verhältnisse überaus gelöst. Dann wieder der Strömungsabriss bei Edgar. Der verdammte Suff, der ihn faseln und jubilieren ließ. Das entsetzte Gesicht von Nelly, als er nicht mehr richtig stehen, aber nach ihr grapschen konnte.

Er könnte die Einladungskarte jetzt wegwerfen. Die Erinnerung an ihren geschockten Gesichtsausdruck wurde er nicht los. Was war ihm von diesen Düsseldorfer Jahren geblieben? Klar, die Bilder.

Aber sonst? Das ganze Schwitzen. Das Brüllen im Ratinger Hof. Über die laute Musik hinweg. Um was es ging? »Sex and religion« hatte eine Frau gesagt, die dabei war. Mit der er womöglich geschlafen hatte. Vielleicht aber auch nicht. Sollte er das diesem jungen Mädchen erzählen? Ich bin vor gar nichts geflüchtet, Schätzchen. Hier ist es so ruhig und so hell, hier halte ich die Erinnerungen aus.

Das Telefon klingelte. Er erkannte die Nummer auf dem Display. Klaus-Dieter.

»Hallo Edgar, wollte dir noch sagen, das ist kein Journalist. Sondern eine Journalistin. Überfliegerin. Die schreibt für amerikanische Zeitungen. Unter anderem. Richtig gut. Die interessiert sich nicht nur ein bisschen für Kunst. Die ist wild darauf. Die ist Enthusiastin.«

»Und sie heißt Erika.«

»Ach, sie ist schon da?«, fragte Klaus-Dieter.

»Sie ist schon wieder weg.«

»Warum?« Edgar sah auf das Faxgerät. Sie hatte den ausgerissenen Zettel aus ihrem Block im Gerät liegen lassen.

»Wir waren unfroh miteinander«, sagte Edgar und griff nach dem Zettel, den er mit Mühe erreichte, ohne den Telefonapparat herunterzureißen.

»Das macht mich ebenfalls ein wenig unfroh, alter Freund«, sagte Klaus-Dieter.

»Glaube ich«, sagte Edgar. Verlor dann die Konzentration auf das Telefongespräch.

Er las den Zettel zum dritten Mal. Das konnte doch nicht sein. Oder konnte es doch sein?

»Ich hab dich ganz feste lieb«, sagte Edgar. Wie sie es bei einem Essen von einem angeschickerten Kulturimpresario gehört hatten, der gleich zwei junge Künstlerinnen im Arm hielt, während er offenbar mit seiner Dauerfrau am Telefon sprach.

»Ich dich nicht«, sagte Klaus-Dieter und legte auf. Besser so. Edgar musste sofort los.

Die Strandbar klebte an der Steilküste. Einige Treppenabsätze aufwärts begann die Liegewiese um den Pool des Hotels Flamenco.

Weiter abwärts begann der Sand des Strandes. Das Gold der Gemeinde. Die auf allen möglichen Touristikmessen der Welt mit diesem Strand warb. Nicht mit den Piratennachfahren, die diese Kleinstadt am Meer bewohnten. Nicht mit dem Essen. Oder mit der verwunschenen Landschaft, die direkt am Ortsausgang begann. In der ein Ort auf einem Hügel von der Sonne in ein Gleißen getaucht wurde, als wäre die Stadt eine religiös gemeinte Täuschung. Medina Sidonia. Phönizier hatten hier schon in der Antike Leuchttürme aufgestellt. Muslime hinterließen im 13. Jahrhundert mit der Alhambra in Granada ein Weltkulturerbe. Conil warb lieber nur mit dem Strand. Wenn Edgar auf die große Dorfstraße mit den vielen Bars geriet, dachte er, die Ratinger Straße sei überall. Bunte Lichter am Abend, getrocknete Kotzespritzer am Tag. In Düsseldorf führte die Straße zum Rhein. Hier an den Atlantik.

Vor Edgar stand sein obligatorisches Wasser. Im Schatten eines Sonnenschirms saß ein deutsches Paar seines Alters. Die leichten Anoraks hatten sie gemeinsam in einem Kaufhaus in einer Fußgängerzone gekauft. Die gefütterten Crocs fanden sie beide praktisch. Jetzt lösten sie Kreuzworträtsel. Es wird ihnen nicht vorkommen, als würden sie die

Zeit bis zum Tod mit etwas Nichtsnutzigem verplempern. Für die beiden war einfach alles in Ordnung. Wie habt ihr das geschafft, wollte Edgar sie am liebsten fragen.

Erika setzte sich auf den Barhocker neben ihn. Sie hatte sich umgezogen. Trug einen Kapuzenpullover, Jeans und die Sandalen von vorhin. Ihr Schal war aus einer schönen Seide. Momentan war sie noch büroblass. Ihre Haare waren nass. Wahrscheinlich hatte sie geduscht.

»Tut mir leid, wenn ich vorhin doof war«, sagte sie und sah auf die Karte mit den Getränken.

»Nein«, sagte Edgar, »ich muss mich entschuldigen. Sie sind extra angereist und ich brauche Sie mehr als Sie mich.«

Sie legte die Karte auf den Tisch und sah ihn an.

»Ach ja, inwiefern?«

Edgar trank von seinem Wasser und biss in die Zitrone. Er glaubte, die Säure der Zitrone würde Keime zerstören, die eventuell am Rand des Glases gehockt hatten.

»Ich glaube, dass Sie der Baum geschickt hat«, sagte er dann.

Sie zuckte mit den Achseln.

»Müssen Sie nicht verstehen. Ich schlage Ihnen etwas vor. Gehen Sie mit mir am Strand spazieren. Fragen Sie mich alles, was Sie wissen wollen. Ich beantworte alles, so gut ich kann. Dann sind Sie im Bilde, wir treffen uns wieder, und Sie können wieder ein Gerät zwischen uns stellen.« Er lächelte sie an.

Sie grinste leicht zurück. Es war nicht mehr das Lächeln aus der Zahnpastawerbung. Es war ehrlicher.

»Mir hat jemand gesagt, ich solle mich vor Ihrem Charme in Acht nehmen.«

»Welcher Quatschkopf hat Ihnen das gesagt?«, fragte Edgar.

»Darf ich leider nicht verraten.«

Am Strand zog sich Edgar die Lederschuhe aus und krempelte die Hose seines maßgefertigten Anzuges hoch. Er setzte die Sonnenbrille mit den geschliffenen Gläsern auf, von der er hoffte, dass sie ihn aussehen ließ wie Al Pacino im dritten Teil des Paten.

Sie erreichten sehr bald den schweren Sand, und ihre Knöchel wurden zum ersten Mal von dem winterkalten Wasser des Atlantiks umspült.

»Warum haben Sie nicht aufgehört zu malen?«, fragte Erika.

»Warum hätte ich das tun sollen?«

»Sie waren dabei, als die Malerei von allen möglichen wichtigen Leuten für tot erklärt wurde. Die Realität nicht mehr aufhübschen. Den Dingen ins Gesicht sehen. Nicht mehr den hässlichen Dingen durch künstlerische Aufwertung ein schönes Gesicht geben.«

»Und? Verstehen Sie das? Können Sie das nachvollziehen?«

»Theoretisch ja.«

»Und wenn Sie meine Bilder ansehen, was daran erscheint Ihnen aufgehübscht?«

Sie zuckte mit den Achseln.

»Und wer waren aus Ihrer Sicht diese wichtigen Leute?«, fragte Edgar.

»Einer Ihrer Meisterschüler hat Sie mir als enorm wichtig beschrieben. ›Woicik war ein Zentralgestirn in Düsseldorf‹, hat er gesagt. ›Fast wie Alvaro‹, sagte er.«

»Ich war laut. Ich war oft sehr betrunken. Alvaro gefiel das Einfache an mir. Das Rohe, so proletarisch, so echt. Als hätte ich mir das ausgesucht.«

»Haben Sie nicht?«

»Ich bin gelernter Schaufensterdekorateur. Klar, ich habe alles gelesen, was ich über Künstler und Kunst in die Finger bekam. Das hat nur in Düsseldorf keinen wirklich interessiert. Was ich über Caravaggio wusste. Was ich über das Licht bei den alten Meistern gelesen hatte. Ich wusste manchmal gar nicht, wo ich da hingeraten war. Und wo mein Platz sein könnte. Dann habe ich das gemacht, was ich schon immer machen wollte. Malen. Die anderen wollten vor allem diskutieren. Irgendwann hat Alvaro feste Sitzungen eingerichtet, bei denen wir besprechen sollten, was in der Gesellschaft im Argen liegt. Was die Rolle der Kunst sein könnte. Warum wir verstören sollten.«

»Das hat Sie aber nicht überzeugt?«

»Daran war nichts Überzeugendes. Der eine sagt ›Die Malerei ist tot‹ und klebt noch drei Sätze dran. Die sprechen dann die anderen nach. Weil es so gut klingt. Der ein oder andere lässt es noch etwas belesener klingen. Und fertig ist eine ›Strömung‹. Oder ein Zeitgeist. Nein, das hat mich nicht überzeugt.«

»Aber es hat Sie wütend gemacht?«

Edgar blieb stehen. Er drehte sich in Richtung des Ozeans. Sah geradeaus.

»Staunen, Erika, wo ist das Staunen? Die Bewunderung? Menschen nehmen einen Pinsel in die Hand, tunken den in Farbe, und dann entsteht etwas, was bei völlig fremden, anderen Menschen etwas auslöst. Derjenige, der den Pinsel führt, weiß gar nicht genau, warum er es macht, wie er es macht. Warum habe ich Rinderhälften gemalt? In diesen manchmal regelrecht kreischenden Farben. Von denen ich erwartet habe, dass sie ein bisschen Fröhlichkeit bringen sollen. Im scharfen Kontrast zum Motiv, einem zerhackten Tier. Ich wollte es so haben, wie es aussieht. Ich weiß aber nicht genau, warum. Und wenn ich mich jetzt hier hinstellen und behaupten würde: Aus Grund eins, zwei, drei, vier, fünf habe ich das so gemacht, sollten Sie mir nicht trauen. Denn ich erzähle dann irgendeinen Stuss, den dann irgendein Kulturredakteur plausibel findet. Aber auch nur der. Wenn wir sechs Stunden nach Norden fahren, kommen wir nach Salamanca. Dort steht die älteste Universität Spaniens. Anfang des 13. Jahrhunderts gegründet. Die Kathedrale hat einen sehr alten Teil aus dem 12. Jahrhundert. Mit einem exzellent erhaltenen Altarbild. Da hat vor 900 Jahren ein Mensch gestanden und sich ein Bild von seinem Gott gemacht. Das hieß damals noch nicht Kunst. Sondern: Einer, der es kann, malt ein Altarbild. Da ist aber trotzdem ein Mensch über seine Basisfähigkeiten wie Feuer machen und ein Schwein schlachten hinausgewachsen. Wir können uns das heute noch ansehen. Und dann soll ich mich im Rollkragenpulli mit anderen Klugscheißern in einen Stuhlkreis setzen und verdruckst darüber faseln, warum die Kunst tot ist? Im Ernst?«

Er nahm die Sonnenbrille ab, sah die junge Frau an, um sicherzugehen, dass er sich vor ihr nicht lächerlich machte. Mit seiner ganzen Rage.

»Und die reichen Leute, mit denen Sie sich umgeben haben? Konnten die staunen?«

»Die wollten es ein bisschen dufte haben. Nicht gelangweilt mit Geschäftspartnern und deren Frauen am gedeckten Tisch sitzen, dabei noch reicher werden, sich aber vor allem fortwährend langweilen. Die wollten, dass es irgendwie knallt. Die mochten unseren Quatsch. Die Posen. Die demonstrative Innerlichkeit. Das waren aber auch richtige Freunde. Der York Seibel hat mir alles über Wein beigebracht. Was praktisch war. Denn nach meinem Entzug durfte ich sowieso nur noch darüber sprechen. Der hat mich mitgenommen in die Bretagne. Zum ersten Mal Hummer. Mit gestärkter Tischdecke und einer Zitrone in einem Silberschälchen. Und gefährlichen langen Gabeln, die in den Scheren des Hummers graben können.«

»Wussten Sie denn, wie man den richtig aß?«

»Musste ich nicht.«

»Wieso nicht?«

»Künstler. Freifahrtschein. Die unbändigen Einfälle entschuldigen alles. Jede Marotte, jeden Quatsch. York hat ein Wasserschloss bei Paris gehört. Da haben wir ein paar Mal Silvester gefeiert. Ich bin besoffen in den Wassergraben gefallen und habe mich in eine der Nutten verliebt, die York bestellt hatte. Ich bin Künstler. In meinem Kopf fährt ein kunterbuntes Karussell. Und ihr anderen Würstchen habt das nicht. Ihr Spießer. So ging das in Düsseldorf damals.«

»Also haben Sie es nicht gemocht?«

»Nein, nicht gemocht. Geliebt. Da ist vor allem das Gefühl der Liebe übrig. Aber so gut wie keine konkrete Erinnerung.«

»Auch nicht an die Frauen, die Sie gemalt haben?«

Er sah sie an. Brummig. Als wäre mit »ich erzähle alles« nicht ganz und gar alles gemeint gewesen.

»Nein, nicht an alle.«

»Aber Sie haben mit vielen Ihrer Modelle geschlafen?«

»Das war mein Trick. Ich war ein hübscher Kerl. So höflich, wie es mir meine Mutter eingeschärft hatte. Und auch wenn die Malerei angeblich tot war, mochte es jede, ein gemaltes Bild von sich zu sehen. Von einem, der es kann. Es reicht oft, wenn man einer Frau einen Spiegel hinhält, in dem sie für immer toll aussieht. In Worten. Oder in Farben. Sie fühlt sich dann verliebt.«

»Kein Wunder, dass die Frauenbeauftragte an der Uni Braunschweig Probleme mit Ihrer Berufung hatte.«

»Habe ich nie verstanden.«

»Sie malen die Frauen, vögeln sie und sagen dann: War doch bestimmt wunderschön für dich, jetzt freust du dich, oder, Schätzchen? Und jetzt geh.«

»Sie stellen sich das falsch vor.«

»Sie sind aber bei keiner geblieben.«

»Woher wissen Sie das?«

»Sie sind einer der größten gegenständlichen Maler des 20. Jahrhunderts. Über Sie gibt es Archiveinträge. Lebensläufe. Ich habe mit Ihren Meisterschülern und Meisterschülerinnen gesprochen.«

»Die sagen nur Gutes, hoffe ich.«

»Geht so«, sagte Erika. »Streng, herrisch. Alle mussten um 9 Uhr da sein, und der Herr Professor Woicik kam vielleicht um 12. Sagte aber zu der Arbeit, an der man nächtelang saß, überhaupt nichts. Klang nicht unbedingt sympathisch.«

»Und das war alles, was die über mich gesagt haben?«

Erika zog die Jacke etwas fester um sich. Sie waren an einem Felsvorsprung der Steilküste vorbeigegangen. Der Strand öffnete sich jetzt noch weiter. In einiger Entfernung lag der weiße Ort Conil. Der leichte Dunst gab dem Schein der Straßenlaternen einen orangefarbenen Ton.

Jetzt blieb sie stehen, um die Aussicht zu genießen. Diese Kleinstadt mit den heranbrandenden Wellen als Soundtrack in Dauerschleife.

»Nein. Lebensgierig, haben sie gesagt. Wusste alles und mehr als das. Wurde feurig, wenn ihm etwas besonders gefiel. Lud immer zum Essen ein. Bezahlte für alle. Organisierte Fahrten nach Italien. Ankunft spätabends in irgendeinem Dorf. In der Kirche hing ein wichtiges Bild, was den todmüden Studenten zu dem Zeitpunkt völlig egal war. Aber Woicik war funkensprühend elektrisiert.

Musste um zehn Uhr am Abend noch den Küster mit dem Riesenschlüssel auftreiben, damit alle das Bild ansehen konnten. Ein Nimmersatt. Ein Überzeugungstäter. Immer der Eleganteste im Raum.«

Edgar grinste.

»Bürgerlich, haben Sie vergessen. Reaktionär. Bürgerlich hat mir immer am besten gefallen. Wie ich alles in der Villa Hügel in Essen von meiner Gouvernante gelernt habe«, Edgar lachte sehr fröhlich.

»Was ist daran so komisch?«, fragte Erika.

»Das weißt du doch«, sagte Edgar. »Ich weiß, wer du bist.« Er drehte sich wieder zum Meer.

»Auf das Meer ist er rausgefahren. Und ich habe gehofft, dass das Scheißschiff doch noch umdreht und er zurückkommt.«

Edgar schüttelte leicht den Kopf. Nahm jetzt sicherheitshalber nicht die Sonnenbrille ab.

Er holte den Zettel aus der Tasche, den sie auf dem Faxgerät liegen gelassen hatte.

Edgar las vor: »Lieber Paps, wie kannst du nach einem garstigen Penner wie diesem Woicik solche Sehnsucht haben? Zu Deiner Frage: Er ist alleinstehend. Im Artikel würde ich schreiben: auf eine verkarstete Weise einsam. Kein Wunder. Du hast einen schlechten Freunde-Geschmack. Nimm Deine Medikamente. Ich liebe dich, Erika.«

Er hielt den Zettel hoch: »Das hast du nach Amerika geschickt. Eine 001-Vorwahl. Die kenn sogar ich.«

Edgar nahm die Sonnenbrille ab.

»Du bist die Ruhe, du bist der Frieden. Du bist der Himmel, mir beschieden. Es ist sehr, sehr schön, dass es dich gibt, Erika«, sagte Edgar und weinte dann doch.

»Der sieht aber wirklich gut aus«, sagte Erika und nickte in Richtung des Kellners, auf dessen scharfer Kieferkante sich wahrscheinlich feineres Papier schneiden ließ.

Sie saßen im Restaurant Francisco Fontanilla. Direkt nebenan war ein baugleiches Restaurant. Mit lebenden Fischen in einem Becken. Mit andalusischen Kacheln. Auch alles so sauber, wie abgeleckt. Auch eine riesige Terrasse, vor der zuerst Sand und dann auch schon gleich das Meer lag.

Die Restaurants gehörten zwei verfeindeten Brüdern. »Wir gehen nur hier hin, zu Francisco«, sagte Edgar. Sie hatte gefragt, warum, und er hatte mit »darum« geantwortet.

Erika starrte dem schönen Kellner jetzt regelrecht hinterher.

»Es tut mir leid, aber du bist nicht die Erste, der auffällt, wie gut Rafael Ruiz aussieht. Eine Redakteurin hat mal in der ›Brigitte‹ geschrieben, hier könne man sich von Alain Delon bedienen lassen. Der Wirt kam daraufhin mit einem Haufen Faxe zu mir und fragte mich, was die alle wollten.«

»Und du hast ihm alles übersetzt?«

»Nein, wir haben sie gemeinsam in die Mülltonne gebracht.«

»Wie geht es deinem Vater?«, fragte Edgar.

Der Kellner brachte gambas al ajillo. Ein Pfännchen mit brodelndem Fett, in dem kleine Garnelen und Knoblauchstücke brieten.

»Möchtest du das lieber mit Mandelmilch?«, fragte Edgar.

Sie ignorierte die Frage und stippte Brot in das heiße Öl. Es schmeckte ihr ganz offensichtlich.

Sie sah ihn kauend an und sprach erst, nachdem sie hinuntergeschluckt hatte.

»Gesundheitlich ist es besser als erwartet. Von dem Schlaganfall hat er sich ganz gut erholt. Momentan kann er aber nur selten das Haus verlassen. Zum Glück hat ihn mein Freund Isaac sofort gefunden. Und das Haus, in dem wir zusammenwohnen, liegt ganz in der Nähe eines exzellenten Krankenhauses.«

Sie strich mit der Hand an dem Löffel neben ihrem Teller entlang.

»Das Wichtigste für ihn ist, dass er wieder baden kann. Er hat sich eine regelrechte Badelandschaft einrichten lassen. Alles komplett japanisch inspiriert. Und er hat mit dem Rauchen aufgehört. Immerhin.«

»Warum immerhin?«

»Weil er recht viel trinkt, seit Mama nicht mehr da ist.«

Edgar sah sie an.

»Martina ist …«

»Vor vier Jahren«, sagte sie, »Krebs.«

Sie nahm einen Schluck von ihrem Wasser.

Edgar dachte an die Kneipe in Bremerhaven.

Wie Martina eigentlich nicht losgewollt hatte. Nicht ohne ihre Mutter.

»Unser Haus ist sehr groß. Papa hat seine eigene Terrasse, von der hat er einen herrlichen Blick auf den Lake Michigan. Da setzt er sich oft hin. Hat ein Buch dabei und stellt zwei Gläser auf. Für sie schüttet er auch Wein ein.«

Sie strengte die Muskeln ihres Gesichts sichtbar an. Er wollte ihre Hand nehmen, war sich aber nicht sicher, ob sie dazu schon vertraut genug waren. Also ließ er es.

»Ein großes Haus mit mehreren Terrassen, noch dazu am See. Das hört sich fast schon nach Reichtum an«, sagte Edgar.

»Paps hat irgendwann das Klamottengeschäft übernommen, in dem er anfangs als Angestellter gearbeitet hat. Dann kamen einige Sportgeschäfte dazu. Er hat das Footballteam, die Wisconsin Badgers, eingekleidet. Das ist die Ehre schlechthin. Und gelohnt hat es sich auch. Ich habe an den feinsten Unis studiert. Musste nicht arbeiten wie viele andere. Mein Vater hat mich auf Händen getragen. Als ich als Teenager mit einem saumäßigen Zeugnis nach Hause kam, war ich untröstlich. Da kam er zu mir, nahm mich in den Arm und sagte, es seien doch nur Noten. Er wurde nur streng, wenn es um Deutsch ging. Ich durfte zu Hause kein Englisch sprechen. Da haben aber beide keinen Spaß verstanden, Mama auch nicht.«

»Sohn eines Deutschlehrers«, sagte Edgar zu sich selbst. Wie sie »Wisconsin Badgers« sagte, als wäre ihr etwas ungut in den Rachen gerutscht. Wenn sie englische Ausdrücke benutzte, war klar erkennbar, wo sie aufgewachsen war.

»Mein Opa war auch bei uns. Da wurde mir einiges klar«, sagte Erika und ihr Gesicht hellte sich auf.

»Milwaukee ist eine Stadt voll von deutschen Einwanderern. Im Krieg waren neben dem Flugplatz die deutschen Soldaten interniert, die keine strammen Nazis waren. Die Schlimmen blieben in der Nähe von New York. In Milwaukee gab es einen amerikanischen Wachsoldaten, der für die Kriegsgefangenen den Kontakt zu den vielen deutschsprachigen Leuten in Milwaukee herstellte. Die brachten dann Essen und andere Sachen. Und vor allem Nachrichten aus Deutschland. Mein Opa war an einem Veteranenfeiertag bei uns. Am 11. November ist der jedes Jahr. Da gibt es eine kleine Parade. Sehr alte Männer haben Militärklamotten an und marschieren, so gut sie können. Natürlich auch junge Soldaten von heute. Wer nicht marschieren kann oder möchte, der steht am Rand.

Opa stand neben einem solchen Mann, der für amerikanische Verhältnisse recht viele Orden trug. Er lachte Opa an. Der sagte wie immer nichts. Dann sagte der Veteran etwas, was Opa logischerweise nicht verstand. Dann zeigte der andere Mann auf Opas fehlenden Arm und fragte sehr laut auf Deutsch: »Krieg?« Opa konnte noch nicken, dann nahm ihn der Amerikaner auch schon in den Arm. Opa hat in den Armen dieses wildfremden Mannes regelrecht gebebt. Das war ihm hinterher ganz schlimm peinlich.«

Edgar nickte abwesend. Er war nicht bei Jupps Beerdigung gewesen. Als Jupp mit 62 Jahren starb, besprachen sie in Düsseldorf vor allem, was ihre Eltern ihnen angetan hatten. Die ganzen Nazis.

»Paps interessiert sich sehr für Kunst«, sagte Erika und nahm noch eine Garnele. Versuchte, das maoamgroße Stück Knoblauch mit der Gabel wegzuschieben.

»An den Wänden, die jeder Besucher sofort sieht, hängen Woiciks.«

Edgar nickte wieder. Sah eine englische Touristin, die sich den Thunfisch wohl eher aus der Dose vorgestellt hatte. Und nicht so einschüchternd fangfrisch. Die Spanier waren noch nicht da. Zu früh am Abend.

»Er erzählt ständig von der Steinhammerstraße. Nennt Leute beim Namen. Wie Opa Süßigkeiten verkauft hat. Immer wieder von dir. Und deinem Stiefvater, bei dem Leute im Friseursalon gesungen haben. Das muss sehr lustig gewesen sein bei euch. Klingt alles sehr dicht.«

»Ja, viele schöne Momente«, sagte Edgar. Die Engländerin sprach in therapeutisch langsamem Englisch auf den Kellner ein, er möge den Thunfisch bitte panieren und frittieren lassen. Der verstand sie zum Glück überhaupt nicht. Denn er würde ihrem Wunsch niemals nachkommen. Der Thunfisch wurde an diesem Ort mehr als respektiert.

»Warum hast du den Kontakt abgebrochen?«, fragte Erika.

»So war das nicht«, sagte Edgar und wickelte seine Papierserviette zu einer Rolle. »Du weißt ja, dass ich morgen 70 werde. Das wird man ja nicht plötzlich. Sondern denkt vorher nach. Macht Inventur.« Edgar lachte in sich hinein. Wollte und konnte ihr aber nicht erklären, warum dieses Wort niemals mehr aus seiner ewigen Verbindung zu lösen war.

»Bei mir ist rausgekommen, dass ich zu manchen Sachen nicht in der Lage bin. Nicht in der Lage war. Ich kann bis heute nicht wohnen. Wie soll das gehen, wohnen? Klar, ich schlafe irgendwo. Ich brauche eine gute Kaffeemaschine. Aber vor allem brauche ich Platz zum Arbeiten. Die Bücher müssen in der Nähe sein. Ich muss meine Leinwände aufstellen können. Meine Leitern.«

Edgar machte eine Pause. Entrollte die Serviette und wickelte sie gleich wieder auf.

»Und ich kann keinen Kontakt halten. Es gibt diese deutsche Redensart, aus den Augen, aus dem Sinn. Das trifft es aber nicht ganz. Mir erschien das immer unglaublich anstrengend. Jemand ist da. Oder er ist weg. Was soll ich ihm dann mitteilen? Die Banalitäten eines Alltags, den er oder sie gar nicht teilt. Ich habe deinem Vater aus der Entziehungsklinik geschrieben. Aber das war alles sehr düster. Er hat sich trotzdem gemeldet, und ich sollte sagen, wann ich Zeit habe. Es funktioniert immer gleich. Ein konkreter Termin. Und ich denke mir: Das wird groß, das wird kein Geplauder. Könnte schwer werden. Ich muss mir einen guten Tag aussuchen, an dem so was gut passt. Mache ich dann aber nicht. Ich mache nichts. Bis ich dann so lange gewartet habe, dass es nur noch barsch ist und ich mich schon für die späte Rückmeldung entschuldigen müsste. Bei einer alten Freundin habe ich es probiert. Aber das ging immer wieder unterschiedlich schief. Ist aber noch ein ganz anderes Thema.«

»Nelly, ich weiß«, sagte Erika.

»Was weißt du?«, fragte Edgar und hätte gerne vermieden, dass es so schroff rauskam.

»Ich muss zum Hotel zurück. Mir ist echt kalt«, sagte sie. Die Sandalen wärmten sicherlich nicht. »Soll ich später vorbeikommen, und wir machen das richtige Interview?«, fragte sie.

»Können wir das auch morgen machen? Ich muss hier noch einmal mit dem Wirt sprechen. Morgen kommen Gäste. Schwierige Gäste aus Deutschland. Und dann muss ich noch eine Runde drehen.«

Edgar wollte noch einmal zum Baum. Erikas Anwesenheit begeisterte ihn in einem Ausmaß, das er fast nicht mehr kannte. Es versetzte ihn aber auch in eine Erinnerungsunruhe. Womöglich konnte der Baum helfen. Das würde er aber Erika sicher nicht erzählen.

»Ich habe da hinten ein Telefonhäuschen gesehen. Kann ich mir da ein Taxi bestellen? Sprechen die da Englisch?«

»Nein, ganz sicher nicht«, Edgar grinste wissend.

Er suchte mit dem Blick Rafael Ruiz und rief ihm über die Entfernung etwas zu, was eher nach einem Bellen klang. Alle möglichen Buchstaben rollten übereinander, es krächzte und rabauzte in einer kraftvollen Melodie.

Der Kellner rief etwas zurück und lachte laut keckernd.

»Taxi kommt«, sagte er.

Erika nickte anerkennend. Sie zog den Reißverschluss der Arbeitsjacke zu. Stand auf. Beugte sich zu ihm hinunter und gab ihm einen Kuss auf die Wange.

»War schön«, sagte sie, »was heißt ›bis morgen‹?«

»Hasta mañana«, sagte er.

»Gut, dann hasta mañana, du garstiger Penner.«

Rafael Ruiz hatte seinen Spaß. Edgar solle nicht traurig sein, dass ihn die junge Frau verlassen habe. Sei doch besser, als wenn er, so kurz vor seinem Geburtstag, unter ihr sterbe. Ihn, Rafael Ruiz, hätte sie allerdings so angesehen, als hätte sie bisher viel zu wenig von der Region mitbekommen. Dann stellte er Edgar den Espresso hin. Er hatte sich selbstverständlich längst gemerkt, dass Edgar niemals Alkohol trank.

Und wenn ich eine Tochter hätte? Oder einen Sohn? Könnten die auch so wenig verkorkst sein? Wenigstens ein bisschen so klug und sanft und angenehm wie Erika?

Natürlich hatte er seinen Studenten gesagt, er würde sowieso bleiben, denn seine Werke wären nun mal für die Ewigkeit. In seinen Marketingmomenten sah er das auch so. Aber jetzt? An einem solchen Abend? Er würde so wahnsinnig gern mit Jürgen sprechen. »Ruf ihn doch einfach an«, hatte Erika vorhin gesagt. Und dann? Was sollte er sagen? Ließen sich Jahrzehnte einfach so überbrücken? Konnte er erzählen, dass das Grab seiner Mutter nur ein paar Schritte von Jürgens Mutter entfernt lag? Wie oft er schon zum Reden dort war? Jürgen würde das verstehen. Der Jürgen von damals. Wie sehr verändert würde er sein? Wie stolz war er, wenn er sich in den Zügen einer wunderbaren jungen Frau wiederfand, die sogar seinen albatroshaften Gang in ihren Genen übernommen hatte?

Edgar sah zum Meer. Er saß da und musste nichts. Nichts sein, nichts darstellen, nichts erklären. Für ihn war es das beste Restaurant der Welt.

Er strich über die Tischdecke. Als plötzlich etwas auf seinen Tisch flog. Ein Gegenstand von der Größe eines kleinen Fingers. Konnte das eine Saumöwe abgeworfen haben? Aber wie das? War doch ein Dach drüber. Da prallte schon der zweite Gegenstand auf den Tisch. Edgar erkannte das zweite Nappo.

Die Frau, die sich ihm gegenübersetzte, erkannte er auch.

Sie war 69 Jahre alt. Oder für ihn 14 im selbst genähten Kleid.

»Meine Vorhut hat gesagt, du wärst in einer angenehmen Stimmung.«

Edgar sah sie an. Was hatte Erika gesagt, von wegen »bei keiner geblieben«?

»Ich werde morgen 70 Jahre alt«, sagte Edgar und fand, es klang kläglich.

»Ich weiß«, sagte sie. »Ich habe mit deinem Galeristen gesprochen. Deine Party klang anstrengend. Wir können auch alleine feiern, wenn du möchtest. Ich finde, wir haben keine Zeit mehr zu verlieren.«

Edgar nahm ihre Hand.

Danksagung

Diese Geschichte gibt es nur, weil Norbert Tadeusz diesen großen Mut hatte. Um zu machen, was er machen wollte. So ist er ein bedeutender Künstler geworden. Er hat sich Unsterblichkeit gewünscht. Dieses Buch soll ein Beitrag dazu sein.

Aber es ist nicht seine Geschichte.

Ich habe mir ein Bild machen dürfen.

Was nur ging, weil ich auf sehr viele Fragen Antworten bekam. All denen, deren Geduld kaum zu erschöpfen war, gilt mein aufrichtiger Dank.

Petra Lemmerz, die sich so präzise, aber auch so voller Liebe an ihren Tadeusz erinnert hat. Denn »Norbert« wollte ihr Ehemann nicht genannt werden. Ich durfte Petra gut genug kennenlernen, um zu wissen, dass er sich allein ihretwegen mit »Glückspilz« hätte ansprechen lassen sollen.

Peter und Renate Thadeusz, die den Bruder und Schwager wahrscheinlich noch öfter gerettet haben, als sie mir erzählten. Hoffentlich ist es genug »Schörschken«, Peter.

Nic Tenwiggenhorn, genannt: der Ten. Meisterfotograf. Er wollte einem angeschickerten Typen am Düsseldorfer Rheinufer die Jacke abkaufen. Die Jacke bekam er nicht. Aber einen Freund.

Kay Heymer, Leiter Moderne Kunst am Kunstpalast Düsseldorf. Den ich im Urlaub stören durfte und der in der schwedischen Wildnis ohne eine einzige Notiz profund Auskunft gab.

Dank an Marina Schuster für die Vermittlung.

Dieter Tillmann, der als Junge unglücklich war, als er mit seinen Eltern von der Steinhammerstraße wegziehen musste. Da hatten sie zwar fast nichts. Aber auch alles.

Die Morgenwäsche in einem Vogelnapf von Waschbecken. Filme im Bahnhofskino und Apotheker, die plötzlich nicht mehr Nazi waren. Dagmar Reim und Rudolf Großkopff haben sich sehr lebhaft erinnert. Die Liebesgeschichte dieser beiden herausragenden Journalisten braucht ihren eigenen Roman.

Dagmar Hammerl ließ keinen Zweifel: 16-Jährige in den 50er-Jahren mussten manchmal Entscheidungen treffen, als wären sie längst 36. Sie hat mir damit aus der Tiefe der Zweifelsgrube herausgeholfen.

Adrienne Fortmann und der Firma Montblanc für den großzügigen und spannenden Einblick in die Welt der edlen Schreibgeräte in Hamburg.

Helena von Hardenberg für die ungeschriebenen Regeln der Aristokratie. Nicht »lecker« sagen, keine schwarzen Hemden tragen, besser keine Krone auf das Briefpapier drucken.

Die beiden Meisterschülerinnen und Künstlerinnen Ulrike Doßmann und Susann Hromada. Die viele Stunden auf Professor Tadeusz gewartet, seine Exkursionen konditionell durchgestanden haben und ihm immer noch in skeptischer Zuneigung verbunden sind.

Birgit Mariscal und Petra Fladenhofer für die Erinnerung an die Schaufenstergestaltung im KadeWe, Berlin.

Die Maler Andreas Schön und Michael Bach. Zwei Genies, von deren Witz jede Kultursendung in Radio und Fernsehen enorm profitieren würde.

Britta Korbmacher hat schon vor Jahren über die Geschichte dieses Buches nachgedacht, sich über jeden Schritt auf dem Laufenden gehalten und das Vertrauen in den Autor nicht verloren.

Ich danke ausdrücklichst den Mitarbeiterinnen und Mitarbeitern der Biblioteca Publica Municipal Jose Velarde in Conil de la frontera. Eine Klimaanlage in einer andalusischen Hitzewelle ist keine Wohltat. Sie ist eine Erlösung.

Me gustaría dar las gracias al personal de la Biblioteca Pública Municipal José Velarde de Conil de la Frontera. El aire acondicionado en una ola de calor andaluza no es una bendición. Es una salvación.

Isabel Nieto und Roberto Cappelluti könnten wirklich mit El Arbol sprechen, wenn sie wollten. Sie haben zudem nie aufgehört, mir zu glauben, ich würde diesen Roman schreiben.

Der Eff-Zeh soll Rekordmeister werden. Die Bahnen immer pünktlich fahren. Und wir sollten endlich gemeinsam bei einer Quizshow eine Summe in Höhe einer Eifelvilla abräumen. Das ist aber immer noch nicht genug, um ihr für unser Bündnis zu danken. Ohne meine Lektorin Helga Frese-Resch kein Buch. So einfach ist es manchmal.

Ohne sie könnte ich nicht ich sein. Mehrere Sonnenurlaube von schwarzen Wolken verschattet und trotzdem ist ihr dieses Buch sympathisch geblieben. Ihre Unterstützung war wieder grenzenlos. Die Monegassin, die in der Bartholomäuskirche in Lütgendortmund dann doch nicht »Nein« gesagt hat, Anna Engelke.

Der Verlag Kiepenheuer & Witsch hat sich zu einer nachhaltigen Buchproduktion verpflichtet. Gemeinsam mit unseren Partnern und Lieferanten setzen wir uns für eine klimaneutrale Buchproduktion ein, die den Erwerb von Klimazertifikaten zur Kompensation des CO_2-Ausstoßes einschließt. Weitere Informationen finden Sie unter www.klimaneutralerverlag.de

FSC
www.fsc.org
MIX
Papier | Fördert gute Waldnutzung
FSC® C083411

2. Auflage 2023

Covergestaltung: Barbara Thoben, Köln
Covermotiv: © bpk/Fotoarchiv Ruhr Museum/Anton Tripp
Gesetzt aus der Aldus und der Futura
Satz: Buch-Werkstatt GmbH, Bad Aibling
Druck und Bindung: CPI books GmbH, Leck
ISBN 978-3-462-00422-9

Persönlich, politisch und kulinarisch

Anna Engelke lebt schon seit fünf Jahren dort. Und auch Jörg Thadeusz war von Nord nach Süd und von West nach Ost in diesem Land unterwegs – in den USA. Die beiden Amerika-Liebhaber erzählen in diesem höchst amüsanten Buch die Lebensgeschichten von 16 Menschen. Porträts, die zeigen, wie viel Raum das Land zwischen zwei Ozeanen seinen Bewohnern immer noch lässt.